巫哲 著

典藏版

中册

长江出版社
CHANGJIANG PRESS

第六章
矛盾

阳光斜着打在邱奕脸上,让他本来就清晰的轮廓变得更加立体,边南看着他脸上的笑容,最后一屁股坐在了路边的一堆砖上:"哎,你赶紧带二宝回去吧,晚上不是还要上班吗?"

"嗯。"邱奕把车掉了个头,邱彦爬上后座坐好之后,邱奕看了看边南,"你回家吗?"

"大虎子去我家吃饭吧。"邱彦喊。

"不了,不了,我回家。"边南赶紧摆了摆手,冲邱彦笑了笑,"我家冰箱里一堆吃的,再不吃掉就得坏了。"

邱奕骑着车走了之后,边南又在砖堆上坐了半天,被冻麻的脸恢复之后才站了起来。

放假之后学校这边基本打不到车,连开"三蹦子"的都度假去了,边南只得去坐公交车,倒了三趟车,还坐反一次,耗时快两个小时才回到了家里。

家里没吃的，老爸出门之前给他卡里存了钱，让他出去吃。

老妈问他要钱的时候他说没有，其实就算没有二十万，他卡里十万还是有的，老爸光这次存个饭钱都存得跟要出门三年似的。

他就是不想拿钱给老妈，无论是说他无情也好，比狗强不如狗也好，他就觉得以老妈的风格，给多少钱都没个头。

边南在家里转了一圈儿，给客厅和书房的花浇了浇水，又到院子里拿水管把花花草草淋了一遍。

这次他们去海边是自驾游，老爸和边皓一人开了一辆车，所以边馨语把她的宝贝狗也带上了。边南浇完水之后坐在石凳上，没了舔来舔去的狗舌头，坐在这里居然有点儿寂寞。

以往他去老妈那儿回来都挺郁闷的，但过一会儿就缓过来了，今天却一直是想起来就郁闷。

老妈不愧是亲妈，最后那句话准准地戳在了他的伤口上。

"唉——"边南到旁边的吊床上躺下，轻轻晃着，不去想了，反正已经这样了，想来想去也没什么意义，想点儿别的呗。

然后他就顺着思路想到了邱奕。

他在心里轻轻叹了口气，要说邱奕家够困难的了，比起他家来说，那日子简直没法过，可虽然他觉得邱奕有时候有点儿冷，但对方身上有他没有的那些东西：坚定、目标、方向什么的。

边南想想就觉得挺郁闷，坐起来想去吃点儿东西转移一下注意力。

他一只脚刚着地，另一只脚还在吊床上，吊床已经猛地往后一晃，被钩着的脚跟着吊床往后一拉，让他瞬间劈了个大叉坐在了地上。

"这柔韧性！"边南咬着牙夸了自己一句，半天才挣扎着站了起来。

大腿内侧被这样一扯，走路都横着了，路过镜子的时候边南看了一眼，特别威武。

邱奕今天挺忙，有人在店里弄什么庆功宴，包了二层几个大包间，人比较多，二楼的服务员忙不过来，邱奕他们几个一楼的被叫过去帮忙，楼上楼下一通跑。

等到二楼散了的时候,邱奕才有了这个晚上的第一次休息。

他绕到后门抽烟,拿出手机看了看,有一个申涛的未接来电。

申涛一放暑假就回了老家,得下个月才能回来。

邱奕把电话回了过去:"玩得痛快吗?"

"痛快什么啊!"申涛笑着说,"天天给几个姨拎包。"

"训练一下,为以后给老婆拎包打打基础。"邱奕笑了笑。

"那你得先训练一下对姑娘不总冷着个脸……算了不说这个。"申涛叹了口气,"那天给你发短信祝你生日快乐也不回一个,我还等半天。"

"喝了酒睡了。"邱奕说。

"喝酒?"申涛愣了愣,"跟谁啊,跟叔叔?"

没等邱奕开口,他又说:"还是边南?"

"嗯。"邱奕抽了口烟应了一声。

申涛沉默了,过了一阵子才低声说:"不知道你想什么呢。"

"就朋友,我能想什么?"邱奕说。

"这事儿我不好说什么,这是你自己的事儿。"申涛说得有点儿费劲儿,似乎是不知道该怎么表达,"反正这个吧,咱俩这么多年哥们儿了……边南毕竟是体校的,还是个刺儿头。"

"知道你想说什么,再说我又没想要跟体校建立友好通道。"邱奕掐掉烟,把烟头扔进旁边的垃圾桶里,"就是交了个朋友。"

"我给你买了套工具。"申涛换了个话题。

"什么工具?听着怎么这么可怕?"邱奕笑了笑。

"你真是……"申涛说,"你原来做小泥人儿的那套工具不是不顺手了吗?我给你买了一套,回去的时候拿给你看看合不合用。"

"我都没时间做那些了。"邱奕叹了口气。

"那就放着呗,又没保质期。"

"谢了。"

那些小泥塑他的确是很久没做过了,没时间,做这东西需要大量时间,

还得心静。

邱奕回到家时,老爸和邱彦都已经睡了,他坐到桌子前,拿起妈妈的那个小人儿看了看,这个泥塑他花的时间最长,因为做的时候他已经不太记得妈妈的样子了,明明觉得就跟刻在心里一样,但做的时候偏偏就看不清了。

太久了。

他放下小泥人儿,拿过日历翻了翻,边南的生日在开学前,做一个不知道时间还够不够。

老爸一家四口从海边回来的时间比之前计划的早了两天,几个人开门进屋的时候,边南刚看了一通宵电影正躺在客厅沙发上呼呼大睡。

听到有人进门的声音时,他被吓了一跳,迷迷糊糊地直接从沙发上翻到了地上。

"怎么在这儿睡?"老爸看了看钟,"你这是午睡还是昨天睡到现在啊?"

"午睡。"边南爬起来揉了揉鼻子,过去接过了阿姨手里的箱子,"你们不是说玩到周六吗?"

"哪儿都是人,海滩上人也多,哪是看海啊,看人都看腻了。"阿姨说,又从随身的包里拿出了个盒子,"对了小南,我给你买了点儿东西,看看喜欢吗?"

"谢谢阿姨。"边南接过盒子,"别老给我买东西,你们好好玩就行啊。"

边皓和边馨语跟着进了屋,边南看了他俩一眼,拿着阿姨送的那个盒子准备上楼,狗跑过来直接扑到他身上一通舔,他半天才挣扎着逃上了楼。

几个人还在楼下讨论着这次玩的事,商量下回该去哪儿。

边南拆了盒子,阿姨给他买的是块潜水表,挺漂亮,就是估计没什么能用得上的机会,带邱彦去游泳的时候倒是可以戴上让他玩玩。

想到邱彦,边南叹了口气。

这几天邱奕挺忙，他补课的一个学生中考考得不错，又给他介绍了两个初三的孩子，邱奕的时间一下都被填满了。

邱彦来学网球基本都是邱奕给送到学校门口，让邱彦自己跑进来，练完球要不就是边南给送回去，要不就是邱奕过来接了走。

两人话都说不上几句。

房门被很轻地敲了两下，边南放下手表，过去打开了门。

边馨语站在走廊里，看到他有些局促地在原地蹦了两下才走过来，把手里拿着的一个小纸袋递了过来。

边南莫名其妙地接过纸袋看了一眼："什么？"

"那个……"边馨语低头捂着嘴清了清嗓子，"是我买的纪念品，一个给你的，还有一个是给……给……"

"给邱奕？"边南问。

"嗯。"边馨语点了点头，"麻烦你帮我给他，我怕我拿去他不要。"

"我拿去他也不一定要啊。"边南不知道这是什么纪念品，按邱奕那个脾气，他还真拿不准对方会不会收边馨语的礼物。

"就普通的男式珍珠手链，也没什么别的意思。"边馨语似乎有些尴尬，飞快地说了一句，"他不要你就留着吧，或者扔了也行。"

没等边南再说话，她扭头跑回自己的房间关上了门。

边馨语挑的两条手链是一样的，挺漂亮的黑珍珠。

第二天邱奕送邱彦来学校的时候，边南蹲在门口等他。

"大忙人，"边南过去扶着邱奕的车把，"要见你一面还得蹲点儿。"

"有事儿吗？"邱奕笑了笑。

边南把装着手链的纸袋递到他面前："边馨语送你的，怕你不收，让我帮她给你。"

"边馨语？"邱奕愣了愣，接过纸袋，"什么东西？"

"珍珠手链，她不是去了趟海边嘛，说是纪念品，我一条，你一条。"边南说。

"一样的？"邱奕拿出手链。

"嗯。"边南发现黑珍珠衬在邱奕白皙的皮肤上相当好看，"哎，你戴应该挺好看，黑白分明。"

"你戴吗？"邱奕问他。

"我训练不让戴啊。"边南抓了抓头，"要不你收下得了，省得她老来找我，简直难受……"

邱奕看着手里的手链，沉默了老半天才点了点头："那行吧，我晚上给她打电话谢谢她。"

邱奕把手链放到口袋里，掉转车头准备走的时候，边南又叫住了他。

"那什么，"边南冲他龇牙笑了笑，"我晚上上你家吃饭吧，我带菜过去，你不用弄，吃完你去上班就行。"

"我今儿晚上调休。"邱奕看着他，"你不想回家是吧？"

"回家别扭，过几天我们开始训练了我跟教练说说住校就行了。"边南叹了口气。

"打算在我家吃几天啊？"邱奕笑了。

"不知道，反正我去之前通知你，我管买，你不是还省事儿吗？"边南嘿嘿笑了两声。

下午带着邱彦训练完了之后，边南又领着邱彦跑了趟超市，买了一大堆邱彦爱吃的熟食，什么叉烧、烧鹅、海带结之类的一样来了点儿。

"这么多！"邱彦很开心地捧着袋子边走边闻，"我会长胖的，哥哥说我这阵子老打球还胖了好多呢。"

"我掂掂，"边南把他抱了起来，又捏了捏他的肚皮，"好像是重了，不过不是肥肉，告诉你哥，你这是锻炼长肌肉了。"

"我还长个儿呢。"邱彦挺得意地摸了摸自己的头顶，"前天我碰到方小军了，他原来到我耳朵上边儿，现在到我耳朵下边儿了。"

"好样儿的！"边南竖了竖拇指，想了想又叹了口气，"我说你能不能别跟那个方小军玩了啊？那小子全身上下长的心眼儿都够让密集恐惧症的人晕倒两回了。"

"哦！"邱彦响亮地回答了一声，也不知道听没听明白。

到了胡同口边南把邱彦放了下来，邱彦拎着袋子往里跑。

跑半道碰上了隔壁院子的小孩儿一家拿着大包小包地出来，邱彦好奇地停下了脚步。

"叔叔，你们干吗去呀？"邱彦仰头看着邻居爸爸背上的一个大包。

"去野营啊。"邻居爸爸笑着说。

"我们去野营，烧烤、钓鱼、游泳……"小孩儿很兴奋地跟邱彦一连串地数着，"我们还带帐篷了，还要露营！明天才回来！"

"哦。"邱彦眼睛瞪得挺圆，一脸羡慕。

"你们去过吗？"小孩儿问邱彦。

他爸爸拍了拍小孩儿的头："二宝的爸爸身体不好去不了。"

"我们冬天去。"邱彦小声说，在自己的胳膊上挠了挠，"夏天有蚊子咬……"

邱彦和边南进院子的时候，邱奕刚到家，正拿了抹布蹲在自行车旁边擦着。

"哥哥！"邱彦本来还有点儿郁闷，一看到邱奕就又喊上了，"哥哥！胖猴儿他们家去野营呢！烧烤！钓鱼！游泳！还睡帐篷！明天才回来！"

"记忆力挺好。"边南在后边儿说，"项目顺序都没背错。"

"冲个澡去，一身汗。"邱奕拍了拍邱彦的屁股，"洗完吃饭了。"

"有叉烧——"邱彦喊着跑进屋，拿了衣服又一溜烟地跑进了澡房。

边南在邱奕身边蹲下，啧了一声："喊！那小子叫胖猴儿吗？去露个营也乐成这样，拉着二宝一通显摆。"

"你都多大人了啊还说这话。"邱奕看了他一眼，乐了，"要换了二宝去露营，他能喊得这一条胡同所有人都知道。"

"那不怪你吗？还哥哥呢，"边南指着他，"你都不怎么带他出去玩。"

"我答应他明天下午去游泳了，后天我没安排事儿。"邱奕拿了抹布去水池搓着，"还可以陪他去游乐场……"

"都安排好了？"边南愣了愣。

邱奕点了点头，刚想说话，边南打断了他的话："你都没跟我说一声儿啊？"

"早上刚商量好，没来得及告诉你。"邱奕看了他一眼，"你比八岁小孩儿还着急玩啊。"

"我闲的呗。"边南突然有点儿不好意思，都不知道自己怎么会因为邱奕带自己弟弟出去玩没告诉他就急上了。

邱奕拿了菜去厨房做，边南在院子里数了数葡萄，然后进厨房准备帮忙端菜，但刚到厨房门口就听到了邱彦的声音。

"哥哥，帐篷有多大啊？"邱彦刚洗完澡，头发还滴着水，"有咱屋那么大吗？"

"大的小的都有。"邱奕回答他。

"烧烤都烤什么呢？牛肉吗？还是鱼啊？是不是叉烧啊？"邱彦又问。

"都可以烤。"邱奕拿了一片叉烧塞到他嘴里，"拿碗去。"

"明天不游泳了！"边南往厨房门口一站，胳膊撑着门框特别有气势地说了一句，"明天去烧烤！露营！"

"什么？"邱奕转过头吃惊地盯着他。

"啊——真的吗？"邱彦喊了起来，嗓子都有点儿破音了。

"真的！烧烤！钓鱼！游泳！还睡帐篷！"边南龇了龇牙，想了想又补了一句，"什么时候回来听你哥哥的。"

"去不去怎么不听我的？"邱奕有点儿哭笑不得。

"这个听我的。"边南指了指自己，"如果不过夜，下午去晚上回来也能玩够了，你要觉得人少没意思，多叫上几个人也行，什么申涛的都叫上呗。"

"申涛在老家没回……"

"那叫别人呗，你们那伙人都行啊。"

"你是要去烧烤还是打架啊？"邱奕看着边南。

"烧烤啊。"边南乐了，"我不是怕人少了不好玩吗？"

"随便玩玩得了,你也太想一出是一出了。"邱奕想了想,"就去游泳那个河边儿吧,烧烤、游泳都可以了……怎么去?东西不少吧?"

"我开车,借我爸的车就行。"边南很无所谓地挥了挥手,"我家好几套做烧烤的东西,现成的。"

邱奕没说话,似乎还在考虑。

边南推了他一把,看着正在摆碗筷的邱彦:"你不知道刚才二宝那样子,太让人心疼了,他跟人说冬天才去烧烤,夏天有蚊子。"

邱奕叹了口气:"服了你了。"

虽然最后邱奕没同意露营只同意了烧烤,邱彦还是兴奋得不行,连叉烧都不能吸引他的注意力,一边吃饭一边跟爸爸说个不停。

"烧烤把你乐成这样。"邱爸爸叹了口气,"当年我们,那天天都在烧烤,不烧烤没饭吃……"

接着他又聊兴大发地开始说以前的事儿,说到饭都吃完了还没停。

邱奕拿了碗去洗,边南跟过去蹲在他旁边笑着说:"哎,二宝听得挺有瘾啊,碗都不洗了。"

"这些他都听好些年了。"邱奕说。

"那他还这么投入?"边南往那边儿看了一眼。

"我爸每天就待在家里,也没什么别的事儿可说。"邱奕笑了笑,"我跟二宝说了,我爸说什么都得认真听,要不他多没意思。"

边南看了看说得挺有兴致的邱爸爸,突然有些感慨,邱爸爸这样子在家待着已经很多年了啊。

"我去听,我还没听过这段儿呢。"边南站起来跑过去坐到了邱爸爸身边。

邱爸爸一直聊到九点多才回屋看电视去了,邱彦站在客厅里看着边南:"大虎子,你在我家住吗?"

边南愣了愣:"啊?"

"你今天不走了呗,明天早上去打球,下午就去烧烤了呀!"邱彦一脸期待地说。

"我……"边南往邱奕那边看了看,说实话他挺愿意待在这儿的,比家里强太多。

但他也不知道自己一个外人成天跑邱奕家混着,邱奕会是什么感觉,他跟万飞关系那么好,也没成天泡万飞家里。

"你上爸屋里睡吧。"邱奕冲邱彦挥了挥手。

边南进了里屋,邱奕跟在他身后走进来,顺手带上了门。

"遥控器呢?"边南问,"热死了。"

邱奕把遥控器扔给他,在椅子上坐下:"明天不打球了吧?下午要去的话得准备东西。"

"嗯。"边南坐到他旁边笑了两声,"我其实有点儿兴奋。"

邱奕瞅了他一眼:"为什么?"

"好久没去烧烤了。"边南往床上一躺,"上回去烧烤还是跟万飞他爸妈一块儿去的,回来拉了两天肚子。"

"把衣服脱了再躺。"邱奕指了指他。

"哦。"边南坐起来,脱衣服脱到一半的时候想了想,"我喝多了那次……你把我折腾到屋里的吧,辛苦你了啊。"

"不辛苦,不过你喝了酒真烦人。"邱奕从抽屉里拿个本子出来,把腿架在桌上,靠在椅子里,拿了支铅笔在本子上勾勾画画的。

边南嘿嘿乐了两声,捂着肚子躺倒在枕头上。

枕头上能闻到香皂和洗发水混杂在一块儿的味道,挺好闻的。

邱奕一直在本子上画着,时不时往他这儿瞅一眼,边南看了一会儿,摸了摸自己的脸:"你是不是在画画呢?"

"嗯。"邱奕停了笔,侧过脸看着他。

"画我吗?"边南坐了起来,想凑过去看看。

邱奕啪一声合上了本子,手里的笔顶在了边南的下巴上:"画完再看。"

"还卖关子呢……"边南躺回床上,"我能动吗?"

"随便动。"邱奕打开本子继续画着。

"你太不专业了。"边南啧了一声,枕着自己的胳膊,"人家画人的,模特儿都不让动弹。"

"那你别动呗。"邱奕说。

"就动。"边南踢了踢腿,又来回翻了几下。

邱奕看着他没说话,过了一会儿笑了。

边南指着他一脸严肃地说:"傻乐什么?好好画!"

"嗯。"邱奕笑着点了点头。

两人都没再说话,边南枕着胳膊看着邱奕手里画画停停的笔。

这种感觉还挺不错的,屋里很静,空调发出很低的嗡嗡声,眼睛跟着笔走的时候,边南能听到笔尖在纸上滑过时沙沙的响声。

邱奕画得很认真,偶尔往他这边扫一眼,边南感觉他俩跟在自习室里好好学习天天向上的学生似的。

在体校想体会这种安静的氛围还真是挺不容易的。

"你交过女朋友吗?"他瞪着天花板顺便问了一句。

"没。"邱奕回答得很简单。

"按说你这条件没谈过挺奇怪的,长得好,做饭好吃,懂事儿,跟你待一块儿感觉什么都不用操心……"边南看着他,"你喜欢什么样的姑娘?"

"你要给我介绍吗?"邱奕问。

"美的你,有合适的我自己留着了。"边南笑了笑。

"看来是没合适的啊。"邱奕说,"往卫校跑得不够勤快。"

"这你就不懂了。"边南冲他龇了龇牙,一提卫校又想起张晓蓉了,于是叹了口气,"算了。"

邱奕转了转笔,看着他笑了笑。

"大宝,"边南侧过身躺着,"你画我的时候得实事求是。"

"嗯?"邱奕笑着看了他一眼。

"不要歪曲我的形象,像我这么玉树临风,目……什么朗来着?"边南皱着眉半天也没说利索,"还是剑什么眉毛什么……唉,文盲真可悲……"

"目若朗星？剑眉星目？"邱奕笑了起来，靠在椅子扶手上，双手比了个框，对着他打量了半天，"我发现你的脸皮真的挺厚的。"

边南指了指他："你要敢把我画难看了，我就把二宝拐走。"

"当个模特儿还带威胁人的。"邱奕叹了口气，"我尽量吧。"

"你最好尽量，别画完了咱俩再打一架。"边南笑着说了一句，找了个舒服的姿势继续躺着发呆。

他躺了能有十来分钟没动，邱奕的笔在纸上画画停停地也没再说话。

"哎！"又待了几分钟，边南转过脸看着他，"画到哪儿了？"

邱奕扫了他一眼，又低头看了看画本说："这个不好说。"

"嘿……"边南愣了愣，"这还有不好说的啊？商量个事儿。"

"什么？"邱奕把还架在桌上的腿收回来。

"我要动了。"边南说。

"动呗，也没谁不让你动啊。"邱奕笑了笑，低头准备继续画。

"我是要大动。"边南坐了起来，"小爷要上厕所，憋不住了，模特儿消失一会儿不会影响你吧？"

邱奕乐了，笑了半天才点了点头："不会。"

"那我去了。"边南趿上邱奕的拖鞋一阵风似的刮了出去。

邱奕把腿搭回桌上，听着边南一连串的声音，先是撞了一下葡萄架，接着踢了一脚花盆，最后边骂边跑进了厕所。

邱奕拿着笔一下一下地转着，又看了看自己在纸上画的东西，笑了半天。

放在桌上的手机响了一声儿，他拿过来看了看，是边馨语的短信，只有很日常的一句话："在上班吗？"

他看了看时间，拨了边馨语的电话号码。

"啊，你没上班吗？"边馨语很快接了电话，声音里透着笑意。

"今天调休。"邱奕说，"那条手链边南拿给我了，谢谢。"

"哎，不要这么客气啊。"边馨语有些不好意思地笑了起来，"那个是出去玩的时候看到觉得好看就买啦，你喜欢吗？"

"挺喜欢的。"邱奕笑了笑,"不过以后你别这么买东西了啊,这次就谢谢了。"

"也没什么的,我出去玩都会给朋友带礼物的嘛,也没什么别的意思,你和边南的都买的一样的呢。"边馨语笑着说,"哎,你收下我就开心了,我总是……总是有点儿担心……"

"嗯?"邱奕应了一声。

"担心你会讨厌我什么的。"边馨语小声说,"我看你和边南关系挺好的,毕竟我跟他一直不怎么对付……"

"我不讨厌你。"邱奕明白了边馨语的意思,"边南也没怎么跟我提过你。"

"啊,我也不是这个意思,哎,说乱了。"边馨语有些着急,"不说了,不说了,总之手链你喜欢就好,我挂了,拜拜。"

"晚……"邱奕话还没说完,边馨语已经把电话挂掉了,他叹了口气,"安。"

边南几分钟之后才回屋,邱奕听到邱彦从老爸的屋里跑到了客厅,估计是兴奋得睡不着,看到边南出来了就又要缠着他说明天烧烤的事儿。

"烧烤有鸡翅吗?"邱彦小声问。

"有啊,还有牛肉、羊肉。"边南也小声回答,"你想吃什么肉我们就买什么肉。"

"我还想吃火腿肠。"邱彦说。

"好,我们烤热狗吃。"边南笑了笑。

"这么多肉,哥哥不让吃怎么办?"邱彦有些担心,"他说我老吃肉不吃青菜会上火,还会胖。"

"你别吃太多,一种肉吃一口就好了。"边南给他出主意,"要不还可以让你哥去游泳,然后他游的时候你就可以多吃点儿……"

两人在客厅嘀咕了快十分钟,邱彦才又睡觉去了。

边南进了屋,往床上一坐,看了看邱奕,又把目光移开了:"二宝估计得折腾到半夜才睡得着了。"

"你给他出的主意不错啊。"邱奕笑了笑。

"不带偷听的啊。"边南啧了一声,"我就安慰他一下,就他那小食量,你让他敞开了吃他能吃多少啊?再说一玩疯了他就顾不上吃了。"

"你睡吧。"邱奕抽了本书出来靠在椅子上准备看。

"你画完了?"边南指了指桌上的本子,"我看了啊。"

"嗯。"邱奕点了点头。

边南一直保持着小学时代火柴棍小人儿的画风,所以对会画画的人一直相当佩服。

他怀着崇敬的心情打开了画本,打算欣赏一下邱奕的素描,顺便看看自己有没有被画出真我风采。

画本是新的,边南翻开第一页就能看到邱奕刚才的画。

边南看了一眼就愣住了,扭过脸瞅了瞅邱奕,又转头盯着画看了几秒钟,再转过脸:"你对着我画半天就画了这么些……三头身小胖人儿?"

"怎么了?"邱奕笑了笑,"难道不像你吗?"

"我以为你要画个素描什么的呢!难怪你让我随便动……"边南盯着本子上的十多个小人儿,各种角度都有,正面、侧面、仰视、俯视的,笑着、生气、瞪眼的,画得还真是挺有水平,他一眼就能看出这是自己,画得很神似,"还真挺像,Q版也能这么像啊……"

"我去冲个澡。"邱奕合上书站了起来。

边南啧了一声:"我说我一会儿,拿套衣服给我。"

"柜子里自己找。"邱奕拿上床头刚收了还没叠的衣服出去了。

"哦。"边南起身打开了柜子。

邱奕的衣服不多,边南差不多都见过,随手抽了件T恤出来,又找到了上回穿过的那条运动裤。

边南洗了澡,经过客厅的时候,往邱爸爸的屋看了一眼,发现门开了一条缝。

他指着门缝压低声音说:"二宝!你还不睡?"

"不过夜是不是就没有帐篷了啊?"邱彦从门缝里露出一只眼睛小

声地问。

"有,有帐篷。"边南过去蹲在门边,"我保证把东西都给你找齐,你快睡,明天起不来不带你去了。"

邱奕已经躺下,屋里的灯关了,只亮着床头的阅读灯。

边南轻手轻脚地走过去,发现邱奕还是睁着眼睛的,顿时往床边哐地一坐:"哎?我以为你睡着了呢。"

"瞌睡都让你这一屁股坐没了……"邱奕叹了口气。

"这灯怎么样?"边南爬上床,靠墙躺下了,看到灯又有点儿得意,感觉挺适合邱奕平时躺床上看书什么的,"比你原来那盏方便多了吧?"

"嗯,谢谢。"邱奕把灯拧成了个圈,"挺好玩。"

"别谢我,你得谢二宝。"边南嘿嘿笑了两声。

"谢过他了。"邱奕关掉了灯,"赶紧睡吧,得休息好,带二宝玩比犁一天地还累呢。"

"晚安。"边南拉过毛巾被盖上。

"晚安。"

说完晚安能有快一个小时,边南也没睡着,闭着眼脑子里乱七八糟不知道在想什么,翻了几次身之后,邱奕往他的腿上甩了一巴掌:"睡不着沙发上躺着去。"

"没空调,不去。"边南翻身冲着墙,开始在心里数羊,一只羊,两只羊,三只羊,四只山羊,五只绵羊,六只卷毛羊,七只二宝……

邱奕本来有点儿困,甩完边南那一巴掌之后把自己的瞌睡给甩没了,只能闭着眼再次培养瞌睡。

边南总算是消停了。

早上边南醒得挺早,天没亮邻居家不知道为什么开始骂鸡,鸡被骂醒了叫了几嗓子,把边南给吵醒了。

边南把邱奕推开坐了起来,伸了个懒腰之后跳下了床。

脑袋还有点儿晕,边南跑到院子里被早晨清凉的风吹了几个来回,才算是完全清醒过来了。

全院他是第一个起床的,天刚蒙蒙亮,也不知道现在是几点,边南打算洗漱完了去胡同口先把早点买回来。

洗完脸他从包里找出了漱口水,正仰着脖子往嘴里倒的时候,邱奕突然从里屋走了出来:"要我给你找牙……"

边南呛了一口,直接把漱口水给咽了下去,跑到院子里弯着腰咳了半天:"哎,你能不这么吓人吗?"

"你这小胆儿也太袖珍了吧。"邱奕有些无奈,过去在他的背上拍了拍,"好喝吗?"

"来!"边南把漱口水瓶子往邱奕面前一递,"咱俩走一个!"

"我上午去补课。"邱奕没理他,蹲到水池边开始洗脸,"八点半开始,十点多就能回来了。"

"嗯。"边南含了口漱口水在嘴里,点了点头。

"你先回家把工具拿来吧,等我回来了直接去超市买现成的鸡翅啊肉什么的。"邱奕一边洗脸一边安排。

"嗯。"边南继续点头。

"三辆自行车差不多能搭过去了。"邱奕叼着牙刷。

"嗯。"边南点头,点完了又猛地转过头,"嗯?"

"你还想开车啊?"邱奕看着他。

边南把嘴里的漱口水给吐了:"我开好几年了。"

邱奕没理他,专心地刷着牙。

"咱出城那条路人少车也少,你放心,我慢慢开,肯定不会有事儿,我保证。"边南举了举漱口水瓶子,"今天又不是周末。"

邱奕刷牙没理他。

"大宝,大宝哥,哥哥。"边南往邱奕身边凑了凑,在邱奕肩上撞了一下,"哥……"

"你有病。"邱奕被他直接撞得一屁股坐在了地上,裹着一嘴牙膏沫骂了一句。

边南赶紧过去把邱奕拉起来,小声说:"我求你了,我开车稳着呢,你要看我开快了我直接停车把东西扛过去还不行吗？"

"哎，行，行，行。"邱奕看了他一眼，"就这一次啊，你慢点儿开。"

"放心吧！"边南往邱奕肩上拍了一下。

边南去胡同口买了早点，怕邱彦在家等得着急，早点也没吃就打了车跑回家拿东西了。

他到家的时候只有林阿姨起床了，她正坐在客厅里慢条斯理地吃水果早餐，看到他跑回来有些吃惊："小南？我还以为你得中午回呢，吃早点了没？"

"吃过了。"边南笑了笑，"阿姨，咱家那套烧烤的工具搁哪儿了？我跟我朋友去烧烤要用。"

"让李姐找找，我记得放杂物间呢。"林阿姨去厨房叫了保姆去找，回到客厅又把一盆沙拉放到他面前，"吃点儿水果。"

"哦。"边南拿叉子戳了几块儿放到嘴里，"我爸起床了吗？"

"在书房呢。"

问老爸借车完全没有难度，边南开口要车钥匙的时候，老爸只说路虎过两天要跑长途得拿去保养，问他另外那辆福特行不行。

"行，只要别让我开边皓那辆就行。"边南嘿嘿笑了两声。

"是要带姑娘出去吗？"老爸看着他问了一句。

"嗯？不是啊。"边南从老爸的茶盘里拿了块儿小蛋糕吃了。

"感觉你今天心情不错，我以为你带女朋友出去玩呢。"老爸笑了笑。

"我哪儿来的女朋友。"边南突然想起了张晓蓉，他发现在张晓蓉之前自己追的姑娘是谁一下子都想不起来，感觉这一学期自己净围着邱奕转了……

"下学期我送你辆车。"老爸拍了拍他的肩膀。

"谢谢爸。"边南抓了抓头，"车再说吧，我也没什么机会开。"

他拿了钥匙出了书房正要下楼的时候，老爸在书房里又追了一句："真不是姑娘吗？怎么感觉就是呢？"

"真不是。"边南有些无奈，"我什么时候会费劲儿开车带姑娘出

门儿啊。"

"也是，那你乐成这样……"

边南的确是从来没开车带过姑娘，一是他开车机会不多，二是嫌麻烦，要说心情……今儿的确是心情很好。

他把工具和帐篷都放到后备厢里，跳上车，把车里的音乐打开了，一听就是老爸的风格。

他调了调车座，一边把车开出车库，一边跟着唱了一句："天上掉下个邱二宝……"

唱完了感觉哪儿不对劲儿，于是闭嘴，换了张碟。

边南开着车在胡同口没找着地儿停，正想再转一圈儿找找车位的时候，看到了背着小书包站在胡同口的邱彦。

他把车靠过去，放下车窗喊了一声："二宝！"

"大虎子！"邱彦跑了过来，踮着脚往车里看，"我们开车去吗？你开车吗？"

"上来。"边南伸手把副驾驶座的门打开了，"陪我找车位。"

邱彦爬上车，把车门关好之后跪在副驾驶座位上好奇地东张西望："这车是你家的吗？比胖猴儿家的车大多啦，真舒服！"

"嗯，这是我爸的车，借来用的。"边南笑着把天窗打开了，"上去看看吗？"

邱彦站到座位上把脑袋从天窗探了出去，兴奋地往两边看着。

边南开着车又转了一圈儿，总算是看见一辆车打了火准备开走，于是赶紧把车挨到了旁边，等那车一走立马挤了进去。

"走。"边南拍拍邱彦的屁股，"咱先去把烧烤的东西买齐了，你哥上完课回来就可以直接出发了。"

"好！"邱彦背起书包。

"等等。"边南拽住他的书包打开看了看，"你现在就背着一包什么呢？"

"出去玩要用的东西。"邱彦很兴奋地回答。

边南看到包里有一瓶水、一条小毛巾，还有一包牛肉干，乐了："哎，小东西你还有私货呢？"

"这个是哥哥说出去玩的时候吃的。"邱彦笑着说。

边南带着邱彦去了超市。他买这些东西没什么经验，但超市大姐认识邱彦，邱彦说是要去烧烤，大姐立马把他俩领到了烧烤专区。

"这儿都是用来烧烤现成的肉，穿上烤了就能吃，那边架子上有烧烤酱什么的，你们慢慢挑吧。"大姐上下打量着边南，"他哥哥怎么没来？我看你也不太懂啊。"

"没事儿，每样来点儿就成呗。"边南笑了笑，感觉自己推个车挺专业的，居然被超市大姐直接鄙视了。

邱彦看什么都想吃，边南看什么都觉得差不多，于是邱彦说要什么他就拿什么，牛肉、羊肉、热狗、鸡翅、丸子再加上各种辣的、甜的、咸的、麻的烧烤酱。

最后边南又多加了两份熟食，留着给邱爸爸中午和晚上吃。

结账的时候，邱彦熟练地拿出了超市的积分卡，刷完之后又够换一板优酸乳了。

"换吗？"收银的人问他。

"换！"邱彦很开心地喊。

"多攒点儿换别的不好吗？"边南有些无奈，"什么刀啊锅啊……"

"又不能吃。"邱彦很干脆地回答。

把吃的都买齐了之后，边南领着邱彦回了家。

把给邱爸爸买的菜都弄好用碗装了之后，邱奕打了个电话过来，问东西买了没，没买他就带回来。

"哎，都买齐了，等你回来就出发。"边南看看背着书包在院子里来回跑着兴奋得找不着北的邱彦，"你赶紧的，我感觉再过半个小时不出发二宝就要抽过去了。"

"就这个 feel（感觉）倍儿爽！倍儿爽！"邱彦在院子里边蹦边喊，"这个 feel 倍儿爽！倍儿爽爽爽爽爽！"

"哎哟……愁死我了。"边南挂了电话，找了几个袋子把买来的肉都分开装好，拎着出了屋，"卷毛宝贝儿，快别喊了，跟我把东西放车上去。"

"好！天是那么豁亮！地是那么广！"邱彦跑过来帮边南拎了一个袋子，"情是那么荡漾！心是那么浪……"

邱奕回来得挺快，骑车赶出了一身汗，换了身衣服之后把邱爸爸的药准备好了，几个人就被邱爸爸催着出了门。

看到后备厢里的东西时邱奕愣了愣："这够把咱胡同的孩子都招来办个夏令营了……"

"吃不完拿回来搁冰箱不就得了。"边南打开副驾驶座的门把他推上了车，"后座留给二宝玩。"

边南发动了车子，邱奕一直盯着他的手和腿，边南叹了口气："这车自动挡，傻子都能开，你放心行吗？"

"我就看看傻子开车。"邱奕笑了笑。

边南笑着骂了一句，把车开出了车位，往城外开去。

邱奕发现边南的车开得还真的挺稳，而且边南开车时脾气相当好，不争不抢，挺让他意外的。

上回骑车骑个半死的路程今天开车没多长时间就到了，边南拍了拍方向盘："怎么样？"

"嗯，挺好的，火暴脾气一开车都没了。"邱奕笑着点了点头。

河边儿挺清静，边南四处看了看，上回偷包的老头儿不知道会不会又埋伏在附近。

"帐篷！帐篷！"邱彦跳下车就开始喊。

边南和邱奕把东西都拿到了河边儿，边南打开了装帐篷的包递给邱彦："来吧，你来架帐篷。"

这帐篷是个自动帐篷，扔出去就自动撑开了，边南觉得这种帐篷少了不少乐趣，但对邱彦来说很合适，要让他去支帐篷肯定不行，玩这个正好。

邱彦看着帐篷跟变魔术似的自己打开了，兴奋得不行，缠着边南把帐篷收好，又扔了出去。

边南帮他收了四次帐篷，他扔了四回，这才算是过够瘾了。

把帐篷在河边儿固定好，又铺上了防潮垫，邱奕把零食都扔进了帐篷里："行了，你就待里边儿吧。"

"好！"邱彦爬进去把帐篷的门给拉上了。

边南拿了烧烤的东西摆好架好了，想叫邱奕一块儿弄，一扭头发现邱奕已经把上衣脱了。

"先游会儿泳。"邱奕回过头说，"你饿了吗？现在就要吃？"

"不得先准备好吗？"边南说。

"不用准备。"邱奕看了他一眼，从包里拿出泳裤，绕到了帐篷那边儿换上，"一会儿游完了我弄给你吃，你只管吃就成。"

"真的？"边南本来就不想做准备工作，一听这话立马把上衣也脱了，"那我也游会儿去。"

"大虎子，帮我找块儿宝石！"邱彦在帐篷里喊，"要红宝石！"

"好！"边南应了一声，拿出自己的泳裤飞快地换上了。

邱彦随口一句红宝石，边南也没多想就答应了，结果到河边儿找了半天，也没看到红石头。

"二宝真会出题嘿。"边南有点儿无奈。

"岸边要有好看点儿的石头早让人捡光了。"邱奕跳进了河水里，几下游到了河心，"你不是会潜水了吗？"

"我感觉我忘了。"边南犹豫了一下，也扑进了水里，想想又补充了一句，"你别整我啊！"

邱奕没理他，直接一个猛子扎了下去，几秒钟之后冒出水面，手里拿着一块红色的花石头："红宝石。"

"哎？"边南赶紧连游带蹦地扑了过去，伸手刚想接过石头的时候，邱奕把石头扔回了水里。

"嘿！成心呢吧？"边南吼了一声。

"这颗是花的。"邱奕往他脸上泼了点儿水,"二宝要的是红的,以前来的时候找见过。"

"你有病。"边南磨了磨牙,运气、吸气之后憋着气也扎进了水里。

潜水是邱彦教的,教得不太认真,边南也没学得太好,下了水之后拼命往河底划了几下水,身体倒是立马就潜下去不少,屁股露出了水面,然后就这么撅着没进展了。

边南感觉自己跟个蛤蟆似的蹬了两下水,蹬了个空,腿也跑水面去了。

他有些郁闷,有一搭没一搭地又扒拉了两下,倒着挂水里不动了。

身边有水波划过,他扭脸看了看,邱奕跟条鱼似的往水底游了过去。

阳光在水波里折射出各种彩色的光斑打在邱奕白皙的皮肤上,边南盯着他的腿,邱奕的腿很直,打水时很有力,两下就摸到了河底的石头。

边南试着绷直腿打了两下水。

挺好,本来还能挂水里,这两下打完,他直接浮到了水面上,以前还怕沉底,现在好了,妈妈再也不用担心我漂不起来了……

边南再次吸了口气,狠狠地扎进水里,然后使劲儿划了两下。

邱奕还在河底,扶着一块大石头看着他。

边南看见他指了指自己的嘴,然后从嘴里吐出了一小串气泡。

气泡从邱奕的脸前向上漂去,带着细小的光芒,边南盯着看了一会儿,阳光这么在气泡上一折射,还挺漂亮的。

要把肚子里的气吐掉,边南定了定神,把吸的那口气慢慢吐了点儿出去,这回往下划水的时候,身体总算是跟着沉了一些。

河底有几丛水草,边南抓住其中一丛,总算把自己固定在了水下。

水挺急的,他的身体顺着水流转了个方向。

邱奕笑着冲他竖了竖拇指。

边南也龇了龇牙。

如果只是单纯地憋气,边南估计自己憋不了多长时间,但整个人沉在河底时,感觉完全不同,水流的声音忽大忽小,忽远忽近,水波变幻着颜色和形状。

清澈的水下世界给人一种眩晕而新奇的感觉，分散了他的注意力。

邱奕低头在水里找着红石头，过挺长时间才会吐出一小串气泡。

边南学着他的样子憋着气，慢慢一点儿一点儿地往外吐，不过他的气泡明显要比邱奕的大不少。

邱奕找到了一颗半红色的石头，在他眼前晃了晃，然后伸出手指往河面上指了指，示意边南上去换气。

邱奕带着淡金色的眸子在水里看起来很灵动，特别是前额头发遮住眼睛又被水带开时。

边南呛了一口水，辛辣和窒息感同时张牙舞爪地缠了上来……

邱奕把他推出了水面。

边南露出水面之后刚吸了半口气，又是一顿狂咳，肺里本来就没存几口气，这一阵咳，感觉都没气出来了，只出气不进气的感觉简直生不如死。

邱奕把他拖上了岸，扔在河滩上，在他背上一通拍。

边南总算是抽进去一整口气，缓过来了。

"怎么了？"邱彦塞着一嘴饼干从帐篷里爬了出来，很着急地边喊边掉渣，"大虎子呛水了吗？"

"我……趴会儿……"边南往帐篷那边爬过去，河滩上被晒得滚烫的石头烙得他难受。

"没事儿，跟你小时候一样。"邱奕笑着拍了拍邱彦的脑袋，"你游泳吗？让大虎子躺会儿。"

"嗯。"邱彦看着边南爬进了帐篷，脱掉自己的上衣，连泳裤也没换就往河里跑，"我给大虎子捞鱼去！"

边南一身水地躺在帐篷里，大口地喘着气，好半天呼吸才慢慢平静下来。

他把胳膊搭在脸上，长长地舒出一口气。

"要擤擤吗？"邱奕弯腰进了帐篷，扔了包纸巾在边南的肚子上。

"擤什么，水吗？"边南没动，"我鼻子里没水，肚子里好像挺多的。"

"张嘴。"邱奕从零食堆里翻了瓶已经被邱彦吃得没剩几颗的薄荷糖出来,"吃颗这个能舒服点儿。"

边南看了看他手上的糖,把糖放进了自己的嘴里,清凉的感觉在口腔里散开,被呛得生疼的地方好受了不少。

"潜水二把刀还在水里玩花样。"邱奕在一边笑着说了一句。

"谁二把刀了?"边南挺不服气地喊了一声,喊完了想想,发现重点不是这个,于是莫名其妙有点儿臊得慌,"谁玩花样了?"

邱奕也含了颗薄荷糖,把零食收拾到一边儿,坐了下来。

"就算是花样,你也未必玩得了。"边南喷了一声。

邱奕笑了笑没出声。

"我吧,我就是……"边南想描述一下自己的计划,"我就是想蹭一下,来个急刹回转的优美身姿。"

"嗯。"邱奕应了一声,舌尖带着糖在嘴里转着,糖在牙齿上敲得咔咔响,"花样游泳啊,我以为你要打网球呢,那水底漫步的步伐多拉风。"

"喊,要真是打网球我肯定不会呛着……"边南说一半停下了,喷了一声瞪着邱奕,"老挤对我有意思啊,你想怎么着啊?"

"我没说要怎么着啊。"邱奕笑了笑,也没看他,只低头看着自己的手。把边南拉上岸的时候,邱奕的手指在石头上磕了一下。

"唉,呛水真要命。"边南躺了一会儿觉得好受些了,长长地出一口气,"今天丢人了。"

特别是邱奕这个不紧不慢不痛不痒的态度,让边南觉得相当丢人。

"边南,"邱奕看着他,"我觉得你这人有时候表里不一。"

"嗯?"边南愣了愣,感觉这不是什么好词,"怎么说?"

"看着什么都不走心的样子,"邱奕看着自己的手,"其实对很多事儿都在意得要命。"

"我在意什么了?"边南隐隐有种被说中心事的不爽感。

"表面挺自信,其实你……"邱奕犹豫了一下,"有点儿自卑吧。"

"自卑?"边南瞪着他,"我凭什么自卑?"

邱奕沉默了一会儿才轻声说："你妈……"

"你闭嘴！"边南突然吼了一声。

"对不起。"邱奕说，看着河水不再说话。

边南说不出心里是什么感觉，有点儿不爽，有点儿憋屈，还有点儿……恼羞成怒。

是的，他被说中了。

两人都不出声地待了一会儿，邱奕似乎想缓和气氛，说了一句："你不游了吗？二宝的红宝石还……"

"红宝石啊！"边南拍了一下防潮垫，觉得冲邱奕这么发火挺没意思的，但心里的不爽还没完全消退，他指了指邱奕，"别提啊！"

"红宝石。"邱奕笑着又说了一遍。

边南瞪着邱奕没出声，两秒钟之后猛地往前一扑。

"干吗？"邱奕看着他，"打架啊？"

"没错！不揍你一顿你还真以为我好惹啊？"边南瞪着邱奕。

邱奕没说话，突然笑了起来，边南瞪了他一会儿，叹了口气翻身躺了回去。

"边南，"邱奕终于不笑了，抬手在帐篷上一下一下地划拉着，"你这生气是真的还是假的啊？"

"不知道。"边南皱着眉抓了抓头，"都有吧。"

"脾气真不怎么样。"邱奕说，"对不起啊。"

"算了，我从小就这样，再小点儿的时候还老跟边皓干架呢。"边南闭上眼睛，"我在你这儿脾气算好的了，也不知道为什么。"

说完他又有点儿郁闷，虽说他跟邱奕也算得上是熟人了，但家里这点儿破事儿除了万飞，他从来没跟人说过，现在一不留神说了出来，突然觉得有些丢人。

他本来就挺不愿意在邱奕跟前儿丢人的，结果邱奕却阴错阳差知道得一点儿都不少，想想就有些不爽，还让邱奕看出了他对这些事儿有多在意。

两人并排躺着休息了一会儿，边南心里有点儿别扭，这么躺着也不愉快，没一会儿就站起来出了帐篷。

原地愣了愣之后，他溜达着走进了树林里。

"大虎子——"邱彦还在河里玩水，看到边南跑出去喊了一声，但边南没吭声。

邱奕坐起来，又缓了缓才把脑袋探出帐篷去看了看，边南已经没影儿了，不知道跑哪儿去了。

"哥哥——"邱彦在河里又喊了他一声。

"抓到鱼了没？"邱奕问。

"没有，我在找宝石！你看！"邱彦踩着水，手里举着几块儿石头，"大虎子干吗去了？"

"不知道，去四处看看了吧。"邱奕出了帐篷，四周都没看到边南的影子，"他往哪边走的？"

"那边。"邱彦指了指树林深处，"你也要去吗？"

"去吧。"邱奕拿了边南的鞋往树林里走去。

边南没跑多远，没穿鞋，跑了一两百米就觉得脚被石头硌得很疼，还有很多乱七八糟的草在他腿上划来戳去的。

邱奕的脚步声从身后传来的时候，边南正坐在一块儿大石头上检查自己腿上被划出来的小血道子。

听到邱奕过来，他就感觉自己这行为似乎挺幼稚的，顿时觉得血都往脸上涌，腿上的伤口都没血可流了，也没好意思回头。

"我以为你开车走了呢。"邱奕笑着说，把鞋扔到了他身边。

"车钥匙都没拿。"边南在石头上蹭了蹭脚上的草屑，穿上了鞋，"再说我都没看方向，车在哪儿停着我都不知道……"

邱奕在他身后站着，边南也没再出声，低头揪了一把草在手上玩着。

沉默了一会儿，邱奕说："过去吃东西吧，一会儿二宝饿了就该闹着要烧烤了。"

"哦。"边南扔掉草站了起来，莫名其妙地说了一句，"还有薄荷糖吗？"

邱奕指了指自己的嘴，清了清嗓子："最后一颗……在我嘴里。"

边南张了张嘴没说出话来。

邱奕似乎被他传染得也有点儿不自在，转身往回走。

边南低着脑袋跟在他身后走了几步又停下了："那什么，我就是有点儿心情不好，我不知道是怎么回事儿……"

"嗯。"邱奕回头看了他一眼，"看出来了，是我不该说那些。"

"我的意思是，我不是想……"边南抓了抓头发，"你别觉得我扫兴就行。"

"没觉得。"邱奕笑了笑。

"真没觉得？"边南喷了一声，"要别人跟我似的这么着，我肯定得骂一句矫情。"

"真没觉得。"邱奕笑了笑，"谁还没点儿情绪啊，我看你平时挺大大咧咧、厚脸皮的，说话就没太注意……"

"那不一样，也不是什么事儿都……"边南一甩手，"这跟脸皮厚不厚有什么关系？我平时脸皮也不算厚啊！"

"你对自己居然没有一个正确的认识。"邱奕笑着说。

"我有啊。"边南指了指自己，"长得帅，身材好，脾气……挺好，还会按傻子菜谱做菜……"

邱奕看着他笑了好一阵子没停下来，边南想了想："笑什么笑，是懒人菜谱。"

两人回到帐篷边上的时候，邱彦还在水里扑腾着，不知道他上哪儿弄了根有他的胳膊那么粗的树枝，企图抓着树枝漂在水里，但一直没成功。

"二宝以后物理估计及不了格。"边南把烧烤的架子支上，把炭袋放进炭盘里点着了。

"这袋是牛肉吗？"邱奕把装肉的袋子打开，把肉往扦子上穿。

"不知道。"边南蹲到他身边，"我就认识鸡翅和丸子。"

之前的别扭慢慢消退了，邱奕平静的表现让边南心里松了口气，他其实挺担心自己这样会让邱奕有什么想法,他挺在意这个朋友。

对他来说,邱奕跟一般朋友不太一样,不是跟万飞那样的铁哥们儿,也不是孙一凡、朱斌那样特熟的哥们儿,具体他也琢磨不出到底什么样,就感觉挺愿意跟邱奕待在一块儿,不希望邱奕对自己有什么不好的看法。

复杂纠结的家庭一直是他心里的坎儿。

当然……自己没准儿是想太多了,算了,这有什么可琢磨的……

边南埋头对着鸡翅一通戳,然后递给邱奕刷上烧烤酱。

"我也要弄!"邱彦扯着树枝跑上了岸,"我也要玩——"

"给,你刷酱。"邱奕拿了把刷子递给他。

"刷多少?"邱彦一手举着肉串一手举着刷子,头发上的水和刷子上的酱一个劲儿地往下滴。

"一边刷一下就行。"边南拿着鸡翅在刷子上蹭了蹭。

"好嘞!"邱彦很认真地低头开始刷酱。

边南看着邱彦,小不点儿很投入。边南伸手捏了捏邱彦的脸,有些感慨:"有个弟弟挺好的。"

"你……"邱奕说一半就停下了。

"边馨语从来没让我感觉我有个妹妹。"边南笑了笑,知道邱奕想说什么。

邱奕没再说话。

"我泡会儿水去。"边南突然把手里的东西往盘子里一扔,跳起来往河里跑过去,"热死了!"

"别去中间!"邱奕在身后喊了一句,"呛水了我来不及弄你上来!"

呛水?

之前呛水的情形飘过边南眼前。

边南脚下绊了一下,直接摔倒在了水里,他有些郁闷地吸了口气,顺势潜进了水里,一边慢慢吐气,一边抓着浅水里的水草往河底深点儿的地方爬了过去。

到了之前找宝石的那个地方他才停下,揪着一把水草在水里漂着,看着自己吐出的气泡往水面上飞去。

"别想了,边南,也许没人像你一样这么在意这些。"

其实平时他想得也不多,因为心烦,习惯于能不想就不想。

身边有浪推过,边南转过头,看到了邱奕的脸。

邱奕穿过水飞快地游到他身边,一把抓着他的胳膊,把他拖出了水面。

"干吗?"边南抹了抹脸上的水。

"你干吗呢?"邱奕皱着眉,"我以为你被水冲走了呢。"

"我练潜水呢……"边南有点儿不好意思地咧嘴笑了笑。

"憋挺久啊。"邱奕拉着他往岸边游过去,"别练了,能吃了,二宝叫你你没听见吗?"

"没。"边南往岸上看了看,邱彦正拿着个鸡翅边啃边往这边瞅。

折腾这么一通,边南感觉自己好像是饿了,闻到烧烤架上传来的香味时,肚子叫了一声。

"可好吃了!"邱彦跑过来,递给他一个鸡翅,"好吃得不得了!"

"是吗?我尝尝。"边南笑着接过鸡翅咬了一口,"嗯!好吃!这个是你刷的酱吗?"

"是的,我刷了好几个鸡翅呢!"邱彦眼睛亮晶晶地喊。

"真棒!我得多吃几个。"边南两口把鸡翅啃了,又过去拿了一个。

"你能吃辣吗?"邱奕问他,手里拿着个辣椒粉的瓶子正要往串儿上撒。

"一点儿,一丁点儿。"边南平时不太吃辣,盯着邱奕的手,生怕他撒多了,"老干妈那种辣我一咬牙一跺脚差不多能忍。"

"老干妈是辣的吗?"邱奕看着他。

"我自己来吧!"边南赶紧拿过邱奕手上的辣椒瓶子,用手指轻轻敲了敲瓶子,辣椒粉撒出来一小点儿,"可以了,看到没,我就吃这样的。"

"我都能数出粒儿来。"邱奕看了看。

"我就这承受力。"边南咬了一口,"挺好。"

邱彦平时吃得不算多,但今天因为是第一次烧烤,旁边还有个帐篷,他简直兴奋得不行，拿个盘子装了一盘吃的非要坐在帐篷里吃。

吃完他又跑出来拿一盘，再坐到帐篷里，来来回回地折腾着，一手拿盘子一手举着饮料跑来跑去的时候还摔了一跤。

"好了吧，都掉地上了。"邱奕看了他一眼，笑着说。

"哎，摔伤哪儿没？"边南吓了一跳，蹦过去一把把邱彦从地上拎了起来。

"没有，肉都掉啦……"邱彦挺郁闷地蹲下把肉串捡到盘子里。

"还有呢。"边南看到他的膝盖上蹭破了皮儿，顿时有点儿心疼，"疼不疼啊？"

邱彦低头看了看自己的膝盖："不疼……我的肉都掉啦！"

"哎，你的肉没掉。"边南捏了捏他的肚子，"你的肉都在这儿长着呢，还挺厚实。"

邱彦很响亮地笑了几声，笑完又低下头："肉……浪费啦。"

"没浪费，这儿又不是大街上，不脏。"边南安慰他，然后拿过盘子，把肉串重新放回烤架上，换了一盘递给邱彦，"让你哥给回回炉就行了。"

邱奕把肉上的草屑吹掉，重新刷了酱烤了烤："你吃还是我吃？"

"一人一半。"边南为了不让邱彦觉得浪费，决定把肉吃掉，不过从小到大他还没吃过掉地上再捡起来的东西，"这儿应该没什么污染吧？"

"应该没。"邱奕把重新烤好的肉递了一串给他。

"这里都没人来……"边南咬了一口，吃着没什么感觉。

"谁说没人来？有游泳的人，还有放牛的，牛都从这儿下水……"邱奕看着他说道。

"你有病！"边南骂了一句。

邱奕笑了笑，拿起一串肉也咬了一口："大少爷，胃口还挺浅。"

边南跟着笑了两声，然后就有点儿收不住，乐了半天才停了："你真能影响食欲。"

邱彦这一个下午玩得很尽兴，吃了烤，烤完吃，吃完下水游泳，捞了石头跑帐篷里放着，然后继续吃……

折腾到天都快黑了,他才终于抓着一个鸡翅趴在帐篷里睡着了。

"老天爷。"边南进帐篷里看了看,拿走了邱彦手里的鸡翅,然后往邱彦身边一躺,长长地舒出一口气来,"总算是不折腾了。"

"你累了?"邱奕把火灭了,蹲在外面慢慢收拾着没吃完的东西。

"不知道,主要是太劳神。"边南枕着胳膊,扯过条毛巾盖在邱彦的背上,"我训练一下午也没这么累,二宝的精力也太旺盛了。"

"谁让你非得陪着他来回跑。"邱奕把东西整理好,又拿了个垃圾袋把地上的垃圾捡了进去,"你让他自己折腾就行。"

"好不容易出来玩一次,他哥不理他,大虎子也不理他,那多没劲儿。"边南摸了摸邱彦的头发,忍不住又感叹了一句,"有个弟弟真的挺好的,二宝多好玩啊。"

"送你了。"邱奕说,"赶紧带走。"

边南没说话,翻个身看着邱彦。

邱彦睡得很沉,脸压在垫子上,鼻子都被压皱了。

边南在他的鼻尖上摸了摸,不知道邱奕小时候是不是这么可爱,跟个肉包子似的……

按邱奕这成熟的样子,他像邱彦这么大的时候肯定跟个小大人似的没这么好玩。边南翻了个身坐起来想求证一下:"邱……"

这时邱奕正好往帐篷里探了进来,想把扔在帐篷里的零食袋子拿走。

边南没刹住,两人的脑袋猛地磕在了一块儿。

"哎哟!"边南捂着脑门儿倒回了垫子上,"你怎么……如此突然?"

邱奕被撞得蹲在帐篷门口也捂着脑门儿半天没缓过来:"过奖了。"

边南揉着脑门儿笑了起来:"哎,其实有时候你也挺逗的,不绷着的时候。"

东西都拿车上去之后,邱奕把邱彦从帐篷里抱了出来,边南把帐篷收了。

邱奕把邱彦扔到后座上,给他换了套衣服,邱彦翻了个身继续趴着睡得呼呼的。

边南坐在驾驶座上发动了车子,邱奕扶着车门:"你不换衣服了啊?"

"哦。"边南愣了愣,把车熄了火,从包里扯出衣服。天已经黑了,他直接在车旁边把衣服换上了。

邱奕换好衣服上了车,看着他:"你……"

"嗯?"边南没看他,发动车子边掉头边应了一声。

"没什么,慢点儿开。"邱奕说。

"放心吧。"边南笑了笑。

一路上两人都没说话,边南开了音乐小声放着,连着十来分钟都是越剧,他看了邱奕一眼:"我爸的格调是不是很高?"

"挺好听的。"邱奕笑着说。

"听点儿别的吧。"边南调到电台,来回找了半天也没找着个放音乐的台,"要不换张碟听得了……"

他刚伸出手,邱奕在他的手背上弹了一下:"就听越剧,你别折腾了,看路。"

"哦。"边南收回手。

他们回到胡同口时,下班的人都回来了,路两边停满了车,有没车位的地方都挤着车。

"我不进去了,东西你拎回家吧,这两天都不用买菜了。"边南把车临时停在了路上。

"嗯。"邱奕打开车门跳了下去,又回头说了一句,"谢谢啊。"

"什么?"边南有点儿走神。

"今天带二宝出去。"邱奕看着他,"谢谢了。"

"干吗这么客气?"边南揉了揉鼻子,"搞得跟第一天认识似的。"

邱奕笑了笑,一手拿了袋子,一手把邱彦抱了起来,关上车门:"开车慢点儿。"

"知道,我一会儿把车推回去。"边南说。

看着邱奕的背景消失在胡同里,边南把车开出去,拐了个弯上了回家的路。

音箱里又传来熟悉的那一句,边南跟着哼:"天上掉下个邱二宝……"

十分钟之后他把车停在路边的临时停车位上,在自己包里翻了老半天,从最下面翻了包烟出来,下车蹲在路边把烟点了叼着,抽一口呛一口。

呛了五六口之后他觉得肺都咳得要翻个儿了,有点儿恼火地把烟在地上掐灭了,瞪着路中间的双实线发愣。

一想到回家他就愁得慌,今天挺愉快的郊游烧烤跟一会儿回家的沉闷形成了鲜明的对比。

过了一会儿他拿出手机,拨了万飞的号码,愣了两秒又挂掉了,想了想又拨了过去,又很快地挂掉了,把手机放回了兜里。

几分钟之后万飞的电话打了过来:"你什么时候开始省电话费了啊?"

"你那边儿响了?"边南愣了愣。

"废话,就响一声,摸出来就挂了,我以为你打错了呢,刚放好又响一声……"万飞说,"怎么,是不是想我了?"

"是,想疯了,你什么时候回?"边南笑着问。

"明天下午到家,过两天不是要训练了吗?你先上我家住几天,然后咱俩直接回宿舍?"万飞心情挺好地安排着。

"就等你这句话了。"边南一直就等着回学校住,原来都去邱奕家蹭饭待着,现在突然有些不想去了。

"你没什么事儿吧,怎么听着没什么情绪啊?"万飞问。

"我能有什么事儿?你赶紧回来请我吃饭。"边南挂掉电话,继续瞪着路中间的双实线发呆。

他挺羡慕邱奕家的,爸爸、弟弟,和和乐乐的一家人,他挺希望自己也能拥有这样一个家,拥有不了也希望能融入这样一个家。

也许就因为太在意,他反倒有些不自在了,越是走得近,对彼此的事儿知道得就越多,有几个人能像万飞那样,完全不在乎他的家庭和他尴尬的身份呢?

边南一早就从家里出来了。

昨天邱彦玩得太疯，边南跟邱奕说了让邱彦今天休息，不打球了，而他还是在跟平时差不多的时间去了学校，坐在训练场里看着暑期班的小孩儿训练。

教练对抓到个免费帮手很满意，让边南替他带了几个孩子一直练到中午。

下午边南坐到了球场铁网的外边儿，教练再叫他进去陪练的时候，他龇牙乐着："我就路过看看，都没进去呢。"

"你们下星期就训练了，还不动一动预热预热！"教练说。

"我一直热乎乎的。"边南原地蹦了蹦，掀起自己的T恤，"看，都是热乎乎的汗水。"

"你今天没带邱彦还跑这儿来干吗？"教练无奈地看着他。

"我闲的，一会儿就走了。"边南嘿嘿笑了两声，主要是没地儿可去也无事可做。

暑假要训练，班上的人全都赶着这阵子出去旅游了，不出去的人也是整天在网吧、电玩城约着玩，边南对这些没什么兴趣，简直寂寞得不行。

万飞下午三点多打电话过来说到家的时候，边南才感觉自己总算是重新焕发了活力，跑出校门打了车直奔万飞家。

万飞一家人刚到家，边南砸门的时候，他们刚收拾好。

"哎哟，早知道出去的时候带上边南。"万飞的妈妈看到他就笑了，"这一秒不带差的，刚进门就来了。"

"大姨，瘦了。"边南跟万飞的爸爸打过招呼之后指了指万飞的妈妈的肚子，"一直发愁的小肚子没了！"

"晚上是不是想吃烙饼啊？"万飞的妈妈拍了拍他。

"这几天您就看着安排吧，我住下了。"边南笑着跑进了万飞屋里。

"这个是我专门给你挑的。"万飞递给他一个盒子，"我妈还跑庙里开过光了。"

"玉坠儿？哎，漂亮！"边南打开盒子，里面放着个平安扣，他打开门冲客厅里喊了一声，"谢谢姨！"

"南哥,过来帮我看看。"万飞坐到床上,又拿出个小盒子,"这是给许蕊带的,你觉得她能喜欢吗?"

边南喷了一声,凑过去看了看,是一颗小玉豌豆。

"我喜欢这个。"边南摸了摸。

"你这人怎么这样?"万飞乐了,"豌豆是女孩儿戴的。"

"还有这讲究?我就觉得挺好玩的。"边南拿起来看了看,"她肯定喜欢,小姑娘不都喜欢这种吗?关键这还是你大老远带回来的。"

"嗯!"万飞把盒子收好,躺到床上,"明天约她出来的时候给她,顺便咱一块儿出去吃一顿。"

"行。"边南点了点头。

"南哥,"万飞躺了一会儿,用脚蹬了蹬他,"你这几天都干吗了?感觉你没什么兴致啊,见了我都没拉着我出去打游戏。"

"不是怕您旅行累了吗?"边南的确是有点儿情绪低落,也不知道是因为太闲了还是因为昨天的事儿想得太多,反射弧挺长的,昨天玩得还挺开心,这会儿才开始有后劲儿。

"不累。"万飞枕着胳膊看着他,"说说呗,你是不是碰上什么事儿了?"

"没。"边南靠在床头,想了半天突然往万飞身上一扑,凑到他眼前盯着他。

"干吗呢?"万飞让他弄愣了,跟他眼对眼地瞪着。

"我帅不帅?"边南问。

"帅,相当帅。"万飞半天才说了一句,"是什么让你对自己的美貌产生了怀疑?"

"别废话,你看着我。"边南指了指自己,"你觉得我这人怎么样?"

"挺好的啊。"万飞皱着眉看着他,拿手在他眼前晃了晃,"你没事儿吧?"

"算了。"边南叹了口气,靠回床头,万飞估计没法体会他的郁闷,他现在也不知道该怎么说。

"南哥，你是不是……碰上了个无视你的帅气脸蛋儿的姑娘？"万飞琢磨了一会儿问了一句。

"没。"边南闷着声音。

"那是怎么了啊？"万飞坐了起来。

"不知道。"边南还是闷着声音，"我大概有病了。"

万飞愣了，瞪了他好一会儿，张了几次嘴，最后才出声："什……什么病？"

"你到底有没有脑子啊！"边南往他的腿上踹过去。

"你说你有病，我不就只能问你是什么病吗？"万飞捂着腿喊。

边南刚想说"快把你脑子里那些草拿出来"，手机响了。

他摸出手机，看了一眼就盯着屏幕不动了。

是邱奕打来的。

他突然有点儿不敢接邱奕的电话。

边南不知道为什么会有那种想要接近邱奕、小心翼翼地想要靠近邱奕和他家，却又自卑得不敢动的想法，特别是自己的自卑都已经被邱奕看出来了之后。

"邱奕。"万飞凑过来往手机上看了一眼，"接啊。"

边南还是没动。

一直到铃声停了，他才松了口气。

"怎么不接啊？你俩吵架了？闹崩了？"万飞猜了一通，"他揍你了？不，你揍他了？还是……"

电话再次响起，还是邱奕打来的。

看着万飞莫名其妙的眼神，边南实在有点儿扛不住，接起了电话。

"您拨打的用户……暂时……"边南觉得自己大概是真的病了，接了电话之后冲着听筒来了这么一句，还没说利索。

"暂时无法接听。"万飞反应挺快地在一边提醒他。

"暂时无法接听。"边南说，那边邱奕没出声，也没挂，边南只得继续往下说，"Sorry（对不起）……哎，算了，什么事儿？"

"The subscriber you dialed can not be connected for the moment, please redial later（您拨打的用户暂时无法接通，请稍后再拨）"那边传来了邱奕的声音，英文说得还挺标准，"是要说这句吗？"

"不是。"边南说。

邱奕笑了笑："二宝要吃蛋挞，让我多做点儿给你留着，你晚上……"

"我不过去了。"边南飞快地打断了邱奕的话，"我在万飞家待着呢。"

"这样啊，那行吧。"邱奕也没多说别的，挂掉了电话。

邱彦一直仰着头看着邱奕打电话，等挂掉电话之后很急切地拉了拉邱奕的衣服："大虎子什么时候过来？"

"他今天不过来，在同学家呢。"邱奕摸了摸他的头，"你跟我去买蛋挞皮儿吗？"

"他不过来啊？"邱彦有些失望，"他不来吃蛋挞吗？"

"他下次过来吃呗。"邱奕换了鞋，"要不我明天早上再做几个，你去打球的时候带给他吧。"

"好！"邱彦点头。

邱彦没跟着邱奕一块儿去买蛋挞皮儿，比起不爱逗他，也不是总有精力陪他一块儿玩的哥哥，邱彦更喜欢跟边南待在一块儿。

邱奕去买了做蛋挞要用的材料回到了家里，邱彦正蹲在院子里玩遥控车，拿车绕着边南送的那个大黄蜂绕圈圈。

"明天小涛哥哥会来，带你出去玩怎么样？"邱奕说。

"小涛哥哥不好玩。"邱彦盯着车，"大虎子好玩。"

邱奕乐了，申涛跟他差不多，跟边南一比都有点儿严肃，邱彦之所以这么喜欢边南大概就因为边南……幼稚？不，有童心吧，边南对小孩儿的耐心也比他和申涛强得多。

虽然邱奕不太确定边南在想什么，但总觉得边南以后不会再这么总跑过来陪二宝玩了。

邱奕进了厨房，把牛奶和糖倒进锅里，放到火上慢慢搅拌着等糖溶化。

搅了一会儿他尝了尝，邱彦爱吃甜食，越甜越好，不过糖他没放太多，在自己对甜味儿接受程度的最高线上。

糖化了之后，他把锅拿到一边儿，转身拿了面粉准备筛进锅里。

不知道是不是被边南神神道道的行为影响了，他有点儿心不在焉，刚筛了一下，筛子下边儿腾起来的火吓了他一跳，退开之后才发现自己把面粉都筛到灶上了，火还没关。

他过去关掉了火，把面粉筛进锅里，放蛋黄的时候差点儿又往灶上扔了过去。

他喷了一声，放下了手里的东西，撑着灶台吸了口气，慢慢吐出来之后才重新拿起打蛋器继续在锅里搅拌着。

"哥哥，"邱彦跑进厨房，"好了吗？"

"这才刚弄一小半，还没烤呢。"邱奕笑了笑。

"那你记得留出明天早上的啊，带给大虎子的。"邱彦一脸严肃地提醒他。

"嗯，记着呢。"邱奕点了点头。

"哥哥，"邱彦坐在厨房门边的小凳子上，"大虎子下个星期就要开始训练啦。"

"嗯。"邱奕把蛋挞皮儿在烤盘里码好。

"他开始训练我就不能跟着他打球了。"邱彦有些失落。

"你要确定喜欢打，我就交钱让你跟着那些暑期班的小朋友一块儿练。"邱奕说。

"不用，学费很贵，等大虎子有空了教我就可以。"邱彦看着邱奕，"他训练的时候，我可以去看吗？"

"他训练的时候没工夫理你。"邱奕把拌好的牛奶糊倒进蛋挞皮儿里。

"我就在旁边看看呀，又不用他理我。"邱彦说。

邱奕沉默了一会儿，把蛋挞放进烤箱之后才说了一句："随便你。"

边南和万飞蹲在公交车站，今天邱奕没时间送邱彦过来，小家伙自己坐公交车来的。

看着邱彦拎着个饭盒从公交车上跳下来的时候，边南愣了愣："还带便当啊？"

"蛋挞！"邱彦举起饭盒，"哥哥早上做的……万飞哥哥好。"

"哎，好，好，好。"万飞摸了摸他的头，"二宝记性不错啊，我就去过一回，就记得我的名字了？吃巧克力吗？哥哥给你买！"

边南接过饭盒，打开之后一阵浓郁的香味立马飘了出来。他看着饭盒里整齐码着的六个还热乎的蛋挞，心里猛地涌起一股说不上来的滋味儿，带着点儿莫名其妙的感动。

"这是邱奕做的？"万飞伸出手拿了一个，咬了一口就喊起来，"哎？挺好吃啊！"

"让你吃了啊你就拿！"边南还没欣赏够，顿时就缺了一个，看着特别不舒服。

"真的挺好吃，你快尝尝。"万飞把蛋挞塞进嘴里，"没想到邱奕还挺厉害的啊，现在姑娘都没几个这么会做吃的了。"

边南拿起一个蛋挞咬了一口，酥软香甜的味道让他闭了闭眼睛。他蹲下含混不清地对邱彦说："转告你哥，真好吃。"

"好！"邱彦很满足地看着他。

"你拿一个吃，剩下的休息的时候吃。"边南把饭盒递到邱彦面前。

"我不吃了，我昨天吃了十个，哥哥不让我吃了。"邱彦看着蛋挞咽了咽口水。

"十个？"边南马上把饭盒盖上了，"你也不怕闹肚子。"

他带着邱彦往学校球场走的时候，邱彦心情很好，蹦来蹦去的。

"大虎子，"他拉了拉边南的手，"我哥哥还会炸麻花，你去我家的时候让他炸给你吃，很好吃。"

"好。"边南点了点头。

"你什么时候去啊？"邱彦紧跟着就问。

边南张了张嘴没说出话来，万飞在一边接了一句："我去有得吃吗？"

"有呀，分你一根。"邱彦说。

"我得吃十根。"万飞啧啧了两声,"一根吃不饱。"

"那大虎子吃不完的都给你吧。"邱彦想了想。

万飞笑了起来,往边南的肩上拍了一巴掌:"这不是邱奕的弟弟,这是边南的亲弟弟!"

边南嘿嘿笑了两声,弯腰在邱彦的脑门儿上亲了一下。

"你什么时候去啊?"邱彦执着地又问了一遍。

"那什么,"边南揉了揉鼻子,"我下周要训练了,很忙,不知道什么时候有时间呢。"

"那训练之前去啊。"邱彦的思维很清晰。

"训……训练之前吧,事情也挺多的……"边南不知道该怎么说了。他挺想去的,但昨天拒绝了邱奕的邀请之后,邱奕平静得甚至没多问一句的态度让他敏感地觉得邱奕未必有多在意跟他的关系。

"二宝,"万飞在一边说,"你哥这个暑假很忙吧?"

"嗯。"邱彦看着他。

"是不是每天都要去打工什么的?都没休息啊?"万飞又说。

"嗯。"邱彦低下了头,"今天晚上他还要去学校帮老师弄资料,好忙的。"

"那大虎子过段时间再去呗,炸麻花挺麻烦的,等你哥哥没那么忙的时候再去吃吧?"万飞说。

"那哥哥不忙的时候我告诉你?"邱彦纠结了一会儿抬头问边南。

"好!"边南赶紧点头。

邱彦开始打球之后,边南买了两瓶水跟万飞坐在旁边看着。

"南哥,"万飞喝了一口水,"咱俩是不是哥们儿啊?"

"嗯?"边南看了他一眼,"必须得是亲哥儿俩。"

"那说说呗,"万飞啧了一声,"你跟邱奕怎么回事儿啊?"

边南捏了捏手里的瓶子:"没……"

"闭嘴。"万飞打断了他的话,"我又没傻透,真当我看不出来啊?平时二宝要让你上他家,你蹬着风火轮就过去了,今儿居然找理由不过去，肯定是跟邱奕出什么问题了……说吧，你俩是不是干架了？要我说，你跟邱奕关系再好吧，他也是航运……"

"你闭嘴。"边南拿瓶子往万飞的脑袋上敲了一下。

万飞没理他："你不说我闭不上了，别说嘴闭不上，睡觉了我眼睛都闭不上，从昨天到现在，就你这德行我看着都烦死了，你说你……"

"你有没有比跟我关系更好的朋友？"边南说。

"你平时也不是这么磨……"万飞一股脑地说着，说一半变了调，拐着就往上扬出了二里地，"南哥，你这话什么意思？我怎么可能……你有啊？"

边南没说话，盯着手里的水。

这句话他说出来就觉得说得不太准确。他跟万飞这种买一送一铁得斧子都劈不开的关系不是别人能比的，但要说更准确的说法是什么样的，他却也想不出来。

反正他就是挺乐意跟邱奕待在一起，愿意陪邱彦一块儿玩，愿意在邱奕家待着，而且有点儿害怕这种状态被破坏。

"你要抛弃我了？"万飞扳过边南的肩，一脸茫然地盯着他，"咱俩正在说邱奕吧，你扯哪儿去了啊？"

"就说他呢。"边南睨了万飞一眼。

"你最铁的人不是我吗？"万飞在椅子上蹦了一下，又压着声音喊，"你叛变了，南哥你居然抛弃我要跟邱奕混一块儿去……"

"你能消停会儿先不出声吗？"边南按着额角看看他，"你是小学生啊？"

万飞猛地没了声音，胳膊撑在膝盖上，盯着球场上跑来跑去的小孩儿。

边南一直在咔咔地捏着手里的瓶子。

过了很长时间万飞才转过头，有些不理解地看着边南："我一直就觉得你能跟他这么好挺神奇的，这么上心，感觉比咱俩的关系都好了啊。"

"你不爽了啊？"边南笑了笑。

"没，我爽着呢，咱俩多少年的关系，那是随便能撼动的吗？"万飞喷了一声，想想又说，"这事儿要让咱学校的人知道了，你俩得有麻烦吧，邱奕怎么说也是航运中专的'老大'呢。"

边南没说话。是啊，他们是俩学校干架的"核心人物"呢。

"说话啊。"万飞等了一会儿见他没出声，用肩撞了他一下。

"其实跟咱俩这关系也不太一样，咱俩是铁哥们儿，他……不是，我也说不上来。"边南把瓶子放到嘴边，牙齿在瓶口上一下一下地磕着，"就是我挺愿意跟他待一块儿的，我挺喜欢他爸和他弟弟，在他家待着就觉得这才是真正的家……但又担心招人烦，我这是不是小时候在家折腾得落下病了？"

"什么病？"万飞说。

"这不是问你吗？"边南睨了他一眼。

"我上哪儿知道啊？"万飞说得有些犹豫，"关系比咱俩还要好？那是什么啊？得是亲兄弟了。"

边南没说话，瓶口从牙上滑开，在他嘴上狠狠地磕了一下，他捂着嘴皱着眉骂了一句。

"你为什么这么在意他啊？"万飞也咔咔地捏着瓶子，"他家很好吗？那么困难，有病着的爹、那么小的弟弟……"

"我就是在琢磨这个。"边南盯着万飞，"你说话小声点儿。"

"南哥！我已经是气若游丝了。"万飞凑到他耳边，用快不行了的声音说，"我觉得吧……哎，我是不是用了个成语？"

"把你的话一次性说完。"边南说。

"我还是憋回去吧。"万飞想了想道，"反正我没碰上过这样的朋友，你要不上我家多待会儿，我家也温暖着呢……我爸不揍我的时候。"

边南乐了。

边南说不清自己对邱奕到底是什么感觉。朋友？哥们儿？还是比这些更好的关系？

对他来说……邱奕家院子里的葡萄架子、放着茶壶的小桌、满院子瞎跑的二宝，坐着轮椅呵呵笑着的邱爸爸，都在邱奕对他的吸引力范围里。

除了万飞，边南交心的朋友不算太多。

万飞跟他认识的时间很长，算得上是最了解他的人，知道他家的事儿，知道从小因为这些事儿，他心里是自卑的。

挺多余的一个人，这是边南给自己的定位。

他对被人排斥和被人拒绝有着深深的恐惧。

这次估计万飞也理解不了他的感受了。

"算了，不想了。"边南伸了个懒腰，"不管了。"

"这就对了。"万飞笑了起来，"南哥，你就不琢磨事儿的时候可爱，才像你。"

"还能总不琢磨吗？你这脑子里连弦儿都没有的人偶尔还思考一下呢。"边南啧了两声。

"你就挤对我吧，使劲儿挤对，反正我习惯了，你这损功就在我身上练出来的。"万飞乐了两声，也伸了个懒腰，"唉……无聊啊，没放假盼着放假，放了假又觉得没事儿干了。"

"哪年不都这样吗？"边南笑了笑，不过今年好像就是特别没劲儿。

在跟邱奕走近之前，他的生活也是这样的，去不了万飞家的时候，他会跟班上的同学去网吧，去电玩城，去街上闲逛，还会约上一帮认识不认识的人聚会，看看有没有顺眼的女孩儿……

现在所有这些以前干惯了的事儿，他都突然觉得没劲儿了，不想参与了。

训练完了把邱彦送回家之后，边南和万飞没坐车回去，顺着马路一直溜达了俩小时，然后去了电玩城。

电玩城里人很多，开着冷气都感觉不到凉意。

两人坐在面对面的两台机子上对战了一通，万飞一把没赢，站起来把边南手边的一盒游戏币一拿："不玩了，换别的，要不就先去吃点儿东西，饿死了。"

"输了就跑。"边南站了起来，看看手机，没什么感觉已经玩了两三个小时，早过了饭点儿，"吃东西吧，吃完回宿舍看看，看看床上长毛了没。"

"先说好，这回别再让我给他俩收拾床！"万飞说。

"谁让你收拾了？上回收拾是你自己的床湿了要睡人家的……"边南边说边往外走，琢磨着去吃点儿什么。

"这回我的床就算没板儿了，我也不收拾他俩的，我跟你挤。"万飞强调了一下。

在街上转悠了半天，没什么可吃的，最后两人打车回到了学校。因为有训练的人已经回校，所以附近的小吃店什么的都开着。

还是学校附近的东西吃起来比较熟悉，最主要的是哪儿有什么东西他俩都知道。

不过万飞突然非常想吃冷面，让边南实在有些不知道该说什么好。

"你不是好饿好饿吗？"边南看着放在桌上的两碗冷面，"就吃这个？"

"一会儿再吃别的嘛。"万飞嘿嘿笑了两声，"许蕊总拉着我东吃点儿西吃点儿的，习惯了。"

"习惯什么。"边南吃了口面，"你俩才好几天啊你就习惯了？脸真大。"

"我就想吃冷面怎么了？"万飞看着他，"我就想吃冷……"

"吃一个月你就是体校第一'冷面郎君'了。"边南指了指面，"吃。"

吃完冷面，边南已经不想再吃别的东西了，万飞还没饱，拉着他往航运中专那边儿走。两所学校交界的地方有家陕西面馆，味道很正，万飞想去那儿再吃点儿。

现在航运中专的学生都放假了，体校的部分人因为要训练回了校，两边应该不会有什么冲突。

边南本来不想过去，但犹豫了一下，还是跟万飞一块儿去了。

邱奕在学校呢，也不知道他们能不能碰上……

离面馆还有十来米的时候，万飞突然停下了。

边南低着头跟在他后边儿，他这一停，边南直接撞到了他的后背上，吓了一跳："干吗？"

"潘毅峰？"万飞冲前面抬了抬下巴，"咱过去吗？"

边南往前面看了一眼，发现前面路口的灯影里站着五六个人，潘毅峰正叼着烟靠着树。

边南刚想说回宿舍，潘毅峰一转头，目光跟边南对上了，马上往他们这边一指，喊了一声："边南！"

边南真不想应，但发现从另一条路上又走过来几个人，全是体校的学生，有几个平时跟他关系还成。

"放着假呢，他们要找谁的麻烦？"万飞小声说。

"还用问吗？二宝早上不是说了吗？他哥今儿晚上在学校。"边南皱了皱眉，手往兜里摸了摸手机，一帮人全看着这边儿，他在原地站了一会儿，"算了，过去看看是怎么回事儿。"

"这回不跑了？"潘毅峰看着边南，"上回跑得那叫一个快啊。"

边南笑了笑没说话，就知道潘毅峰得记着这事儿，当着这么多人的面儿说出来就是为了断自己的后路。

再不想参与这些事儿，他也只能先留下，要不他以后在体校的日子估计不会好过。

"要干吗？"万飞皱着眉在旁边问了一句，一脸不耐烦地说，"我还没吃饭呢。"

"堵邱奕。"潘毅峰说，盯着边南的脸，"你没意见吧？"

边南皱了皱眉没出声，也没看潘毅峰，扭脸看着停在路边的一辆车。

"你什么意思？"万飞瞪着潘毅峰，潘毅峰明摆着是冲着边南，说给体校这帮人听的，万飞顿时就相当不爽了。

"我能有什么意思？"潘毅峰冷笑了一声，"就怕有人舍不得对好兄弟动手嘛……"

"废话真多。"边南说，要不是不想扩大事态，这会儿他真想一拳砸到潘毅峰的脸上。

他跟邱奕关系好这事儿知道的人本来没几个，潘毅峰怎么知道的边南不清楚，但被对方这么一说，在场这些人全知道了，他要跟潘毅峰顶着来，没准儿现在就得打起来，他还挡不住。

潘毅峰的电话响了一声，他没看，直接转身往航运中专那边走了过去："出来了。"

站着的这些人立马分成了两拨，一拨往航运中专正门的路走，一拨跟着潘毅峰往航运中专后门的小街跑去。

边南拉上万飞，跟在了潘毅峰这边儿。

邱奕估计不会走正门，后门离体校远，相对来说不容易碰上体校的人。

不过无论邱奕往哪个门走，边南都会跟着潘毅峰，这人单挑没胆儿，带人斗殴下手却很黑。

一会儿自己该怎么办？

边南脑子里不停地琢磨着。

以前他碰上这种事儿一块儿去也就一块儿去了，打了也就打了，无所谓。

但现在不同，他不可能动手，那是邱奕，已经算是跟他关系很不错的朋友了。

就算抛开这层关系不说，邱奕是邱彦的哥，可爱的二宝的亲哥……但自己该怎么办？

就算自己豁出去以后在学校被人找麻烦不管，一会儿是直接冲过去和邱奕一块儿跟潘毅峰干一架还是……还能怎么办？边南觉得烦躁得不行，长这么大头一回为了堵个人、打个架愁成这样！

前面的人走得快，边南和万飞跟在后面慢慢与他们拉开了一小段距离。

边南从兜里拿出手机，准备给邱奕打个电话，刚点开邱奕的名字，还没来得及拨号，前面有人吼了一声。

邱奕骑着车的身影紧跟着就从拐角出现在边南的视野里。

抬头看到体校的人时，邱奕已经没有时间再掉头往回冲，小街很窄，路边停满了车，还有夜市摊子，再说从正门那边过去的人用不了几分钟就能从那边儿堵过来。

几个人已经冲上去，手里拿着棍子扑上去对着邱奕就抡。

边南骂了一句，赶紧跟万飞往前冲了过去，跑了没两步，突然有人喊了一声。

已经挨了几棍子的邱奕突然抽出车锁，狠狠地砸在了一个人的肩膀上，接着又往旁边一甩，抽在了潘毅峰的胳膊上。

如果邱奕要和这帮人对打，肯定得吃大亏，不过在挥了两次车锁之后，他猛地一蹬，自行车往人缝里一撞，手里的车锁对着挡在他跟前儿的人脸上砸了过去。

那人躲了一下，邱奕抓住这个机会冲了出来，背上又挨了两棍子，但他没停。

看着邱奕往自己这边冲过来的时候，边南站在路中间愣住了。

"边南！"有人吼了一声。

邱奕的目的不是打架，是跑，所以尽管他身上挨了不少下，那几个人还是没拦住他，让他找到机会逃脱了。

边南知道潘毅峰那帮人是让自己拦下邱奕。

如果自己想拦，邱奕绝对跑不掉，边南打架都喜欢一对一，何况自己旁边还有个万飞。

"南哥。"万飞在旁边很急地压着声音喊了边南一声。

边南没动，迎上了邱奕的目光，心里沉了沉，又迅速转开了视线。

邱奕脸上有明显的诧异之色，眼神也很复杂，两人的目光对上之后邱奕嘴角那一抹说不出是什么意义的笑容，在边南心里扎了一下。

邱奕大概想不到自己会跟潘毅峰的人站在这里吧。

邱奕的车带着风从边南身边冲过，消失在路那边，边南始终站在原地没动，也没回头看。

"你有病吧边南！"潘毅峰一看事情居然变成了这样，边吼着边几步冲到边南面前对着边南的脸一拳砸了过来。

边南没等他的拳头碰到自己，直接抬手对着他的胳膊劈了一下，拳头从边南的耳边擦了过去，潘毅峰打了个空，顿时怒火中烧地转身又想抡一拳。

"你想干吗？"万飞从旁边冲过来直接撞在了潘毅峰身上。

身后几个人赶紧拉住潘毅峰："大潘，先走，别在这儿跟自己人动手。"

"自己人？"潘毅峰指着边南，"这叫自己人？你们眼瞎了看不到他放走了邱奕吗？"

"放了怎么着？"万飞瞪着潘毅峰，心里只有一个原则，谁惹边南跟谁急，不管别的。

"边南，你牛！"潘毅峰还指着边南，"我记着你这回了！以后别说我不顾着体校的面子找你的麻烦！"

"随便。"边南看了他一眼，转身走了。

潘毅峰没有追过来，万飞时不时回头看一眼，边南一直低着头往前走。

他无所谓潘毅峰会不会追上来跟他干一架，不怵这人，再说也已经撕破脸了，他放走邱奕，那些人全都看到了。

他现在只郁闷邱奕最后那意外而复杂的眼神。虽说之前他们也开玩笑地说过如果打架的时候碰上的事儿，但边南从来没想过真会来上这么一回。

要是他已经冲过去帮邱奕了还好说，可他偏偏还没来得及！

就算他没动手，放走了邱奕，可那种情况下他站在后面怎么看怎么像个准备截后路的帮手，顶多算是临时后悔了！

"要不要给邱奕打个电话解释一下？咱不是过去堵他的。"万飞小声说。

"谁会信？"边南看了万飞一眼，现在别说给邱奕打个电话解释，他就连想到邱奕的时候都觉得心里发堵。

"干吗不信？"万飞皱着眉。

"干吗要信？"边南突然很烦躁，冲着万飞吼了一句，"我从小到大跟谁解释都没人信过！我说我没打架我没骂人，谁信过我？我爸信吗？

阿姨信吗？我就是个多余还惹事儿的货色！谁信我谁是傻子！"

万飞张了张嘴没说出话来，半天才叹了口气："南哥你……"

"不说了，走。"边南闷着声音说，"我不是要吼你。"

"你吼的就是我……"万飞拍了拍他的肩，"不过我无所谓。"

边南走了几步又乐了。两人也没心情去宿舍看了，到街上直接打车回了万飞家。

边南躺在床上一夜没睡踏实，什么也没想，也什么都想了，思绪乱七八糟的，把从小到大的事儿想了个遍。

天快亮的时候，他觉得自己跟邱奕之间的关系大概是维持不下去了，自己居然跟人一块儿堵邱奕。

算了，不想了，他本来也没指望跟邱奕能多要好，只不过是被对方家里那种温暖吸引了，本来也觉得自己没可能拥有那么一个家，只不过是想靠近点儿……就这么着吧。

如果邱奕不提，他也不打算再多说什么了。

反正无论他说什么，邱奕信还是不信他都觉得邱奕不会信，顶多是给个面子。

如果邱奕不再理他，他也不会再上赶着跟邱奕走近了，就这么回到陌生人的关系也没什么大不了的，本来就是没交集的两个人。

不过边南想是这么想，实际情况却跟他想象的有点儿不同。

他是没再主动找过邱奕，邱奕也没跟他说过那天的事儿，但有空的时候会送邱彦来学校。

两人总能碰上。

那辆白色的自行车隔着老远就能看到，边南蹲在学校门口每次都会有种莫名其妙的期待，但邱奕的车停到他跟前儿时，他又会觉得浑身不自在。

"大虎子！"邱彦从自行车后座上跳下来，在边南身上蹭了蹭就跑进了学校。

他已经在学校里混熟了，不需要边南再一直陪着他，到了球场上自己就会缠着教练。

"那个，"边南看着邱奕，"我马上开始训练了，没时间陪二宝，我跟教练说了，二宝可以继续跟着暑期班的小孩儿一块儿练习。"

"方便吗？"邱奕问他。

"没事儿，我跟教练很熟，多一个二宝不影响。"边南揉了揉鼻子，看到了邱奕手腕上戴着边馨语送的那条手链，还真是很酷，没话找话地说了一句，"戴上了啊？"

"嗯。"邱奕笑了笑，看了看手链，"她总问戴没戴，干脆就戴上了。"

"挺好看的。"边南点了点头，"我先进去了。"

"好。"邱奕腿撑着地跨在车上没动。

边南僵了两秒，转身进了学校。

接下来连着几天一直到边南开始训练，邱奕都没再送过邱彦，每次都是邱彦给边南打电话，说自己上公交车了，边南再去车站接他。

邱彦每天兴高采烈地练球，没事儿就缠着边南跟他对打，也没提过让边南去家里玩的事儿，不知道是不是万飞说的那句"哥哥很辛苦要让哥哥休息"起了作用。

边南有点儿空落落的，待在万飞家里有空两人就打游戏，打完了就斗地主。

"南哥，"晚上睡觉的时候万飞躺在床上轻轻碰了他一下，"睡了没？"

"又不是吃了安眠药，这才刚躺下就能睡着？"边南啧了一声。

"你真打算跟邱奕这样了？"万飞小声说，"不别扭吗？"

"还能怎么样？"边南并没有回避。虽然并不愿意承认，但他这几天没见着邱奕的确跟使不上劲儿似的没着没落，邱奕身边的那份温暖的确让他在意。

万飞叹了口气："感觉你心情不好，你为邱奕这样我都挺不爽的了。"

"你……"边南在黑暗中盯着墙上的月光，"真不爽了啊？"

"没有。"万飞回答得很快。

"闭嘴！"边南简直无语。

"我也没二话,我认你这个人,咱俩还是铁哥们儿就成。"万飞坚持把话说完了,然后给自己鼓了鼓掌,"真感动,我眼泪都要下来了,南哥你不抱我一下吗?"

"我抱你个头啊!"边南往他的肚子上甩了一巴掌。

"不给抱头。"万飞翻了个身背对着他,在自己的屁股上拍了两下,"屁股行吗?"

"傻子。"边南忍不住乐了。

"知道吗?我觉得你这人啊,明明大大咧咧的什么都不在乎,脑子平时都懒得用。"万飞又翻过身来脸冲着边南小声说,"有些事儿你太在意了,脑子就会不怎么好使,要搁以前你肯定不会让我抓着这么大的破定。"

边南笑得差点儿呛着,一边咳一边踹了万飞一脚:"文盲快给老子闭嘴。"

"破绽,破绽。"万飞喷了一声,也嘿嘿乐了,"其实我看到这词就会念了,说话的时候就老想着腚,你看我这就是因为太在意许蕊了,脑容量就越来越小。"

边南还是在笑,停不下来,两人在黑暗里一通傻乐,笑了能有好几分钟,边南才拉长声音叹了口气:"唉——"

叹完气之后,两个人同时沉默了。

"我真希望有个他那样的家。"边南过了一会儿轻声说。

"我知道。"万飞说,"不过他家也不怎么样吧,情况那么不好。"

"那也比我家强。"边南喷了一声,"穷点儿、困难点儿但是回家待着人就消停踏实。"

"那是因为你没为钱操过心。"万飞的思维简单明了,"你根本不知道人家那种愁钱的家庭有多辛苦。"

"也许吧。"边南皱了皱眉,"我看二宝每天都乐呵呵的。"

"废话,他那么小懂什么?这更说明邱奕辛苦。"万飞喷了一声,"还是我家好,你要不上我家找温暖得了,上我姥姥家,住仨月……不过邱奕要是个女的我肯定不这么说……"

"服了你了，你的心真大，吃下去的东西都没在肚子里吧。"边南很无奈，"我这儿正烦着呢。"

"那能怎么办啊？这事儿你愁就能愁没了吗？再说，你在这儿愁云惨雾的……哎，成语？"万飞坐了起来，手指戳了戳边南，"你在这儿愁云惨雾的……"

"你赶紧闭嘴吧。"边南往他的背上甩了一巴掌。

"去跟他解释吧。"万飞也一巴掌拍在边南的背上。

"不敢。"边南回答得很干脆。

"南哥，这不是你的风格。"万飞靠窗站着，"你以前没这么磨叽，以前你就算是看上哪个姑娘了，也没这么啰唆，早就电话打过去约了。"

"这不是废话吗？这是一回事儿吗？"边南皱着眉。

"那怎么办？"万飞看着他。

边南沉默了一会儿，往枕头上一倒："不怎么办，就这么着吧，不管了，过阵子没准儿就过去了。"

"你……"万飞啧了一声，"行吧，随你。"

边南闭上眼睛，不去想了，就像以前碰到过的很多事儿一样，不去想就行了，家里的事儿、老妈的事儿、各种烦心的事儿，不想就行了，管他呢。

邱奕坐在桌子前，床头灯拧着往他这边照着，邱彦趴在床上，已经睡沉了。

已经快一点了，他挺困的，却没打算睡觉。

手里的小泥人儿还是个半成品，邱奕对着这个泥坯已经好几个晚上了。申涛送他的工具很顺手，可他一直到现在也没下刀。

理论上做个边南的小泥塑并不算难，草图他已经画了无数张，手里的坯子也已经有了雏形，他却静不下心来。

刀在他的手指间飞快地一圈圈转着，他举起又放下，就这样反反复复。

最后他拿了根烟起身出门走到院子里，在葡萄架下放着的躺椅上坐了下来。他靠着椅背，看着在茂密的叶子中间若有若无的月光，点上烟之后，兜里的手机响了一声。

是申涛的短信："把你的电话号码给要补课的那小孩儿家里了，他妈妈会给你打电话。"

"好。"邱奕回了一条。

"就知道你还没睡。"申涛把电话打了过来。

"你不也没睡吗？"邱奕笑了笑。

"我是刚回来，跟你不一样。"申涛说，"我说，要不你……"

"不。"邱奕打断了他的话。

"不什么不啊？你知道我要说什么吗？"申涛无奈地说。

"你是想让我问问边南吧？"邱奕抽了口烟。

"你觉得……"申涛说，"他是怎么回事儿？"

"想拦着潘毅峰吧。"邱奕笑了笑，"这个不用问。"

"他当时要是想拦着，为什么不跟你说？他也不像是憋得住的人。"申涛跟邱奕的意见不是太统一。

"不知道。"邱奕掐了烟，"行了你睡吧，最近管得真多。"

申涛没再说话，把电话挂了。

邱奕拿着手机愣了一会儿，又摸出烟点了一根，看了看手机上的日期，离边南的生日没多少天了，自己得抓紧做好。

他答应了边南会送礼物就一定会送，就算跟边南已经大半个月没联系，也没见过面……就算只为这个生日。

"干吗还带个人啊？"边南看着从街对面走过来的许蕊和她身边的女孩儿，用胳膊碰了碰万飞，"不是说就你们俩请我吃饭吗？"

"大概她是怕你当灯泡难受吧。"万飞也不知道许蕊要带人过来。

"一个灯泡难受，俩灯泡就不难受了？"边南看到许蕊冲他们这边招手，冲她笑了笑。

"我哪儿知道。"万飞嘿嘿笑了两声。

许蕊带来的女孩儿边南看着有点儿眼熟，应该也是卫校的。

"苗源，我们隔壁班的。"许蕊给他俩介绍身边的女孩儿，"我俩最近特别黏糊，我就拉着她一块儿来了。"

"嘿！"苗源个子挺高，不算漂亮，但长得挺大气，冲边南笑了笑，"可算是能面对面看看了。"

"幻灭没？"边南也笑了笑，他交女朋友虽然都那么回事儿，但经验还在，一眼就看出苗源绝对不是许蕊主动叫来的。

"没，更帅了。"苗源并不害羞，笑着说，"叫我苗苗就行，苗源听着像男孩儿的名字。"

"喵。"许蕊靠在苗源的肩上笑了笑，"走吧，上哪儿吃？"

"你们带路。"边南拿出手机看了看时间。

"我想吃西餐，咱去吃西餐吧？"许蕊拉了拉万飞的胳膊。

"好。"万飞点头，看着边南，"这个要南哥带路了，这些他熟。"

"我熟什么，我这阵子……"边南说一半闭嘴了，"我这阵子吃的都是邱奕家的饭"这话差点儿蹦出来，"我这阵子都没在外边儿吃。"

"那听我的吧？我知道一家牛排不错，想起来就有点儿馋，去那儿行吗？"苗源说。

"走。"万飞一挥手道。

几个人走到街口拦了辆出租车，边南想着该怎么坐。

"你上前面，你得给钱，"许蕊把万飞推到了副驾驶座上，然后拉着苗源上了车，冲边南招了招手："南哥，在后边儿挤一挤吧。"

边南笑了笑，上车坐在了苗源身边。

车开了之后，苗源跟司机说了地点，然后转过头看着边南，小声说："我看看你的手机呗？"

边南摸出手机递给她，她接过去低头按了几下，身上的手机响了一声，她笑着把手机还给了边南："这个是我的手机号，你存不存都没关系，我就是存个你的号码。"

边南还真没打算存，苗源虽然长得还挺顺眼，但不是他喜欢的类型。

不过苗源说是这么说，眼睛却一直看着他，他只得把苗源的号码存上了，名字写的苗苗。

苗源挺开心，打了个响指，靠到了许蕊身上，俩姑娘一通乐。

苗源说的那家餐厅离学校不近，但离边南家不远，在一个区，下车的时候边南才发现这餐厅他来过好几次。

"就这儿啦，好吃不贵，有我最爱的牛排！"苗源拉着许蕊，两人在前面往餐厅走了过去。

"我特想吃糖醋里脊。"万飞跟在后边儿小声说。

"跟姑娘出来吃饭你还想点菜？"边南将胳膊往他肩上一搭，"想吃明天咱俩吃去。"

"那咱就去……"万飞说一半突然没了声音，脚步也猛地一顿，"那是边馨语和……邱奕？"

边南抬起头，顺着万飞的目光往前看去，还真是邱奕和边馨语，两人也一拐弯，跟在许蕊和苗源身后往餐厅里走去。

"我……"边南心里乱七八糟的感受全涌了上来，揉成团拍扁了能铺满一个网球场了。

"要……打个招呼吗？"万飞也挺意外的。

"不。"边南正说着，邱奕大概往前看到了许蕊，于是转过头，目光跟边南正对在了一块儿。

边南都不知道脸上该放什么表情合适了。

邱奕看到许蕊的时候感觉挺意外，没想到会在这里碰上许蕊。万飞肯定就在后面，而这种情况下，有万飞多半就会有边南。

他是犹豫了一下才回的头，果然看到了跟在后面的边南和万飞。

边南的表情有点儿不好形容，邱奕估计对方不会顶着这个难受的表情跟自己打招呼，加上自己身边还有个跟边南一直不对付的边馨语。

于是他只是冲边南笑了笑，就转头跟边馨语一块儿进了餐厅。

边馨语对这个餐厅挺熟，找了个靠窗的卡座坐下。

"我直接全点啦？"她接过服务员递来的菜单。

"嗯。"邱奕在她对面坐下,一抬头就看到了边南。

他们四个人坐的斜对面的四人桌,边南和万飞并排坐着,脸冲着邱奕他们这边。

边南跟邱奕对上眼神之后,扯了扯嘴角,想笑又没笑出来的样子,挺尴尬的,接着就转头跟坐他对面的姑娘说话,没再看这边。

邱奕拿起杯子喝了口水,看着边馨语点东西。

"好了。"边馨语点好东西之后合上菜单,笑着说,"都是他们这里做得比较好的东西。"

"你爱吃就行。"邱奕点了点头。

"其实我吃不了多少,你是主力啊。"边馨语一直在笑,"我在减肥呢。"

"你不胖。"邱奕发现边馨语的眼睛笑起来跟边南挺像,抬头往边南那边看了一眼,边南也正往这边看,发现邱奕的视线之后迅速转开了脸。

"谢谢。"边馨语托着下巴,笑吟吟地看着他,"真没想到你今天会叫我出来吃饭。"

"算是答谢吧。"邱奕看了看手腕上戴着的手链。

"只是答谢?"边馨语噘了噘嘴,"我发现你这人吧,对女生真是连假话都懒得说啊。"

"知道是假话还想听吗?"邱奕笑了笑。

"听啊,起码听着舒服嘛。"边馨语捧着杯子有些不好意思地笑了笑,"人不都是这样的吗?"

"我不是。"邱奕说。

"哎呀,换个话题。"边馨语无奈地放下杯子,"对了,婷婷她妈妈给你打电话了没?她说要请你吃饭,本来考完就该请你的,但她爸爸出差没回,现在回来了就……"

"不用,我跟她妈妈说了不用了。"邱奕往边南那边看了一眼,边南正低头玩着手机,邱奕在边南抬眼的瞬间把视线收了回来,看着边馨语。

"就是想谢谢你嘛,婷婷考得挺好的,她妈妈特别高兴。"

"不用。"

"啊……"边馨语拉长声音，趴到了桌上，皱着眉，"邱奕，跟你交流好困难啊。"

"我不是故意的。"邱奕笑了起来。

"你要是故意的，我早就不理你了。"边馨语叹了口气，"婷婷也说你是聊天终结者，你给她补课这么久，补课内容之外说的话加起来都没有十句呢。"

"不止吧？"邱奕想了想，"我起码每次都会说一句'先不要吃东西'或者'休息的时候再玩手机'。"

边馨语捂着嘴笑了半天："除了交流困难，你有时候也挺逗的。"

边南看着边馨语的背影，她正捂着嘴笑得肩膀一个劲儿地颤抖着。

"许蕊，"边南敲了敲桌子，打断了正跟万飞聊得欢的许蕊，"咱俩换换。"

"啊？"许蕊迅速瞟了一眼身边的苗源，"跟我换座位？"

"嗯。"边南站起来，指了指万飞，"你快过来跟他搂成一团。"

"烦人。"许蕊笑着也站起来，跟边南换了座位，"我才不想跟他挨着呢。"

"你也忒假了点。"边南坐到了苗源旁边，这回看不到邱奕和边馨语了，感觉松了口气。

许蕊坐下之后往前看了一眼，愣了愣："哎，邱……"

"没错。"万飞赶紧一伸胳膊把她往自己身边一搂，拿了个餐包递给她，"秋天快到了，要进补，吃面包补面包……"

苗源拿着根薯条正要吃，一听这话没忍住笑出了声："什么跟什么啊？"

"许蕊，你看上他什么了？"边南问。

"我一直没想明白呢。"许蕊笑着说。

"看上他好欺负了。"苗源边吃边说，"就万哥这种款式的，别名就叫随手欺。"

"哎！"许蕊轻轻一拍桌子，笑了半天，"那你怎么没看上个随手欺的啊？边南可不好对付，对吧南哥？"

"你要对付我吗？"边南笑了笑，看着苗源。

"大哥饶命。"苗源冲他抱拳，有些不好意思地笑着，"我就觉得你特别帅，腿长身材好，我目前的心愿就是近距离瞅瞅。"

"那你快瞅，一会儿吃完饭我要回去睡觉了。"边南觉得苗源挺逗的，跟卫校那些小姑娘风格不一样，搁体校这边儿更合适。

这顿饭吃得有点儿辛苦，虽然几个人聊得挺开心的，但边南始终有点儿心神不宁。

一开始觉得抬眼就能看到邱奕让他很不自在，特别是他总会忍不住往那边看，可是换到苗源旁边之后，他又后悔了。

他俩还在聊吗？还是边吃边聊？

他俩走了没？

边南来来回回总想着这些乱七八糟的问题，盘子里的牛排是怎么吃完的他都不知道。

一直到许蕊和苗源要了餐盒准备替宿舍的姑娘带点儿鸡翅回去吃的时候，边南才回过神来，一顿饭吃完了。

万飞结完账，几个人收拾东西站了起来。

边南飞快地往邱奕那桌看了一眼。

他俩也吃得差不多了，边馨语托着腮，邱奕正跟她说着什么。

这场面让边南心里很不是滋味儿，隐隐有被抽了一鞭子似的感觉。

在他跟着潘毅峰一块儿"堵"了邱奕之后，邱奕始终没提这茬，他不联系邱奕，邱奕也没主动联系他，他根本琢磨不透邱奕到底是怎么看自己的，现在邱奕又跟从小就跟他不对付、看不起他的边馨语一块儿吃饭……

他看了万飞一眼，万飞松开了正搂着的许蕊，把胳膊往他肩上一搭，眼神挺复杂。

几个人离开餐厅得经过邱奕和边馨语那桌，边南跟着往外走的时候心里一直在反复思考要不要打个招呼。

他要不要打个招呼？要不要打个招呼？要不要……

"走了？"邱奕的声音传来。

边南收回思绪，转过脸，看到了邱奕嘴角的笑容。

"啊……嗯。"边南点了点头。

邱奕没再说别的，转开了脸。

出了餐厅之后，苗源回过头看着边南和万飞："哎，我刚才没看错吧？那是邱奕？"

"是。"万飞说。

"哎？你们没当场打起来啊？"苗源笑着说，"我以为体校的人跟航运中专的人见了面就得打呢，何况还是你们这级别的。"

"你当我们是潘毅峰那神经病呢。"万飞嘿嘿笑了两声。

"唉，说起那个潘毅峰，"苗源喷了两声，"真是神经病没跑了，前几天航运中专的好几个学生都被堵了。"

"他不是毕业了吗？"许蕊问。

"是啊，所以他才是神经病啊，都毕业了还咬着人不放呢。"苗源一脸鄙视。

"你怎么知道的？这还放着假呢他上哪儿堵人？"万飞皱着眉问。

"我朋友说的，小蕊也认识，就那天跟咱一块儿逛街的那个小傻妞儿，她男朋友是航运中专的。"苗源看了看许蕊。

"嗯，记得。"许蕊点了点头，想了想又拍了拍苗源，"哎，她那天买的那个面膜用了没，有用吗？我还等着反馈意见呢。"

"我一会儿问问她。"苗源说，两人在前面跑着题聊到一边儿去了。

"大潘还堵人呢？"万飞看着边南，"是不是上回没堵成邱奕不死心？"

"我上哪儿知道去？"边南闷着声音说，"我这阵子又没跟邱奕联系。"

"你要不要问问确定一下？"万飞皱着眉。

边南看着他没说话，他又补了一句："这事儿要是真的，我担心傻潘过阵子就该找我们的麻烦了，他疯狗似的，之前是没毕业不敢动我们，现在可算是奔跑在自由里了。"

"怕他干什么。"边南咬牙道。

"防着点儿吧。"万飞说,"这人现在都跟外面的人一块儿混了,下手跟我们不是一个重量级的了。"

"嗯。"边南应了一声。

把许蕊和苗源都送回去之后,万飞才在出租车上小声问了边南一句:"你没事儿吧?"

"我有什么事儿?"边南看着他。

"你这一晚上的样子你照照镜子去,不知道的人还以为你看上苗源了心神不宁呢。"万飞一连串地说着。

"边馨语一直在追邱奕呢。"边南说。

"我看邱奕那样也不像是被追到了啊,谈恋爱的人不那样聊天儿,表情不对。"万飞很有经验地分析着。

"我不是为这个。"边南皱着眉,边馨语要真跟邱奕有点儿什么了,他肯定能知道,边馨语不是个能瞒事儿的人。

"那你为什么?"万飞盯着他问。

边南靠在车窗边往外看着。

他不知道。

也许他是因为羡慕别的人可以坦然地坐在邱奕面前,看着他,跟他说话。

也许他是因为在自己挺郁闷的时候却看到邱奕平静的笑容,突然更郁闷了。

也许他是因为以为自己可以慢慢对失去这个朋友无所谓最后却发现做不到。

也许……他仅仅是因为不知道该怎么处理那天的事儿而已。

"烦死了!"边南骂了一句。

"烦谁?"万飞愣了愣。

"我自己。"

"走到街口再打车吧。"边馨语跟邱奕一起走出餐厅,"我想走一会儿消消食,行吗?"

"嗯。"邱奕点了点头。

"真没想到会碰上边南和他的女朋友,高个儿那个应该是吧?矮个儿那个我看拉着万飞的手。"边馨语说,"看着也不漂亮,我还以为边南眼光很高呢。"

邱奕转头看了她一眼,边馨语赶紧摆了摆手:"我不是在说他的坏话啊。"

邱奕笑了笑。

"我就是奇怪,边南身边的女孩儿挺多的,也没见他跟谁处的时间长些,我一直以为这人眼光高,刚才那女孩儿看着挺普通的……"边馨语说了几句又停下了,"唉,越说越怪了,算了,不说了。"

"打个车吧。"邱奕伸手拦了辆出租车。

"我说了想走到街口呢……"边馨语有些不情愿。

邱奕拉开车门看着她:"你说了吗?"

"我要没说你嗯什么啊?"边馨语叹了口气,坐进了车里,"真是交流困难。"

邱奕关好车门,递了钱给司机,边馨语在车里喊了一声:"你不上车啊?那你怎么回?"

"跑回去。"邱奕说。

看着出租车开走之后,邱奕才又伸手拦了辆车,在车上给申涛打了个电话:"过来喝酒。"

"你家?"申涛问。

"嗯。"邱奕看着窗外。

"行,我带酒过去。"申涛挂掉了电话。

申涛家和邱奕家离得不近,不过邱奕在胡同买了些烧烤到家的时候,申涛已经在院子里坐着了,装着酒的兜放在小桌上。

"这个胳膊可以这样抬起来,你看。"邱彦正在给申涛演示大黄蜂

的变化技能。

"嗯。"申涛应了一声表示看见了,又回头看了一眼邱奕,"这么慢。"

"远。"邱奕过去摸了摸邱彦的脑袋,"洗洗睡觉了。"

"没劲儿。"邱彦把大黄蜂收好,抱着往屋里走去。

"说谁没劲儿呢?"申涛笑着问。

"你啊,还有我哥。"邱彦说完就一溜烟跑进了屋。

"那谁有劲儿啊?"申涛又问。

邱彦进屋了没听见,邱奕在旁边坐下:"边南呗。"

"这点你们兄弟俩的意见应该是统一的。"申涛拿了一瓶酒出来放在桌上。

邱奕笑了笑:"今儿跟边馨语吃饭时碰上边南了。"

"是吗?"申涛进厨房拿了两个杯子出来倒上了酒,"要聊聊吗?"

"不。"邱奕靠在躺椅上轻轻晃了晃,"就让你来喝酒。"

能这么陪着邱奕只喝酒吃菜不说话的人,大概只有申涛了,两人坐在院子里慢慢地喝着酒,谁也没说话。

两个小时之后,申涛拿来的几瓶酒喝得差不多了,他站起来到水池边洗了洗脸:"我不行了。"

"你跟二宝挤一挤吧。"邱奕说,把杯子里的最后一口酒喝了。

"我睡沙发。"申涛抹了抹脸上的水,"二宝睡觉老爱踢人,受不了。"

邱奕在院子里又坐了一会儿,进屋的时候申涛已经在沙发上睡着了。

邱奕进了里屋,邱彦趴在床上睡得小呼噜一串串的,邱奕过去把邱彦翻了个个儿脸冲上,给他盖好毛巾被之后坐在了桌子前。

从抽屉里拿出眼镜戴上之后,他把灯头拧过来对着桌子,拿起了没完工的小泥人儿。

边南跑完十公里,直接往站在跑道边儿等他的万飞身上一扑:"老蒋这个变态!"

"谁让你没伺候好他。"万飞咯咯乐着,把毛巾扔到边南的脑袋上,学着老蒋的调子说道,"边南!你打多少年网球了?你很累吗?动作变形变成这样还不如暑期班的小屁孩儿!去跑十公里清醒清醒!对了!明天你过生日吧?生日快乐啊!"

边南推了万飞一把,坐到了台阶上:"你说他是不是变态?"

"怪谁啊?你这阵子本来就不在状态。"万飞啧啧两声,"还好二宝今儿没来,要不得多失望。"

"闭嘴。"边南指了指他。

"明天怎么安排的?"万飞坐到他身边,"孙一凡跟我说,我们宿舍几个凑一凑请你吃顿好的。"

"没胃口。"边南头一回在自己快过生日的时候一点儿兴致都没有。

"南哥,咱把话铺开了说吧,你到底怎么想的?这都半个月了,你要死不活的……"

"谁要死不活了?"边南瞪着万飞。

"你啊。"万飞也瞪着他。

"你现在牛了啊。"边南被他这表情逗乐了。

"我……"万飞正要说话,边南扔在包里的手机响了。

"你就是废话多。"边南把手机掏出来,"越来越多了,拿铲子铲一铲能卖出二十块……"

邱大宝。

边南看到屏幕上的来电显示时手哆嗦了一下差点儿把手机扔到地上。"谁啊?"万飞凑过来看了一眼,愣了愣,瞅了边南一眼之后转身走开了。

边南犹豫了一下接起了电话:"喂?"

"我。"邱奕的声音传了过来。

"啊。"边南说。

"生日是明天吗?"邱奕笑了笑。

边南感觉自己像有好几年没听过邱奕说话了似的,居然有种恍如隔世的感觉……他把手机往耳朵上按了按,半天没说出话来。

"是明天吗?还是我记错了?"邱奕笑着问。

这熟悉的声音和语气,还有笑声,就贴在边南的耳边,让他的手心里有些冒汗,他张了半天嘴也没想好该先说什么,最后清了清嗓子:"是……明天。"

"有礼物送你。"邱奕说,"明天晚上我去上班之前拿给你吧?"

"啊?好……谢谢。"边南觉得自己的嗓子有点儿发干。

"那明天我到了给你打电话。"邱奕说。

"好。"

邱奕那边沉默了一会儿才说:"那我挂了。"

"好。"边南应了一声,听着电话挂断的声音,愣了很长时间才慢慢坐到了台阶上。

把手机放回包里之后,边南又在台阶上愣了一会儿,才回过头看了万飞一眼。

万飞大概是在给许蕊打电话,笑得合不拢嘴。

看到他已经接完电话,万飞很快挂了电话跑过来:"什么情况?"

"邱奕说明天把礼物给我拿过来。"边南拎起包往肩上一甩,"走吧,吃东西去。"

"他还有礼物送你?"万飞有点儿吃惊,"你俩连点头之交都快维持不下去了……"

"上个月他过生日的时候我问他要的。"边南闷着声音说,万飞一句点头之交让他猛地想起那天在餐厅里邱奕那句淡淡的"走了",顿时一阵郁闷,"你最近成语掌握得炉火纯青啊,都到了找抽的高度了。"

"你还问他要礼物啊?"万飞嘿嘿笑了两声。

"嗯,就顺嘴说了一句。"边南看着地面,突然有点儿庆幸自己那天随口说了一句要礼物。

要不两个人这关系还真没准儿就画上休止符了。

虽然这阵子他被这事儿弄得焦头烂额,训练时不知道挨了多少回罚,但听到邱奕的声音,知道明天能见个面,他还是莫名其妙地有些开心和期待。

只是也许两个人见了面也说不上两句话,说了也不知道该不该提那天的事儿,提了也不知道邱奕信不信,邱奕说相信了自己也不知道是不是真的……

想到这儿边南又有点儿低落,可再一想,那也好过面都见不着,于是心情又往上扬了扬,但是见了面又怎样……

他的情绪就这么忽起忽落地来回折腾着,简直让人想发疯。

就这么一路一言不发地走着,边南也没看路,一直到万飞把他拉进了一家店,他才回过神来。

这片儿他们都太熟了,一看店里的摆设边南就喷了一声:"又吃炒饼,你真专一,要不是有许蕊,我都以为你看上他家姑娘了!"

"傻啊。"万飞睨了他一眼,"没看前面是潘毅峰带着人啊?"

"他带人来了?"边南拧了拧眉,扭头就想出去看看。

"我的亲哥,"万飞一把拉住他,把他拽到了最靠里的桌子边,"他带的都是不认识的人,咱别出去找死了。"

边南坐下倒了杯茶喝了一口:"你还怕找死啊?这不是你的风格啊,你的风格应该是专门找死。"

万飞指了指边南:"要不是你现在一副魂不守舍的德行,我能怕吗?我怕你恍恍惚惚地出去拖我的后腿!哎……我最近好像是真的挺能蹦成语的,估计考个体院不成问题。"

"牛了你。"边南竖起拇指,"后腿儿最牛。"

不过万飞这话没错,就自己这魂不守舍、恍恍惚惚的样子,别说万飞,边南自己看着自己都烦透了。

什么时候他对这些事儿已经在意到这种程度了?

从小到大他都没这么在意过什么人,除了万飞这个最铁的哥们儿,别的人他真无所谓他们怎么看他。

也许是从小到大根本就没人知道他的家庭,没人了解他内心那些压抑着的秘密。

现在邱奕知道,邱奕了解了,自己却又有些不自信了。

本来边南什么都不爱多想,现在却想得天翻地覆的,真没意思!

边南骂了一句,把茶杯往桌上重重一放。

正给他们把炒饼端过来的服务员吓了一跳,把俩盘子往他俩面前一扔,万飞面前那盘炒饼里有一片儿肉掉在了桌子上。

"哎,我的肉,统共三片儿,你还给我吓跑一片儿!"万飞很心疼,拿着筷子盯着桌上的肉。

边南没吭声,把两人的炒饼换了一下,低头开始吃。

扒拉了好几口之后,他才抬起头看着万飞,含混不清地说了一句:

"我明天……跟他聊聊吧。"

"什么?"万飞愣了愣。

"我试试明天跟他解释一下。"边南把炒饼咽下去后又说了一遍。

"真的?"万飞瞪圆了眼睛。

"嗯,说完了也不用再每天这么瞎想了,不够烦的!就是不知道现在才解释是不是有点儿晚。"边南狠狠地又塞了一口炒饼到嘴里。

万飞愣了半天,伸手在他的肩上用力地拍了拍,又竖了竖拇指:"不晚,朋友之间没有早晚!"

做出决定之后,尽管还不知道情况会怎么样,边南却突然觉得轻松了。

就跟小时候拿成绩单回家似的,没交给老爸的时候他紧张得腿都抖成罗圈儿了,一递过去成绩单,突然就轻松了,是打是骂都无所谓了。

吃完炒饼他又拉着万飞去吃了点儿烤串儿才回学校。

"傻潘走了?"边南一路都没碰上潘毅峰,觉得有点儿奇怪。

"不知道,现在好些人回校了。"万飞东张西望的,"估计他也不敢随便动手了吧?"

"不知道他是来找谁的。"边南说,"也有可能是来示威的。"

"这两天注意着点儿吧。"万飞啧了一声,"去年三年级那谁不是被外面的人打了吗?我看傻潘带的那几个人看着都不是好人,老远就能闻见一股流氓味儿。"

回了宿舍洗完澡,边南躺在床上一边听着万飞和孙一凡、朱斌比赛吹牛皮,一边拿着手机来回翻着。

他想给邱奕发条短信问问礼物是什么,但想想还是点开了斗地主。

就当邱奕给他个惊喜吧。

斗地主一直斗到手机没电他才把手机扔到桌上充电,倒回床上睡觉。

这一夜梦多得让他半夜惊醒了两三回,从小到大他还没这么车轮战似的做过梦。

一开始他猜到自己会做梦,感觉没准儿能梦到邱奕。

结果这一宿到天亮,他全梦到自己在爬山,爬到山顶往下一蹦,然后拉降落伞,结果没找着伞绳,摔地上之后继续爬,爬上去又跳……来回跳了十来次才想起自己爬上去好像是要看日出。

这一天训练的时候他总感觉没睡醒,又被老蒋罚跑了十公里,再这么来几回他觉得自己干脆转个班去练马拉松得了。

暑假训练没课,所以他们下午的训练没到饭点就结束了。

从训练结束,边南就忍不住老掏手机看,洗完澡回了宿舍就把手机放在了桌上。

"几点出发?"孙一凡走过来问他生日吃饭的事儿,"我跟隔壁宿舍的几个人都说好了,就等寿星一声令下了。"

"我等个电话,拿点儿东西就走。"边南抓了抓头,心里有点儿紧张,"吃完了一块儿去唱歌。"

"好。"孙一凡打了个响指,"对了,我给你准备了一份特别有创意的礼物,到时看了请给我个激动的回应。"

"成。"边南对孙一凡的礼物没什么期待度,万飞过生日的时候孙一凡送了两盒袜子。

在宿舍里煎熬了快两个小时,桌上放着的电话终于响了,边南从床上直接蹦到地上,扑过去拿起电话一看,老爸的。

他顿时有点儿泄气:"爸?"

"今天是跟同学一块儿过是吧?"老爸问他。

"嗯,吃饭唱歌什么的。"边南说。

"我昨天给你的卡里打了钱,忘了跟你说了,带同学玩好点儿。"老爸又放低了声音,"明天一定回家,我和阿姨给你准备了礼物。"

"嗯。"边南本来想说别再送手机了,但怕这么一说老爸停不下来,于是只是应了一声。

挂了老爸的电话之后,边南坐在床沿上愣了,觉得自己真有点儿……愣了两分钟后,他站起来去了厕所。

刚尿完还没从厕所出去,他就听到了自己的手机铃声和万飞的声音:"南哥,电话!"

"哎!"边南赶紧提了裤子跑出去。

这回电话是邱奕打来的,屏幕上"邱大宝"三个字让边南心里莫名其妙地有些紧张,不知道接起来该说什么好。

"喂?"他接了电话。

"我到了,到你们学校门口?"邱奕的声音有点儿喘,听着他像是在骑车。

"别。"边南想了想道,"不少人回来训练了,都住宿舍呢,现在又没门禁,太容易碰上人了。"

"那我就在路口等你?"邱奕问。

"嗯,工地那儿吧,我这就过去。"边南跑回了宿舍。

"好。"邱奕挂了电话。

边南换了件衣服,出了宿舍发现手机没带,又转身进去拿上,出来走了两步又回宿舍拿着杯子喝了口水,然后定了定神才又出门下了楼,有些紧张地往校门口走去。

刚走出校门他就停下了。

校门口停着三辆摩托车,车上都带着人,潘毅峰正坐在一辆车的后座上跟他从前的跟班儿说话。

看到边南出来,潘毅峰吼了一句:"边南!"

边南看了他一眼没回话,琢磨着要是打起来自己该往哪边跑。

"好久不见,真想跟你好好聊聊,不过今天我太忙了,为今天我忙活一个星期了。"潘毅峰并没有下车，也没有让人过来揍边南的意思，只是冷笑着又指着边南说了一句，"改天，你别跑。"

边南没说话，站墙边儿看着他。

潘毅峰说完这话之后，几辆摩托车轰了油顺着路开走了。

边南看着他们走的方向，皱了皱眉。他们几个是往市区走的，工地是必经之地。

他马上拿出手机，拨了邱奕的电话号码。

"报信儿？"潘毅峰之前的一个跟班在旁边说了一句，"都说你跟航运中专的人熟，跟邱奕是铁哥们儿，还真是啊？"

边南扫了对方一眼没理他，把电话拿到耳边听着，这人的话让他心里猛地一沉。

他们堵的是航运中专的人，而这么大阵势，除了堵邱奕不会是别人。

"晚了，已经堵上人了大潘才过去的。"那人又补了一句。

邱奕的电话没有人接，响了几声后边南挂了电话，拔腿往路口工地那边跑了过去。

他一边跑一边拨通了万飞的电话："带几个人过来，工地。"

万飞愣了愣，但他最大的优点就是在这方面反应很快，边南立马听见他喊了一句："走，走，走，工地，边南出事儿了！"

"要快，带东西！"边南听着电话那边的一片喊声，"是邱奕，不愿意的别让人来。"

"我们为你去。"万飞很快地说了一句，挂了电话。

边南感觉自己这辈子都没这么跑过，风在耳边带着响儿地刮过，刚剃的寸头都快飘起来了，全身的血都烧得要破皮而出。

邱奕只有一个人。

潘毅峰这边刚才就有五六个人，还不算已经在那边堵上了邱奕的。

邱奕就算是公认的机灵，这次也肯定要吃大亏。

边南急得想吼两声，两条腿实在不够用，自己要是条狗早跑到地儿了！

不，他要是匹马才行……

市里这阵子在整市容市貌，这回力度很大，城乡接合处也没放过。

一路跑着边南居然连根棍子都没找到，什么棍子、石头、碎砖，他全都没看见。

他不知道自己空着手这么跑过去能有多大用处，但还是埋头往工地那边冲着。

距离工地还有几十米的时候，他看到了工地外面停着的几辆摩托车，还有两个快步往相反方向跑开的路人。

邱奕倒在地上的那辆白色自行车像刺一样扎进了边南的视线里。

最后一丝被堵的不是邱奕的希望也破灭了。

工地里应该能找到打架的东西，但过去了就不一定还有机会捡，边南冲到邱奕的自行车旁边，一脚踩在后轮上，手抓着车撑子狠狠一扳，车撑子被他从车上生生地扳断了。

弹簧从他的手上猛地抽过，手背上顿时一阵火辣辣地疼。

一拐进工地，边南就看到了手里抡着家伙的人，有十来个。

从人缝里边南能看到已经躺在地上的邱奕，对方正抬着胳膊护着头。

"滚开！"边南吼了一声。

他抡起车撑子往离他最近的那人砸了过去。

车撑子没多大威力，但正手大力扣球是边南的撒手锏，这一下他用了全力。

那人惨叫一声，边南又狠狠一脚往他腰上蹬了过去，这人倒在了地上。

边南的目标不是还在外围没来得及动手的人，他抡着车撑子连踹带蹬地想要接近正围着邱奕打的那几个人。

这伙人发现有人从后面杀了过来，几个人立马回过身，手里的棍子往边南身上砸了过来。

边南只盯着地上的邱奕和潘毅峰手上那根棍子。

一片混乱当中他冲到了邱奕身边，一拳打在了那人的身上。

边南趁那人往后一仰的机会，扑到了邱奕身上。

有人扳着他的肩，他咬着牙没动，抓了一把邱奕的胳膊，想确定他有没有事。

"傻的吗你？"邱奕在他耳边低声说了一句，声音听上去很吃力，带着沙哑的喘息。

边南觉得这一瞬间自己大概是被打蒙了，想说"我的礼物呢"，又想说"那天我就想这么挺身而出保护你来着"，但都没来得及说出口，不知道被什么东西砸了两下，一阵眩晕，被身后的人一把拉开了。

他挣扎了两下，手往旁边捞了一把，想看能不能抢下什么木棍之类的东西，但捞了个空。

潘毅峰一脚踹在邱奕身上，在邱奕哼了一声团起身体的时候，边南看到了潘毅峰手中的棍子往邱奕身上抡过去。

"你大爷的！"边南喊了一声，胳膊肘猛地往后一撞，挣脱了身后拉着他的人。

边南直接挡住了抡向邱奕的这一下。

边南忍着疼痛，又一把死死地抓住了潘毅峰的手腕，掰着他的手指头要把棍子抢下来。

邱奕这时一脚蹬在了潘毅峰的小腹上。

潘毅峰喊了一声，手上没了劲儿，边南把棍子抢了下来。

边南还没来得及调整，身后扑上来几个人，把他和邱奕都压在了地上。

场面顿时乱成一团，边南听不清声音，也看不清人，只知道邱奕在他左边替他扛了两棍子。

他吼了一声，狠狠地挥了挥胳膊，想把按着他的人掀开。

"啊！"有人喊了一声。

边南听出这是潘毅峰的声音，接着就看到潘毅峰按着肚子跪在了地上。

混乱中谁也不知道这是怎么了，潘毅峰咬着牙，从牙缝里挤出几个字："谁偷袭我？"

边南有点儿晕,不知道自己什么时候往潘毅峰的肚子上抢了一下。

"给我!"邱奕挡在边南身上,手抓住了他手里的棍子,声音很低地说,"松手。"

边南的手紧了紧,没等他出声,又被人重重地踢了一脚,眼前的血红色消失了,一阵黑雾裹了上来,他感觉像是要睡着了,全身无力,头很重,眼皮也很沉。

边南知道自己大概是被谁一脚踢晕了。他初中时因为带病训练太累了晕过一次,跟现在的感觉不太一样,被踢晕的滋味儿不怎么好受,虽然一点儿都不疼。

眼前一片浓浓的黑雾,他什么也看不见,耳朵里似乎还能听见声音,却什么也听不清,嘈杂而混乱,声音忽远忽近。他似乎隐约听到了万飞的吼声。

帮手来了吗……真慢……各种声音渐渐远去,最后他所有的感觉都消失不见了。

不知道过了多久,边南感觉自己再次有了浅浅的意识。

他像是在做梦,醒不过来,却也没法继续睡下去,像是被关在一个闷罐子里,能呼吸却并不畅快,全身都因为疲惫而发软。

他怎么了?在哪里?

他眼前有了光亮,带着白色光晕。

邱奕的电话。

潘毅峰。

"给我……松手……"

邱奕的声音在耳边响起。

邱奕!

画面在边南眼前飞快地旋转而过,他猛地睁开了眼睛,只看到一片刺眼的白光,眼睛被刺激得一阵发疼。

"醒了?"有个女人的声音传来,"小南?"

"阿……姨？"边南听出了这是林阿姨的声音，有些吃力地再次睁开眼睛。

他的声音干涩而沙哑，把自己都吓了一跳。

"是我，你总算醒了。"阿姨轻声说，按下了床头的呼叫铃，"没事了，先别动，等医生过来，我给你爸爸打个电话，他早上刚回去。"

"邱奕……"边南皱着眉，看到了自己上方挂着的吊水袋子，里面还有大半袋水。

阿姨没有回答他，给他老爸打了电话。

医生过来看了看他，跟他聊了几句，然后跟阿姨说没什么问题了，观察两天就可以出院。

边南一听还要两天，顿时就有点儿急，想要坐起来，刚动了动胳膊就觉得全身一阵酸疼，估计身上被砸得够呛。

"阿姨……"他不知道自己在医院躺了多长时间了，想知道邱奕的情况，想知道万飞的情况，但刚开口就被阿姨打断了。

"我不清楚。"阿姨脸上带着笑容，"你爸爸一会儿就过来了，他守了你两天，早上我刚替下他。"

边南闭了嘴，没再说话。

本来他想再问问自己的手机在哪里，但阿姨的笑容掩饰不住她的不满，这件事是他惹了麻烦，他不想再让阿姨和老爸不爽。

老爸来得很快，拧着眉一脸疲惫。

"爸……"边南看到他，立刻挣扎着想坐起来，阿姨扶住他，拿了个枕头垫在他背后，他看着老爸，"对不起。"

"不说这个。"老爸摆了摆手，盯着他看了看，又转头问阿姨，"医生来过了？"

"来看过了，说是没什么问题了，观察两天就可以出院。"阿姨拍了拍老爸的背，"没事了。"

阿姨走出病房，带上了门。

"晕不晕？"老爸问边南。

"不晕，就是没什么劲儿。"边南回答。

"你躺了两天，肯定没劲儿。"老爸走到他身边看着他，"有没有哪里不舒服？"

"没有。"边南轻轻活动了一下脖子和胳膊，身上和手上都缠着绷带。

"你这是运气好！要是胳膊断了，就算接上也会影响手的动作！你懂不懂？"老爸指着他的手，"以前你打架，我就想着你年纪小，叛逆，怎么现在还打？"

边南没有说话。

"你太不让人省心了。"老爸重重地叹了口气，拿过椅子坐在他床边。

"对不起。"边南看着自己的手指轻声说，沉默了一会儿才又试着问了一句，"爸，我朋友……"

"在看守所里呢。"老爸说。

"什么？"边南差点儿从床上蹦起来，"谁在看守所里？邱奕还是万飞？怎么会在看守所里？"

"万飞没事儿。"老爸皱着眉道，"有人报警了，警察去了，人不在看守所里待着上哪儿待着？"

边南觉得自己的手脚一阵发凉，万飞没事儿，那就是邱奕在看守所里！

他有些喘不上气，半天才压着声音喊了一句："邱奕是被打的！他怎么会在看守所里？那不是正当防卫吗？"

"就算他是正当防卫，调查清楚之前一样要待在看守所里！"老爸有些生气地站了起来，指着边南。

"爸！"边南顾不上手上还扎着针头，掀开被子就要下床。

"你又想干什么？"老爸抓住了他的胳膊，"你能不能不要再让我操心了！"

"你闹够了没有？"老爸提高了声音，眼里的怒火都快蹿出来了，"你还嫌给我找的麻烦太少了吗？你给我消停点儿！"

"爸……"边南觉得自己的嗓子眼儿堵得厉害，干涩得说话都吃力了。

"边南，我警告你，不要再惹麻烦，从小到大，你惹的麻烦已经够多了，谁家的孩子也没有你这么让人伤心！"老爸把他推回了床上。

边南抬起胳膊放在了眼睛上，鼻子酸得厉害，没忍住的眼泪从眼角滑了下来。

他已经很久没哭过了，甚至已经记不清上次哭是什么时候，又是为了什么。

他还以为自己这辈子都不会再哭，而现在却怎么也控制不住眼泪。

为了防止他一冲动跑出医院，老爸扔下工作，在病房里又守了他一个上午。

边南全身无力地躺在床上瞪着天花板发愣。

他觉得自己的思维是凝固的，不能思考，也无法说话，一切画面定格在了最后邱奕握住他拿着刀的手的那一瞬间。

午饭的时候，病房门被敲响了。

老爸过去打开门，边南看到了万飞的脸。

"万飞！"他喊了一声猛地从床上坐了起来，大概是起得太猛，头一阵发晕，他差点儿一脑袋砸在床栏上。

"哎，你别动，你别动。"万飞在门外有些着急地喊，又冲站在门口的边南的老爸笑了笑，"叔叔，我们来看看边南。"

边南的老爸叹了口气，走出了病房，站在走廊里。

"你没事儿吧？"边南盯着万飞。

"没事儿，没事儿。"万飞往自己身上拍了几下，"我能有什么事儿……"

万飞进来之后，边南才看到他身后跟着申涛，顿时一阵激动："邱奕怎么样？伤到哪儿了？严重吗？"

"比你好点儿，没有太严重的伤。"申涛回手把门轻轻掩上，"他知道怎么保护自己，你是不是没被人围着打过？把要害全送给人家了。"

边南听到邱奕没有受太严重的伤，顿时松了口气，绷着的神经猛地松了，差点儿倒回枕头上。

但他很快又想起邱奕还在看守所里，心里顿时一阵堵："邱奕怎么回事儿？傻潘应该是我打的！他为什么要认？"

申涛眼里掠过一丝惊讶之色，瞪着他半天没说出话来。

"南哥，"万飞吓了一跳，跑到床边摸了摸边南的脑门儿，"你说什么？"

"木棍应该是邱奕从我手上拿走的！"边南皱着眉道，"我也记不太清了，应该是傻潘被打了以后，邱奕从我手里拿走了木棍！"

申涛没出声，走到床边，盯着边南看了很长时间，把手里的一个袋子放在了床头柜上。

"木棍不是你们带去的，是潘毅峰的。"申涛似乎在思考，说得很慢，"打的是邱奕，工地对面的小卖部老板报的警，潘毅峰到的时候就拿着木棍，老板看到了才报的警。"

"你说什么废话？"万飞在一边听得有些着急。

"邱奕应该是想抢过来防卫，或者是保护你，谁知道他们还没有留后手。"申涛说。

边南愣了半天道："谁这么告诉你的？"

"没谁告诉。"申涛说，"我猜的。"

"你猜？"边南提高了声音，"你猜？"

"我猜邱奕就是这么想的。"申涛指了指桌上的袋子，"他给你的礼物，已经坏了，我第二天才去捡回来的。"

边南过了一会儿才伸手把袋子拿到自己面前，突然有点儿没勇气打开，低头轻轻挑开袋子的时候手指莫名其妙地哆嗦得厉害。

等他看清袋子里的东西时，泪水再一次涌了出来。

袋子里放着一个已经碎成四五块儿的小泥人儿。

只看局部边南就知道这是自己，泥人儿穿着体校的运动服，手里是小小的网球拍。

他拿出了小泥人儿的脑袋，看着自己很Q的脸和表情，擦了擦眼泪，乐出了声，笑了一会儿眼泪再次滑了下来。

边南屈起腿，把脸压在膝盖上，闷着声音说："真像我。"

万飞第一次见到边南哭，愣那儿半天不知道该怎么办，最后在床沿上坐下，在他的背上轻轻拍着："乖，不哭……"

"你大爷。"边南推开他，想擦擦眼泪，习惯性地抬起右手，发现全是绷带，只好抬起左手，可左手还扎着针，他只好又抬起右手，用绷带在眼睛上蹭了蹭。

"南哥，"万飞停了一会儿，看看申涛，又转回脸来看着边南，"申涛今天到学校找我，是有个事儿。"

"说。"边南吸了吸鼻子。

申涛也坐到了床沿上："邱奕现在在看守所里，潘毅峰那帮人都已经咬死是他打的，这个事儿处理起来不是太简单，就是看正当防卫这个线，他过了还是没过……"

"是想找个律师吗？"边南马上问。

"现在邱奕在看守所里，谁也见不着，只有律师能带话，我就想找个靠谱的律师……"申涛看着边南。

边南知道申涛的意思，但找律师这事儿，以老爸之前的态度，边南并不敢确定老爸会帮忙。

他咬着嘴唇盯着小泥人儿碎块儿，很长时间之后才抬起头说："找边馨语。"

"什么？"万飞愣了愣。

"边馨语……肯定会帮忙去求我爸，只要她开口，我爸基本……没有不答应她的事。"边南说得有些艰难，"我爸现在对我很恼火，我去求他未必管用，有边馨语的话就没问题。"

"她应该还不知道这个事儿吧？"申涛问。

"应该不知道，要知道早闹起来了。"边南叹了口气。

"那我打个电话给她说说？"申涛看着边南说。

"嗯。"边南点了点头。

"别说其他的事儿。"万飞叮嘱了一句，"要说了边馨语能把边南

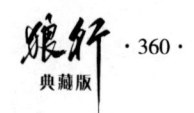

撕了。"

"我有数。"申涛站了起来,"你先养伤吧。"

"二宝和邱叔叔……什么情况?"边南轻声问,这是他最害怕的事儿,邱奕出了事儿,邱彦和邱爸爸会怎么样?

"还好,我每天都会去。"申涛说,"二宝哭了一阵子,现在没什么事儿了,过阵子邱奕出来了就行了。"

申涛和万飞走了之后,边南靠在床头,盯着那个碎了的小泥人儿看了整整一个下午。

申涛捡得挺细,有些碎成小片儿的他也都捡了回来,护士进来把吊完的水撤了,边南用左手试着拼了一下,大致能将小泥人儿拼回原来的样子。

老爸一天都没有离开医院,始终在一边坐着,生意上的电话很多,他来回在走廊和病房之间走着。

"爸,我没事儿,你回去歇歇吧。"边南看着老爸。

虽然从小跟老爸都没什么话,有事儿他也不会跟老爸说,更愿意埋在心里,但老爸对他的关心他还是能感觉到的,哪怕老爸对他的关心因为过去的那些破事儿和边皓、边馨语的不满而有些纠结。

现在看着老爸这个样子,边南心里挺不是滋味儿的。

老爸没理他,一直沉默地坐在病房里,探视时间结束之后才站起来,沉默地离开了病房。

边南躺在病房里,带个客厅和阳台的单人病房很安静,边南觉得这种安静让人难受,还不如住在普通病房里,听听别人说话还能分散一下注意力。

护士进来的时候,边南让她帮着把电视打开了,他瞪着电视继续发呆,右手有些疼,不强烈,隐隐一下下扯着疼。

邱奕在做什么?

他有没有什么地方的伤跟自己一样也这样不轻不重地疼着?

邱奕在想什么?

邱奕没有像他这样没有知觉地躺了两天,该想的事儿都想过了吧?

自己呢,又在想什么?想着自己十来年里最神奇的生日,想着自己还没有收到邱奕的那句生日快乐,想着那个碎了的生日礼物。

邱奕在他晕过去前说的最后那句话始终在他脑子里疯狂地回响着。

边南按了铃,叫来了护士。

"有安眠药吗?我睡不着觉。"他说。

"哟,你这情况可不能吃安眠药。"护士笑着说,"现在还没到十点,睡不着很正常啊,你先看看电视。"

"有吃的吗?夜宵。"边南又问。

"没有,晚饭没吃点儿吗?"护士还是笑着。

"吃不下……算了。"边南活动了一下自己的腿,"再熬一天就出院了。"

"要医生检查过之后才知道能不能出院哦。"护士拍了拍他的肩,"你好好休息吧。"

其实边南叫护士过来就是想有人和他说说话,哪怕几句也好,他一个人待着实在有些扛不住,老是会想邱奕怎么样了。

笑着跟他聊天儿的邱奕。

给他做小泥人儿的邱奕。

受伤了的邱奕。

替他挡棍子的邱奕……

边南在医院里待了一天,老爸再来医院的时候他就闹着要出院。

医生做过检查之后,认为没什么大问题了,静养就行,老爸的意思是再观察几天,边南打死不同意。虽然他不想让老爸担心,但还是坚持要出院。

他在医院一小时都待不下去了。

最后老爸被他磨得没办法,同意了让他出院。

边南一秒没耽误地催着老爸办了手续。

"先带你去吃点儿东西……"老爸发动车子。

边南拉着安全带有些犹豫，老爸看了他一眼道："然后你回家换套衣服，想去哪儿我再送你去。"

"不用送。"边南系好安全带，老爸在这方面还是挺了解他的，他想去邱奕家，急得不行。

老爸没说话，把车开出了停车场。

车是往回家的方向开的，老爸没开出太远，顺路带着他到了小区旁边的一个小餐厅，点了两个清淡的菜，又让服务员拿了个勺子给边南。

边南有点儿饿，醒了之后就没什么胃口，到现在才开始想吃东西。

他左手拿着勺，挺别扭地埋头吃了几口，才发现老爸没动筷子，于是也放下了勺子："你怎么不吃？"

"小南，"老爸拿起碗盛了点儿汤，"是你让馨语来找我的吗？"

"啊？"边南愣了愣，顿时有些尴尬，低头看着碗里的菜，过了一会儿才应了一声，"是，她……怎么说的？"

"跟我又哭又闹的。"老爸看着他，"她认识你的这个朋友？"

"嗯。"边南揉了揉鼻子，"邱奕给她的朋友补课。"

"补课？"老爸拿起汤碗喝了一口。

"是，邱奕……学习很好，平时都带学生，还去打工……"边南一想到邱奕心里就涌起一阵说不上来的难受感觉，"他家条件不太好，但是他特别能干，他家的事儿都是他一个人扛着。"

老爸没说话，慢慢地喝着汤，喝完以后才放下碗问了一句："你为什么不来找我说？"

边南抬起头，半天才闷声说："我怕你……不想管。"

老爸重重地叹了口气："你连问都没问我就觉得我不想管？在你眼里我就是这样的爸爸吗？"

边南拿起勺子舀了根青菜放在嘴里嚼着，没吭声。

从小到大，他已经习惯了不提要求，不在家里争取任何事情，加上虽然他惹过不少麻烦，却没惹过这么大的麻烦，老爸之前不满的语气让本来就底气不足的他跟漏了气似的……

"我联系了律师,你朋友的这个情况正当防卫问题不大,我会安排。"老爸说。

"嗯。"边南低头应了一声。

"小南,"老爸捏了捏眉心,"爸爸不知道你平时都在想什么……"

"谢谢爸。"边南说。

老爸看了他一眼,没再说下去,换了个话题:"你朋友要出来也不会太快,按程序走得两三个月,我给你的卡上打点儿钱,你先给他家帮着点儿忙,但是你……等这事儿过了我们再慢慢谈吧。"

"哦。"边南扒拉了两口菜。

沉默着吃完了饭,边南跟着老爸回家换衣服。

阿姨在午休,边馨语和边皓都没在家,保姆说边皓带边馨语去什么会所玩了。

边南能猜到是怎么回事儿,边馨语估计是因为邱奕的事儿在家里哭过,边皓拿他妹妹当眼珠子护着,这种情况下肯定会带她出去散心。

边南松了口气,要这两人都在家,他真不知道该怎么应付。

边馨语肯定会缠着他问情况,也许还会哭,她哭了,边皓根本不会管原因,没准儿直接上来就开战了。

边南一进自己的屋,就看到了放在桌上充着电的手机,扑过去一把抓过手机。

愣了愣他才反应过来,现在有手机也联系不上邱奕。

他开了机,随便翻了两下,这两天没什么电话和短信,平时联系多的都是同学,知道他住院了。

不过看到未接电话里邱彦的号码时,边南顿时一阵着急,胡乱换了身衣服,背了包一边往楼下跑一边给邱彦打了电话过去。

电话只响了半声就被接起来,边南听到了邱彦拉长了带着鼻音的声音:"大虎子——"

这透着委屈的叫声让边南跑出院子门的时候差点儿摔一跤,他一连串地说:"二宝,二宝,二宝,你乖乖的,我马上去你家,你在家等我。"

"嗯。"邱彦应了一声。

"你爸爸还好吗?"边南往小区外面跑去。

"还好。"邱彦放轻了声音,"爸爸刚睡觉了。"

"嗯,我马上到,你等我。"边南挂了电话,跳上了小区外面停着的一辆出租车,"叔……哥,快开车。"

路上他又给万飞打了个电话,问了问情况。

万飞已经替他请好了假,学校那边对他的处理要等开学之后才知道。

边南并不担心自己,担心的是邱奕,但这刚两三天,律师也得明天才去见人,现在他只能等消息。

这种没着没落使不上劲儿的感觉让他很煎熬。

边南进院子的时候,邱彦正抱着大黄蜂团在躺椅上,闭着眼睛像是睡着了。

"二宝?"边南走过去弯腰轻轻叫了他一声。

邱彦睁开眼睛,看到边南时眼睛一亮,大概是怕吵到邱爸爸午睡,他只是小声地在边南耳边喊着:"大虎子……"

"哎,小东西。"边南胳膊、后背上都很酸痛,但他还是把邱彦抱了起来,在邱彦脸上用力地亲了两口,"想死我了。"

"大虎子,你的手怎么了?"邱彦见了边南虽然很兴奋,但还是在第一时间发现了他缠着绷带的手,"小涛哥哥说你生病住院了,你是手疼吗?"

"嗯。"边南含混地应了一声,看来申涛没把他是跟邱奕一块儿打架的事儿告诉邱彦,"现在不疼了,一点儿也不疼。"

"我哥哥……"邱彦往他肩上一趴,眼泪哗哗地流了出来。

"你哥哥没事儿的,他是碰上坏人了……"边南心疼得不行,一时半会儿却组织不起合适的语言来,只能在邱彦的背上用力揉着,"过阵子他就能回家了,警察要花点儿时间把事儿查清楚,然后你哥哥就能回家了。"

"嗯。"邱彦点了点头,用手背在眼睛上蹭着,"我就是想哥哥了。"

"我知道,我知道。"边南在他的脑袋上摸了摸,抱着他坐到了椅子上。

邱彦趴在边南身上说着话,边南费了半天劲儿安慰他,哥哥没事,哥哥的伤不严重,哥哥过段时间就回家了……

不过邱彦明显比同龄的孩子要懂事儿,也许跟邱奕平时的教育方式有关,虽然邱彦很多时候傻乎乎的没心眼儿,但在这件事儿上他很明白,并没有多哭闹。

申涛之前应该也给邱彦解释过,邱彦哭了一会儿就停下了,带着重重的鼻音说:"哥哥回来之前我要照顾爸爸。"

"嗯。"边南捏了捏他的鼻子,"我也会每天过来的,小涛哥哥是不是也每天都过来?"

"他每天送饭过来。"邱彦趴在边南身上,"还有哥哥的同学。"

看着邱彦,边南一直乱糟糟的心静了不少。

这是邱奕的家,有邱奕的爸爸和弟弟,边南轻声跟邱彦聊着天儿,有种邱奕就在里屋坐着的感觉。

兴奋劲儿慢慢过去之后邱彦就困了,趴在边南身上没多久就睡着了。边南轻手轻脚地把他抱回屋里放在了床上。

在邱彦的小呼噜声里,边南坐到了邱奕的书桌前,看着桌上一字排开的小泥人儿们。

看了一会儿,他从自己的包里拿出那个碎掉的小泥人儿,把所有的碎块儿都放在了桌面上。

他不知道这东西是怎么做的,想在邱奕这儿找找有没有东西能修复,但拉开抽屉看着邱奕的那一堆工具,老半天也没判断出来该怎么办。

还是买支胶水吧,边南关上抽屉,想在邱奕出来之前把小泥人儿粘好。

他轻轻地叹了口气,愣了一会儿之后,重新拉开抽屉,拿出了邱奕画画的那个本子。

本子已经画了差不多半本,邱奕有闲着没事儿就画小人儿的习惯,边南一页一页地翻着。

每页都画着几个不同姿势的小人儿,边南从特征上能看出都是谁,有邱爸爸、二宝、邻居老太太,还有正在打架的万飞和申涛。

边南忍不住乐了,真像!

最后两三页画的都是他,大概是为了做小泥人儿,邱奕画了不少,最后挑了其中一个姿势。

邱奕,你现在怎么样?

边南翻完了画,合上本子,趴到了桌上。

现在他已经可以确定,邱奕根本没把那天的事儿放在心上,只有他挺多余地纠结着要不要解释,该怎么解释。

患得患失不是你的风格啊,边南。

隔壁屋里传来了邱爸爸咳嗽的声音,边南立马蹦起来,走到客厅,站在邱爸爸的屋门口轻轻叫了一声:"叔?醒了?"

"大虎子啊?"邱爸爸在里面问了一句。

"是我。"边南推开门,看到邱爸爸正靠在床头,忙倒了杯水递过去,"叔,您还好吧?"

"好着呢。"邱爸爸笑了笑,"没事儿,你出院了?伤怎么样?"

"我……没什么问题了。"边南说,邱爸爸估计知道这件事儿自己也参与了。

"怎么没在家多休息两天就跑出来了?"邱爸爸看上去精神还不错,比边南想象中的状态要好。

边南突然觉得邱奕身上那种永远平静淡定的气质没准儿是遗传自邱爸爸。

"我哪儿待得住,要不是不让出院,我昨天就来了,"边南坐到床边的凳子上,"叔……这事儿……您都知道了?"

"知道了。"邱爸爸点了点头,"申涛说你爸爸同意帮忙找个律师?真是谢谢了啊,太麻烦你爸爸了。"

"这本来就该……"边南说得很费劲儿,最后一咬牙道:"叔,邱奕他……他……替我挡了两棍子。"

邱爸爸有些意外，看着边南没说话。

"叔，您骂我吧，要不打我也行。"边南凑到床边低着头，"我……"

邱爸爸在他的肩上拍了拍："好。"

"啊？"边南愣了愣。

"打完了。"邱爸爸笑了笑，"我这个身体，打个人也就这程度了。"

"叔……"边南不知道该说什么好了，鼻子又有点儿发酸。

"邱奕这孩子，从小就有主见，要做什么都有自己的想法，谁也别想替他拿主意。"邱爸爸说，脸上带着一丝不明显的骄傲，"他有他的想法，如果有什么问题，他出来了你俩自己解决就行，你可以让他揍你嘛。"

其实我俩没少对着揍……

边南看着邱爸爸，突然笑了起来，半天都停不下来。

"你这孩子。"邱爸爸笑着咳嗽了两声，"去帮我把药拿来吧。"

"好。"边南蹦了起来。

边南在邱奕家泡了一下午，陪着邱彦玩，带他出去买吃的，顺便还买了瓶502胶水。

看着邱彦在自己身边蹦来蹦去的样子，边南觉得似乎又回到了之前的日子里，他带着邱彦出来，偷偷给邱彦买哥哥不让他吃的零食，但每次买完都会被邱彦一兴奋不小心给出卖了。

边南想到这儿，站在超市货架前对着一排牛肉干乐了好一阵。

两人在超市买了零食和菜，结账的时候，邱彦又盯着积分，然后很积极地换了优酸乳。

边南对他这份执着相当佩服，这玩意儿他居然这么久都没喝腻。

走出超市的时候，他习惯性地将手伸进兜里拿出了手机，想给邱奕打个电话告诉说菜已经买好了，紧接着就回过神来，邱奕联系不上。

他盯着手机上的"邱大宝"三个字看了很长时间，叹了口气。

老爸说，两三个月。

两三个月？

两三个月!

边南突然有种没着没落的感觉。

那个温暖的小院子里的家,少了谁都感觉不圆满。

边南把手机放回兜里,弯腰一把搂过邱彦,狠狠地揉了两把:"走,回家。"

下午五点没到,边南正坐在院子里用手机翻着菜谱,琢磨着该做点儿什么吃的时,申涛推门进了院子。

"出院了?"申涛看到他问了一句。

"嗯。"边南站起来,看到申涛身后还跟着俩航运中专的人,手里都拿着袋子,看样子是吃的。

局面有些尴尬,平时见了面就要红眼的人,现在估计是知道边南为了护着邱奕被打进了医院,那俩航运中专的人似乎不知道该怎么说话了。

"我买的都是熟食。"申涛走到边南身边看了看他的手,"我们都不会做饭……你这手也做不了吧,吃现成的得了。"

"你们吃吧,我一会儿得回家吃,我早上才出的院。"边南低声说,跟申涛走到一边,"律师明天能见到邱奕,有什么情况会告诉我爸。"

"好。"申涛点了点头,从包里掏出部手机递给他,"给。"

"这什……"边南接过手机,一眼就认出这是自己给邱奕的那部手机。

"你拿着吧。"申涛看了看边南。

边南把手机放进了自己的包里,有些尴尬地又拿了出来,把手机在手上转了几下又放进了包里。

他一直没抬头,不想让申涛看到自己脸上的内疚之色,再怎么说自己是要去帮邱奕也不能缓解内疚情绪。

"那个……"边南犹豫了一会儿道,"你拿着也行啊,给我干吗?"

"那给我。"申涛伸手。

边南愣了。

"这不得了?"申涛笑了笑,转身走到水池边洗了洗手。

边南在原地站了一会儿才进屋,跟邱爸爸说了得回家吃饭、明天再过来之后，又搂着邱彦陪他聊了几分钟，保证了明天一定过来，这才离开邱奕家。

一出胡同口，边南就拿出了邱奕的手机，按了两下发现居然没电关机了。

边南很郁闷，一路上都拿着手机，翻过来掉过去地转着，一直到要拿钥匙开门才把手机放回了包里。

家里只有老爸和阿姨两个人，保姆已经做好了晚饭，医生让边南这几天吃清淡些，阿姨交代了保姆，没做老爸在家必吃的红烧肉。

老爸估计是以为他不会回家吃饭，看到他回来挺高兴。

"说了会回来的。"阿姨拉着边南看了半天，"看着是没什么事儿了，这阵子还是要注意休息，别让我和你爸爸担心，你也不是小孩子了，以后要懂点儿事儿，这次连馨语都跟着受罪了。"

"嗯。"边南点了点头，阿姨很温和的话让他的心情顿时有些低落，"我知道了。"

闷着头吃完饭，边南回了楼上自己的房间。

把邱奕的手机电池抠出来用万能充充上后，边南坐在椅子上，盯着跳动的小灯。

二十分钟之后他拿过电池装上，开了机。

邱奕用了这部手机之后，基本什么也没动，都保持着原样。

未接来电里有些边南不认识的号码，打得最多的号码是"曼姐"，邱奕打工那个饭店的老板。

把这些都看了一遍之后，就没什么可看了，边南想了想又打开了手机相册。

看到第一张照片的时候边南笑了起来。

照片上是邱奕坐在葡萄架下，嘴里叼着烟，脸上带着一丝笑容。

这应该是邱彦拍的，每次邱彦发现邱奕抽烟，都会一脸严肃地教育他，这估计是拍了做证据的。

边南百无聊赖地看了一会儿照片，手机又没电了，他只得关了机用万能充继续充电，然后从包里拿出了今天买的502胶水和碎了的小泥人儿。

"来吧。"边南小声地说，把身上的T恤脱掉，光着膀子坐到了桌子前。

他长这么大，做过的最细致的活大概就是小学的时候劳技课上教的缝扣子了，把小泥人儿粘好对他来说简直是个巨大的挑战。

大块儿的还好判断，那些小块儿的他只能按颜色去拼，但因为碎片并不齐，边南拿着一块儿小的碎片转了半天都不知道归属地是哪儿。

没到半个小时他脑门儿上就冒汗了。

他决定先不管别的，把大的粘好再说。

深吸了一口气之后，他小心地把502挤到小泥人儿断口的地方，用了好几分钟才把断开的腿和身体对齐。

用手又按着等了一会儿，他试着轻轻掰了一下，粘牢了。

"嘿！"边南顿时有种莫大的满足感。

他把台灯打开，趴到了桌上，开始认真地继续粘下一块儿。

受了伤的右手缠着绷带，活动很不方便，只能做劲儿不大的捏握动作，别的动作只能靠左手，所以边南光把腿和身体粘上再粘到底座上就费了半天劲儿。

大块儿的还没粘完，他就已经困得不行了，抬眼看了看钟，居然用了快一个小时！

"这是什么进度……"边南嘀咕着，拿起小泥人儿的脑袋，比来比去发现还少了脖子和胸口那截儿，于是又在桌上找了找，都是碎得比较小的碎片。

他一边打着哈欠一边把小块儿的碎片先往上粘，手不灵活，感觉这台灯也不够亮，鼻子都快跟小泥人儿顶上了，也经常看不清对没对齐。

边南啧了一声，他以前也没觉得这灯不够亮……大概是统共没用过几次，回家了不看书、不看报的一般不开灯。

太费眼，他瞪得眼泪都哗哗地掉了。

边南又打了个哈欠，当然，也有可能是困的。

早上门被轻轻敲响的时候，边南还在梦里，正梦到自己因为打架斗殴被抓进了警察局,低着头在地上蹲了好几天,脖子和肩膀都酸得厉害,还不敢动,据说要是他不老实,同犯邱奕就要被枪毙……

敲门声响了好一阵子,他才慢慢地从这个梦里清醒过来。

边南动了动脖子,发现真是酸得他想龇牙,肩膀的酸痛都从后背蔓延到腰上了。

"谁?"他迷迷瞪瞪地抬起头问了一声。

出了声之后他才彻底醒过来,有些吃惊地发现自己居然坐在椅子上就睡着了,脸直接扣在桌面上。

"我。"门外传来边馨语的声音,很轻。

"哦……等等。"边南站起来,弓着背正要过去开门,突然觉得手上挺沉,还有点儿拖拖拉拉的累赘感。

往手上看了一眼,他愣了愣,手上有个东西,他习惯性地想揉揉眼睛,一抬右手,发现那东西跟着一块儿被举了上来。

他一下没收住,手上的东西在鼻梁上砸了一下,他看清之后忍不住骂了一句。

只粘了一半的小泥人儿居然牢牢地粘在了他的右手中指和拇指之间。

边南瞪着自己呈兰花指状捏着小泥人儿的手,半天才回过神,试了试想把小泥人儿从手指头上扯下来,龇牙咧嘴地折腾了半天也没成功。

考虑到边馨语还站在门外,边南只得先拿着半个小泥人儿,把衣服套上,过去打开了房间门。

边馨语正转身要回自己的房间,听到开门声回过了头。

边南发现她眼圈有点儿发红,人也不太有精神的样子:"有事儿?"

"你有……"边馨语理了理头发,"邱奕的消息吗?"

听到邱奕的名字,边南心里顿时有点儿不是滋味儿:"没有,他在看守所里只能见律师,别的人都不能见。"

"哦。"边馨语低下头,"那天你跟他一块儿受的伤,你看到他伤成什么样了吗?"

"我当时顾不上细看,后来申涛说没大问题。"边南把捏着小泥人儿的手放在门后,"你没问问申涛吗?"

"问了,他也是这么说的,我再问他就没说了。"边馨语笑了笑,转身往楼下走去,"行了,没事儿了。"

边南关上门,边馨语这一问,让他的心情顿时又有些不好了,手上黏着的小泥人儿也变得沉甸甸的。

站了好一会儿之后,他才坐回桌前,找了把小刀,把小泥人儿粘着手指的那一部分切开了。

看着桌上的半成品小泥人儿和手指上的502,他叹了口气。

上网查了查该怎么把这玩意儿弄干净,发现挺多人被粘了手指头的,他对着电脑乐了半天。

今天他不用去学校,老爸已经和老蒋联系过了,但他在家里待不住,还有几天就开学了,他还是打算去学校待着。

把自己和邱奕的手机都放进包里,边南犹豫了一下,又把没粘好的小泥人儿用袋子包好也放了进去。

他背着包正要下楼,边皓顺着楼梯走了上来,把他堵在了走廊里。

边南看着边皓没说话。

边皓面无表情地盯着他看了很长时间才问了一句:"要出去?"

"嗯。"边南应了一声,绕过边皓准备下楼。

边皓一把抓住了他的胳膊:"让你那些朋友离馨语远点儿!"

"松手。"边南看了看边皓的手。

"我在跟你说话。"边皓的声音很冷。

"这话你跟我说不着,"边南看着他,"跟边馨语说去。"

边皓拧着眉手上一紧,正要说话,边馨语打着电话从房间里走了出来:"我十点才能到啊,我刚起床呢。"

边皓一听她的声音,马上松开了边南的胳膊,狠狠地瞪了边南一眼,转身往楼上走了。

边南背好包下了楼,楼下没人,他进饭厅拿了盒牛奶出了门。

上出租车之后他拿出手机准备给万飞打个电话,弄了半天没找到万飞的号码，这才发现自己拿的是邱奕的手机。

他闭上眼睛靠到车窗上，脑门儿往玻璃上轻轻地磕了磕，重新拿了自己的手机出来打过去："我一会儿到学校。"

"不是让你休息吗？"万飞有些意外，"你跑学校来干吗？"

"在家里待不住。"边南说。

"你现在回学校，不怕有人找你的麻烦吗？"万飞低声说，"潘毅峰的人都在呢，毕竟你帮的是航运中专的人，都明面儿上帮两回了。"

"我难道就一直不回学校了吗？"边南笑了笑。

"先休息好啊。"万飞嘖了一声，"这帮傻子过几天也就消停了。"

边南想了想道："那我去陪二宝吧。"

"嗯，训练完了我给你打电话。"万飞说。

边南让司机掉头去了邱奕家。

邱彦马上要开学了，边南进院子的时候他正趴在桌子上检查自己的暑假作业。

"大虎子！"一看到边南进来，邱彦立马扔了本子扑过来。

边南弯腰抱了抱他，从包里拿了盒巧克力出来："今天可以吃三小块儿。"

"好！"邱彦很开心地接过盒子开始拆。

边南进屋跟邱爸爸聊了几句，回到院子里看了看摊在桌上的本子："在检查作业啊？"

"嗯。"邱彦低头忙着拆盒子，"以前都是哥哥检查，现在他不在我就自己检查啦。"

"我给你检查吧。"边南坐下，拿过了他的作业本。

"哦。"邱彦抬起头，"你会吗？"

边南看着邱彦一脸怀疑的表情，翻本子的手僵在了空中，好一会儿他才放下手："二宝，你是怀疑我检查不了你小学二年级的作业？"

邱彦想了想道："应该……可以吧？"

"行了，闭嘴。"边南无奈地挥了挥手，"吃你的巧克力去。"

邱彦的作业写得不错，字迹很工整，没错字，题也都对，还有不少日记，不过每篇都只有几行字，总结一下基本都可以缩成一句话。

日期、天气。

今天跟哥哥还有大虎子去烧烤了，烧烤很好玩，睡了帐篷。

今天去打网球了，很累。

今天看到大虎子打球了，很厉害！

昨天晚上起来上厕所看到哥哥没有睡觉。

哥哥又没有睡觉。

哥哥好几天都不睡觉，还抽烟，我要告诉爸爸！

哥哥受伤了。

邱奕受伤之后邱彦就没再写过日记。

边南看着这些心里堵得慌，他拉过邱彦："等你哥哥回家了，我们一起出去烧烤好不好？"

"好！"邱彦的眼睛都亮了，"也带帐篷吗？"

"带，你想带什么我就给你带上什么。"边南点了点头。

邱彦很兴奋地跑进屋里冲着邱爸爸激动地一通喊，连比画带说地把那天去烧烤的事儿又说了一遍。

其实要不是边南实在没心情，现在带邱彦出去玩都没问题。

但一想到邱奕还一点儿消息都没有地待在看守所里，边南就连吃东西的兴致都没有了。

也就只有看着邱彦在他面前蹦蹦跳跳地唱着跑调的歌的时候，他能暂时转移一下注意力。

不过要说邱彦虽然能解闷儿，时间长了边南却有点儿扛不住了。

以前每次他说邱彦可爱，邱奕都会说"送你了"，现在连着几天他都待在邱奕家，跟邱彦泡在一块儿，可算是体会到了邱奕为什么会这么说。

邱彦就像个背着永动机的小动物，精力旺盛到边南觉得邱彦直接去参加体校网球班正式训练都没问题。

除了吃饭、睡觉，别的时间邱彦都在院子里跑着，摘葡萄吃，要不就摘了葡萄送给邻居,再不然就顺着胡同挨个儿院子找人玩,人家玩累了,他又回到院子里折腾边南。

邱彦开学之后,边南感觉自己好像都让这小家伙给折腾瘦了。

"都说七岁八岁狗都嫌,九岁还有大半年,真没错啊……"边南蹲在邱彦面前感叹了一句。

"你嫌我吗?"邱彦头都没抬,"你又不是狗。"

"嘿!"边南乐了,"你要长大了比你哥还烦人。"

"我哥才不烦人呢。"邱彦跑到他背后趴着,"大虎子,我想哥哥了,都大半个月了……"

"就快回来了。"边南回手拍了拍他的屁股,"就快回来了,你好好上课,要不你哥回来肯定要治你。"

"治你。"邱彦很响亮地笑了,"我跟你一块儿玩的。"

律师已经见过邱奕几次,邱奕的状态不错,伤没什么问题,边南从邱奕的床头拿了几本他正在看的书和几套换洗衣服托律师带了过去。

邱奕让律师带出来的话只有一句:"谢谢,我没事儿,别担心。"

这句话让边南低迷了大半个月的情绪终于抬了头,这是邱奕说的话,邱奕让律师带出来的话!

边南几乎能想象出邱奕说出这句话时脸上的表情。

无论这话是带给谁的,边南都觉得似乎一直没顺过来的气一下就通了,一直提着的心也落下去了。

但接着想了想他又觉得这简直比不知道邱奕的消息还要痛苦,他看着律师:"就这一句?叔,你没记错吧?没别的话了?"

"你朋友的话很少啊。"律师笑了笑,"感觉说这几句差不多了,你别担心,这事儿没有问题,再有一阵子你朋友就能出来了,我会随时跟你爸爸联系的。"

边南差不多是掰着手指头过日子的,律师没说准确时间,他掰手指头也没个目标,反正就每天起床先拿手机看看日历。

回学校这段时间的训练并没比之前轻松，虽然他的手伤没好，没法握拍，但体能训练是不受影响的，边南感觉这简直给了老蒋个折磨他的好机会。

他没法训练技术，那就训练体能呗，每天跑、跳、步伐、力量……

"我要申请转田径班！"边南趴在床上抱着枕头，"长跑、短跑、跳高、跳远都行……老蒋以前是田径教练吧！"

"过两天手就能拆线了。"万飞拍了拍他的屁股，"马上熬到头了。"

"唉。"边南说，"能拿拍了后老蒋又该说了，'你怎么拿的拍？吃的是饭还是草啊？反手力量不行就算了，正手力量让狗啃了吗？'"

宿舍里的几个人一阵乐，孙一凡换好衣服道："吃饭去吗？还是我们给你带？"

"吃。"边南下了床，这种训练量要不好好吃饭，他觉得自己大概会直接晕倒在跑道上。

饭堂里人挺多，边南进去的时候不少人往他这边看了过来。

边南没理会这些目光，打了饭之后跟宿舍的几个人找了张桌子坐下开始吃。自打他回学校之后，这种情况经常出现，他都已经习惯了。

他跟潘毅峰打架并不奇怪，潘毅峰跟体校不少人有矛盾，但帮着航运中专的人打架还被打进了医院，这事儿就有点儿那什么了。

在两所学校的"斗争史"上还没有过这种神奇的事件。

不过因为现在潘毅峰也被关着没出来，群众的传言越跑越偏，现在大概已经翻新到 8.0 版本了，邱奕和边南合伙把潘毅峰打进了医院，估计再过一阵子就是他俩合伙把潘毅峰给打没了。

边南掰手指头掰了快两个月，天儿都凉透了，老爸那边终于收到律师的消息，说正当防卫事实清楚，一周之后邱奕就可以出来了。

边南听到这个消息的时候拿着电话半天才说了一句："爸，谢谢了。"

之前他每天看日历的时候并没觉得日子过得有多慢，现在知道没几天了，却发现日子跟凝固了似的怎么扒拉也不动。

"到时要去接吧？"万飞跟他一块儿坐在跑道边儿上，"他家也没谁能去接了。"

"嗯。"边南点了点头,本来应该带着邱彦一块儿去,但那天邱彦的学校安排了小朋友们去敬老院打扫卫生,邱爸爸的意思是边南直接去接邱奕回来给小家伙一个惊喜就行。

不过申涛他们几个肯定也会去接邱奕,一想到跟他们一块儿站在看守所门口,边南就觉得场面挺逗。

边南打电话跟申涛说了这事儿之后,问了一句:"你们几个人去接?要不我开车把人一块儿拉了去吧?"

"你去接就行了。"申涛说,"我们这边等他回学校了再说。"

"嗯?"边南有些意外,申涛跟邱奕那么铁的关系居然不去接人?

"你想见我们啊?"申涛问,"我们不去你还挺失望?"

"你有病。"边南乐了,"那我自己去。"

自己去就自己去吧,毕竟他们是两拨人,见了尴尬。

别的边南没有再细想,对他来说,现在一切都无所谓,他唯一来回想着的事儿就是去接邱奕。

走神被老蒋罚跑他都跑得挺愉快。

不过真到了这天,他却突然开始紧张。

边南跟老爸借了车,一路看着导航往看守所开愣是拐错两个弯,还好他出门早。

在路边把车停好之后,边南怀着不知道是什么的心情下了车,靠着车门站在看守所对面的马路边儿上。

时间还没到八点半,边南看了看四周,还停着几辆车,不知道是不是来接人的。

不过站车外边儿吹着冷风的只有他一个。

边南顶着大清早的冷风吹了一个多小时之后,看守所的门开了。

边南一阵激动,直接就迈着大步走过去了,走了两步才看清出来的是个胖子,身后有个女人从车上跳了下来,喊着老公跑了过去。

边南靠回车门边,继续吹着风。

又吹了半个小时，里面又出来两三个人，但都不是邱奕。

边南有点儿扛不住，坐回了车里，靠在车窗上继续盯着看守所的大门。

没过多久他就开始觉得眼皮打架了，这还是他长这么大头一回等人等得都紧张得犯困了。

他等个人还能等出这效果来，真神奇。

边南眼前一会儿清晰一会儿模糊地来回折腾着。

不知道过了多长时间，边南在迷糊中看到有个人影从远处走了过来。

他愣了愣，接着用力眨了几下眼睛。

视线清楚之后，他看清了走过来的是邱奕。

邱奕没什么变化，风吹起他前额的头发，边南看到了他有些疲惫的表情和依然漂亮有神的褐色眸子。

"邱奕！"他隔着车窗先喊了一声，然后推开车门跳了下去。

由于坐姿有些别扭，脚着地的时候他才发现腿都麻了，咬了咬牙才没离着老远就跪下去。

站在原地看着邱奕慢慢地走到跟前，边南才说了一句："我以为我记错日子了。"

"瘦了啊。"邱奕看着他笑了笑。

自己瘦了吗？

边南下意识地抬手摸了摸自己的脸。

一阵冷风吹过来，他猛地反应过来现在瘦了都不是重点，重点是邱奕！

要算上之前相互回避着的时间，他已经三个月没有这样面对面地看着邱奕，听着邱奕的声音了。

他想再说点儿什么，比如"谢谢你，你傻吗"之类的话，不过现在终于体会到了无数要说的话争先恐后地想要出来，结果全都被堵在嗓子眼儿里出不来的感觉。

邱奕也没说话，默默跟他对视了一会儿："谢谢。"

"该我谢你啊。"边南狠狠地在邱奕背后用力地拍了几下。

"这种事儿居然都要跟我争啊?"邱奕笑了起来。

两人沉默地在冷风里久别重逢地感叹了一会儿,边南说:"邱奕,我跟你说个事儿。"

"嗯?"邱奕看着他。

"就那天大潘堵你……"边南抓了抓头,"我在那儿不是要帮忙。"

"我知道。"邱奕笑着轻轻说了一句,又抬头看了看天,"挺冷啊。"

边南听了这话,才注意到邱奕穿的只是件长袖T恤,立马开始脱自己的外套,"我不是让律师带了外套给你吗?"

"蹭脏了。"邱奕按住了他的手,"别脱了,上车不就得了?"

"哦,对啊。"边南回身要拉开副驾驶座的门,又想起什么似的往后备厢跑过去,"你先过来。"

邱奕走到车后,看到边南手里拿着一把树枝,愣了愣:"这是什么?"

"柚子叶……"边南看着手里的树枝乐了,"我爸弄的,说用这个去去晦气。"

边南拿着树叶在邱奕身上拍了几下,关上了后备厢的门:"就这么着吧,上车。"他正要往车头走的时候,邱奕突然抓住了他的胳膊。

边南回过头:"怎么了?"

"看看。"邱奕把他的右手掌心朝上拉了过去,低头看着他手上那条横贯了整个手掌的伤疤。

"没事儿,已经好了,现在行动自如。"边南也看着自己的手,"现在掌纹都牛起来了。"

说实话,他从拆线之后就没细看过这个疤,现在看看,还真是挺吓人的,而且因为疤还没完全好,手在张开的时候会有被拉扯着的紧绷感。

邱奕没说话,指尖在那条伤疤上轻轻戳了戳,皱着眉问:"有感觉吗?"

疤比较丰满,邱奕的指尖滑过时只有隐隐的钝钝的触感,边南嘿嘿乐了两声:"没感觉那就是真废了,有感觉,感觉明显着呢。"

邱奕似乎还有些不放心。

"真……没事儿。"边南看着邱奕,"我都已经开始训练快一个月了。"

"身上呢？"邱奕又拍了拍他的肩膀，"那一脚踢哪儿了？"

"不知道。"边南还真不知道那一脚踢在哪儿了，反正醒过来的时候就觉得身上有点儿酸，"你别管我了，先上车。"

边南笑了笑，发动了车子："咱直接去学校接二宝吧，我听你爸说他们今天去做好事儿，放学早。"

"好。"邱奕点了点头。

"对了，"边南指了指自己扔在后座上的包，"你的手机在我包里，我充好电了。"

邱奕回头从包里拿出手机看了看，放到了兜里："申涛给你的？"

"嗯。"边南应了一声，"你的伤怎么样？到底伤哪儿了？"

"哪儿都有。"邱奕笑了笑，撩起袖子，胳膊上有两道瘀伤，"但都不严重，还没你扑我身上顶我肚子那一下疼呢。"

边南愣了："我顶着你的肚子了？我真不知道，我当时急红眼了……"

"你以后快别打架了。"邱奕叹了口气，"没见过打架的时候把整个后背都让给对方的。"

"我也不总这样，那不是因为……"边南说到一半停下了。

"我知道，谢谢。"邱奕看了他一眼，"好好开车吧。"

边南把车开到邱彦他们学校门口时，正好看见一溜儿小朋友拿着水桶、抹布排着队准备进校门。

邱彦把自己的绿色小桶扣在了脑袋上，手里拿着抹布一蹦一跳地走在队伍最后面。

"嘿，这傻小子，什么颜色都往脑袋上顶啊……"边南一看就乐了。

"二宝！"邱奕放下车窗冲那边喊了一声。

邱彦听到声音愣了愣，猛地转过了头。

"哥哥！"邱彦看到打开车门下来的邱奕时，眼睛都瞪圆了，接着拔腿就往这边冲了过来，边跑边喊，"李老师！我哥哥来接我了！"

边南第一次发现邱彦的弹跳力如此惊人。邱彦跑到邱奕跟前儿猛然一蹦,直接跳到了邱奕身上,胳膊搂住邱奕的脖子,腿钩在了邱奕的腰上:"哥哥——"

没等邱奕出声,邱彦一闭眼睛,脸冲着天就哇的一声哭了起来。

边南把车往路边靠了靠,邱奕抱着邱彦上车,因为邱彦像八爪鱼一样缠在邱奕身上,怎么也不肯松开,邱奕费了半天劲儿才上了车。

"哎哟,宝贝儿,"边南摸了摸邱彦的脸,"这哭的……"

邱彦搂着邱奕的脖子哭了一路,就好像这么久想哥哥又一直憋着的难受劲儿这会儿得全都哭掉一样。

一直到车开到胡同外面的小街了,邱彦才慢慢没了声音。

"不哭了?"边南看了一眼。

"睡着了。"邱奕往后靠在车座上,轻轻舒了一口气,"喊得我头都疼了。"

"头疼?"边南立马盯着他。

"一个比喻。"邱奕说。

"哦。"边南感觉自己有点儿傻了。

邱奕抱着邱彦下车,刚想把邱彦递给边南好去拿自己的包,邱彦一睁眼就拼命扭动着又勒紧了邱奕的脖子。

"我拿东西吧。"边南把两人的包都拿了出来。

"哥哥。"邱彦搂着邱奕的脖子叫了一声。

"嗯。"邱奕应着。

"哥哥。"

"嗯。"

"哥哥。"

"什么事儿?"

"我三年级了。"邱彦肿着眼睛笑着说。

"真厉害。"邱奕亲了他一口,"比大虎子能干了。"

"哎!"边南在后面喊了一声,"不带这么踩着我夸他的啊。"

时间已经中午了,边南在烧卤店买了点儿熟食,省得邱奕在看守所待了俩月刚出来还得张罗做饭。"

回到家之后,邱彦才总算是缓过劲儿来了,一路喊着跑进了邱爸爸的房间。

"煮点儿饭吧。"邱奕对边南说,"我跟我爸先聊聊。"

"嗯。"边南点头,想说"你快点儿聊,聊完了咱俩也好好聊聊,拘留所三月游肯定有不少奇闻趣事"。

邱奕进了邱爸爸的屋子之后,边南给万飞打了个电话,又给老爸打了个电话:"爸,人接到了。"

"好,跟你朋友说说,明天我请他吃个饭吧。"老爸说。

"我一会儿跟他说,爸,"边南抓了抓头,"谢谢了。"

"怎么老说这个?"老爸叹了口气,"行了,你先跟你朋友聊着吧。"

挂了电话之后边南拉着邱彦去厨房煮饭,邱彦心情相当好,洗锅淘米跑出跑进的都不用边南动手了。

"开心了?"边南蹲下摸了摸他的头。

"嗯!"邱彦用力地点了点头。

"见到你哥连碰都不让我碰了。"边南笑着喷了一声。

邱彦立马扑过来抱着他,在他的脸上响亮地亲了亲。

邱奕跟邱爸爸在屋里聊了快一个小时才推着邱爸爸出来,边南把菜都摆到了桌上:"叔,中午咱随便吃点儿,晚饭出去吃吧,我今天开了车,轮椅放后备厢里就成。"

邱奕看了边南一眼,边南嘿嘿笑了两声:"干吗?"

"那就出去吃,我也坐坐你的车。"邱爸爸笑着说。

"不去远的地儿,就在附近吃,不影响。"边南坐到邱爸爸身边,"叔,我开车开得挺好的。"

"是吗?"邱爸爸问邱奕,"开得不好交警会不会拦下来问……"

"有你这样的吗?"邱奕无奈了,"他管你叫叔呢,你就这么当叔的?"

"你管我叫爹呢,我还成天被你训呢。"邱爸爸笑着说,"一直就没找着当叔的感觉。"

邱奕盛了饭放到边南面前："快吃吧。"

这顿饭大家吃得很欢乐，邱爸爸和邱彦的话都很多，两个人一直问邱奕这阵子是怎么过的、身上的伤怎么样了。

"哥哥，你为什么没剃光头？"邱彦边吃边问。

"因为我太帅了，人家舍不得。"邱奕说。

邱彦抬起头盯着他看了半天："骗人。"

"我不帅吗？"邱奕夹了块叉烧放到邱彦的碗里。

"让人说个帅还要贿赂！"边南乐了。

邱奕笑着看了看他，边南立马觉得挺不好意思的，于是低头扒拉了两口饭说了一句："帅，我不用贿赂。"

"帅！"邱彦喊了一声，"我也帅！"

"你现在是可爱，过几年才帅。"边南说。

"我帅！"邱彦喊。

"哎，帅！有三个你哥那么帅！"边南摸了摸邱彦的脸。

吃完饭边南帮着邱彦一块儿收拾碗筷，敲得叮叮当当响。

邱奕这一回来，感觉他家从屋里到屋外都变了样，以前不觉得，现在一有了对比，才猛地发现邱奕在这个家里扛起了多大一副担子。

等到全收拾完了，邱彦跑到邱爸爸的屋里看电视去了，邱奕去洗了个澡，进了里屋，边南还站在客厅里愣着。

过了一会儿邱奕探出头："不进来聊会儿吗？"

边南这才走进屋里，顺手把门带上了。

"这阵子是不是没休息好？你真瘦了，一眼就能看出来。"邱奕脱掉上衣，打开衣柜门，在柜子里翻着，想找件厚点儿的衣服换上，"这都这么冷了，我还没收拾夏天的衣服呢……"

边南靠在桌边，盯着邱奕的背，过了一会儿没头没脑地说了一句："你还没祝我生日快乐。"

邱奕停下了翻衣服的动作，笑着转过身："生日……"

"等等。"边南打断了他的话，跑到客厅拿了自己的包进来，从包里拿出那个已经被粘好的小泥人儿递到他的手上,"好了。"

邱奕低头看着手里的小泥人儿,很久没动。

小泥人儿粘得还行,基本都对齐了粘的,就是有些地方缺了口,颜色也掉了。

边南看着真不像是能做这种细活的人,他平时大大咧咧的,就连走个路都能撞上桌子,居然能把被摔碎的小泥人儿粘好。

那天邱奕被潘毅峰带来的人一棍子砸在身上时,第一反应就是小泥人儿估计要碎了……

结果还真碎了。

他仔细看了看,小泥人儿的鼻子上还有一小块儿被磕掉了。

"哎,想什么呢?"边南打断他的思绪问了一句,"我的手艺怎么样?粘了三个晚上,还把手指头都粘上去了。"

邱奕走到他面前,把小泥人儿放到了他的手上:"这个我做了差不多一个月,想着该做什么样子的。"

边南看着他笑了笑,本来挺熟的两人,经过这几个月莫名其妙的各种事件之后,这么面对面地站着的时候居然有点儿尴尬,感觉像是要洽谈业务。

"我想了很多天,最后决定做个拿着拍子的。"邱奕也笑了笑,"我觉得你打球的时候跟平时不太一样。"

"是吗?"边南看了看小泥人儿。

"嗯,我第一次看你打球就这么觉得了,挺有范儿的。"邱奕在小泥人儿的脸上弹了弹。

"那必须的……"边南顺嘴就准备嘚瑟两句。

不过还没等他继续说下去,邱奕突然站直了,把小泥人儿往他眼前一递:"边南,生日快乐。"

边南突然就说不出话来了。

感动、激动,或者是别的什么情绪,让他猛地有点儿百感交集。

这句迟到的生日快乐,瞬间让他鼻子发酸,眼睛也跟着有些发热,他突然觉得自己之前瞎琢磨了那么多简直对不住邱奕。

"边南,"邱奕看他半天没说话,叫了他一声,"你是不是还在想那天的事儿?你可真不像是这么能琢磨事儿的人啊。"

"啊?没在想了。"边南笑了起来,抬起胳膊活动了一下,"不过我要真想起事儿来一般能钻到牛角尖最里头那块儿去。"

第七章
珍惜

"其实我是想说,"边南想了想,"我之前……害怕会失去你这个……朋友。"

边南这句话说完之后,两人都没再说话。

邱奕静静地看着他,屋里一片安静,阳光从窗外洒进来,铺在桌上。

"我……"这话让邱奕很长时间才回过神来,手在边南的肩上轻轻捏了捏,"也一样的。"

边南没说话,瞪着他一动不动。

邱奕等了一小会儿,抬手在边南眼前晃了晃:"睡着了?"

边南笑着拍开他的手说:"我就回味一下,小爷还没缓过劲儿来呢。"

"那你……慢慢缓。"邱奕笑了笑。

邱奕在他背上轻轻拍了几下:"心思挺重的,真不知道你都想些什么。"

"一般不会多想。"边南嘿嘿笑了两声,"在意了才会想想,特别在意的才会一直想。"

"好有哲理啊。"邱奕笑了起来,"给你弄个语录吧。"

"边大帅哥妙语集……"边南闭上眼睛,说实话,这一刻是真感觉踏实,从内到外那种踏实。

"哥哥!"门外突然传来了邱彦的喊声,紧接着门锁就被拍了一下。

"哎!"邱奕大声应着,卧室这门经常卡住,从外面打不开,他从床中间直接扑到了床脚,在门锁上拍了一巴掌。

"哎哟!"边南让邱奕在耳朵边上这一声吼吓得差点儿一脑袋撞上柜子,他没想到情绪一向不外露的邱奕两三个月没见着弟弟能成这样,"好嗓子……"

邱奕回头看了他一眼,笑了笑。

"门又卡上啦。"邱彦跑到邱奕跟前,等邱奕坐到椅子上之后,搂着邱奕的脖子往他身上一坐,"哥哥,你一会儿送我去学校吗?"

"哎,送……当然送。"邱奕搂了搂他,又揉了揉他的头发,"坐好,别乱扭。"

"哦!"邱彦应了一声,偏过头看着站在一边的边南,"大虎子也去吗?我想坐车去。"

边南坐在椅子上一挥手道:"去,我开车送你过去,下午我们还开车去接你,一块儿出去吃饭。"

"好!"邱彦很响亮地喊了一声。

"小声点儿。"邱奕拍了拍他的脸,"爸爸睡着了吗?"

"爸爸睡着啦,我把他的门关上了。"邱彦说,又在邱奕的背上摸了摸,"哥哥你不冷吗?"

"冷,"邱奕把他拎起来扔到一边,下床走到柜子前,"我刚才还说找件衣服……"

边南往邱奕身上扫了一眼,看到邱奕身上有一道疤。

边南忍不住伸手碰了碰疤,皱着眉说:"这得留疤了……"

"哥哥……"那边邱彦突然带着哭腔喊了一声。

"二宝怎么了?"边南吓了一跳,赶紧站起来过去抱住了邱彦。

"吓着了吧。"邱奕从柜子里随便抽出一件长袖T恤,"这都多大的人了,哭五分钟吧,我给你掐着表。"

边南顺着邱彦的视线看过去,邱奕的左肋下也有一块瘀青。

"这不是被吓的。"边南喷了一声,擦了擦邱彦脸上的眼泪,"这是心疼的,是不是,二宝?"

邱彦一边低头揉眼睛,一边点了点头。

"哥哥没事儿了。"邱奕穿上衣服,手撑着床沿靠过来在邱彦的脸上亲了一口。

边南拿了车钥匙,出门的时候肩膀在院门上磕了一下,皱着眉龇了半天牙。

"你开车有问题吗?"邱奕跟在后面忍不住问了一句。

边南回过头狠狠地瞪了他一眼:"没问题!别那么多废话!"

"哦。"邱奕笑了笑。

邱彦背着书包拉着边南的手拼命地往前拽着走,边走边兴奋地嚷嚷:"晚上去哪里吃饭啊?烧烤吗?"

"想烧烤也行。"边南说,"咱找个农家乐就能吃了,现成的炉子什么的那种……"

"有帐篷吗?"邱彦问。

"没有,你怎么就盯着帐篷了?要不我把上回那个帐篷送你吧。"边南无奈地说,"你在屋里支起来睡觉得了。"

"好!"邱彦喊。

邱彦这个兴奋劲儿大概是过不去了,哥哥终于回家,大虎子开车送他上学,他一直趴在车窗上,一路看到认识的同学就喊。

最后他们到学校门口的时候,车上加他一共坐了四个小孩儿,包括边南最看不上的方小军。

几个都是狗都嫌的年纪的小男孩儿在后座上又喊又闹,边南感觉头都快炸了。

"行了,赶紧下车,"邱奕在副驾驶座上回过头,"你们几个吵死了,赶紧下去。"

"下午来接我吗？"邱彦有些担心地问。

"接。"边南点了点头。

"那我们下午也坐车吗？"方小军马上也问。

"美得你。"边南指着他，"要不是给邱彦面子，你刚才都别想上车，快走吧！"

"有什么了不起！"方小军喊了一句跳下了车，"破车！看把你得意的！"

边南咬着牙开了车门就要下车。

"怎么？"邱奕一把拉住了他，"你要下车跟一个八岁小孩儿打架吗？"

"我就不明白了，"边南关上车门，"这小孩儿骗邱彦的钱，还想骗他的玩具，没发现的还不定骗什么了呢，你就这么看着？"

"你也太能操心了。"邱奕笑了，笑了一会儿才靠在座椅上伸了个懒腰，"朋友是他自己交的，要由他自己来看清，在这之前，我们无论做什么，都是'干涉他交朋友的权利'。看清之后，他选择什么样的方式处理，是绝交还是小心提防着继续和对方一块儿玩，这都是他自己的决定……"

"哎！"边南喊了一声，"什么乱七八糟的，他才八岁，你觉得他能想明白吗？"

"他总会明白的，有些事儿，吃一次亏记一辈子，比总被护着要强。"邱奕放下车窗，摸了根烟出来点上，"你要在这儿等二宝放学吗？"

边南发动车子，往前开了一段才问了一句："回家？"

"随便。"邱奕叼着烟，"你想去哪儿就去。"

"嗯。"边南把车开上了大路，没往邱奕家的方向开。

二十分钟后，车停在了一个街心公园旁边。

公园里有个小茶吧，挨着湖边有一条玻璃回廊，坐在回廊里晒着太阳看着湖水，很舒服。

边南坐下要了壶铁观音。他不懂茶，老爸最近在喝这个，他又随便要了几份点心。

服务员把茶和点心都放下来之后，回廊上就剩了他跟邱奕两人，桌椅和木地板上都堆满了午后的阳光，暖洋洋的让人觉得慵懒。

阳光里邱奕的头发跟眸子一样闪着淡淡的金色光芒，被阳光勾出了完美轮廓的脸让边南每次看过去都觉得挺养眼。

边南站起来，坐到了邱奕身边，两人一起对着湖面坐着。

"我觉得，"边南想了很久才又道，"今天跟做梦似的。"

"嗯。"邱奕拿起茶杯喝了口茶，眯着眼睛看着湖面。

"那什么……"边南揉了揉鼻子，不知道该怎么说，"就，你……说的那话，是真的吗？"

"哪句？"邱奕看了他一眼，"我今天说了不少话。"

"别装傻。"边南啧了一声。

邱奕笑了笑："这种事儿怎么能说假话？"

"怎么会这样啊？"边南冲着湖面一通乐，"这也太巧了……"

"是吗？"邱奕往后仰了仰，枕着椅背，"要不重新来一次，我骂你一句变态，然后我们打一架吧。"

"晚了。"边南笑着说，过了一会儿转过身侧靠着椅背，看着邱奕，"那你是……哎，怎么说呢，我真没想到咱俩能成朋友。"

邱奕笑了笑，抬手遮了遮脸上的阳光，过了一会儿才说了一句："是什么让你有这种错觉的？"

"嗯？"边南愣了愣。

"不过我的朋友的确不多，很少，像你这样的……"邱奕轻声说，"你是个例外。"

是的，他的朋友很少，像边南这样的朋友根本没有。

邱奕不太敢交朋友。

连亲戚都躲他躲得远远的，他觉得大概也不会有什么朋友能再走近他了。

再说他也没时间。

打工、上学、写作业、照顾爸爸、照顾弟弟……有限的时间里他都在思考着怎么赚钱以及怎么安排这点儿钱。

朋友这种关系变得有些奢侈。

等到他慢慢适应了这样的生活后，他也已经习惯了没有朋友，特别是倾诉和发泄这种可以对朋友做的事儿由打架代替之后。

"为什么？"边南的声音在耳边响起，邱奕收回思绪，一直盯着湖面的眼睛有些发涩，他按了按眼睛转过头："什么为什么？"

"为什么……我会是个例外？"边南清了清嗓子，"我是不是太帅了？"

"因为够傻好欺负。"邱奕想也没想就说。

边南乐了："说正经的呢。"

"你为什么在意我这个朋友？"邱奕反问他。

"有个性。"边南冲他竖了竖拇指，"你是真有个性。"

邱奕笑着冲他竖了竖中指："没看出来你这么肤浅。"

"直觉嘛，你敢说你不觉得我也很有个性？"边南啧啧了几声，"先注意到了，才有后来啊。"

"后来呢？"邱奕拿起茶壶倒了一杯茶，"这茶挺不错。"

"后来就觉得你没那么讨厌。"边南想了想，"你知道吗？讨厌一个人，也会老注意着，时间长了，比普通同学、朋友了解得都多，等发现这人没想象中那么讨厌的时候，就……晚了，要成朋友了。"

"比如潘毅峰吗？"邱奕突然笑了起来。

"那人是比想象中更讨厌！"边南一想到潘毅峰就有种立马扛着木棍揍人的冲动，"还没顾得上打听呢，他被揍成什么样了？"

"问题也不……"邱奕还没说完就被边南打断了。

"等等，"边南喝了口茶，又拿了块小蛋糕咬了一口，"跑题了。"

"哦。"邱奕看着他，"那正题是什么？"

"轮到你了，为什么？"边南问。

邱奕没说话，边南会这么死揪着这个问题不放，虽然不太符合他看上去大大咧咧的性格，但邱奕能明白他这样做的原因。

他没安全感。

边南只是看上去大大咧咧而已，其实细心、敏感，也许还多疑，还有……对人缺乏信任。

这样一个人，突然发现自己有了一个很在意的人，不是那么容易就能踏实下来把"这个人正好跟我想的一样"当成自然而然的事儿。

"很帅。"邱奕想了想道。

"能不按着我的提示说吗？"边南一口吃掉蛋糕。

"没说完呢。"邱奕看着他。

"接着说。"边南捏着茶杯。

"打球很帅，"邱奕慢慢地说着，从第一次见到边南开始的回忆在脑海里飞快地闪过，"装酷也帅……"

"我什么时候装酷了？那是万飞，你是不是记混了？"边南插了一句。

邱奕把手指竖在唇边："你别说话。"

"哦。"边南应了一声。"你很善良，脾气也没有别人想象的那么差。"邱奕看着他，"你对二宝真是……温柔。"

边南乐了，指着邱奕道："说真的，要二宝是个小姑娘，没准儿我们真能再打起来，居然敢抢我妹妹什么的。"

"让你别打岔。"邱奕笑了，"让你岔得我都不知道想说什么了……其实也没什么可说的，就这么回事儿。"

"嗯。"边南看着他，想了想，"大概也就是这样吧，这种事儿还真说不出个详细原因来。"

两人继续对着湖面喝茶。

"对了，"边南去了趟厕所回来，又要了盘点心，"我爸想请你吃饭，一块儿去吧。"

"请我吃饭干什么？"邱奕问。

"谢你替我挡了那一棍的事儿呗。"边南一想起这事儿就一阵难受，这段时间都不敢再回头多想，"你不知道我在医院醒过来的时候是什么感觉，就想找着你当面问一句：'你是不是有病？'"

"这有什么可谢的。"邱奕挺无所谓地说。

"那你跟我爸说呗,你要不去,他可能会拿着礼品上你家。"边南啧了一声,"我爸那人就那样,再说我还要谢你呢。"

"嗯?你也要谢啊?"邱奕笑了,"你谢行,怎么谢?"

"随便你说。"边南看着他,过了一会儿有点儿不踏实,"你怎么笑得这么不怀好意呢?"

"我一直这么笑。"邱奕还是笑着,"不知道你心里想什么呢,看人笑都看出问题来了。"

"是吗?"边南盯着邱奕看了一会儿,小声说,"哎,邱奕。"

"嗯?"邱奕应了一声。

"你知道我现在是什么感觉吗?"边南压低声音往他这边凑了凑,"特舒服。"

邱奕笑着在他眼前儿打了个响指,又顺手在他的鼻子上弹了一下:"是吗?"

"你有什么感觉?"边南轻声问。

"嗯?"邱奕拿起茶杯,"挺舒服。"

"别……别的呢?"边南又问。

"你到底想问什么啊?"邱奕边喝茶边瞅了他一眼。

边南啧了一声:"想问的多了,哪天理顺了再慢慢说吧。"

"我可算知道这阵子你过得怎么样了,"邱奕说,"估计成天纠结得跟团毛线似的。"

边南突然笑了起来,把腿搭到栏杆上乐了半天。

"笑什么?"邱奕捏了捏他的手。

"就是想笑一会儿,这阵子事儿太多了。"边南举起手,看着指缝里透过来的阳光,"你懂那种感觉吗?做了一夜不开心的梦,突然醒过来了,发现原来是个梦啊,就那种突然很轻松高兴的感觉。"

"是吗?"邱奕笑了笑,抬手把胳膊放在边南身后的椅背上,手指轻轻地在椅背上一下一下地敲着。

边南和邱奕在湖边喝着茶吃着点心，有一搭没一搭地聊了很长时间。

要搁平时，让边南这么对着一壶茶看着湖水一坐好几个小时，他估计能疯，今天却没有感觉，甚至在阳光里踏实地睡着了。

三点半的时候邱奕推了推边南的肩膀，边南才猛地醒过来，直接蹦起来喊道："完蛋了，接二宝要晚了吧？"

"不晚。"邱奕看着他道，"我看着时间的，现在过去正好。"

"哦。"边南抓了抓头，睡着觉被猛地叫醒，还有点儿迷迷糊糊的，看着邱奕半天才往椅子边一扑，抓住邱奕的胳膊，又捏了好几下。

"怎么了？"邱奕看着他。

"没。"边南一通乐，"睡迷糊了，还以为你越狱了呢。"

"走吧。"邱奕站起来，顺手在他的肩上带了一把。

车在学校门口等了五分钟，两人就听到了放学的音乐，没两分钟就看见邱彦提着书包跑了出来，脸上带着兴奋的红晕。

"怎么一身汗？"边南往他脖子上摸了摸。

"上体育课！"邱彦喊着，"我要坐前面！我坐前面吧！"

邱奕从副驾驶座上下来，拿过他的书包，换到了后座上。

邱彦扯着安全带坐在副驾驶座上："方小军还想坐车呢。"

"他的脸真大。"边南马上跳上车，打了火就赶紧开，怕万一方小军追出来，"他没跟着出来？"

"没，我说就一辆破车有什么可坐的啊，他就没来了。"邱彦扭着身子往后看，"哥哥，我想喝酸奶。"

"我给你买！"边南听到邱彦居然这么潇洒地拒绝了方小军，本来就挺好的心情更灿烂了，把车往路边一停，跑到超市里给邱彦买了一大盒酸奶。

三个人回到邱奕家时，邱爸爸已经收拾好了。

"好久没出去吃饭了。"看到他们几个进门，邱爸爸立马指挥邱奕，"给我找套衣服换上。"

"嗯。"邱奕进屋找了衣服帮邱爸爸换上,又拿了药让他吃了,"你是不是在这儿等一下午了,就想着晚上怎么吃呢?"

邱爸爸笑了半天:"还是我儿子了解我。"

"叔,今天放开了吃。"边南推着轮椅往外走。

"吃不了多少。"邱爸爸一直笑呵呵的,"主要吃个气氛。"

邱奕把轮椅往胡同口推的时候,一路碰上了不少下班回来的邻居。

"老邱出门啊?"

"邱叔这是去哪儿享受啊?"

邱爸爸一脸严肃地说:"视察一下,视察一下。"

边南跑着出去把车开到了胡同口,打开车门先上了车,邱奕抱着邱爸爸上车,边南在车里扶着。

邱爸爸个子不矮,但很瘦,边南半扶半托地把他安顿在后座上时有些感慨,邱爸爸太轻了。

邱彦这回没再闹着要坐前面,很麻利地爬上后座挨着邱爸爸坐下了:"我陪爸爸。"

不过开车之后他就坐不住了,一会儿打开车窗往外瞅,一会儿又让边南把天窗打开,把脑袋探出去:"爸爸,你看,这里可以爬出去……"

"哎!"边南扯了他的裤子一把,"别爬。"

"我说可以爬出去,"邱彦扒着天窗低头看他,"没说要爬出去。"

"坐下。"邱奕说了一句,"再烦人一会儿吃饭你就在车上待着得了。"

"坐着啦!"邱彦马上坐回后座靠着邱爸爸。

"赶紧长大吧,烦死了。"邱奕叹了口气。

"长大更烦怎么办?"邱爸爸在后面笑着说。

"扔掉。"邱奕说。

"扔掉哥哥吧。"邱彦还抱着那盒酸奶,边喝边说。

"扔掉我谁供你上学?"邱奕喷了一声。

"那……"邱彦想了想,"扔掉大虎子吧。"

"哎,我就知道得扔我了。"边南乐了,"扔掉我谁给你买酸奶?谁带你去烧烤？谁……"

邱彦很大声地叹了口气，往邱爸爸的腿上一躺，想了半天，最后挺委屈地说："那扔掉我吧。"

"我捡走了。"边南拍板。

边南怕邱爸爸的身体坐不了太长时间的车，就近去了一条饭店比较多的街。邱奕一家都爱吃辣，边南挑了家川菜馆子。

"怎么在这家？"邱奕下车的时候轻声提醒他，"你不是吃辣就死吗？"

"你才吃辣就死……"边南笑着说，"这不主要让你爸吃爽吗？而且这家在一楼，好推轮椅。"

邱奕在他的背上轻轻拍了拍，没再说别的。

今天不是周末，饭店人不算太多，还有个小包间空着，几个人进了包间。

边南点菜的时候，邱彦发现了包间里放着的一个儿童座椅，立马来了兴致："这是什么？"

"这个是儿童座椅。"服务员回答他，"给小朋友坐的。"

"我是小朋友。"邱彦点点头，把椅子拖到桌子边儿上，研究着该怎么坐上去。

"那是隔壁毛毛那么小的小朋友用的。"邱奕看着他道。

"是吗？"邱彦皱着眉，还想往椅子上爬，"不信。"

"那你上去。"邱奕站了起来，"先说好，不管塞不塞得进去，你今儿就坐这个吃。"

"等等。"邱彦迅速退开，站到一边儿比画了一下，"我会被卡住的。"

"坐哪个？"邱奕问他。

"这个。"邱彦指了指旁边的椅子，把儿童座椅放回了原处，"这个给毛毛坐吧。"

"我发现了，"边南一边点着菜一边指了指邱彦，"小玩意儿，你这精力过剩得一不留神就要往熊孩子那头蹿。"

"我哥可留神了呢。"邱彦趴到桌上，有些不好意思地抱着酸奶喝。

边南点好了菜，基本都是服务员推荐的招牌菜。

他请人吃饭的时候一般不跟老爸似的一通瞎点，都按人数，但今天点得有点儿多，主要是想着邱爸爸出来一趟不容易，而且他今天心情好得实在收不住。

最后邱奕拿过菜单给去掉了两个菜才让服务员出去了。

邱爸爸挺长时间没到饭店吃过饭了，现在看到包间里电视、小冰箱、空调、厕所一应俱全，顿时来了聊兴。

"现在包间都这么齐全了，以前最牛的包间里也就搁台电视机，插俩话筒，吃完饭了就地在包间里开唱，吃饭一小时，唱歌四小时，出门的时候服务员脸都是绿的……"

边南一边听一边乐，邱爸爸的故事里一般都会有邱奕他妈妈，果然这会儿没说几句就出场了。

"我跟你阿姨那会儿不懂，听说广东那边吃完饭了都要喝喝茶，我俩就说学着点儿人家享受生活，吃完了饭让人拿了壶茶……全是碎茶末子那种，我俩坐那儿喝了快一个小时，最后被人撵出去了。"

边南笑得不行，扭头想跟邱奕说话的时候，发现邱奕脸冲着电视正发呆。

"想什么呢？"边南小声问。

邱奕笑着说："想起我妈了。"

边南心里有些不好受，但为了缓和邱奕的心情，还是嘿嘿乐了两声。

据说邱爸爸年轻时能吃半头猪，受伤以后就没这食量了，小半碗饭，一样菜再吃个几口，就基本喊着吃不下了。

邱奕、边南和邱彦今天依然是主力，而且大家心情都不错，比平时更牛些，边南点的都是微辣的菜，边吃边喝水还凑合，主要是心情美。

邱彦吃得格外欢实，埋头吃到最后捧着肚子靠在椅子上叹了口气："好撑啊……好辣啊……"

"有冰激凌，要吗？"边南问他。

邱彦没说话，捂着肚子皱着眉想了半天才很郁闷地往桌上一趴："吃不下了。"

听着他委屈郁闷的声音，边南乐得不行："没事儿，什么时候吃得下了我给你买。"

吃完饭边南开着车又回了胡同，一路上都听着吃撑了兴奋得不行的邱彦跟他哥说话，感觉说一宿都没问题。

"今儿晚上你话真多啊。"边南回过头说了一句。

"开心啊！"邱彦很响亮地回答，扒着椅背，"我平时话也很多呀！"

"你平时……"边南还想逗他两句，话没说完被邱奕打断了。

"好好开车。"邱奕在一边声音不高地说。

"知道了。"边南喷了一声，盯着前面的路。

回到家歇了一会儿，邱爸爸回屋看电视去了，边南正想进邱奕的屋里，邱彦提着书包跑了进去，一边跑一边念叨："作业，写作业，嘿呀，写作业，嚯呀，写作业……"

"你不看看电视歇会儿吗？"边南问。

"写完了再歇呀！"邱彦一仰脑袋回答他。

其实邱彦每天都是一吃完饭就进屋写作业，一气儿写完了才出来，这是个好学生的习惯，边南张了张嘴没说出话来，只得去饮水机旁边给自己倒了杯水，一边喝一边在心里叹了口气。

邱奕一直坐在沙发上看着他，这会儿笑着站了起来，走到了院子里。

边南犹豫了一下，放下杯子跟了出去。

今天没在院子里吃饭，葡萄架下面的灯没有开，院子里很黑，隔壁老头儿、老太太都睡得早，这会儿屋里也已经没了灯光。

邱奕站在院子里，掏了根烟出来叼着，正在兜里找打火机的时候，边南走过去，一屁股坐到椅子上，顺手拿走了他叼在嘴上的烟扔到旁边的桌子上。

"干吗？"邱奕笑了笑。

"少抽点儿吧，一会儿二宝出来逮你。"

"你……"邱奕回头往屋里看了看，"都开始管上我了啊？"

"我怀疑你烟龄都赶上二宝的年龄了吧？"边南凑过去在他身上闻了闻，"我闻闻……一身花椒味儿……"

"多带劲儿啊。"邱奕笑了起来,手里拿着打火机在桌上一下下轻轻敲着。

今天晚上月亮还挺圆的,也很亮,洒了一地银辉。

边南抬起头,靠在椅背上看着夜空。这两个月以来他都没有心情……虽然他有心情的时候也不太看月亮,不过眼下心情真的挺好的,平时很少看的月亮也变得挺可爱了。

边南看着邱奕,沉默了一会儿说了一句:"那天跟傻潘过去堵你,你没误会吧?"

"没。"邱奕重新拿起烟点上了,"你应该不是那样的人。"

"那你干吗不理我了?"边南皱了皱眉。

"你先不理我的。"邱奕说。

两人的对话听着跟幼儿园小朋友似的,边南忍不住笑了半天:"明明是你先的,我以为是因为我问了……不该问的所以你不想理我了。"

"我没有那么小气,难道不是因为你想得太多不理我吗?"邱奕叼着烟。

"我……"边南愣了半天,最后一挥手道,"记不清了,再这么绕下去都糊涂了,以后写个谁先不理谁备忘录得了,记载咱俩的关系。"

邱奕笑了好一会儿,手上夹的烟都差点儿掉了:"我看行。"

多好。

边南伸了个懒腰,这种重新回来的踏实、消停的感觉真好。

两人有一搭没一搭地聊了挺长时间,里屋写作业的邱彦还没有写完的意思。

边南叹了口气:"我……先回家吧。"

他去水池那儿洗了个脸,站起来,跑进屋里拿了包。

"不跟二宝说一声吗?"邱奕看着他。

"说了一会儿该不让我走了。"边南埋头冲了两步又停下了,虽然真要走又有些舍不得,但聊这一通也聊得挺愉快了,回过头看着邱奕,"明天我给你打电话,吃饭的事儿。"

邱奕笑了笑，起身拍了拍他的肩："到家了记得给我打个电话，这阵应该安全了，潘老大进去了。"

"嗯。"边南往屋里看了一眼，笑着扭头大步走出了院子。

边南把车窗全打开，一路吹着冷风往家里开。

心里还没退尽的兴奋和感慨夹杂在一块儿，滋味儿真是比晚上的川菜还复杂。

不过吹了没多久他就把车窗关上了，脸被吹麻了。

回到家里等着车库门打开的时候他往楼上看了一眼，老爸的书房里灯没有开，车开进车库，老爸的车果然不在。

倒是平时不常在家的边皓的车停在车库里，边南一看到他的车就觉得犯堵，不过今天堵得没平时那么厉害。

在顺着车库往客厅去的楼梯上走了没两步，边南猛地听到了边馨语的哭声。

他犹豫了一下，打开了门，车库和客厅连着的门在走廊这边，一开门边南就看到边馨语哭着跑上了楼。

"你爸回来了？"阿姨的声音传了过来。

"是我。"边南回了一句，穿过走廊走进了客厅里。

已经站起来的阿姨看到他，坐回了沙发里，平时见到他就会挂在嘴边的笑容今天不知道是不是因为边馨语而忘了挂上。

边皓站在楼梯旁边，边南看到他的脸就觉得今天不应该回来。边皓比他白点儿，但现在脸黑得跟他差不多了……

"你那个朋友跟馨语到底是怎么回事儿？"边皓大概是当着阿姨的面，脸上怒火都快烧穿天灵盖了，声音却还控制在正常范围里。

"邱奕吗？"边南走到一边换鞋，不知道边馨语说了什么，猛地这么一下他都不知道该怎么说，只知道边馨语大概是跟边皓吵架了，"我不清楚，边馨语认识他比我认识他要早。"

"他俩是不是有情况？"阿姨在一边问了一句。

"啊？"边南吓了一跳，转过头看着她，"不可能吧。"

"这个应该没有,你别想那么多。"边皓对阿姨说,又盯着边南,"你那朋友想干什么?"

边南压着火,也盯着边皓:"他干什么了吗?他跟边馨语平时都没联系吧。"

"没联系?"边皓走到他面前,指着楼上,眼睛里的火嗖嗖地往外蹿着,"没联系馨语非闹着要跟我爸去请他吃饭?没联系他收馨语的礼物?没联系他请馨语吃饭?这叫没联系?"

边南本来心情挺好的,回来还没弄清楚情况,就被边皓这机关枪似的一通喷,整个人顿时烦躁得不行,但还是努力压着火:"请吃饭是回礼吧。"

"为什么要收礼物?"边皓问。

"是说那条手链吗?我拿过去的,边馨语跟人家说了不光他一个人有,也没别的意思,人家才收的,怎么了?"边南火了,瞪着边皓。

"你帮着送的?"阿姨在旁边把手里的杯子重重地放在了茶几上,"你怎么能这样?明知道我们不可能允许馨语跟那种人来往!"

那种人?哪种人?

边南实在扛不住了,绕过边皓往楼上走:"我要不帮着送,又该有别的说法了。"

"你站住!"边皓吼了一声。

"干吗?"边南转过身。

"你不要说话了。"阿姨站起来拉开了边皓,往楼梯上走了两步站到边南面前,"跟你那个朋友说一下,无论他对馨语是有意思还是没意思,都让他离馨语远一些,不要把我们家搞得乱七八糟的。"

边南没有说话。

阿姨转身走开的时候又轻轻叹了口气:"你这回惹的事儿已经够让人头痛的了。"

边南都不知道自己是怎么上的楼回的房间,关上门之后他在屋里站了一会儿,打开衣柜门,一胳膊肘砸在了隔板上。

隔板咔的一声裂开了,胳膊上的钝痛和裂开的隔板让他一下舒服了不少。

他拿出手机正要跟邱奕说一声自己到家了的时候，邱奕的电话打了进来："到了没？"

"到了。"边南躺到床上，"刚进门。"

"嗯。"邱奕笑了笑，"还怕你迷迷糊糊地开反方向了呢。"

"小爷神志相当清醒，黑白分明。"边南乐了两声，笑完之后又沉默了，邱奕那边也没说话，等了几秒钟，边南咬了咬嘴唇，"我一会儿上你家待着吧。"

这话让邱奕愣了好一会儿才开口："那你刚才跑什么啊？刚到家又过来？"

"哪儿来那么些废话啊。"边南闷着声音说，"你就说行不行吧。"

"那你过来呗。"邱奕说，"别开车了，打车吧。"

"我一会儿给二宝带个冰激凌。"边南想了想，"冰激凌能吃吧？我看他今天吃饭的时候就很想吃了。"

"买最小的。"邱奕叹了口气。

"哦。"边南应了一声挂掉电话，收拾了一下东西拎着包出了房间，一开门就看到站在边馨语门口的边皓。

两人对视了一眼，边南压着火，心想着边皓如果再开口他就动手。

"走开啊！"边馨语在屋里边哭边喊，"我自己的事儿谁要你多管了？关你什么事儿啊？走开！"

边皓顾不上理边南，在边馨语的门上敲了敲："先开门，你要打我也得先开门不是吗？"

"谁想打你了？没心情！"边馨语在屋里踢了一脚门。

边南转身走开了，到现在也没完全弄清这到底是什么情况，既然边皓没理他，他也懒得多想。

林阿姨没在楼下客厅，边南松了口气，正要出门的时候，保姆从厨房走了出来："小南又出去啊？"

"嗯，去朋友家住。"边南走到门边换鞋。

"我做了点心，要吃点儿吗？"保姆问。

"吃不下,晚饭吃太多。"边南笑着说,拉开门跑了出去。

一走出院子他就感觉堵在胸口的一口气吐了出去,人舒服不少,院子门在身后咔的一声锁上之后,他把包甩到背上,一路小跑着到小区门口,上了辆出租车。

出租车到胡同口时,边南还没下车就看到了站在胡同树下边儿的邱奕。

"你怎么跑出来了?"边南跳下车跑过去,笑着问。

"听。"邱奕一脸严肃地看着他。

"听什么?"边南愣了愣。

"你是我的小呀小苹果……"邱奕往火柴厂那边指了指,"我是准备出来活动一下的。"

边南乐了:"你还真跟大妈一块儿跳广场舞啊!"

"一块儿吗?"邱奕转身往那边走,"赶紧,九点半就结束了,还能蹦十分钟。"

"哎,哎,哎!"边南赶紧抓住邱奕的胳膊,"你真的假的?我不去。"

"我跟你说,"邱奕笑着把他往火柴厂那边拽,"超市的大妈大姐,还有小街上那些做生意的人,都在这儿玩,我得跟她们搞好关系。"

"你有病……跟她们搞好关系干吗啊?"边南不明白,被他拽着走了好几步才反应过来,"是想让超市大姐给你留便宜菜吗?"

"不光这个,我补课的学生也有不少是她们给介绍的,大妈们人脉可广了。"邱奕笑着说,"再说有时候二宝跑出来玩,她们看到了也能照顾一下,毕竟我在家的时间太少。"

边南没说话,虽然很不情愿,但还是跟着邱奕进了火柴厂。

他是真没想到邱奕想得这么多。

这要搁他身上,想一年也未必能想到。

"哎哟,小邱来了!"有眼尖的大妈一眼就看到了邱奕,边跳边喊了一声。

"这都多久没来了啊?"另一个年轻些的大妈也尖着嗓子边跳边走了过来,"那天碰上二宝,他说你生病住院了?"

"嗯，现在好了。"邱奕笑着说，"你们是不是快回家了啊？"

"你来了就再活动会儿呗。"几个大妈都走了过来，一边活动胳膊腿一边打量着边南，"这是你的同学吗？哎，长得也挺帅嘛！"

"哎，现在的小孩儿基因都挺好的，就我孙子他们初中那个班上，男生女生都长得好。"一个大妈拍了拍边南的胳膊，"小伙子，叫什么名字啊？"

"姐，我叫边南。"边南赶紧回答，看这大妈脸上妆还挺浓，感觉眼线都画了两层，挺时尚，于是叫了声姐。

这声姐把一帮大妈大姐都给叫乐了，几个人拉着边南就往队伍里去，都说要教他跳舞。

边南没想到她们会这么热情，挣扎着回头想向邱奕求救。

"加油！"邱奕笑着看着他，跟着音乐跳了个动作。

说实在的，广场舞的动作都比较简单，但邱奕长胳膊长腿，一个动作跳出来却很舒展，边南愣了愣。

原来这东西也得看是谁跳……

就这一愣神，他被拉进了跳舞的队伍里。

大家给他在领舞的大姐后面腾了个空，方便他能看清领舞大姐的动作，然后迅速归队开始跳。

"动起来。"一个大姐挥了挥胳膊，"别不好意思，这对身体可好了，年轻人也应该多动一动，每天玩电脑多闷啊。"

"哦，好。"边南瞅了邱奕一眼，这小子已经蹲到小音箱旁边，跟守音箱的大叔聊上了，他只得一咬牙，盯着领舞大姐的动作举起了胳膊。

要让边南训练，什么动作都没问题，但就着音乐挥胳膊迈腿的他还真是有点儿跟不上，感觉自己在队伍里跟个猩猩似的，没一会儿就出了一身汗，逗得旁边的几个大姐一直笑。

他怎么也想不到自己有一天会在一帮大妈大姐的笑声中跳广场舞，还跳得一直没压到节奏。

等到放音乐的老头儿喊了一句"今儿就到这儿吧"，边南顿时松了口气，冲到音箱边儿上一把抓住了邱奕:"你自己不跳!"

"我聊天儿呢。"邱奕笑着冲他竖了竖拇指,"跳得挺好的,别样的风情。"

"别什么风什么情……"边南扯了扯衣服,"跳得我这一身汗赶上训练了!"

跟大家告别之后,边南立马拉着邱奕去了超市,还好这超市虽然小,但营业时间一直到晚上十点,这会儿还没关门。

边南在超市里按邱奕的规定买了个最小盒的冰激凌。

"二宝估计都睡着了。"邱奕说。

"那就明天吃呗,答应了给他买的。"边南喷了一声,"谁让他哥非拉着我去跳广场舞的!"

"你到的时候他都已经洗完澡了……"邱奕又开始乐上了,"你跳舞真难看。"

"能不这么直白吗?"边南看着他,想想也乐了,"我感觉跟个猩猩似的,就差捶胸口了。"

两个人一块儿回到家的时候,邱爸爸和邱彦都已经睡了。

邱彦的作业本还放在客厅的桌上等着邱奕给他检查。

边南往邱奕的屋里看了一眼,回过头压低声音冲邱奕说:"二宝今儿睡这屋了?"

"嗯,他睡的时候我不知道你还要过来。"邱奕拿过作业本翻开了,"一会儿把他抱我爸屋里去就行。"

"别折腾了,我睡沙发。"边南突然有点儿不好意思,要是之前,抱过去就抱过去了,现在自己突然跑过来还要把小家伙赶开,太没当哥的样子,邱彦要被弄醒了肯定特别不愿意,毕竟那么久没见着邱奕了。

邱奕抬头看了他一眼:"一块儿挤吧,反正天冷了,二宝不占地儿。"

"那多不好。"边南走到邱奕身后。

"这话说得好像你有多好似的。"

"那能一样吗?"边南乐了,看了一眼邱彦又小声说,"哎,我还真不知道我睡觉那么不老实呢？"

"一会儿你挨着二宝睡，就老实了。"邱奕说。

洗漱完边南进屋把门关上，邱奕已经睡在了床中间，邱彦被他推到了靠墙那边。

"不是让我挨着二宝吗？"边南笑着说。

"我怕他半夜踢人。"邱奕把枕头放好，"一踢就是连环踢，不把人踢醒了不算完。"

边南笑了半天，躺到了邱奕对面。

床虽然能睡下两个半人，但没法一人一床被子，邱奕把自己身上盖着的被子盖到了边南身上。

带着邱奕身上的柠檬香皂味儿的暖意扑过来，边南扯了扯被子，很舒坦地叹了口气。

"哥哥。"邱彦大概是被吵醒了，嘟囔着叫了一声，抱住了邱奕的胳膊。

边南撑起胳膊往那边看了看。

"嗯。"邱奕摸了摸邱彦的脸，"睡吧。"

"你不跟爸爸吵架了啊？"邱彦迷迷糊糊地问。

"本来也没吵。"邱奕帮他盖好小被子，"赶紧睡，要不扔你上院子里扫地去。"

邱彦没再说话，哼哼了两声就又睡着了。

"关灯。"邱奕说。

边南抬手把床头的灯关掉了，屋里陷入了黑暗，他侧过身脸冲着邱奕，声音很低地问："怎么跟你爸吵架了？"

"没吵。"邱奕转过脸冲着他，手指在他的胳膊上拍了拍，"我说了他两句，他不服气跟我争来着。"

"你没事儿说他什么啊？"边南皱了皱眉。

邱奕笑了笑："他说看你高兴，就不好泼凉水。"

"哎，"边南戳了戳他，"我就不明白了，你怎么对我开车就这么看不顺眼呢？"

"不是不顺眼。"邱奕叹了口气，过了一会儿才轻声说，"是不放心，其实我爸也不放心，在车上一直很紧张，你没发现吗？"

边南愣了愣，仔细想了想，邱爸爸在车上的时候紧张了吗？感觉就是一直没怎么说过话。

现在他想想，邱爸爸心情好的时候挺爱聊的，在车上话突然这么少，的确有点儿反常。

"紧张什么啊？"边南突然有些过意不去，"其实我开得挺慢的。"

邱奕没说话，在边南的胳膊上一直轻轻弹着的手指顿了顿。

"我妈……"邱奕声音很轻，说完转头看了看邱彦，邱彦呼噜打得很欢，邱奕又转回来在边南耳边轻声说，"我妈去世和我爸的伤，都是因为……车祸。"

"听你说过。"边南知道这事儿，但邱奕一直没跟他细说过。

"肇事司机跑了，一大清早那条路上没有人，也没人看到车牌什么的。"邱奕说得很平静，"我妈没救过来，我爸就只能坐轮椅了。"

边南没想到会听到这样的事儿，顿时僵住了。

愣了半天他才小声说："对不起，对不起，我以后不开车了。"

"不是不让你开，"邱奕笑了笑，"我爸是有阴影，有点儿怕车，总怕会撞上什么，也怕开车的人嘚瑟……你说你开车的时候是不是挺嘚瑟的？"

"我就为了在你跟前儿显摆才开的。"边南说的倒是实话，"我是嘚瑟才开的车，但我开车的时候不嘚瑟……有点儿绕，你能听懂吗？"

"能。"邱奕笑了起来，"我爸今天也说你开车还挺稳。"

"唉，我不知道，我要知道今儿就不说开车了，你也不跟我说清楚，我还以为你就是平时教育二宝教育惯了非得说我两句才舒服呢。"边南一想到邱爸爸坐在后座上脑子里都是痛苦的回忆就一阵难受。

"你本来就欠教育。"邱奕在他的脑门儿上弹了一下，"睡吧，我明天得去学校报到，要看看学校怎么处理我。"

"处理什么。"边南本来因为邱爸爸的事儿正难受，一听到这事儿又立马蹿了火,声音也有点儿没控制住,"潘毅峰那个家伙还没被处理呢!"

"他不由你们学校处理了,他得进去蹲两年。"邱奕笑了笑,"我错过实习安排了,看还有没有地儿能去,如果学校非得处理我,我想过了,估计让重读一年,没什么的。"

"要不……"边南知道邱奕上这个中专是为了能早点儿上班,再重读又是一年,太耽误时间,"要不让我爸……"

邱奕翻了个身,听得出边南说这话的底气不算太足:"不用,你操心自己就行,今天回家是不是碰上什么事儿了?"

边南没吭声。

"你今天干吗非得回家,平时不都回宿舍的吗?"邱奕又问。

"我这不刚出院没两天吗?阿姨说别让我爸和她再担心了什么的,我就想着要不回家待一待呗。"边南的声音挺郁闷,"结果……早知道我就不回了。"

"怎……"邱奕正要说话,身后的邱彦翻了个身,背顶着墙,一脚蹬了过来,邱奕叹了口气,背过手去把邱彦的脚拿开了,"怎……"

话还没说出来,邱彦又一脚蹬在了他的背上。

"这是练上了啊?"边南乐了。

邱奕坐了起来,用邱彦身上的被子把他连胳膊带腿一块儿给裹了起来,卷成了一个筒推到墙边儿。

"这能行吗?动都动不了了。"边南有点儿担心。

"说完话再弄开就行,我平时看书的时候就这么把他卷起来。"邱奕重新躺好,"哎……我刚才想说什么来着?"

"就,大概是明天我爸请你吃饭,边馨语想跟着一块儿去。"边南皱着眉回忆着之前在家里的事儿,"但边皓和阿姨不让,她就闹,也许说了点儿什么吧,反正她送你东西你请她吃饭什么的边皓都知道了,见了我就跟我急……"

"手链是你拿来我才收的,再说她一个小姑娘,我也不好总冷着个脸,她又没说过什么也没惹过我。"邱奕也皱了皱眉,"边皓是不是……有病?"

"有，肯定有，而且还挺重。"边南说，"我跟你说，要边馨语哪天出了什么事儿，边皓能爆炸。"

邱奕让他这语气给逗乐了，压着声音笑了好一会儿："看出来了，上回游泳回来，他跟盯什么似的瞪了我一路。"

"这人居然敢跟我妹挤一辆车里，找死呢！"边南咬牙切齿地学着边皓说话，"回去得把边南揍一顿！"

"那要哪天边馨语嫁人了呢？"邱奕乐得不行。

"那他也没办法呢！"边南喷了一声。

跟邱奕窝一块儿小声聊到半夜，边南觉得郁闷的心情散去了不少，人也轻松了很多。

总算有了睡意，他打了个哈欠："把二宝松绑吧，别给勒坏了。"

"勒不着。"邱奕把邱彦身上的被子扯松盖好，邱彦立马翻个身贴到了他身边。

"困死了，看到二宝这睡相就更困了……"边南又打了个哈欠，侧过身想往邱奕那边摸摸床还有没有空地儿，胳膊刚伸过去，手就摸到了邱彦肉肉的小胳膊。

"哎！"边南赶紧缩了手，怕吵醒邱彦，笑着说，"这小肉胳膊够吃一顿了……"

他翻身躺平闭上了眼睛。

邱奕笑了笑："晚安，今儿晚上再当八爪鱼我对你不客气。"

"晚安。"边南笑着说，"有本事就来，正好很久没活动了。"

说完晚安之后，边南并没有马上睡着。

身边邱奕平稳的呼吸和邱彦的小呼噜声都让他觉得很动听。

"邱奕，"边南捏了捏邱奕的手指，轻声问，"你睡着了吗？"

邱奕没动，过了一会儿才轻声回答："睡着了。"

边南闭着眼睛乐了："我还想再聊会儿呢。"

"想聊什么，你不睡了啊？"邱奕继续平静地回答。

"你……有没有……"边南想问问邱奕有没有跟他一样心情不错，但又有点儿开不了口,觉得这事儿要问出来还真是挺不好意思的。

"有没有挺开心,睡不着的感觉?"

邱奕说:"有。"

"有?"边南扭头看了看邱奕,"大师,麻烦你给我指条路,怎么能像你一样平静?"

"来,这位小施主,看我的手——"邱奕把胳膊伸出了被子,手指在边南眼前晃了晃,然后往墙那边指了指,"指了,看到没。"

"知道了。"边南愣了愣,叹了口气,不用看也知道邱奕指的是正抱着被子睡得天昏地暗的邱彦小朋友。

"其实吧,"邱奕停了一会儿,语气平静而严肃,"我也没多平静,就怕再聊下去把这个小东西吵醒了我俩要累死。"

边南听到这话沉默了没两秒钟就笑了起来,闭着眼睛乐得停不下来。

"笑什么?"邱奕问他。

"不知道,就是想笑。"边南边乐边说。

邱奕绷了一会儿跟着他一块儿开始笑。

两人笑了有两分钟才慢慢停下了,邱奕长长地舒了口气:"行了,睡吧。"

这觉睡着了还是挺沉的,边南感觉自己没做梦,就那么一个姿势直接睡到了天亮。

他迷糊中听到了隔壁院子里的鸡在叫,身边的人在翻来滚去的。

他迷迷糊糊地啧了一声,手摸了过去,刚想说"大清早的你翻什么啊",手摸到了肉乎乎的一条胳膊。

"嗯?"边南转过头,看到了邱彦亮晶晶的眼睛和一脑袋乱糟糟的卷毛。

"大虎子!"邱彦看他睁开了眼睛,立马拱着挨到了他身边,"早!你昨天没回去呀?"

"早,我昨天回了又来了……你怎么跑中间来了?"边南撑着胳膊往里面看了一眼,邱奕正盖着邱彦的小被子蒙着头冲墙睡着,"把你哥赶过去了?"

"我醒得太早啦。"邱彦很开心地笑着,"哥哥说他还要再睡一会儿,让我过来拱你。"

"嘿!"边南一下坐了起来,掀起被子对着邱奕踹了一脚,"起床!"

邱奕没动,只是从被子下面伸出手冲他摆了摆手。

"我们去买油饼吧,我想吃油饼。"邱彦跟着起来了,扑到边南背上趴着,手在他肩上一下下拍着,"油饼!哈!油饼!嚯!油饼!咣!油饼!当!"

"哎——"边南拉长声音喊了一声,"油饼,油饼,你先去洗脸刷牙。"

邱彦神采奕奕地穿好衣服跳下了床,哼着首因为走调听不出来是什么的歌跑到院子里洗漱去了。

边南打了个哈欠,往后一倒,躺回了枕头上。

"油饼。"邱奕还是冲着墙,"我还要豆腐脑。"

"你挺美啊,大清早的就支使人!"边南最后一点儿瞌睡也没了,边南把邱奕的脑袋从被子里扒拉了出来,手在空中用力挥了几下,凉透了再往邱奕脸上、脖子上按。

"齁凉的。"邱奕笑了,坚持不睁眼,"麻酱烧饼……炒肝儿……糖火烧……"

"行,行,行……我去买。"边南本来早上起来还没什么食欲,让邱奕这一数顿时饿了,抓过衣服套上下了床。

邱奕伸个懒腰坐了起来。

"麻酱烧饼、炒肝儿、糖火烧都要吗?"边南问。

"看着买吧,就这几个人。"邱奕说。

边南对早餐要求不高,也没什么特别想吃的东西,就带着邱彦在一排早点摊儿上来回转悠,把邱彦想吃的东西都买了,拎了一大堆。

不知道是不是因为天冷了,该贴膘了,一屋子人都挺能吃,光邱彦一个人吃了仨油饼带一碗豆腐脑,最后买来的东西一点儿没剩下。

"吃多了好像,大清早就吃多了可不行。"邱爸爸推着轮椅在院子里来回转悠,"得散散步消食儿。"

边南有点儿想笑,但一想到昨天晚上邱奕说的事儿,看着邱爸爸这么跟他们逗乐又感觉很心酸。

吃过早餐,邱彦背着书包跑出院子自己上学去了。

边南本来想打车去学校,但邱奕要坐公交车,他只能跟着。

好在去学校这条线比较偏,车上人不多,他俩上了车居然还找着俩座。

一路上两人都没说话,边南觉得很惬意,干燥的空气里有某种说不上来的属于这个季节特有的味道,车窗外满地的黄叶看上去赏心悦目。

边南先下车,邱奕要坐到下一站。

准备站起来的时候,边南转过头,有些紧张地说:"我下午给你打电话,我爸应该会过来接咱们。"

"嗯。"邱奕点了点头。

大概是因为出了这么大的事儿现在又要见长辈,两人都有些紧张,一脸严肃。

边南跳下车,往学校围墙那边走过去,这个时间早锻炼已经结束了,从大门爬进去是找死。

这围墙边南翻了好几年,熟得就跟走楼梯似的,腿蹬两下手一攀就过去了。

一想到再有半年就翻不了了,他还有那么点儿忧伤。

毕业前他应该来拍几张潇洒的翻墙照,用于纪念他乱七八糟没追求、没目标、迷迷糊糊的几年青春。

落地的时候发现墙边有人蹲着,边南吓了一跳,扭头看了一眼,是二年级篮球班的三个人正蹲在墙边抽烟。这几个人一进学校就迅速拜入潘毅峰门下,担任"狗腿子"一职已经两年了。

看到边南的时候这几个人眼里满是不屑,不过边南一眼瞪回去的时候,他们站起来走开了。

边南啧了一声,就这样的货色,再来一个排他也不怵,就算是潘毅峰再来⋯⋯在校的时候也没谁敢随便找他麻烦。

边南溜进宿舍的时候,孙一凡和朱斌都没在,只有万飞正一边穿外套一边准备锁门。

"南哥!"一看到他,万飞立马伸手对着他的脸一指,"昨儿晚上干什么去了?"

"回家了。"边南犹豫了一下,没好意思说在邱奕家。

"回家?"万飞又把门打开了,"要拿东西吗?你回家干吗?明天才周末呢。"

边南进去拿了上午上课用的书,闷着声音道:"惹了事儿不得做做样子吗?回家待着显得我老实。"

"被边皓虐了吧?"万飞锁好门往楼下走。

"边皓病情加重了。"边南喷了一声,"已然奔神经病那头儿一去不复返了。"

两人咯咯一通乐,乐完了万飞拍了拍他:"邱奕什么情况?"

"还成,伤得不重,今儿去学校了。"边南磨了磨牙,"傻潘还被关着呢,哪天要被判了咱俩得记着给他上香。"

"是探监……"万飞纠正他。

"对,我说错了。"边南啐了一口。

上午的课上了两节,边南坐那儿犯困犯了两节,第二节下课的时候被老蒋叫去了办公室。

打架的事儿老蒋倒是没多说,只说想跟他聊聊毕业以后的事儿。

"你估计是不会考体院了。"老蒋给他倒了杯水,"自己有没有别的打算?"

"没有。"边南很诚实地回答,"完全没想过。"

"你还有一个学期就毕业了。"老蒋在他对面坐下,"还想继续打球吗?"

边南看了老蒋一眼,沉默了一会儿,才轻声说:"不想。"

"我就知道。"老蒋笑了,"你小子一直就不喜欢网球吧?"

"嗯,我爸让打就打了。"边南抓了抓头,"真不想毕业了还打。"

"可惜了,"老蒋叹了口气,"可惜了啊。"

边南笑了笑没出声。

"那你是打算直接工作?"老蒋问他。

说实话,老蒋的这些问题让边南有些犯愁,也有些烦躁。

他从来没想过这些,就算偶尔想起,念头也就一闪而过。

对未来的生活,他始终迷茫,从小他就没对自己的未来有过什么想法,小学时写作文让写"我的理想",他愣是憋了两天,最后才很费劲儿地写了个想像他爸那样包好多矿。

那大概是他长到现在唯一一次面对理想和未来这种东西,之后就再也不愿意多想了。

"我的熟人那边有个网球俱乐部……"老蒋看了他一会儿,点了根烟。

"是那个展飞俱乐部吗?"边南问了一句。

"对,他们不是有个培训基地吗?正缺人呢,我的意思是,你要愿意的话,到时我可以推荐你去试试,教练助理什么的。"老蒋说。

"哦。"边南看着手里的杯子。

"你先想想吧,回家再跟你爸商量商量。"老蒋拍了拍他的肩。

"嗯。"边南点了点头,站起来走出了办公室。

关于毕业,关于工作,关于从没想过的"以后",一下就这么摆在了边南面前。

他琢磨了一个中午加一个下午,体能训练的时候还一边跑一边跟万飞惆怅了一回。

"我觉得还成,如果你爸不管你的话,你去展飞挺好的,咱这儿就他们最牛了。"万飞说。

"我爸怎么管我?"边南说,老爸除了是个矿主,还有不少别的产业,物流公司、饭店之类的,边皓现在就接手了物流那块儿。

不过再多的情况边南并不了解,也从来没打听过。

他一直怕打听了会让阿姨有多余的想法,"小三"的儿子抢家产之类的,电视剧里看看就够糟心的了。

"随便一个什么店给你就成了呗,或者给你一笔启动资金什么的。"

万飞想想又喷了一声,"你阿姨和边皓估计会不舒服。"

"这事儿谁舒服得了?"边南挥了挥胳膊,"算了,先不想这个,跟我爸聊了再看吧。"

训练结束之后,老爸的电话打了过来:"放学了吗?"

"嗯。"边南应了一声,"我刚洗完澡。"

"我还有几分钟到你们学校,你叫上邱奕在门口等我一下吧,把万飞也叫上吧,你们能自在些。"老爸说,"邱奕要有朋友也叫上,别人少了一紧张都跟你似的一顿饭说不上三句话。"

"哦,门口……"边南犹豫着,要把邱奕叫到体校门口来简直跟示威差不多了,但要让老爸改地方又没法解释,本来就刚惹完事儿,他只得答应下来,"好的。"

挂了电话之后,他看了万飞一眼:"一块儿吃去,不过我爸要上咱门口来接邱奕去吃饭。"

"哎哟!"万飞乐了,跟他一块儿往门口走,"这会儿门口人不少呢,今儿大家都回家。"

边南拨了邱奕的电话号码:"能走了吗?"

"能。"听声音邱奕那边还在教室里,旁边有人喊着打牌什么的。

"那什么,你……过来吧,我爸马上到。"边南说。

那边邱奕笑了:"要带什么吗?"

"带上申涛吧,我爸说人多热闹。"边南已经走到了校门口,还真是有不少人,有等车的,有等人的,还有在聊天儿没急着走的。

"带上申涛可就真成打架了。"邱奕说。

"没事儿。"边南看了看四周,没看到能跟他和万飞叫板的人,"我在这儿呢,现在基本没人敢惹我,顶多瞪几眼,反正过完年在学校待着的时间也不多了。"

邱奕和申涛两人从马路对面往体校大门口晃过来的时候,在门口站着的体校学生都看了过去。

还有几个人反应很快地立马扭头看着边南和万飞。

"真嚣张啊。"万飞伸了个懒腰，也不知道是在说邱奕他们还是说他跟边南。

边南远远看到老爸的路虎开了过来，冲邱奕和申涛招了招手，顺着路往旁边走了几步。

"谢谢啊。"申涛跟过来说了一句，"正想贴膘呢。"

"还贴膘呢。"万飞喷了一声，"那天你来得也太慢了，是不是跑不动？"

"你们到工地才大半站，"申涛不紧不慢地算着账，"我们到工地两站……我到工地大概用了……"

"哎，赶紧上车。"边南打断了他俩的话，老爸的车已经停在路边了，"上车，上车，上车！"

边南上了副驾驶座坐下，另外三人坐在了后座上。

老爸把车掉了个头往前开了出去。

"叔叔好。"邱奕在后面打了个招呼，"我是邱奕，这是我朋友申涛。"

"好，好。"老爸点了点头，从后视镜里看了看他，"身体没事儿了吧？"

"没事儿了，本来也没伤得太重。"邱奕说。

"嗯，没事儿就好，这次的事儿谢谢你，今天就算是给你压压惊了。"老爸笑着说。

"叔，上哪儿吃？"万飞大概是觉得气氛太严肃，探了个脑袋打了个岔。

"我在金鼎订了桌，行吗？"老爸笑了笑。

"太行了。"万飞嘿嘿笑了两声。

边南看了老爸一眼没说话，金鼎是市里号称六星还是几星酒店的餐厅，去那儿请客的确是老爸的风格，属于潇洒的暴发户矿主表达诚意最直接的方式之一。

想到这里，边南突然又有点儿担心，之前邱奕在看守所待着的时候，老爸就给边南卡里存过钱，让他先照应着邱奕家，说是出来了再好好感谢。

矿主大人表达诚意一向是直接而热忱的，一顿金鼎应该打不住，老爸估计还会……给邱奕塞钱。

以邱奕和老爸的性格，边南担心两人会因为塞钱的事儿闹出什么不开心来。

下车的时候边南想跟邱奕说一声，但没找着机会，只得一边跟老爸说着话，一边飞快地给邱奕发了条短信："我爸可能会给你钱，你有个心理准备。"

发完之后他等了一会儿，居然没听到邱奕的手机响。

他忍不住推了推邱奕："你的手机响了。"

"嗯？"邱奕看了他一眼，从包里摸出手机看了一眼，又抬眼冲他笑了笑。

边南也冲他龇了龇牙。

邱奕跟在边南他老爸身后往电梯里走，在手机上按了几下："我会处理。"

边南跟老爸吃饭向来沉默是金，虽然一块儿吃饭的次数并不太多，但加一块儿也差不多能凑出一筐金子了。

今天多了几个熟人，边南本来应该舒服不少，可是因为不知道老爸会不会有什么惊人举动，也不清楚老爸的态度和阿姨、边皓是否一致，感觉自己这顿饭没准儿还能攒出一小盒金子。

老爸对这里很熟，服务员也都认识他，领着大家进了包间之后，老爸直接跟服务员说了一句"菜你们看着上吧"就坐下了，又招了招手让邱奕坐在了他身边。

邱奕笑了笑坐下了，边南坐在了老爸对面，挨着老爸排排坐他有点儿不自在。

"你和你这个同学，都是航运中专的是吧？"老爸看着邱奕。

"嗯。"邱奕点了点头，"明年就毕业了。"

"那现在要实习了吧？"老爸又问。

"是的。"邱奕说。

服务员拿了茶进来，边南闲得难受，从服务员手里拿过茶壶围着桌子转了一圈儿，把大家的茶都倒上了。

"认识边南很久了吗？"老爸喝了口茶，"这小子很少跟我说这些事儿，跟他关系好的同学或朋友我就知道一个万飞。"

"必须知道我,我跟边南可是小学就在一块儿混了。"万飞嘿嘿笑着。

"跟万飞比不了。"邱奕笑了笑,估计被边南他老爸这么追着问也有些不自在,拿着茶杯一口茶喝了老半天,"我跟边南是上学期才认识的。"

"哦。"老爸点了点头,"这次的事儿,你家里也担心了吧。"

"还好。"邱奕转了转杯子,"边南和我朋友都去家里帮忙来着,所以还好。"

边南在一边听着这样一本正经的对话,简直难受得快起痱子了,好在没一会儿服务员就轻轻敲了门,开始上菜。

"哎,我饿了。"边南拿起筷子,"先吃了再说吧。"

"尝尝味道怎么样。"老爸笑着说,"我也不知道你们的口味就直接给做主了,都是他们这儿做得比较地道的菜。"

"那得让邱奕尝尝。"边南看了邱奕一眼,"他做菜牛着呢,没准儿尝完了回去就能照样做出来。"

"哪儿那么容易。"邱奕乐了,夹了一筷子菜。

"很难吗?"边南啧了一声。

"当然难,你看你对着傻子食谱做了那么久……"申涛边吃边说。

"什么傻子?怎么我就说错一次人人都盯着不放了?"边南瞅了他一眼,"懒人!懒人食谱!我感觉我做得还成吧。"

老爸听了这话有些吃惊,看着边南:"你做菜了?"

"嗯。"边南点了点头,"就邱奕之前腿被……伤了,我帮忙呢,做了几次。"

边南从小到大没干过家务,家里有保姆,别说做饭做菜,就连换下来的衣服都直接扔卧室里,等保姆拿去洗的。

老爸这惊吃得有点儿大,好半天才说了一句:"真没想到啊。"

邱奕从边南爸爸的眼神里看到了惊讶之外一闪而过的一丝失落,他冲边爸爸笑了笑:"叔叔,边南平时也没发挥空间,回去了让他做几个菜给您尝尝呗。"

"是。"边爸爸点了点头,"是得让他做几个,他都没跟我说过,我还真想尝尝是什么味儿呢。"

"这事儿要换了我,我也不好意思跟我爸说,再说做得也实在不怎么样,是吧边南?"邱奕笑着吃了口菜,给边南圆了圆,换了哪个当爹的,自己儿子什么都不跟自己说,估计都不舒服。

"嗯。"边南看了他一眼,又看了自家老爸一眼,"要不我明天给你炒个鸡蛋你尝尝吧。"

"好!好!"边爸爸笑了起来,"好!"

"说到做菜,"万飞在旁边说,"我还差点儿想去学厨师了呢。"

"那得谢谢体校了。"申涛说了一句。

"有什么可谢的。"万飞愣了愣才反应过来,"嘿,你还别小看人,我做菜比边南强多了!"

"是。"边南乐了,"万飞还会和面包饺子呢,还烙过饼,中间没熟,皮儿还挺好吃的。"

"那是你老催着要吃,我没把握好火候,下回我请你们吃饭,就烙饼!"万飞很不服气。

万飞天生就是个活跃气氛的好手,吃饭快,几下扒拉饱了就开始说,逮谁跟谁聊。

无论气氛是什么样的,都不会影响他发挥。

边爸爸几次想要再问邱奕点儿什么,稍一停顿就被万飞迅速拉跑了话题,最后还给万飞说了半天矿场工人有多辛苦……

"唉,这也太辛苦了,还危险,"万飞皱着眉摇了摇头,"不能去。"

"这话说得好像你打算去似的。"邱奕嘴角一直带着笑,这会儿乐出了声。

"赚得多啊,都得考虑嘛,你们跑船不也挺辛苦吗?但是钱多。"万飞啧了两声。

万飞一提起跑船,边南想起今天沉思自己的"未来"过于投入,都还没顾得上问邱奕的实习安排怎么样了。

现在猛然提这事儿,他顿时有些坐立不安,有点儿后悔自己为什么要坐在老爸和邱奕对面,现在除了傻笑两声,连小声问问邱奕都不方便,只能煎熬着一直等到大家吃完饭。

不过因为有个长辈在,他们吃饭都吃得挺快的,一个多小时大家就都已经放了筷子靠在椅子上瞎聊了。

"饱了。"边南摸了摸肚子看了万飞一眼,又看了看申涛,"再来点儿什么吗?"

"我一直压着没打嗝呢。"万飞嘿嘿笑了两声,"吃不下了。"

"我也吃饱了。"申涛冲老爸笑了笑,"叔叔破费了。"

"哎,说这些干吗?你们都是边南的朋友,这次邱奕又遭了这么大的罪。"边南他爸拍了拍邱奕的肩膀,"谢谢了。"

"那走吧。"边南站了起来。

"你急什么?"边南他爸叹了口气,也站了起来,"这都没好好聊。"

"跟一群小孩儿你还聊上瘾了。"边南嘀咕。

屋里的几个人都站了起来,边南他爸一边往外走,一边从兜里掏出车钥匙递给边南:"去把车开到门口来吧,我跟邱奕再聊两句。"

边南一听就知道老爸要干吗了,这是要塞钱的节奏。

"哦。"他接过钥匙,看了邱奕一眼,转身跟万飞和申涛进了电梯。

邱奕也能估计到边爸爸还有话要说,这顿饭对方一直在打听自己的事儿,但万飞这个打岔小能手功力太强,估计话都没说痛快。

"我们去门口等着吧。"边爸爸拍了拍他的肩。

"嗯。"邱奕跟着他一块儿往楼梯走。

"邱奕,"边爸爸走了两步又停下了,打开手包,拿出一个红包递了过来,"叔叔是个粗人,也不知道该怎么感谢你合适……"

虽说有心理准备,邱奕看到跟本书似的红包时还是吓了一跳,赶紧按住了边爸爸拿着红包的手:"叔叔,您这是干吗?"

"边南跟我说了些你的事儿,你这两个月不在家,你家里的人也受罪了。"边爸爸说,"没多少钱,就是个心意。"

"叔叔，"邱奕按着他的手没松，"咱把这事儿捋一捋，行吗？"

"你说。"边爸爸笑了。

"这事儿起因是我，那些人的目标也是我，跟边南没关系。"邱奕不疾不徐地说，"他是来帮我，又因为我受了伤，我替他挡一棍子，这本来就是应该的，您明白我的意思吗？边南不欠我的，如果一定要这么说，是我欠了他的，不关他的事儿却让他受了伤，您帮我找的律师也帮了很大的忙……"

"你……"边爸爸有些无奈地皱了皱眉。

"这钱我要是收了，那我欠得就太多了，还不上。"邱奕说，"我最怕的就是欠人什么了。"

边爸爸叹了口气："你这话……你家也需要用钱，再说这事儿也让你家里人担心受罪了……"

"谢谢叔叔，那是两回事儿。"邱奕笑了笑，"钱我肯定不会收，谢谢您。"

"你还真跟边南不太一样。"边爸爸盯着邱奕看了好一会儿，很无奈地看了看手里的红包，"这要是给边南，他肯定不会拒绝。"

"他是您的儿子啊。"邱奕乐了，往楼梯下面走去，"这要是我爸给我的，我也要了。"

两人走到楼下大厅时，边南从外面走了进来："怎么这么久？我以为你俩又回去吃上了呢。"

"走吧。"邱奕看着边南一脸欲言又止的表情，经过他身边的时候轻声说了一句，"没事儿了。"

边南听了这话放松了一些，再看老爸的样子还挺愉快，走过去道："爸，一会儿先送他们回家吧。"

"当然。"边南他爸笑了笑，想了想又问他，"你……回家吗？"

"回。"边南点了点头。他是真不想回家，但毕竟老蒋今天说的事儿他还要跟老爸商量，加上刚出院没两天，老这么不回家，老爸又该叹气了。

"明天早餐弄个炒蛋？"老爸说。

边南回头瞅了他一眼："好的。"

把万飞送回家之后，边南他爸把车又开到了邱奕家那条小街上，邱奕和申涛一块儿下了车。

"邱奕……"边南从车窗探出脑袋叫住了邱奕。

邱奕走到窗边看着他的时候，他又不知道该说什么了，瞪着邱奕半天都没说话，最后邱奕在车门上轻轻拍了两下，小声说："到家了给我打电话吧。"

"好。"边南点了点头。

"叔叔，今天谢谢了。"邱奕冲车里喊了一声。

边南他爸看着邱奕和申涛进了胡同，把车开出了小街。

"你这个朋友，"边南他爸看了他一眼，"是说原来成绩很好，因为家里条件不好才去念的中专吗？"

"嗯，现在他在他们学校也是学霸级的人。"边南说，想想又往老爸的手包上瞅了瞅，"爸，你是不是给他钱了？"

"他没要。"老爸叹了口气，"还跟我一通说，弄得我挺不好意思的。"

边南笑了起来："就知道你那个暴发户做派在邱奕跟前儿不管用，要换了万飞没准儿就收了，先拿点儿给你买礼物，剩下的跟我分。"

老爸看着前面的路笑了半天，笑完了又叹了口气："难得你能跟我逗一回啊。"

"也不至于吧。"边南有些不好意思地抓了抓头，"爸，你拿了多少钱给邱奕？"

"本来想拿五万，想想你说过他挺独立的，怕以他的性格不肯收，我就拿了三万……"老爸在方向盘上拍了拍，"小南，要不这钱你拿着吧。"

"嗯？"边南愣了愣，老爸这话在他听来算是在夸邱奕，他正美呢，一下没反应过来，"我卡里还有呢。"

"你存着也行，想怎么用都行。"老爸拍了拍他的肩，"一听说明天早上有炒鸡蛋吃，我心情就特别好。"

"给我的心情调剂费吗？"边南从手包里拿出了红包，"谢谢爸。"

两人回到家时，边皓没在家，阿姨和边馨语在一楼看电视。

　　看到边南进门，靠在沙发上的边馨语一下坐直了，似乎是想说话，但看到他身后的老爸，又一撅嘴从沙发上跳下来转身跑上楼去了。

　　阿姨起身接过边南他爸的外套和包："怎么样？"

　　"那孩子挺犟的，不收红包。"边南他爸笑了笑，"算了。"

　　"那这……"阿姨正要走开，听了边南他爸这话又站住了。

　　"你别管了。"边南他爸换了拖鞋往楼上走，"边皓呢？"

　　"在公司没回呢，说是开什么会。"阿姨看了边南一眼，"小南明天早餐想吃什么？我提前准备。"

　　"炒蛋。"边南他爸站在楼梯上，指着边南笑着说，"小南明天早上给我们炒鸡蛋吃。"

　　阿姨愣了愣："小南做早餐？"

　　"我就……可别全指望我这一个炒鸡蛋啊，我就试试。"边南换了鞋赶紧也往楼上跑，急着给邱奕打电话。

　　"那就弄点儿能配炒蛋的早餐吧……"阿姨跟边南他爸一样吃惊，坐回沙发上之后还说了一句，"炒鸡蛋？"

　　边南一边关上自己房间的门，一边拨了邱奕的电话号码。

　　"到家了？"电话很快被邱奕接了起来。

　　"嗯，刚进门。"边南把包扔到地上，往床上一倒，"为什么不要我爸给你的钱啊？"

　　"懒得再说一遍理由了。"邱奕叼着烟，声音有点儿懒洋洋的，"主要是太多了，要不知道的以为你爸送我本辞典呢。"

　　边南也没多问邱奕不要钱的理由，反正知道邱奕肯定不会要这钱。

　　他从包里把红包拿出来看了看，居然还一水儿的新票，这一看就是老爸从他的保险柜里拿的，老爸有收集新钱的爱好。

　　"那个'辞典'，我爸给我了。"边南说。

　　"是吗？"邱奕笑了，"那你得请我吃饭吧。"

　　"那必须的……这钱我给你的话，你可以要了吧？"边南问。

"这么着吧,"邱奕沉默了一会儿才说,"钱你拿着,先别用,我年前要给我家亲戚还一次钱,到时候如果凑不够数,你借我点儿。"

"好,没问题。"边南立马一连串地应着,"我还以为你不会要呢。"

"那不要了。"邱奕喷了一声。

"嘿,你这人怎么回事儿啊?"边南也喷了一声,"上回我说借你点儿你是不是不要啊?"

"那会儿不一样。"邱奕笑了笑,"那会儿还挺烦你的呢。"

"哎!"边南坐到电脑前,"今儿你吃好了没?以前也没见我爸对我朋友这么感兴趣的,今天还问个没完了。"

"他问这些又不是为了你。"邱奕说。

边南想了想,啧啧了好几声:"也是,应该是为了边馨语小公主,边皓没跟着去真是难为他了……对了,你实习的事儿今天问学校了没?"

"嗯,问了。"邱奕点了根烟,那边传来了邱彦的喊声,邱奕叹了口气,"掐了,掐了,已经掐了。"

"什么情况啊?耽误没?要重读吗?"边南一口气问下来,"实习上哪儿啊?船上还……"

"哎!"邱奕笑着喊了一嗓子,"都忘了你的第一个问题是什么了。"

"你随便答吧。"边南乐了。

"稍微耽误了一下,不用重读,具体单位还没确定,这阵子先把证什么的考完,年后差不多就实习了。"邱奕说。

"要考证啊?那是不是没工夫打工了?"边南问。

"我应付得过来,你不用担心。"邱奕笑着说,"你呢?"

"我啊?"边南打听邱奕的事儿挺来劲儿的,一想到自己顿时就有点儿泄气,"我这儿还没准儿呢,一会儿我得跟我爸聊聊去。"

"那你去吧,有什么事儿该问的、该做的都趁早,拖也拖不过去,早晚都得处理。"邱奕说。

"大宝,"边南站起来一边换衣服一边轻声说,"你说,我这人是不是挺没意思的,什么也不琢磨,也不敢琢磨。"

"还成吧,没逼到那份儿上而已。"邱奕笑了笑,"再说也分什么事儿,有些事儿你不是挺能琢磨的吗?"

边南挂了电话,一边往楼上老爸的书房走,一边整理着思路。

书房门关着,他正要敲门的时候,听到了里面阿姨的说话声:"他哪有这方面的经验?你还不如让他先跟着边皓学两年。"

边南愣了,跟着边皓?

那不可能,让他跟着边皓不出一天他俩就得互殴。

边南站在书房门外,举着手,不知道是该现在敲门进去还是先转身走开。

老爸不知道说了句什么,阿姨叹了口气:"小南从小到大就没什么志向,玩玩闹闹长大的,跟着边皓先收收心学学管理……要不就考个大学……"

"他怎么可能去考大学,他连体校都读得费劲儿,一直也不喜欢打网球。"老爸的声音比较低,"我就想着给他找点儿事儿做,总比他成天瞎混着惹出事儿来强。"

"那也总得有个过程吧。"阿姨轻声说。

边南轻轻在书房门上敲了敲,叫了一声:"爸?"

"进来吧。"老爸在里面应着。

边南推开门,阿姨坐在沙发上,看到他进来,笑了笑:"我跟你爸正聊你的事儿呢,正好你来了就听听你的意见吧。"

"什么……事儿?"边南靠着书柜站着。

"你就快毕业了,过完年也该实习了。"老爸一边泡着茶一边慢慢开口说,"我跟你阿姨商量着,你看你……去物流公司跟着边皓先锻炼锻炼怎么样?"

"爸,"边南看了老爸一眼,又看了看阿姨,低下头沉默了一会儿说,"我跟边皓在一块儿待着……估计……他也不能答应。"

"他没有意见。"阿姨笑了笑,"这事儿我问过他,他同意的。"

边南愣了愣,以为阿姨这个提议是临时想的,没想到已经跟边皓谈过了。

而且边皓还没意见?

他当然没意见,物流公司已经交给了边皓,什么事儿都是他说了算,自己去了就是个小兵，边皓能有什么意见？

自己跟送上门去找不痛快没什么区别，还能给边皓解闷儿……

"我知道你担心跟边皓处不好，"老爸喝了口茶，"但工作归工作，这应该不会有什么影响。"

"我……爸，我……"边南感觉有些无力，他在家里很少跟老爸、阿姨同时讨论什么事儿，就算讨论过，他也从来没有给出过反对意见，现在完全没有心理准备，猛地要开口，竟然发现自己本来就不怎么充沛的勇气正飞快地消失，"我……"

"嗯？你有什么想法就说吧。"老爸看着他。

他在外面、在学校、在同学和朋友面前，从来不会像在家里这样感觉到压力，一举一动都会觉得紧张和不自在。

现在面对老爸和阿姨，他全身如被针扎似的发热发痒，难受得老想跳浴缸里去泡着。

沉默了半天，在勇气快要被紧张情绪蒸发殆尽的时候，边南一咬牙道："我能不去物流公司吗？"

"不去？"阿姨皱了皱眉，"为什么？先了解一下，学习一下，知道走出社会是怎么回事儿，不然你能做什么？"

边南张了张嘴没说出话来。

阿姨的话虽然不太好听，他却无法反驳。

他能做什么？

他的确什么也做不了。

除了不喜欢的网球，他什么也不会，什么也不懂……

他顿时很泄气，一直以来他很清楚却又始终不肯去多想的事实再一次放在了他面前。

边南，你是个没用的废物。

"你再想想吧。"老爸看出了他的纠结，站起来走到他身边拍了拍他的肩，"我跟你阿姨也是在替你想，你要有什么想法就跟我说。"

"那我……想想。"边南有点儿吃力地说，都不知道自己这是怎么了，就想着快点儿离开书房,离开老爸和阿姨的视线范围,"我先回房间了。"

说完这话他转身大步走出了书房,关上书房门之后才想起来自己忘了说老蒋给他的提议。

他犹豫了几秒钟,最后还是下了楼。

边南,你真没出息啊!真没用!

一下楼拐进走廊,边南就看到了在他的房间门外来回溜达的边馨语。

"啊!"边馨语看到他从楼上下来,吓了一跳,"你没在屋里啊?"

"有事儿?"边南走过去,打开房间的门,回头看着边馨语。

"能……"边馨语往楼梯那边看了看,推了推他,"进去说吧。"

边南现在没什么心情应付边馨语,他整个人从里到外被烦躁和懊恼包裹着,进了屋之后坐到桌子旁边,也没看边馨语,只管自己愣着。

"其实我没什么事儿,就是想问一下邱奕有没有事儿。我爸今天有没有为难他?有没有瞎给人家说什么?我给邱奕打电话他没接。"边馨语大概也是不自在加紧张,一连串地把话给说出来之后就没声音了。

"没有。"边南用两个字把边馨语的几个问题都回答了。

边馨语皱了皱眉:"你什么态度啊?"

"邱奕没事儿,爸今天没有为难他,也没给他瞎说什么,我不知道他是为什么不接电话。"边南看着她,"这样行了吗?"

边馨语往他桌子上拍了一下,喊了一句:"你以为我非得求着你吗?"

"没以为。"边南说。

边馨语瞪了他一眼,转身冲出去,进了自己的房间,狠狠地摔上了门。

边南叹了口气,过去把门关上,进浴室去洗了个澡,出来就扑到床上闭上了眼睛。

"你还不回去?"邱奕看着坐在葡萄架下仰着脑袋的申涛,"我要睡觉了,困死了。"

"赏灯。"申涛笑了笑,拿起茶壶给自己倒了杯茶,"别赶我走,你出来以后我还没轮得上跟你好好聊聊呢。"

"去学校了再聊呗。"邱奕在他对面的躺椅上坐下,靠着椅背轻轻晃着。

"上船实习的事儿基本定下了呗?"申涛问。

"嗯,内贸船挺好的,条件也行,还不用那么长时间。"邱奕点了根烟叼着,"真一趟十天半个月的二宝估计要闹腾死。"

"别的事儿呢?"申涛也点了根烟。

"什么别的?"邱奕看着他。

申涛皱着眉,抬手把眼前的烟雾挥开,清了清嗓子:"就……跟边南,我看你俩……是不是……挺好的?"

"啊,是。"邱奕应了一声没多说别的。

"是吗?"申涛嘟囔了一句,"那……挺好的,你也算是终于能交上朋友了。"

"说得好像我没朋友似的。"邱奕笑了笑。

"差不多。"申涛看着他,拍了拍他的肩,"挺好的,边南能带着你变开朗些。"

邱奕笑了笑,两个人都没再说话。

申涛小口喝着茶,邱奕在躺椅上一直晃着。

天已经凉了,晚上的寒意已经能轻松钻透身上的外套,申涛一边烧着水一边喝茶,也就头三口是热乎的。

坐了半个多小时,他扛不住了,站了起来:"我走了。"

邱奕没出声,他凑过去看了一眼,发现邱奕已经靠在椅子里睡着了。

"你要感冒了。"申涛拉了拉外套,跑进了厕所。

从厕所出来的时候邱奕还维持着之前的姿势没动,申涛想叫醒他回屋睡,手刚碰到他的胳膊,邱奕突然从躺椅上坐直了。

"吓着你了?"申涛吓了一跳,赶紧收回手。

邱奕瞪着眼睛,喘得有些厉害,过了好一会儿才转过脸看了看申涛:"要走了?"

"嗯,你没事儿吧?"申涛盯着他问。

"没事儿。"邱奕胳膊肘撑着膝盖,低下头,手在脸上搓了搓,顿了一下才轻声开口,"做梦了。"

申涛没说话,邱奕靠回躺椅里闭了闭眼睛:"梦到我妈了。"

申涛叹了口气,伸手在他的肩上拍了拍:"要我给你唱首摇篮曲吗?"

"滚。"邱奕乐了,站起来伸了个懒腰,"你回吧,一会儿没车了。"

"那我走了。"申涛转身往院门口走去,走了两步又停下,回过头看着他,"邱奕,别太为难自己。"

"嗯?"邱奕看着他。

"你看,有时候像边南那样也挺好的。"申涛说,"你懂我的意思吗?我不是说他没心没肺的就好,但你也太……给自己压力了。"

"话真多。"邱奕把桌上的杯子收拾好,"我知道。"

"你真知道吗?你现在这样子真不像是知道的。"申涛笑了笑,"别嫌我烦……"

邱奕没说话,偏过头看了他一眼。

"行吧,是挺烦的。"申涛推开院门走了出去,"走了。"

第八章
思考人生

邱奕在桌子前站了半天，又点了根烟，蹲在水池边儿抽完了才轻轻地叹了口气。

边南也只是看上去没心没肺，有些事儿感觉比自己还无解呢。

邱奕洗漱完轻手轻脚地走进里屋时，邱彦正好一个翻身滚到床中间，把小被子掀到了一边。

邱奕过去把被子拉好，拿了两条小毛毯，在邱彦的身体两边一边堆了一条，防止他再乱滚。

虽然之前很困，但那个梦和申涛的话都挺提神的，他现在暂时没瞌睡了，坐到了桌子前。

之前被边南粘好的小泥人儿还在桌上，因为边南的修补技术欠佳，所以邱奕没让边南带回家，打算重新补一下再给他。

修这个对邱奕来说不是什么难事儿，调好土之后没多大会儿工夫就把缺口都补好了，明天把颜色补上就可以。

手机响了一声,边南发来短信:"睡不着。"

邱奕看了看桌上的小闹钟,刚过十二点。

"跟你爸聊得不顺利?"

"我还没说,是不是挺没用的?"

邱奕笑了笑,对着手机想了一会儿才回过去一条:"怎么总这么着急否定自己?明天炒完鸡蛋说了就行了。"

"好,豁出去了。"

边南起了个大早,狗一直在他的窗户底下欢快地叫着。他起床之后,狗就去休息了。

今天要做早饭,虽然挺不乐意的,但他搂着被子在床上滚了十来分钟之后,还是决定早点儿起来去准备。

他进厨房的时候,保姆张姐正准备把牛奶热上,旁边是已经切好的面包片。

"张姐早。"边南揉了揉眼睛,"有……鸡蛋吗?"

"有,给你准备好了,你阿姨说你要炒鸡蛋?"保姆笑着把鸡蛋递给他,"要不要我帮忙?"

"没事儿,这个简单。"边南拿过一个大碗,把五六个鸡蛋打进了碗里,又弓着背用筷子把一块儿弄进去的蛋壳挑了出来,"有葱吗?我弄个葱花鸡蛋饼吧,夹在面包里做三明治。"

"有葱。"保姆从冰箱里拿出葱,帮他洗好了,"葱花鸡蛋三明治什么味儿啊?"

"不知道。"边南嘿嘿笑了两声,"试试呗,不好吃就分开吃好了。"

保姆被边南赶出了厨房,他掏出电话给邱奕打了电话过去:"起了没?"

"起了。"邱奕的声音挺清醒,旁边唱着歌的邱彦听着更清醒。

"葱花鸡蛋饼怎么做?"边南一边用筷子在鸡蛋里搅着一边问。

"不是炒鸡蛋吗,怎么成鸡蛋饼了?"邱奕愣了愣。

"我看有面包片儿,做三明治应该可以吧……"边南说。

邱奕沉默了一小会儿之后乐了:"没吃过,你试试吧。"

"葱和鸡蛋我都有了,要怎么弄?"边南问。

"有饼铛吗?"邱奕笑着问。

"有……吧。"边南在厨房里转了一圈儿,老爸和边皓对食物要求很高,所以他家厨房弄得跟饭店后厨似的很复杂,他半天也没看到饼铛,"好像没有。"

"平底锅呢?"邱奕又问,那边邱彦扯着嗓子唱歌的声音都快把他说话的声音盖过了。

"有,平底锅有。"边南拿起锅,"二宝这演唱会开了多久了?"

"一个多小时了。"邱奕走到院子里,"把鸡蛋打好,搁点儿盐和香油,再放点儿面粉。"

"嗯。"边南夹着电话按邱奕的指点开始忙活,"我星期一去找你怎么样?"

"去哪儿找我?"邱奕愣了愣。

"学校啊。"边南笑了笑,"现在我们学校管得不严,星期一下午放学了一块儿吃东西吧,你不是还没开始打工吗?"

"我上你们学校嚣张一把,你再到我们学校嚣张一把,是这意思吗?"邱奕问。

边南嘿嘿笑了半天:"那要不咱俩一块儿去卫校门口集合?"

邱奕被他逗乐了:"找张晓蓉吗?"

"哎,你别说,"边南喷了一声,"要没张晓蓉,我也未必能注意到你。"

鸡蛋饼做起来还算比较简单,边南的动作虽然有点儿不美观,但操作上没出什么错,就是他在把鸡蛋饼翻面儿的时候出了点儿小意外。

"哎!"边南举着铲子喊了一声。

"怎么了?扣地上了?"邱奕立马笑了起来。

"你是不是等着我往地上一扣就鼓掌啊?"边南喷喷了几声,"这饼只翻过去一半,还有一半没动,让我给扯成两半了,怎么办?"

"把那一半翻过去不就行了？你的智商一块儿拌蛋糊里了吗？"邱奕叹了口气。

"我不是这意思,我的意思是,这样就不美观了,不是一整个鸡蛋了。"

"本来也不是一整个鸡蛋,这不是好几个鸡蛋吗？"

"邱大宝你成心的吧,听不懂人话啊？"边南冲着电话恶狠狠地说。

"一会儿出锅了你给切成几片儿分好呗,还是智商问题啊。"邱奕叹了口气。

"我没有做菜的智商！"边南挥了挥铲子。

"有牛肉酱之类的吗？要有的话,一会儿你往上面刷点儿,挺好吃的。"邱奕笑着说。

"好。"边南点了点头。

鸡蛋饼出锅的时候边南凑过去闻了闻,鸡蛋饼的火候在邱奕的遥控之下掌握得还不错,闻起来很香。

他拿过筷子,从鸡蛋饼的边儿上夹了一点儿放进嘴里尝了尝,然后给邱奕发了条短信过去："我觉得我出师了,早上可以去你们家胡同口支个炉子卖早点了。"

邱奕很快给他回复过来："快跟你爸说你已经想好了,从早点摊开始,向鸡蛋饼跨国公司前进。"

边南对着手机咯咯笑了老半天。

端着鸡蛋饼走出厨房,边南往饭厅那边扫了一眼,顿时愣了愣。

全家人都已经坐在了桌子边儿上,老爸很期待地看着他,阿姨正在吩咐保姆去把别的早餐一块儿拿出来。

边皓偏着头正看着电视,边馨语趴在桌上玩手机,一脸起床气没撒干净的表情。

"哟,改鸡蛋饼了啊？"老爸看着他把盘子放到桌上,立马站起来凑过去闻了闻,"闻起来很像那么回事儿嘛！"

阿姨笑着夹了一块儿放到他的碗里："那你快尝尝。"

老爸夹起来放进嘴里,嚼了几下之后笑了起来,冲边南竖了竖拇指:

"不错！哎，真不错！没想到小南的手艺这么好！"

"是吗？"边馨语也拿起筷子吃了一口，"淡了点儿，还成。"

边南没说话，老爸陶醉开心的样子让他有点儿说不上心里是什么滋味儿，想说的话一下都堵在了嗓子眼儿里。

"我刚才听你在厨房里打电话呢。"边馨语拿起一片面包，"是不是现场打电话让人教的啊？"

边南看了她一眼："嗯。"

"打电话问的谁？"老爸顿时来了兴致，"是女生吗？"

"不……"边南拿过面包往嘴里塞了一口，含混不清地说，"是……"

"肯定是女生啊，男孩儿谁会这些。"阿姨推了推老爸，"你别瞎打听。"

边南不再说话，埋头吃早餐，这种全家人都到齐了的场面他永远都习惯沉默，找不到话题，也加入不了。

边皓很快吃完了，站起来去客厅穿上了外套。

"要出去？"阿姨问他。

"嗯，去公司。"边皓往这边看了一眼，"馨语是不是今天要跟人出去逛街？我顺便送你出去吧。"

"不用！"边馨语睨了他一眼，"八点半逛什么街，又不是去菜市场要赶这么早！"

"你……"边皓皱了皱眉。

"行了，你去你的吧，又不是没人送了。"阿姨挥了挥手，"你别惹她了。"

边馨语吃完早餐之后就上楼去了，阿姨去院子里准备带狗出去散步，饭厅里就剩下了边南和老爸。

边南盯着面前已经空了的盘子，在老爸吃完早餐也站起来的时候开了口："爸。"

"嗯？"老爸应了一声，又坐下了，"怎么？"

"我想了想，"边南的手在桌子下相互拧了拧，"我还是不去物流公司了。"

老爸看着他，过了一会儿才叹了口气："这事儿你就不用赌气了吧，边皓也没说什么……"

"不是，"边南抬起头，"蒋教练在展飞有个朋友，他想推荐我过去。"

"网球俱乐部？当教练吗？"老爸皱了皱眉。

"一开始当不了教练，助理什么的……"

"那有什么出息，能有什么发展？"老爸有些不满，"你这是怎么想的？"

边南看着老爸没说话。

"你要说你去俱乐部打球，我也就不说什么了。"老爸敲了敲桌子，"你要想考体院什么的我也不反对，你跑去当什么助理，这算什么工作？"

边南继续沉默。

"你说你到底在想什么？"老爸站了起来，"你别不吭声，你告诉我你到底在想什么？"

"我在想什么你真想知道吗？"边南猛一下也站了起来，椅子倒在了地上。

"这是怎么了？"阿姨听到声音从后院跑了过来。

"你这是什么话？"老爸瞪着他。

"你根本不想知道我在想什么，也没有谁想知道我在想什么。"边南说，手有些颤抖，不知道自己为什么突然会这样，不知道老爸这句话到底哪里戳到他了，"所以你也就不要再问我在想什么了。"

说完这句话，边南转身走出了饭厅。

回到自己的房间，边南在窗前站了很长时间。

这是他第一次顶撞老爸……应该算是顶撞吧？

虽然从小到大他都不是什么乖孩子，会在外面跟人打架，也在家里跟边皓打过架，但每次老爸教训他的时候，他都会沉默。

无论心里有多不满、多委屈他都习惯了不说话，老爸骂完叹气之后，他就会松一口气，感觉是熬过去了。

他对来到这个家之前的事儿已经记不清了，但敏感的神经让他从被老爸接到这里开始就知道自己的身份：一个不受欢迎的破坏者的孩子。

　　无论老爸怎么对他，他始终做不到像边馨语和边皓那样放松。

　　撒娇、不讲理、发发小脾气、任性……这些正常家的孩子会对父母做的事儿他一件也学不会，对阿姨他不可能这样做，对老爸也做不到。

　　如果他有撒不出的气，没人的时候自己踢几脚墙摔摔东西也就算发泄掉了。

　　在饭桌前那几句话，边南的声音并不高，除去那张被他碰倒的椅子，他的态度连发小脾气都算不上，老爸脸上的错愕却那么明显。

　　边馨语摔盘子、边皓跟老爸斗牛似的大吼，老爸都没有过那样的表情。

　　边南突然觉得有些过意不去。

　　大概是太神奇了吧，他居然弄倒了一张椅子，还说出了那样的话。

　　边南冲着窗外嘿嘿傻乐了下，听到阿姨在院子里叫狗的声音的时候，迅速从窗边退开，拉上了窗帘。

　　他收拾好下周要带去学校的东西，换了衣服想出门的时候又有些犹豫。

　　他这算是跟老爸吵架了吗？

　　吵完架他就跑掉吗？

　　这会不会让人觉得他……不懂事儿？

　　"唉……"边南有些郁闷地在门后蹲下，靠着门发了很长时间的愣。

　　一直到房门被人敲响，他才回过神站起来。

　　打开门看到是老爸的时候边南赶紧把还背在身上的包扔到了一边。

　　"要出去啊？"老爸的脸色不太好看。

　　"想去万飞那儿的。"边南揉了揉鼻子。

　　"你是……非要去做那个什么俱乐部的助理吗？"老爸皱着眉问他。

　　"嗯。"边南低着头，"起码那个……跟我的专业对得上，我就对网球比较熟了。"

老爸沉默了一会儿叹了口气:"还有一阵子,你再想想,如果到时还非要去,那你就去。"

老爸这话说得有些生硬,说完他就转身上楼去了。

边南在门边站了几分钟,心里某个地方莫名其妙地有种突然轻松了的感觉,他弯腰拿起包走出了房间。

楼下只有边馨语一个人坐在沙发上看电视,看到边南下来,叫了一声:"哎,边南。"

边南停下看着她,她从沙发上跳下来,走到边南身边,低声说:"你是去万飞那儿还是邱……唉,算了算了,没事儿了。"

边馨语挥了挥手,又坐回了沙发里:"等你心情好点儿的时候再跟你说吧,我现在心情也不好,不想吵架。"

"嗯。"边南应了一声,转身出了门。

边南给万飞打了个电话,这小子没接,周末早上万飞不睡过十点不会起床,边南直接打车去了万飞家。

他敲开门的时候,万飞的妈妈刚把早餐放到桌上,一屋子都是烙饼香。

万飞的爸爸正要出门,看到边南立马指了指桌上的饼:"正好,做多了,你战斗力强,给收拾了吧。"

边南嘿嘿笑了两声,过去拿了个烙饼咬了一口:"哎,还是我大姨的手艺好!"

"今儿怎么这么早就跑过来了?你不是跟万飞一样得睡到明天吗?"万飞的妈妈笑着递了碗豆浆给他。

"我思考人生了。"边南边吃饼边往万飞的屋里走,"决定以后都早起了。"

万飞睡得还相当沉,边南开门进屋又哐的一声关上门,他动都没动一下。

边南在床边的椅子上坐下,声音不大地说了一句:"哎,许蕊,你怎么跑来了啊?"

"嗯？"万飞立马迷迷糊糊地哼了一声，支起了沉重的脑袋。

"这么灵？"边南乐了，"许蕊，许蕊，许蕊……"

万飞看清是边南之后，一脸摔回了枕头上："南哥你有病吧？"

"起床了，睡得脸都歪了。"边南跳起来把他的被子一掀，往他的身上甩了一巴掌。

万飞被他折腾得没法睡了，盘腿坐在床上，低着头好一会儿才算是清醒过来。

"你是不是碰上什么事儿了？"万飞拿过手机看了看时间，又看到了手机上边南的未接来电，"八点刚过就给我打电话了？"

"早上起来给我爸炒鸡蛋呢。"边南笑了笑。

"真炒了啊？成功吗？"万飞乐了，"有没有被挑毛病？"

"还成。"边南本来还挺得意，但一想到早餐之后的事儿，情绪又有些低落。

"怎么了啊？"万飞下了床，一边穿裤子一边看着他问，"跟边皓干架了？"

"我爸想让我去物流公司实习。"边南闷着声音说。

"啊？物流公司？就边皓的那个？"万飞愣了愣。

"嗯。"边南点了点头。

"不去。"万飞想也没想就说，"你去了还能有好吗？再说展飞那儿不是挺好的？先做助理，慢慢做教练，然后弄点儿私教的活儿，以后还可以包个球场自己干，怎么也比在边皓手底下受气强啊！"

万飞的一通话说得边南愣了愣，他抬起头盯着万飞看了半天。

万飞说："是不是很感动？我为你指了条明路。"

"起码给了我点儿信心，"边南在他的背上拍了拍，"到现在你是唯一一支持我的人。"

"邱奕不支持你？"万飞问。

"我还没跟他细说呢。"边南往床上一躺，"他那人，感觉做什么事儿都特别干脆，而且都特有谱，我这么犹犹豫豫的都不好意思跟他细说。"

万飞喷了一声:"这有什么不好意思的?你跟他能一样吗?你再怎么说也是大少爷,从小到大屁事儿不管,生活主线是混日子,他差不多小学就去打黑工了,这怎么比得了……"

"你妈烙饼了,你不去吃吗?"边南打了个岔。

"邱奕这人其实还挺不外露的,都不知道他想什么呢。"万飞完全忽略了边南的话,自顾自地沉浸在自言自语当中,"你不理他了,他也就懒得理你了,非得出点儿什么事儿才患难见真情……唉,缘分啊这真是……"

"我还是回去吧。"边南坐起来,拿起包就要往外走。

"哎,南哥,南哥,南哥,"万飞赶紧笑着拉住了他,"我不说了,反正我就站你这边儿,别的不管。"

万飞洗漱完塞了俩烙饼、端着碗豆浆回到屋里,边南正坐在他的电脑前斗地主,他过去踢了踢椅子:"出去转转呗。"

"去哪儿?"边南点着鼠标。

"随便,要不去游乐园?叫上……许蕊?"万飞说到后半句话放轻了声音,有点儿底气不足。

"呵呵。"边南说。

"哎,呵个鬼啊,我昨天就答应她了。"万飞抓了抓头,"一块儿去呗,你叫上邱奕。"

"这借口找的,你直接让我找邱奕玩去,把二人世界留给你俩不就得了?"边南喷喷了几声。

"你看你这人,我对你一片真心的。"万飞也喷了一声。

边南拍了拍他的肩,正想说话,手机响了。

他拿出手机看了一眼,屏幕上显示:小卷毛。

"二宝?"他愣了愣,接起了电话,"你……"

他还没说出话来,就听见了那边邱彦带着鼻音的喊声:"大虎子!"

"哎,二宝。"边南应了一声,"怎么了?"

"天冷了就不能去烧烤了吗?"邱彦大声问。

"天冷……"边南不知道他这话是什么意思,"天冷风大,烧烤的时候火会被吹灭……"

"那怎么办啊?"邱彦很着急。

"什么……怎么办?"边南被他问愣了,"二宝,你哥在不在?我跟他说?"

"不在,小涛哥哥在,他说不可以去烧烤了!"邱彦一着急鼻音又加重了,听着立马就要哭出来的感觉。

"那你把电话给小涛哥哥,我问问他是怎么回事儿。"边南说。

"喂。"那边传来了申涛的声音。

"哎哟,小涛哥哥,你把二宝怎么着了啊?我听着他怎么要哭了?"边南笑着问申涛。

"问你啊。"申涛叹了口气,"你是不是答应他要去烧烤的?现在他非闹着要去……"

"哎?我……是答应他来着。"边南顿时有点儿不好意思,这事儿他已经完全忘了,"我忘了,那邱奕没在家?"

"准备回饭店打工,一早过去了,估计一会儿回吧,我是给他拿实习的表格过来。"申涛的声音伴着邱彦的嚷嚷显得很无奈,"早知道我不过来了,简直吃不消,现在二宝还不让我走了,我就说了一句天冷了不能烧烤他就炸了,我都不知道你答应过他。"

"还没有冷啊!"邱彦的声音很响亮,说到后边就低了下去,"今天没有风啊!我想去烧烤,大虎子说了带我去的……"

"哎,哎,去吧,就今天去烧烤,"边南看了看万飞,"我这儿万飞跟他女朋友,那边儿你一块儿去吧。"

"烧烤?"万飞一听就来了劲儿,"行啊,还真的挺久没去了!"

"等等。"申涛跟邱奕基本属于同款,对边南这种心血来潮的提议的不靠谱性马上提出了质疑,"你别跟二宝一样,什么都没准备呢,烧烤什么啊?"

"不用准备,城东出去河边儿就有那种烧烤场,什么都有,去了就能吃，晚上还有篝火晚会、风情表演什么的。"边南说着把自己给说兴奋了，"挺好玩的，还可以住帐篷！"

"等……等等……"申涛大概有点儿无语，等了半天才说了一句，"等邱奕回来吧。"

"你等吧，我跟万飞这就过去，你跟邱奕不去我们带二宝去。"边南说完挂了电话。

"我给许蕊打电话。"万飞迅速拿出手机，看样子比邱彦还激动，"你要回家拿车吗？"

"不。"边南摇了摇头，"你家不是有两辆小电瓶车吗？借来骑吧。"

万飞挺奇怪地看了他一眼："行，不去远处就行。"

"就烧烤场，咱初中的时候去过那里的。"边南说。

"那没问题。"万飞打了个响指。

两人骑着小电瓶到许蕊家路口等了没一会儿，许蕊也骑着辆小电瓶出来了，脸上带着笑。

"哎，你们是不是神经病啊？突然就说去烧烤。"许蕊笑着说，"我妈问了我半天，让苗苗替我撒了个谎说去她家玩我才出来的。"

"你告诉她了？说了南哥也去？"万飞马上问。

"嗯，说了，怎么……"许蕊愣了愣才捂嘴道，"哎呀，有她的男神在居然没叫她一块儿去！"

"傻了吧你！"万飞指了指她。

"被你传染的呗。"许蕊白了他一眼，又看着边南，"不过她也没多问什么，应该没事儿吧？"

"能有什么事儿？"边南笑了笑，"她都没联系过我。"

"不会吧？"许蕊挺吃惊的，"昨天她还跟我念叨你来着，说有你的比赛要告诉她，她要去看呢。"

边南没说话，万飞拍了拍许蕊的胳膊："你别操心了，走吧，今天的大事儿是烧烤。"

"是哦。"许蕊点了点头，"还是跟航运中专的老大呢，有种吃着吃着就要打起来的感觉！"

三个人开着电瓶到邱奕家院门口的时候，听到了邱彦的歌声。

边南下车推开门，一眼就看到了从屋里走出来的邱奕。

"神经病。"邱奕看到他说了一句。

"怎么着？"边南笑着回了一句。

"大虎子你来啦！"邱彦扑过来搂住了他，"现在走吗？"

"一会儿。"边南抱起邱彦往屋里走。

"车够吗？"申涛在旁边问了一句。

"够了，你一辆，我们这里三辆，我带着许蕊，谁再带着二宝就可以了，"万飞指了指许蕊冲邱彦说，"哎，二宝，你还没叫嫂子。"

"什么啊？"许蕊喊了一声。

"嫂子好！"邱彦想都没想就很响亮地叫了一声，"嫂子，我们一起去烧烤。"

许蕊的脸顿时红了，几个人都乐了，万飞竖了竖拇指："小家伙嘴真甜！还押着韵呢！"

边南进邱爸爸屋里聊了几句，出来的时候看到邱奕进了里屋，跟着走了进去，顺手把门掩了掩。

"你这心血来潮的毛病真没治了。"邱奕说。

"哎，二宝那样子我真不忍心，再说了，偶尔抽抽风挺好的。"边南笑着说。

"乐什么呢？"邱奕看着他笑了笑，"从进门后就一直看你在笑。"

"不知道。"边南知道自己的确一直在笑，"我就是……心情特别好。"

"我是看见你笑就想笑。"邱奕看了他一眼，也许就像申涛说的，边南身上跟他截然不同的气场真的在一点点地影响着他。

对邱奕来说，太久以来都是这样生活着，压力和自我约束让他变得深沉，边南这个对自己没有规划也没有个方向的家伙最吸引他的就是身上那种哪怕前一秒还是忧郁范儿，后一秒就能一甩脑袋跟啥事都没有一样的性格。

虽然他知道边南也有敏感自卑不让人接近的那一面。

"我哥哥呢？"邱彦在院子里喊。

"哎！我在屋里呢！"邱奕赶紧喊着回答，"我换件衣服！"

"耳朵被你喊聋了。"边南往床上一躺，"这日子太苦了，你看出去玩一趟二宝都乐成什么样了……"

"把床上那个包拿出去，都是二宝的东西，看谁的车能放下。"邱奕打开柜门随便拿了件衣服换上。

"晚上……"边南拿过包，小声问，"过夜吗？"

"不知道，看情况吧，我跟我爸说了可能过夜，饭都给他准备好了。"邱奕看了他一眼，"不过夜你也可以在我家待着啊。"

"我的重点是玩。"边南嘿嘿乐了两声，拉开门走了出去。

"你居然不是流氓？"邱奕跟在他身后，"太神奇了，我还以为咱俩都是呢。"

"发现你损人真是火力全开。"边南乐了，回头瞅了瞅邱奕，又走到院子里一挥手喊了一声："出发！"

五个半人四辆车，几个人闹哄哄地安排了半天，边南觉得集体活动最大的烦人之处就在于啰唆，就光哪辆车结实点儿能坐俩人、哪辆车电会不会不足了不能带人就折腾了半天。

二十分钟之后几个人才开着车出了胡同，因为邱奕嫌邱彦小朋友烦人，所以邱彦坐在边南的车后边儿。

"我哥哥不要我啦！把我扔掉啦！"邱彦搂着边南的腰，一边晃着腿一边喊，兴奋得鼻尖上全是汗。

"是啊。"边南点了点头，"前几天不是就扔给我了嘛。"

"给钱了没啊？"邱彦很响亮地笑着问邱奕。

"没有。"邱奕说。

"哎。"边南乐了，减了减速，跟邱奕并排骑着，放低声音道，"我还真可以给钱，三万。"

"先放着吧。"邱奕笑着看了他一眼。

万飞带着许蕊，许蕊胳膊环着他的腰，下巴搁在他的肩上，这个姿势让万飞乐得简直快不行了，一路傻笑，骑在队伍最前面。

申涛本来跟他并排开着，最后被他傻笑得估计有点儿受不了，减了速，跟在后边儿。

边南和邱奕跟在最后，两人没聊几句，边南觉得这种时候未必需要有话说，光是一块儿开着车就已经很享受。

他觉得哪怕今天不是去烧烤，这么开着车在街上转一圈儿就回去也无所谓了。

"小涛哥哥好寂寞呀。"邱彦在边南身后说。

"哎哟。"边南喷了一声，"你还知道什么是寂寞呢？"

"知道啊，寂寞呀寂寞，"邱彦不知道用什么调哼哼着，"呀……噢噢……"

边南没忍住笑了，看着邱奕："你教的？"

"谁知道他打哪儿看来的。"邱奕笑了半天，"我头一回听他说。"

"我同桌老说。"邱彦把脸贴在边南的背上看着邱奕，"哥哥，你记得她吧，就上回你说她塌鼻子她哭了一路的那个。"

"记得。"邱奕说。

"邱奕你真能耐！能把八岁的小姑娘气哭？"边南挺惊讶，"太没人性了。"

"我就随口问了一句，我哪儿知道小姑娘这么不经逗。"邱奕有点儿无奈。

边南喷了一声："二宝，以后你不能跟你哥学。"

"嗯！"邱彦应了一声。

还没出城，前面的万飞和许蕊已经撒着欢儿开得没影儿了，为了不让申涛太"寂寞"，边南加了一把油，往前追上了他。

"干吗？"申涛看了他一眼。

"聊会儿。"边南冲他嘿嘿一乐，"二宝说你寂寞了。"

"嗯，寂寞死了。"申涛笑了笑，"你带来的俩灯泡都没了，就剩我了。"

"能不抓着这个说吗?"边南喊了一嗓子。

"寂寞。"申涛叹了口气,突然一下加速蹿到了前面,"我先飞了。"

边南和邱奕保持匀速往前,出了城之后,四周一下开阔起来,地里基本都没种什么东西了,平时要看着可能会觉得有点儿落寞,但今天边南心情很好,看着就觉得真是别有一番风味啊……

就是风吹得人有点儿冷。

他背过手扯了扯邱彦衣服上的帽子:"把帽子戴上,冷吧?"

"不冷!"邱彦把帽子扣到脑袋上,很快地回答,估计是担心说冷了烧烤就会被取消。

车往前又开了没多远,边南看到万飞和申涛的两辆电瓶车都停在了路边。

"车没电了吗?"他顿时一阵紧张。

"怎么可能?"邱奕倒是很平静,把车开过去停下了,"怎么了?"

"你们想吃柿子吗?"许蕊挺兴奋地往路对面指了指。

边南顺着她指的方向看过去,路边立着块牌子,上面歪歪扭扭地写着三个字:摘柿子。下面还画了个箭头。

旁边的乡间土路尽头有几个柿子园。

"现摘现吃吗?行啊。"边南回过头问邱彦,"二宝,咱去摘柿子?"

"好!"邱彦点了点头。

柿子园挺大,车开进去之后能看到园子外面有挺大一块平整的停车场,停着五六辆车,估计都是出城来摘柿子顺便吃农家饭的人。

柿子园里的柿子树叶子基本都已经掉光了,老远一行人就能看到一树金黄色的柿子。

不吃饭的话,摘柿子按人头交钱,只要吃得下去,摘多少都可以,要带走称了买下就行。

"自己摘还是买摘好的?"老板问他们。

"自己摘,自己摘。"万飞搓了搓手,"必须自己摘。"

"行,会摘吗?"老板走到一边拿过几根长长的竹竿,"不会的话我叫人带你们过去教着点儿。"

"会吗?"边南看着万飞,反正他肯定不会,他都上小学了才知道柿子是长树上的。

"会……"万飞犹豫了一下转过头看着邱奕,"吗?"

最后几个人的目光都落在了邱奕身上,邱奕喷了一声:"干吗都看我?"

"这儿要有一个会的人,就只能是你了。"申涛笑着说。

邱奕叹了口气,接过老板手里的几根竿子,转身往园子里走:"会,走吧。"

老板给的竹竿构造很奇特,长长的竹竿顶端用绳子绑了一把镰刀,下面一点儿还有一个网兜,用铁丝穿过撑开,看着跟个篮球筐似的。

"这怎么弄?"边南研究了一会儿,"镰刀割了用兜子兜着吗?"

"嗯。"邱奕把竹竿分给几个人,仰着头看了看,找了根比较低的枝子,把竹竿举上去,镰刀往柿子根部一钩一拽,一个柿子落进了网兜里,"就这样,摘低点儿的吧,要不还得爬树。"

邱奕把竹竿放低,网兜伸到了邱彦面前:"尝尝甜不甜。"

"甜!"邱彦伸手去掏柿子,还没吃就先喊了一声。

"我帮你拿吧!"万飞看着就在邱彦脸面前晃着的镰刀,顿时有点儿紧张,伸手拉开邱彦,帮他把柿子拿了出来,"这要在脸上碰一下得破相。"

"没事儿,反正已经扔给边南了。"邱奕笑了笑。

"破相了不给钱!就冲这小脸儿才买的!"边南笑着说,帮邱彦把柿子掰成两半,"吃吧。"

"甜!"邱彦咬了一口就喊起来了,"真的很甜。"

"那动手吧。"邱奕又把竹竿往上一举,镰刀从邱彦面前掠过。

"你慢点儿!"边南喊了一声,虽然对邱奕这种带小朋友的方式已经习惯,但这个动作还是吓了他一跳。

"不动就行,碰不到我的。"邱彦低头啃着柿子,满不在乎地说。

"小玩意儿！你就活该被扔。"边南喷了一声，"你跟许蕊嫂子站一边儿等着去。"

"嫂子你个头啊。"许蕊跑过来牵起邱彦的手，"来，咱去那儿坐着等着。"

"好。"邱彦把手里的半个柿子递给她，"嫂子你尝尝。"

"谢谢。"许蕊接过柿子，"叫姐姐行吗？"

"姐姐嫂。"邱彦想也没想就改了口。

几个人顿时都乐了，万飞边笑边喊："二宝，一会儿烧烤我专门负责给你烤肉！"

邱奕摘柿子很利索，就说话这会儿，他的网兜里已经有三个了。

申涛也摘了两个，正仰着脑袋找下一个目标："这个活动不错，应该组织广大颈椎病患者来参加……"

"我试试。"万飞看着邱奕轻松自如的动作，也拿了根竹竿走到树下，挑了个大的，"就你了！"

要说举根竿子摘柿子对头脑不知道怎么样、反正四肢肯定发达的网球运动员万飞来说其实不难，难的是后续动作。

万飞挥着竿子往结着柿子的小树杈上一钩，连树枝带柿子被他一块儿割了下来，稀里哗啦地直接越过网兜落了下来。

"哎！"万飞喊了一声，没来得及躲开，柿子砸在了他的肩上，顿时绽开一朵湿乎乎、金灿灿的花。

"快舔！别浪费了！"边南乐得不行。

"还好没扣脸上啊……"万飞把外套脱了，"意外来得真突然。"

边南拿着竹竿往邱奕那边走了过去，邱奕正举着竹竿准备钩，边南一看，飞快地伸出竿子，抢先一步钩住了柿子。

"这个小爷抢了！"他恶狠狠地说，手里竹竿一收，柿子掉了下来。

还成，感觉不算太难，边南正默默总结呢，被钩下来的柿子居然掉进了邱奕的网兜里！

边南愣了："这是什么原理？"

"你斜着能接着什么？"邱奕把竹竿放下来，拿出柿子递给了他，"赏你的。"

"你是不是还去柿子园里当过小工啊？"边南拿过柿子，掰了一半给邱奕，"这么专业。"

"没吃过猪肉还没见过猪跑吗？"邱奕低头咬了一口柿子，"还挺甜的。"

"我还真就没见过猪跑……"边南看了他一眼，琢磨着这柿子该怎么咬才不会糊一脸。

"嗯。"邱奕舔了舔嘴唇，"新鲜的特别甜。"

边南往后面瞅了瞅："我再来潇洒地钩一个，刚才那个太没范儿了，也不知道有没有被人看到。"

"大家都看柿子呢，谁看你啊。"邱奕笑了笑。

边南低头狠狠地两口把手里的半个柿子吃了："挺甜。"

摘柿子没有太大难度，掌握了力度之后摘起来就很快了，下一拨客人举着竹竿兴奋地跑进园子的时候，边南他们已经摘了挺大的两兜，围着坐在石桌边吃着了。

"真好吃，比超市里买的好吃多了！"邱彦坐在石凳上，开心地拍了拍肚子。

"这些差不多够晚上吃零嘴了吧？"许蕊看了看两兜柿子。

"明天早上的早餐都够了。"万飞站了起来，"怎么样，继续出发？"

"出发！"邱彦蹦起来喊了一声。

柿子很新鲜，卖得倒也不算贵，比市场上的贵，跟超市价格差不多。

"还挺实在啊，跟市里价格差不多。"边南拎着柿子感慨了一句，"这怎么赚得着钱啊？"

"废话。"邱奕看了他一眼，"前面一个人十五块进去摘的钱你怎么不算？你在园子里吃回票价了吗？"

"哎？"边南愣了愣，还真没算这块儿。

"你以后千万别做生意，肯定赔本儿。"邱奕拍了拍他的肩。

"这不是有你呢吗?"边南小声说,嘿嘿乐了两声。

柿子园离烧烤场不远,一行人往前开了不到半个小时就到地方了,不过万飞和边南的小电瓶车差点儿没开到。

"你家这车该换电瓶了,这才多久啊就没电了!"边南的车开到离烧烤场还有两百米的时候熄了火,他用腿蹬着才把车弄进烧烤场。

"这俩车带着人呢。"万飞拍了拍车座,"一会儿充上电就行。"

边南找了两张空桌,他俩把车推过去用桌子下面的插头充上了电,然后进了烧烤场的小厅里。

虽然天已经冷了,风也挺大,但今天太阳不错,烧烤场里居然没有像边南想象的那样只有他们一帮人。

厅里有拖家带口的好几家人,还有两拨年轻人,看着是中午就到了,已经吃过一轮了,这会儿在小厅里喝着下午茶打牌。

"先把住宿弄了吧,我看人不少。"申涛说,"别一会儿没好房间了。"

"行。"边南应了一声,看了看几个人,盘算着该怎么住。

"几位是住帐篷还是房间?"老板捧着个茶壶走了过来。

"帐篷!"邱彦喊。

"这个天气能住帐篷吗?"万飞问。

"能。"老板指了指正打牌的那伙人,"年轻人都要的帐篷,我们这儿有宿营地,帐篷都是加厚防风的,铺盖都有,放心住,小朋友要是怕冷,我们连取暖器都有呢。"

"能看看是什么样的帐篷吗?"许蕊作为女生比较谨慎。

"后院,从这儿穿过去就能看到了。"老板带着他们往后院走,"就在河边儿,可以帮你们把烧烤桌架到帐篷旁边,美着呢。"

几个人跟着老板走的时候,边南用胳膊轻轻碰了碰邱奕:"怎么住?"

"你跟申涛……"邱奕轻声说。

边南喷了一声,虽然已经想过这是最合适、最正常、最自然的组合方式,但还是有点儿郁闷:"我跟申涛睡一个帐篷总觉得他半夜会揍我。"

"估计会，你半夜逮着人就乱搂，他没准儿能直接把你扔出去。"邱奕乐了。

"我跟你说正经的呢。"边南瞪了他一眼。

"你当申涛愿意跟你一块儿睡啊？"邱奕笑着搂了搂他的肩膀，"咱俩一会儿住一个帐篷，正好秉烛夜谈。"

边南嘿嘿笑了两声："听着一股子假正经的味儿。"

宿营地挺大，已经支着四五顶帐篷了，不过距离挺远的，相互不太会有影响。

帐篷都是双人的，往里看着感觉还挺暖和。

"都是……双人的啊？"许蕊说了一句。

"三人的肯定也有。"邱奕说，"你看你跟万飞是带着二宝睡还是在我们仨里挑一个一块儿？"

"哎！"许蕊喊了一声，有些不好意思地笑了起来，"我还想着是不是熟一点儿了你这嘴就不损了呢，怎么还这样啊！"

"双人就双人的呗。"万飞搂住她的肩，往天上一指，"今儿晚上我陪你一起看雪看星星看月亮，从诗词歌赋谈到人生哲学……"

邱彦很兴奋地在几个帐篷之间来回跑着看了一圈儿，回来给邱奕指了指："哥哥，我们睡那个红色的帐篷吧。"

"那是人家的帐篷。"邱奕笑了。

"还有红色的帐篷吗？"边南回头问老板。

"有，红、黄、蓝、绿，除了没黑白的，什么颜色都有，你们直接去库房挑就行。"老板一挥手道，"来个人跟我去交钱。"

"你们去挑。"边南跟着老板往回走。

申涛叫了他一声，正想说话的时候被边南打断了："今儿是我请客玩，我有'辞典'。"

"辞典？"申涛看着邱奕。

"挑帐篷去吧。"邱奕笑着说。

边南把烧烤和住宿的钱都交了，回到河边儿的时候，几个人已经挑好了帐篷，红、黄、蓝各一顶，都是邱彦选的颜色。

现在邱彦正很着急地跟在邱奕身后想帮忙支帐篷，不过这帐篷不是上回边南让他玩过的那种自动帐篷，得手动着撑起来，他只能帮着扯扯绳子。

几个人用了半个小时，三顶帐篷以一种"你离我远点儿"的气势支好了，摆成了个三角形，中间留了一大片地方可以放烧烤用的东西。

"红的！"邱彦很急切地钻进了红色的帐篷里。

许蕊挑了黄色的那顶，跟万飞蹲在帐篷口研究着里面的空间。

"我看看烧烤架去。"申涛转身走了。

"申涛有没有女朋友？下回再出来玩叫上一块儿，要不太寂寞了。"边南钻进了蓝色的帐篷里，手撑着垫子左右看着。

"估计这几个月是不会有了。"邱奕也钻了进去，跟他并排一块儿撑着，"他上学期刚分的手，现在心如死灰，处于看谁都没有兴趣的阶段……这帐篷还挺不错啊，比你上回拿的那个厚多了。"

"废话，我那个就是夏天凑合着用的家用小帐篷，这个多专业。"边南转过脸看着邱奕，"一看就是住这儿不打算走了的架势。"

邱奕笑着上下左右看了看帐篷："还真是，感觉还挺暖和。"

"以后给二宝买一个这样的，冬天让他搁院子里过瘾。"边南打了个响指。

"嗯？"邱奕看着他，"别把我弟弄得跟你这样的大少爷似的。"

"得了吧。"边南龇牙笑了笑，"我这样的大少爷有什么劲儿。"

"话不能这么说。"邱奕回头往帐篷外看了看，"有没有劲儿都看自己。"

"又教育我。"边南嘿嘿乐了两声，"也就你教育我我不觉得烦，要换了万飞，我早抽他了。"

"我跟万飞能一样吗？"邱奕笑了笑，"我一个正经人。"

"装。"边南指了指他，"你假正经。"

邱奕笑了半天。说实在话，他也就跟边南在一起的时候才会有这种放松的状态:"还成,你觉得我是假正经模式好还是正经模式比较合你的状态?"

边南乐了,在他的鼻子上按了两下:"哔哔,你还是装一下吧。"

邱奕笑了半天,也倒在了他边儿上。

"邱大宝,你以前……有过……前……"

"没有。"邱奕的回答很简单。

"为什么啊?"边南其实有点儿不能理解,就像他这样交了女朋友感觉也差不多就那样的人,以前也会一直瞄着漂亮姑娘,哪怕只是为了面子。

"不为什么。"邱奕笑了笑,过了一会儿才又说了一句,"不想。"

"不想?"边南还是没明白,"你没碰到过喜欢的人吗?"

"你要是不想,就不会有喜欢的人。"邱奕说。

这个回答对边南来说有点儿费脑,他瞪着邱奕看了半天也没绕明白:"那以后呢?"

邱奕没说话,瞪着帐篷顶愣神。

边南也没再说话。

两人保持了一会儿只有四只脚留在帐篷外面的姿势,感觉别人都在忙,就他俩这么闲,太不够意思了,邱奕赶在万飞和许蕊研究完帐篷之前出了帐篷。

邱彦已经把装着零食的包拖进了红色帐篷里,把零食都倒了出来,邱奕过去看的时候,他正忙着把零食分成几份。

"干吗呢?"邱奕摸了摸他的脑袋。

"分一下大家一起吃呀。"邱彦指了指各种袋子,"这么多呢。"

"好。"邱奕笑了笑,"你慢慢分吧。"

万飞和许蕊研究完了帐篷,几个人跑去仓库,申涛已经挑出两套比较新一些的烧烤架。

"再去看看吃的吧。"申涛说,"我看打牌那帮人也是要玩到明天的,咱先把吃的抢上,别晚了再没了。"

"走，走，走，赶紧的。"万飞一听立马推着大家往厨房去，"再拖几箱啤酒。"

"大冷天的喝什么啤酒？"边南一听酒就有点儿头大。

"大冷天儿我们还烧烤了呢，烧烤就得配啤酒。"万飞啧了一声，"你跟许蕊、二宝一块儿喝可乐呗。"

边南对此很不满："我喝酒。"

鸡翅、鸡腿、牛肉、羊肉、猪肉、肉丸子，还有一大堆能烤和看起来不能烤的青菜，他们几个人跟食堂老板买菜似的搬空了半个冰柜。

把烧烤架支好，吃的喝的往旁边一堆，邱奕点了点头："这能一口气不停地吃到明天早上了。"

"那就开动吧。"许蕊拿着手机咔咔咔地拍了一通，"唉，我都不敢拍你们的脸，这要一发朋友圈，看到是你们几个估计要震惊一片了。"

"可以拍拍你男朋友。"边南指了指万飞。

"对，拍我。"万飞马上站到烧烤架后面，拿起一把肉串，龇牙咧嘴笑得眼睛都不见了，"这样行吗？"

"挺好，这一笑许蕊直接换了个男朋友。"邱奕说。

"哎！"许蕊笑得手都抖了，"看你这样子我都有点儿后悔了。"

"我也要拍！姐姐嫂给我拍一个。"邱彦站到了放菜的架子旁边，举起一串韭菜。

"咱能拿点儿肉吗？"申涛叹了口气。

"哥哥不让我吃那么多肉。"邱彦说。

"哎？这会儿记得了，吃的时候怎么不说？"邱奕啧了一声。

许蕊给邱彦拍了几张，又转过来把手机对着边南："哎，边南，能拍一张你吗？传给苗苗的。"

"啊？"边南愣了愣，"是要拿去朋友圈让大家传看吗？"

"经过很多年的战斗，"邱奕一脸正经地说，"航运和体校的这一次野餐，能否开创一个和平年代？"

"哎哟！"许蕊笑了起来，"这么能说，没看出来啊！"

边南喷了一声，冲许蕊笑了笑："赶紧拍。"

许蕊拍爽了收起了手机，大家开始点火准备烧烤。

好不容易刷了几盘子肉串，邱彦很激动地站在烧烤架前，守着他负责的几串肉，时不时地转一转扦子，嘴里一直在念叨："左右左，上下上，一二三，好嘞，小辣椒呀大辣椒……"

边南拿了两个鸡腿在烤，嗞嗞冒着油，看着相当馋人。

邱奕正帮邱彦往肉串上撒椒盐，边南看了半天，感觉邱奕做什么都挺像那么回事儿，这会儿要是贴两撇胡子就能上街卖烤串儿了。

"煳了。"邱奕突然抬眼看着他。

"嗯？什么？"边南没反应过来。

"你的腿……"邱奕往烧烤架上看了一眼。

"哎！我的腿！"边南顿时闻到了煳味，赶紧用夹子把鸡腿夹起来吹了吹，还好只黑了一小块儿，他把鸡腿转了个方向放回了架子上。

"煳啦！哎，快拿开！"另一个烧烤架前的许蕊也喊了一声。

"怎么办？怎么办？"万飞拿着几串丸子一脸悲痛。

"老板在前院里养了几条狗……"申涛回手指了指，"那边，去吧。"

万飞的丸子煳得有点儿过分，他盯了半天也没找到解决方案，只得拿着肉丸子上前院找狗去了。

边南烤好鸡腿之后，拿个纸碟放了一个递给邱奕："尝尝。"

这话说完之后他发现邱彦正眼巴巴地看着他，顿时觉得自己真是……

于是他在邱奕伸手来接的时候迅速把碟子又递到了邱彦手上："二宝吃。"

邱彦很开心地接过碟子，转身迎着风把碟子举起来："快吹凉，快吹凉……"

邱奕喷了一声，没说话，把邱彦烤好的几串牛肉放到了碟子里。

还有一个鸡腿，边南犹豫着是就近给申涛，还是拿过去给许蕊，申涛叹了口气："你就别考虑我了。"

边南乐了，把鸡腿拿给了许蕊，然后又拿了七八个鸡腿都码在了烧烤架上。

这么多总没问题了吧！

万飞喂完狗回来的时候，身后跟着三条狗，都挺胖，看着就四五个月的样子。他一脸无奈地边走边回头："哎，这怎么办啊？"

"小狗！"邱彦眼睛一亮，把手里啃完了的鸡腿骨头喂给了其中一条狗，三条狗立马都坐在了他身边，一起仰着脸看他。

"我要骨头，给我骨头！"邱彦很着急地跑到边南身边。

"给，给，给，我还没啃出骨头来呢……"边南把吃了一半的一串牛肉给了他，又冲几个人招了招手，"把你们的骨头都交出来。"

邱彦收集了一碟子骨头跑去喂狗了。

这里的狗并不缺吃的，长得都圆滚滚的，估计平时客人都会喂。

邱彦给它们喂完骨头之后就带着它们在营地里来回跑，最后一人三狗跑到河边儿找"宝石"去了。

"邱奕，你弟弟真是精力旺盛啊。"许蕊看着邱彦的背影感叹了一声。

"不是我弟弟了，给边南了。"邱奕笑了笑。

"边南，你弟弟真是精力旺盛啊！"许蕊笑了半天，对边南说。

"这还没旺盛起来呢，真旺的时候咱谁也不是他的对手。"边南很得意地打了个响指，就好像这真是他亲弟。

"烤串丸子给我吧。"邱奕站在边南身边小声说，"多放点儿辣椒。"

"行。"边南看了他一眼，手里拿个夹子来回翻着几个鸡腿，"一会儿的，我还说给你烤个腿儿呢。"

"不要腿儿。"邱奕声音很轻，"要丸子，就一串。"

边南一听就乐了："你有病。"

"嗯，早上没吃药就出来了。"邱奕点了点头。

烧烤的主力暂时是申涛，一开始他跟万飞、许蕊在一个烧烤架前烤着，邱彦去找"宝石"之后他就接替了邱彦的位置，换到边南和邱奕这边来了。

"受不了那俩了？"边南往那边看了一眼，两人笑得跟两朵大牡丹花

似的。

邱奕拿了个烤好的鸡腿递给申涛："赶紧吃。"

"喝酒吗？"申涛啃了一口鸡腿问了一句。

"喝吧。"邱奕说，又冲万飞那边喊了一声，"啤酒要吗？"

"要，要，要，我去拿。"万飞笑着往厨房跑，天冷了老板没冰啤酒，他们自己扔了两打到冰柜里，"也不知道冰好了没。"

"我跟你一块儿去。"许蕊放下手里的东西追了过去。

边南把邱奕要的肉丸子烤好了，又加了一层辣椒，递到了邱奕手上："给。"

邱奕挺满意地咬了一个，含混不清地说："就这个 feel（感觉）……"

"倍儿爽！"边南接了一句。

"这个 feel 倍儿爽，feel feel 倍儿爽……"申涛在一边接了下去，"爽爽爽爽！"

边南想了半天，最后笑着说："我接不下去了，不知道词。"

"估计就二宝记得。"邱奕说。

万飞和许蕊把啤酒拎了过来，这边乱七八糟一通烤出来的东西也有不少了，几个人把防潮垫铺在地上，吃的都放到了垫子上。

"二宝——"边南冲着河那边喊着，"二宝——邱二……不，边二宝——"

边南喊了两声，远远地看到三条小狗先往这边跑过来了，后面跟着抱了一堆石头用衣服兜着，走路都不利索了的邱彦。

看到大家都已经坐好了，邱彦很激动地跑进帐篷里，把石头往里一倒，又捧着一堆零食跑过来挤到边南身边坐下了："这儿还有糖和巧克力。"

"二宝真大方。"许蕊拿了串韭菜给他，逗他说，"是不是不吃肉要吃青菜？"

邱彦盯着韭菜看了一会儿，有些无奈地接了过来，叹了口气："算了，先吃点儿青菜吧。"

"小玩意儿你真没救了。"边南边笑边夹了个肉卷放到他的碟子里。

"郊外天黑得比城里早啊。"万飞拿瓶啤酒灌了一口,抬头看了看天,"刚六点就看不清我女朋友的脸了。"

"烦不烦啊!"许蕊瞪了他一眼。边南看着他俩,有点儿羡慕。一下午这俩人打情骂俏如此没皮没脸,简直人神共愤。

"一会儿就有灯了。"邱奕指了指营地周围拉了一圈儿的灯,"不过今儿晚上没有表演,老板说天冷了。"

"没事儿。"万飞挥了挥手,"就这么吃吃喝喝聊着就挺好,想看表演一会儿要是我喝高了你们可以忽悠我给你们跳舞。"

"等不到你喝高吧。"申涛笑了笑,"怎么也得是边南第一个喝高?"

边南拿起瓶子喝了一口酒:"我今儿就发一回威,争取两瓶再倒。"

邱奕笑着看了他一眼,手往他的肋条上戳了一下。

边南呛了一下,差点儿没把嘴里还没咽下去的啤酒都喷到邱彦的脑袋上。

旁边几顶帐篷的主人们在天黑透了之后回来开始烧烤了,十来个人,男男女女都是一对一对的,烤点儿吃的都是在你喂我一下我喂你一下、又笑又喊当中进行的,还带了外放的音箱开着音乐。

"怎么感觉这帮人这架势……"申涛看了一眼旁边的邱彦,话没说完。

"人家这兴致可真高。"万飞喝了口酒。

"是吗?"申涛边吃边慢条斯理地说,"我看你们俩兴致也挺高啊。"

"啊!"万飞喊了一声。

旁边的许蕊边笑边骂了一句:"申涛你找事儿呢。"

边南边乐边举起啤酒瓶往中间一伸:"来,碰一碰。"

几个人的啤酒瓶、饮料瓶顿时叮叮当当地敲成一片,邱彦喊了一声:"干杯!"

邱奕、申涛和万飞都喊了一声干杯,把瓶子里的啤酒一口灌了下去。

"干杯。"邱奕看着边南,笑着说。

边南嘿嘿笑了两声,也把半瓶啤酒喝光了。

旁边的那群人各种喧闹的声音挺能带动气氛,大家都被带动得兴致大发，从两所学校的恩怨情仇聊到卫校的萌妹子们，又从宿舍闹鬼事件扯到了去年的事儿……

边南跟着几个人边聊边吃，没留神三四瓶啤酒就下了肚。

"感觉这么吃，比平时吃得多啊，咱几个人的战斗力真强。"万飞把刚烤好的两碟肉串拿了过来。

"吃得都困啦！"邱彦捧着肚子躺在了垫子上。

"你睡觉去。"邱奕拿出手机看了看时间，已经十一点多了，"红帐篷。"

"红帐篷！"邱彦喊了一声，爬起来很开心地跑进了对面的红色帐篷。

"盖上被子睡。"邱奕追了一句。

"好——"邱彦在帐篷里回答。

邱彦一说困，边南感觉眼前开始有点儿发晕，倒不是困，估计是酒劲儿上来了，他仰起脸往天上的星星月亮看过去的时候，感觉它们都带着毛边儿。

"你看，"边南用肩轻轻撞了撞身边的邱奕，"毛茸茸的月亮。"

"毛……茸茸？"邱奕跟着抬头看了一眼，又看了看边南身后的酒瓶，笑着说，"这才几瓶就毛茸茸了？"

"小飞飞，快！"边南仰着头，头有点儿晕，没坐稳，晃了一下直接顺势往后躺倒在了垫子上，冲着天乐了好一会儿，才往万飞腿上踹了一脚，"你俩该去看……雪看星星看月亮，从诗词歌赋……谈到人生哲学了……"

"去谈哲学啦！"邱彦在帐篷里跟着喊。

"边南的酒量这么差啊？"许蕊看着边南挺吃惊，笑着说，"感觉他应该很能喝的啊。"

"今天已经破纪录了，以前都是一瓶下肚就到边儿上睡觉去了。"万飞嘿嘿笑着说。

边南没说话，本来坐着没动还没什么太明显的感觉，现在又说又笑的再一躺下，顿时觉得身上都是软的，跟着垫子就要起飞了。

邱奕看了他一眼："要不你也去睡吧？"

"不。"边南揉了揉脸,撑着慢慢爬了起来,"我得先去上个厕所,厕所在哪儿?"

"前面院子里,西面那排小房子……"申涛说。

"你是导航吗?这么清楚。"边南乐了,往前院走过去。

灯光不是太亮,营地上有不少草坑,边南走起来都感觉自己步子再大点儿就能扭起来了。

"不会摔厕所里吧?"万飞放下酒瓶,习惯性地想跟过去。

"我去看看。"邱奕回头看了看边南,起身跟了过去。

"估计是了。"申涛把话说完了。

邱奕乐了:"你这气喘得够大的。"

边南晃晃悠悠地飘到前院的时候听到了身后的脚步声,回过头看清是邱奕,笑了笑:"哎,不至于要跟着,还能摔……厕所里吗?"

邱奕走到他身边,轻轻推了他一把。

"哎!"边南跟跄着往后退了过去。

邱奕过去拉住了他:"肯定摔。"

"你再推狠点儿呗。"边南喷了一声。

邱奕抓着他的胳膊,两人往那排小房子走过去。

厕所有些出人意料,很漂亮,看着跟书屋似的,而且挺干净,点着熏香。

"这老板品位真特别,客房穷乡僻壤范儿,厕所弄得这么有意境……"边南走进厕所,"在这儿上厕所都觉得自己档次不够了。"

"哪儿那么多废话,上个厕所你还体会人生了。"邱奕扶着他的肩,"赶紧尿。"

上完厕所边南洗手的时候顺便洗了洗脸,这里是老板自己抽的地下水,现在天气冷,水泼在脸上感觉有点儿温温的,还挺舒服。

邱奕站在外面等他,看他出来,问了一句:"难受吗?"

"不难受,就是有点儿晕,估计喝的时候吹了风。"边南走到他身边,拉着他就往树林那边走。

"这边儿。"邱奕拉了拉他。

"走。"边南拽着他,"咱俩去树林里转转。"

"大半夜的跑树林里干吗?"邱奕拧不过他,跟他进了树林。

夜里的树林很安静,这个季节也听不到虫鸣,两人踩在洒着月光的厚厚落叶上,发出沙沙的轻响。

"你是想看星星还是……"邱奕的话没说完就被打断了。

"邱奕,"边南突然回过身,"我喝多了。"

没等邱奕说话,边南又指了指他:"知道为什么我喝多了吗?"

"还有原因?你喝多的原因不只能是你酒量太差吗?"邱奕笑了起来。

"不是,"边南摆了摆手指,"是因为小爷郁闷,我特羡慕你,知道吗?爸爸那么……好交流,弟弟那么懂事儿可爱……我都……没有……"

"你冷不冷?"邱奕拍了拍他,"要不回帐篷躺着慢慢说?"

"我就这会儿突然感慨万千了,我感慨一回不容易,就这点儿感慨走不了十步就得没了……"边南说话有些大舌头。

邱奕听得出他声音里的烦闷,但对着个喝多了的人,也不知道该怎么安慰开解,刚想伸手扶他往回走,边南往后边儿树上一靠,皱着眉轻声说:"我站不住了。"

邱奕笑了笑:"就这德行还感慨万千呢。"

"你管得着吗?"边南笑了两声,"我难得……"

邱奕对边南这种一喝酒就醉、醉了立马就发作的状态有点儿不知道该怎么形容。

没等邱奕反应过来,边南已经顺着树干往下出溜着一屁股坐在了地上。

"唉……"边南靠着树,皱着眉,"头晕。"

邱奕撑着树干,低头看着他,半天才说了一句:"你狠,你别说你还想吐啊。"

"不想。"边南抬起头嘿嘿傻笑了两声,摆了摆手,"我就是晕得……厉害。"

"起来吧。"邱奕无奈地拽住他的胳膊想把他从地上拉起来,"回帐篷睡一觉就好了。"

"嗯。"边南跟着他的劲儿想要站起来,结果脚往地上蹬的时候在厚厚的落叶上打滑了,整个人往旁边荡了出去。

邱奕赶紧死死地拽着他,边南体重不轻,邱奕只能先拽着。

最后边南以邱奕为圆点荡了大半圈儿之后,邱奕不得不撒了手,再不撒手就得配合着一块儿转圈儿了。

"啊……"边南顺着惯性在地上滑出去半米左右,很低地哼了一声躺在地上不动了。

"你没事儿吧?"邱奕过去弯腰拍了拍他。

"没事儿。"边南笑了笑,"我缓缓。"

邱奕没说话,蹲在他身边。

缓了几分钟后,边南慢慢地坐了起来:"哎,好点儿了。"

这回邱奕没直接拉他的手,而是走到他身后把他扶了起来,然后走到他前面蹲下了:"我背你。"

"不用!"边南愣了愣笑了,"我没事儿了。"

"我不想再打架似的扶你……"邱奕回头看了他一眼,"赶紧的。"

"我可沉啊。"边南笑着往他背上一扑,"背不动了别把我扔下来……"

"嗯。"邱奕背着他站了起来,往宿营地那边走去。

两人经过院子的时候,旁边那伙人里有几个过来上厕所,嘻嘻哈哈地搂着,看到他俩,有个姑娘边乐边指着边南,大着舌头说:"倒了一个哎!"

边南在邱奕的后背上跟着那几个人一块儿嘿嘿乐了一会儿,然后侧着脸枕在他的肩上:"大宝,我沉吗?"

"还好,不算沉。"邱奕说。

"跟你比呢?"边南问。

"不知道,我没背过自己。"邱奕回答。

"我背过你啊。"边南笑着说。

邱奕叹了口气没搭理他。

回到帐篷旁边时,邱奕发现烧烤架旁边只剩下申涛一个人正在烤西蓝花。

他掀开那顶蓝色帐篷,把边南扔在了帐篷门口,边南自己钻了进去。

"还难受吗?"邱奕跟着钻进去问了一句。

"不难受。"边南翻了个身,把身上的衣服脱了扔到一边,闭上了眼睛,"就是觉得自己跟螺旋桨似的。"

"别担心,帐篷的绳子挺结实,飞不了。"邱奕拿过条毛毯盖到他身上,"睡着了就好了。"

"睡不着。"边南睁开眼睛,一看眼神就挺飘忽,都不知道他在看哪儿。

"那就继续转。"邱奕退着出了帐篷,把双层的挡风帘子拉上了。

"那俩呢?"邱奕问申涛。

"到河边顶风谈人生去了。"申涛把烤好的西蓝花递了一串给他,"边南这是摔了还是晕了?"

"估计喝的时候吹风了,说晕。"邱奕又去了红帐篷,拉开往里面看了看,邱彦已经睡着了。

邱奕把他手里还抓着的一块石头拿开,重新把帐篷拉好,坐回了垫子上,边吃西蓝花边把剩下的半瓶酒喝了。

"厕所还有空位儿吗?"申涛又烤了几串牛肉过来放到他面前,问了一句,"我看那边那伙人集体去厕所了。"

"嗯?"邱奕看了他一眼,乐了,"里面宽敞着呢,不要担心上不了厕所。"

"好。"申涛笑着站起来去厕所了。

他回来的时候,邱奕已经吃完,把烧烤架的火熄了,东西也都收拾好了。

"我睡了。"申涛打了个哈欠,直接拉开了红帐篷的拉链,往里看了看又退了出来,"二宝这是在摆摊儿吗?"

"乱七八糟的都扔出来吧。"邱奕乐了,过去跟申涛一块儿把邱彦铺了一垫子的"宝石"都扔了出来,再把没吃完的零食都装回了包里,"你一会儿拿条毯子再给他裹一层,我怕他着凉。"

"嗯,知道了。"申涛进了帐篷,"那俩回来的时候不会进错帐篷吧?你放个应急灯到他们门口提示一下。"

"好。"邱奕笑着把老板给的应急灯放到了黄色的帐篷前对着帐篷里照着。

夜里的风开始变得冰凉,邱奕钻进帐篷的时候,风在身上扫了一下,感觉跟被泼一盆凉水似的。

他进了帐篷,把门上所有的拉链都拉好,所有的粘扣都粘牢了,这才感觉舒服了。

邱奕按了按垫子,感觉不够厚,于是扯了条小毛毯,"你起来,我再垫一层。"

"不想动。"边南嘟囔了一句。

邱奕把空着的半边垫子铺上了,推了推边南:"去那边儿。"

"哦。"边南翻了个身,滚到铺了毯子的那边儿趴着。

邱奕再把这半边儿给铺上了,帐篷里还有床被子,挺松软的,老板很骄傲地说这被子都是上月才买的,很新。

邱奕扯过被子打开被罩往里看了看,的确是新的,被套上也一股洗衣粉的清香味儿,还成。

邱奕虽然没喝醉,但喝了不少,也挺困的了,躺下就想快点儿舒服地睡一觉,明天肯定得起个大早。

但边南睡觉不老实,喝多了变本加厉,不是来回翻就是胳膊腿儿轮流往邱奕身上砸,跟打架似的。

"按喝酒的发展阶段,"边南啧了一声,含含糊糊地念叨着,"我现在刚到孔雀开屏,都没到猴子上树呢……"

邱奕都无奈了:"你上不了树了,就你这满地打滚的状态能爬上树去树都不信。"

边南在他耳边嘿嘿笑了两声,终于停了下来,慢慢翻身躺平了,有些郁闷地小声说:"又转起来了。"

邱奕没出声,过了一会儿听到边南没动静了,才问了一句:"好点儿没?"

"嗯。"边南说,"不动就行。"

"那你躺着不要动。"邱奕说。

"哦。"边南应了一声,沉默了一会儿又轻声说,"大宝,你说,为什么我跟我爸就这么别扭呢?"

邱奕没说话,困得厉害,边南突然问出这么一句话来,邱奕一时半会儿不知道怎么回答。

"我爸要跟你爸似的多好啊……"边南的声音又低了一些,"不过不可能,可这也不怪我啊……"

"边南,"邱奕翻身冲着他,"大虎子,有些事儿无论对错都改变不了,已经这样了,再去纠结谁对谁错没有意义……"

边南闭着眼睛,也不知道是在听还是已经睡着了。

"人不能总回过头走路,总扭头往回看,就一步都走不下去了。"邱奕轻声说。

边南没有出声,邱奕也没再说话,闭上了眼睛。

这话不算是为了安慰边南,算是对自己的总结吧,邱奕就是不敢也不能回头看的人,有些东西一回头就会在那里,也许永远都会在那里。

他得扛着爸爸和弟弟一直往前走。

边南的呼吸慢慢放缓了,邱奕没了睡意,凑过去看了看,发现这家伙已经睡着了,皱着眉,发出轻轻的鼾声。

"边南?"邱奕戳了戳他的肋下。

边南没有任何反应,邱奕小声啧了一下,穿上衣服,轻手轻脚地出了帐篷。

营地灯还亮着,不过人都已经不见了,风刮得挺猛,他拉了拉衣领,往黄帐篷那边瞅了一眼,谈哲学的那两位居然还没回来。

这两人真抗冻啊。

他再往旁边那几顶帐篷看过去,老觉得隐隐能听到风声带过来的暧昧笑声。

邱奕把手揣进兜里,低头往厕所走去。

从厕所回来的时候,邱奕发现从河边有人影晃着过来了。

邱奕站下了，等了一会儿果然看到是万飞和许蕊走了过来。

"还没睡呢？"万飞看到他，问了一句。

"上厕所。"邱奕看着他俩，"冷吧？"

"冻死了，耳朵都麻了，"许蕊捂着耳朵，弯腰进了帐篷，"都怪万飞。"

"又不是我弄掉的，冤死了。"万飞说。

"你不说去河边儿能掉吗？就怪你。"许蕊在帐篷里说。

"怎么了？"邱奕愣了愣。

"唉！"万飞抓了抓头，"我俩不是说上河边儿玩浪漫吗？结果溜达了没一会儿，她的手链掉了，我俩找了半天……"

"你俩在河边儿找手链找到现在？"邱奕看他半天，感觉这两人相当神奇。

"找了一个多小时吧。"万飞叹了口气，"我说不找了，她非要找，说姥姥送的手链，不能丢。"

邱奕笑着冲他竖了竖拇指："你俩……真浪漫。"

"赶紧睡吧。"万飞缩了缩脖子，"冻死了。"

邱奕钻进帐篷的时候边南还是原样躺着，睡得很沉。

"边南，"邱奕推了推边南，"大虎子。"

边南过了一会儿才迷迷糊糊哼了一声。

"你还热吗？"邱奕在他耳边轻声问。

"热。"边南嘟囔着。

"好。"邱奕盖好被子，把手放到边南的胳膊上搓了搓取了会儿暖，"睡吧。"

早上邱奕醒得不算太早，摸过手机看时间，七点多了。

帐篷外面很安静，估计所有的人都还在睡，全都是喝了酒闹到半夜的，不可能早起的。

邱奕正掀了被子想起来的时候，边南翻了个身，手伸过来抓住了他的胳膊："哎，干吗？怪冷的。"

"我去看看二宝，他肯定起得早。"邱奕替边南把被子拉好，"你再睡会儿吧。"

"都没起呢,再躺会儿呗,你一走我这儿攒了一夜的热气都没了……"边南皱着眉抱怨着。

"哎,"邱奕笑着挡住了他的手,"都睡一晚上了酒还没醒吗?"

"本来就没醉。"边南皱着眉。

邱奕没说话,掀开被子坐了起来,又隔着被子拍了拍边南,拿过衣服套上了。

边南有些郁闷地往他的身上蹭了一下。

"起床气?"邱奕拍了拍他的腿。

"不是。"边南闷着声音说,扯过被子蒙住了脑袋,"哎!行,行,行,你出去吧。"

邱奕没说话,穿好衣服之后出了帐篷,早上风小了很多,气温也回升了不少,但他还是把帐篷拉链仔细拉好,粘扣也都粘牢了。

营地上果然跟夜里一样安静,没有人起来。

他拉开红帐篷的拉链,发现申涛没在里面,只有邱彦打横睡在垫子中间,称霸了整个帐篷。

他摸出烟盒,却没在身上找到打火机,只得在烧烤架边上坐下。

他等了一会儿正想开了烧烤架点烟的时候,申涛叼着烟从前院那边走了过来。

"起了?"申涛问了一句。

"嗯。"邱奕笑了笑,"打火机给我。"

申涛掏出打火机扔给他:"我还想着过会儿再打电话叫你起来呢,还能再睡一会儿,这帮人没九点起不来。"

"没事儿。"邱奕点上烟,往蓝帐篷看了一眼。

低头抽了一口烟,他盯着在风里飘散的烟雾有点儿出神。

邱奕出了帐篷之后,边南迷迷糊糊地捂在被子里半天,感觉到喘不上气了,才把脑袋探了出来。

他本来觉得有点儿郁闷，心里不痛快，但被子里暖烘烘的，没过一会儿他又迷迷糊糊地睡着了。

不知道这个回笼觉睡了多长时间，总之再睁眼的时候是因为听见了邱彦响亮的歌声。

边南揉了揉眼睛，惊讶地发现小家伙居然没太跑调，他基本听出了这是用《红色娘子军》填的词。

"找宝石，找宝石，河边的宝石多，全都捡光光……"

跟着调哼了两声，正要起来的时候，边南听到邱彦并没有唱着歌上河边儿找"宝石"去，而是跑到了他帐篷的外边儿，边唱边熟练地拉开了帐篷拉链。

"大虎子！"他探进脑袋来喊了一声。

"哎，宝贝儿！"边南坐了起来，张开胳膊，"今儿唱歌没跑调，真是可喜可贺啊。"

邱彦蹬掉鞋蹦进帐篷里扑到了他身上，扭了半天找了个舒服的姿势靠着："早上有粥、油条、豆浆、馒头、包子……"

"你吃了吗？"边南从被拉开的帐篷口往外看了看。

邱奕、申涛起来了，万飞正从帐篷里往外爬，看起来神志还没太清醒，盯着帐篷外面的两双鞋琢磨了半天才确定哪双是自己的，慢吞吞地穿上了。

"我还没吃呢，小涛哥哥说都起来了一块儿去吃，要去大厅吃呢。"邱彦边说边往帐篷外面爬了过去，边南都想拿个秒表给他掐一掐了，看看他连续不动的时间能不能超过十秒。

"好冷！"万飞出了帐篷就缩着脖子喊了一声，扭头看到边南正在穿衣服，伸手一指，"别出来！南哥千万别出来，太冷了！"

"冷吗？"边南坐在帐篷里，感觉今天风比昨天小多了，太阳光也洒了满地，又往邱奕那边瞅了一眼，"冷啊？"

邱奕笑了笑，突然伸手把自己的衣服一掀，然后又飞快地拉好了："不冷。"

几个人都愣了愣，然后一通狂笑，万飞蹦着往厕所跑："邱奕，你也是个有病的。"

边南觉得自己早上的时候挺郁闷的,说不清是为什么,也许是因为跟老爸和家里人的关系,也许是因为从来没细想更没面对过的所谓前途……

不过邱奕昨天晚上那些话他倒是听进去了的,虽然因为喝多了,回想起来总觉得有点儿朦胧。

"许蕊还没起呢?"边南跟邱奕和申涛点了点头,扭头看到万飞他们那顶帐篷里似乎还没动静。

"早就起啦。"邱彦捡了根小树枝在自己脸前比画着,"又进去化妆啦,眉毛、睫毛、口红……"

"二宝,你懂得挺多呀!"许蕊笑着在帐篷里喊。

邱彦笑着跑到帐篷前,把脑袋探进去唱上了:"悄悄问圣僧,女儿美不美,女儿美不美……"

"这暑假刚看完吧?"边南乐了,这会儿又找不着调了。

"嗯。"邱奕看着他,"你把衣服扯一扯行吗?"

"真讲究,一会儿走一走自己就整齐了。"边南低头整了整衣服,帐篷里站不起来,他就是把衣服都胡乱套到身上,"水凉吗?"

"不凉。"邱奕说,"去洗吧。"

边南进厕所的时候,万飞正弯腰在水池那儿洗脸,边洗还边哼哼着歌。边南过去对着万飞甩了一巴掌。

"哎,疼!"万飞一脸恶狠狠地回过头,看到是他,立马笑了,"南哥,昨儿晚上睡得怎么样?"

"还能睡得怎么样啊?"边南站到小便池前,"喝了酒倒头就睡呗。"

"真的?"

边南乐了,睨了他一眼:"一边去。"

"怕你吗?"万飞喷了一声。

边南乐了好半天:"你跟许蕊昨儿晚上愉快吗?"

"嘿,快别提了!"万飞一脸郁闷,"昨天我俩去河边儿溜达来着,结果刚到,她说她的手链掉了!"

"啊？"边南愣了愣。

"找手链找了一个多小时才找到,把我冻得不行了。"万飞咧了咧嘴,"回帐篷里倒头就睡。"

"啧啧,"边南啧了一声,"废物。"

边南走到水池边儿接了一捧水,迅速把脸埋进了水里。

万飞似乎还沉浸在昨天跟许蕊迎着寒风找手链的回忆里,对着水沉思。

大家都起床收拾好了,老板在餐厅里给他们准备好了早餐。

边南感觉比平时饿,不知道为什么,四个大肉包子下肚又喝了两大碗粥就跟没吃似的。

他又拿了俩鸡蛋,边剥边瞅了瞅旁边的邱奕,邱奕咬着包子看了他一眼:"嗯?"

边南小声说:"我怎么觉得这么饿啊……"

"喝了酒第二天都饿。"邱奕笑了笑,"你昨天也算是喝高了吧?"

"是吗?"边南一想昨天晚上的事儿,脑子里就乱七八糟的,这一杯倒的功力什么时候才能有点儿长进呢?

回回喝点儿酒就跟展览似的在邱奕跟前儿丢半天人,啧,他费了半天劲儿才跟上刑似的把鸡蛋给咽了下去。

几个人吃完早餐,隔壁那帮十来个人才有几个起床了,顶着鸡窝一样的脑袋和俩大黑眼圈儿从餐厅穿过往前院走去。

"这造型,"万飞啧啧了两声,"看着他们我有种赶紧把这些吃的都打包收好再囤点儿物资准备逃亡的感觉。"

"走吧。"申涛笑着说,"吃饱了没?咱们现在就可以逃亡了。"

车都已经充好了电,几个人把东西放好,骑着车原路回城。

现在基本还能算是早晨,郊外的风有些凉,但很清新,吸进肺里时感觉一阵畅快。

清爽的风和淡淡的阳光都让人心情愉快。

边南还是开车带着邱彦。

他心情挺好，不过一想到一会儿回去就该回学校了，又一阵郁闷。

"怎么了？"邱奕开着车往他边上靠了靠。

"没。"边南吸了口气，"你下周开始打工了？"

"嗯，跟曼姐说好了。"邱奕说，"要不是她愿意帮忙，我再想回去就不太容易了。"

"下学期不是要实习了吗？"边南想了想，"也干不了多久了吧？"

"几个月吧，过了年再看情况，过年那几天钱挺多的。"邱奕笑着说，"你实习的事儿还没告诉我呢，怎么安排的？"

"唉……"边南一提实习就一阵郁闷，"一会儿我上你家待会儿吧，慢慢给你说。"

"好。"邱奕点了点头。

几个人回到邱奕家的时候，正好快中午，家家户户都开始做饭了。

邱爸爸正坐着轮椅在院子里跟隔壁老太太聊天儿，看到他们拎着熟食进来的时候，老太太笑了："还真是带着吃的回来的。"

"奶奶一块儿吃吧。"邱彦举着一袋烧鸡跑到老太太跟前儿。

"我吃过啦。"老太太拍了拍他，"现在可吃不下了。"

"那吃柿子吧，我们摘了好多柿子，大家都分了一袋。"邱彦又过去拿了边南手里的柿子递给老太太，"可好吃了，新鲜的。"

邱奕走到邱爸爸身边看了看："吃药了没？"

"吃了，吃了。"邱爸爸点了点头，"一切按你安排的都做好了，现在就按你安排的等着吃午饭呢。"

"这就吃。"邱奕笑着说。

熟食就在胡同口买的，边南去厨房拿了盘子一装，就可以开饭了。

"玩得开心吗？"邱爸爸坐在桌边问了一句，"还去摘柿子了？"

"嗯，路过柿子园，现摘现吃。"邱奕说，"都吃吐了，现在看到柿子就饱了。"

"哎，你们会摘柿子吗？没让柿子砸着？"邱爸爸问。

边南一听就乐了："叔，万飞就被砸了。"

"就知道。"邱爸爸笑了好半天,"跟你说,我们以前摘柿子,都直接上树,在树上边摘边吃……"

邱爸爸来了聊兴,边吃饭边说摘柿子的趣闻,一顿饭吃完,从摘柿子说到摘桃子,然后是偷西瓜,再说到偷了红薯就在田地里挖个坑就地埋上烤。

"不会烤的要不就煳了要不就没全熟,煳了的没法吃,没熟的吃了那一路……都吃完饭了吧?"邱爸爸看着他们,等他们都点头之后,才把话说完,"那一路的嗝打得哟……"

"唉!"邱奕叹了口气,站起来收拾盘子,"你真是……"

边南在边儿上一直乐。

邱彦一晚上没见着爸爸,洗完碗就跑到邱爸爸屋里黏着去了。

邱奕进了里屋,边南跟了进来,往床上一倒,摆了个大字:"哎,也没干什么啊,就老觉得想躺着。"

"你这酒量……"邱奕笑了笑,顺手把被子扯了盖到他身上,"感觉以后都赶不上二宝了。"

"我以后肯定得是二宝的手下败将。"边南感叹了一下,想了想又用脚点了点邱奕的腿,"哎,大宝,昨儿晚上你跟我说的话,我都听到了。"

"是吗?"邱奕挑了挑眉,"好神奇,我以为你睡着了呢,呼噜都打得跟拖拉机似的。"

"胡扯。"边南指了指他,"这事儿别想蒙我,我一打呼噜就醒,要没醒就肯定没打。"

"这技能不错。"邱奕笑着在床边坐下,"我的话也就是那么一说,有没有用还是看自己,有时候自己不愿意,别人说什么都没用。"

"是吧,我觉得也是。"边南看了他一眼,"不过你的话我还是愿意听听的,毕竟起早贪黑的从童工干过来的。"

邱奕顿了顿,想想又笑了起来:"好话愣让你说得这么损。"

"不过吧,我要说点儿什么你能听吗?"边南枕着胳膊。

邱奕勾了勾嘴角,没有说话。

"别活得这么累，"边南闭着眼叹了口气，"我是太逃避，你是太不会逃避了，像这回我跟我爸……"

"这两天你一提家里就愁，"邱奕跟他并排躺下，"是不是不顺利？"

"也不是不顺利。"边南皱了皱眉，"就……我们老蒋问我愿不愿意去个网球俱乐部做助理，我回家问我爸，才发现他跟阿姨都替我安排好了。"

"是让去家里的公司什么的？"邱奕从枕头下面摸出烟盒，拿了一支烟点上。

"你在屋里抽烟当心二宝下午收拾你。"边南看着他。

邱奕下床去把窗户打开了，再躺回他身边："接着说。"

"让我去家里的物流公司学学，公司现在是边皓负责呢。"边南叹了口气，"让我跟着边皓，不知道他俩怎么想的。"

"怎么想的你不知道吗？"邱奕笑了笑。

"唉，我就随口说说。"边南在邱奕的腿上拍了几下。他怎么会不知道？虽然他平时不爱琢磨这些事儿，但从小到大在这样的气氛里压抑着生活，怎么可能不知道这是为什么？

"那你要去吗？"邱奕问他。

"不去，当然不去啊。"边南喷了一声，"我去了不是找死吗？然后我就跟我爸说我想去俱乐部，我爸就不怎么乐意，说没前途。"

邱奕没说话。

"邱奕，"边南偏过头看着他，"换了是你，你去吗？"

"边皓在公司做得怎么样？这事儿他有没有反对？"邱奕叼着烟问。

"他没反对，公司做得挺好的，要不我爸也不会将公司全交给他了。"边南说，"怎么？"

"我的话……可能会去吧。"邱奕笑了笑，"毕竟比俱乐部起点高些，有时候一个人的优势也包括钱和家庭背景，对不对？"

"你个现实的家伙。"边南喷了一声。

"没办法。"邱奕笑着说，"不过你跟边皓的矛盾我没体会，真放到你的位置，也不一定吧，只是觉得边皓如果是个能做事儿的人，在工作上不会有太出格的举动。"

"那你的意思……我去试试?"边南犹豫着。

"不,不,我不是这个意思。"邱奕拿了个空烟盒把烟掐了,坐起来看着他,"你问我,我才站在自己的角度说说,以你对边皓的心态去了也做不下去。"

边南笑了,往后仰了仰头,"我吧,再怎么说也还是被惯出毛病了的,很多事儿我受不了,这算是个大缺点。"

"以后慢慢磨吧。"邱奕想了想,打了个响指,"去俱乐部先干着也挺好的,至少是你熟悉的事儿。"

"嗯。"边南点了点头。

"不过你去了就好好干,别成天吊儿郎当的……"

"我没成天吊儿郎当。"

"还有,"邱奕笑了,"你别老觉得这个家跟你没关系,至少这个爸爸也是你爸爸,该是你的就不要主动放弃……当然,这是我的想法,咱俩情况不一样,但你也不能太……怎么说呢,太……"

"没底气。"边南说。

"嗯,是的。"邱奕笑了起来,"你也知道啊?"

"当然知道,我又不傻。"边南嘿嘿乐了两声,"不过要改变也不容易,先走着吧,实在不行你推我一把。"

"废物。"邱奕笑了笑。

"就废了,"边南翻身也坐了起来,"怎么办?"

"认倒霉呗。"邱奕说。

边南笑起来:"唉,真可怜。"

"有病。"邱奕笑了一会儿下了床,在桌子边靠着。

"这话就不对了,可怜你就是有病啊?"边南笑着说,"那你不是骂自己吗?"

"你就这点儿情商,"邱奕叹了口气,"还老想开导我呢。"

"我的情商怎么就这点儿了?"边南一下急了,撑着胳膊看着他,"你就说我说得对不对吧！"

"服了你了。"邱奕乐了，"对！可对了！"

"唉，算了。"边南叹了口气。

两人跑着题瞎聊了一会儿，也没再回归到之前的话题上。

"我眯会儿。"邱奕躺回床上闭上了眼睛，"下午你回学校吗？"

"我四点多走吧，正好赶上食堂开饭，"边南打了个哈欠，"大宝。"

"嗯？"邱奕应了一声。

"你……"边南感觉话题一下拉不回去了，于是闭了嘴。

邱奕笑了笑："怎么了？"

"我就觉得吧……"边南说了一半又停下了，喷了一声躺到枕头上，自己果然不是探讨人生的这块儿料，"算了，我也眯会儿。"

"盖上点儿。"邱奕拉过被子扔到他身上，"把你那一身土的衣服先脱了。"

"我衣服上没土，你真麻烦！"边南无奈地坐起来把衣服脱了扔到床边的椅子上，"就假寐一会儿。"

"小学生都知道讲文明讲礼貌讲卫生饭前便后要洗手……"邱奕闭着眼睛一连串地数落着。

"哎，哎，哎，我这不都照做了吗？"边南盖上被子侧身冲着墙，"别念叨了。"

不知道是不是昨天喝了酒没睡好，边南躺下没多久就觉得困得不行，本来还想跟邱奕聊一会儿，没等想好聊什么，就睡着了。

边南这一觉直接睡到了四点，邱奕推了推他，他才很不情愿地睁开了眼睛。

"比二宝还能睡。"邱奕站在床边看着他，"你不是要回学校吗？赶紧回吧，我一会儿要出去买菜了。"

"哦。"边南慢吞吞地爬了起来，盘腿坐在床上愣了一会儿，"你明天要去打工了？"

"嗯。"邱奕点了点头。

"一放学就走？"边南又问。

邱奕看了他一会儿，笑了笑："中午能出来吗？赏个脸咱俩一块儿吃饭？"

"没问题！"边南顿时心情大好，打了个响指，"这个脸必须赏给你。"

"对了，这个，"邱奕从桌上拿了个东西递到他面前，"弄好了。"

边南接过来，看到是那个生日礼物小泥人儿，缺角和颜色都已经补好，基本已经看不出来被摔过。

他笑了笑："果然还是得专业人士来弄。"

"其实重做一个也行的。"邱奕说。

"不要，"边南喷了一声，"就要这个，重做的就没这个意义了，下回再做个你自己送我吧。"

"好啊。"邱奕笑着说，"每年生日都送你一个不一样的。"

"真的吗？"边南想了想，"要等一年太久了，要不你每个节日送我一个吧，元旦、春节、元宵节……"

"那我这一年什么也别干了。"邱奕乐了，"就生日，一年一个，有个盼头多好。"

边南想了半天，最后才跟下决心似的拍腿道："行吧，一年一个，明年的是邱大宝。"

"好。"邱奕说。

跟邱彦又在院子里玩了一会儿，边南才拿了包离开邱奕家。

他出胡同的时候都快五点了，万飞打了个电话过来："你今儿晚上还回学校吗？"

"回啊，我都上车了。"边南伸手拦了辆出租车上了车。

"赶紧的，一凡他妈妈给做了辣小鱼让他带过来，把隔壁的家伙们都吸引过来了，这一通打啊，我给你抢了点儿，你再不回来我就保不住它们了，只能藏进我的胃里……"万飞说话的时候边南都快能听到他咽口水的声音了。

"出息！"边南挂了电话冲司机笑道，"叔，麻烦开快点儿，我要回去抢食儿。"

边南回到学校的时候，万飞正蹲在宿舍楼下打电话，手里攥着个食品袋，看到他，一扬手把袋子扔了过来。

边南接住一看，大半袋子辣小鱼，乐了："不怪别人要撕你，统共就带了一袋都在你这儿了吧？"

"两袋子呢，特别好吃！不怎么辣，你可以吃，要不我也不抢这么多了。"万飞挂了电话走过来，"走吧，上外边儿吃去，我看了，食堂今儿没好菜。"

"又吃炒饼？"边南从袋子里捏了一条小鱼出来吃了，有点儿辣，但是非常香，让他想起邱奕炸的鱼柳了。

"今天听你的，我请客，你想吃什么我就吃什么。"万飞嘿嘿笑着，"回家的时候我妈给我钱了。"

"留着钱请许蕊吧。"边南啧了一声，"一会儿吃完直接去网吧？"

"网吧？行。"万飞愣了愣道，"难得你会主动要去网吧啊，去斗地主吗？"

"你玩你的游戏去，不用管我。"边南龇了龇牙。

两人找了个小饭店随便吃了份盖饭，去网吧的路上碰到隔壁宿舍的人，边南把包让人帮忙拿回去了，然后跟万飞去了网吧。

一般他俩去网吧不挑座，有俩挨着的机子就坐下了，但今天边南拉着万飞找了背后是墙、边儿上也是墙的座位。

"干吗上这犄角旮旯儿的地儿坐着啊？"万飞开了机之后问了一句。

"我有事儿。"边南坐下，把显示器往墙那边扳了扳。

"哦……"万飞拉长声音看着他乐了，"我……懂……了……"

"你懂什么。"边南没理他。

"行，行，行，你办你的事儿，我不打扰你。"万飞挥了挥手，戴上了耳机。

万飞在打游戏和谈恋爱两件事儿上相当投入，一旦开始，就心无旁骛。

"有烟吗?"边南踢了踢万飞的椅子。

万飞看了他一眼,摘下耳机喊了一声:"什么?"

"有烟吗?"边南问。

万飞从兜里掏出一盒烟扔到他面前,万飞不抽烟,但为了装,身上总带着烟。

边南拿起烟看了看:"没过期吧,这烟是上月的还是去年的?"

"过期就过期呗。"万飞看着他,"你不就点上叼着吗?又不往里抽,叼根棍子也一样的效果。"

边南乐了,拿了一支烟出来点上,叼在嘴里。

他弹了弹烟灰,吸了口气,再次点开网页,犹豫了一会儿,开始搜电影。换了手机之后手机里都是空的,他打算存点儿电影进去无聊的时候看。

其实这事儿要是安排给万飞,估计用不了多久就能搞定,但对边南来说就不那么熟练了,他不怎么找资源,都是万飞弄好了他直接拿。

盯着几个进度条,最后挑了跑得最快的那个留下了,其他几个他都点了暂停。

但下载速度不怎么样,估计下东西的人不少,边南一边胡乱点着网页,一边时不时地偷看几眼进度条,预计下载需要的时间是一小时零五分。

他感觉自己有点儿闲得发慌,于是又踢了一脚万飞的椅子:"喝水吗?"

"什么?"万飞戴着耳机喊。

"算了,没什么。"边南站了起来。

又看了看屏幕,一切正常,他往收银台那边儿走去,买了两瓶水,扔了一瓶给万飞,自己灌了半瓶下去。

网吧里人已经来了不少,不过这边儿人还没满。

边南平时来网吧都挺无所事事的,要不跟万飞一块儿打游戏,他也就是到处瞎点瞎看,经常是没多久就睡着了。

今天他照例是瞎点瞎看,点进一个论坛,随便扫了几眼。

看到有人写了自己的心路历程,从小如何不易,过得如何惨,人生不公平,命运如何不待见他,而自己又如何努力……

边南看着就觉得特别没意思，也许是因为同样过得很不易的邱奕从来没在他面前抱怨过什么，哪怕提到过去，也只是轻描淡写的一句话而已。这就是差距。

边南想想，又啧了一声，也许就是因为邱奕什么也不说，不抱怨，都藏在心里，才会过得这么……

他还是斗会儿地主吧。

片子下载完了，边南将其存到了手机上。

把手机塞回兜里，他打算先把之前输掉的钱赢回来。

不过今天他显然不在状态，一直奋战到过了十二点，钱还没回到之前的数字。

"唉——"边南扔下鼠标伸了个懒腰，扯下万飞的耳机问了一句，"打完了没？"

"要回？"万飞看了看时间，"等我五分钟，马上完事儿。"

等万飞战斗完毕，两人结账出了网吧。

冰冷的夜风从身上吹过，边南打了个冷战，把外套拉链拉到头，感觉自己终于从一晚上迷迷瞪瞪的状态里清醒过来了。

"今年过年上我家玩吗？"万飞蹦着走了一段，转头问他，"今天我妈还问我呢。"

"看情况吧。"边南一想到过年就心烦，过年家里会来不少亲戚，各种家庭聚会很多，他在家里尴尬的地位每到过年时就会得到全方位的展示。

所以小时候他一般就躲在自己的房间里，出去聚会吃饭的时候也不去，大概老爸也觉得他面对亲戚时会尴尬，不强迫他，会让保姆在家给他做饭，然后一脸歉疚地塞钱给他。

长大点儿之后过年他就会直接躲出去，除了吃年夜饭，别的饭他都不在家吃，去亲妈那儿，去万飞家，还去过老师家。

"是不是想去邱奕家啊？"万飞笑着问。

边南嘿嘿乐了两声没说话。

两人回到宿舍，孙一凡和朱斌都已经睡了，朱斌的呼噜打得走廊上都听得见。

"哎，困了，昨儿晚上没睡踏实。"万飞扒了衣服往床上扑去。

边南没再跟他瞎扯，飞快地拿了东西去洗漱，洗漱回来，万飞也打上了呼噜，不过比朱斌强，此起彼伏的呼噜声里，万飞是那个彼伏的。

本来想再看看电影，被这呼噜一打，边南没躺两分钟就困了。

第九章
一些改变

　　早上是万飞把他晃醒的:"南哥!南哥!再不起又要多跑五公里了!"
　　边南迷迷糊糊地睁开眼睛,被已经穿戴整齐的万飞从床上拽了起来,困得要命,好一会儿都保持着被拽着的姿势没动。
　　"别愣了,想什么呢?咱俩都晚十多分钟了!"万飞把衣服扔到他身上,"赶紧的!"
　　被罚跑个五公里、十公里对边南来说是家常便饭,跑完也没什么问题,但能不跑还是不跑的好。边南收起思绪,抓过衣服胡乱套上,脸也没顾得上洗,跟万飞一块儿跑出了宿舍。
　　出校门之后反方向跑了一阵,迎上了已经跑了一圈儿的队伍,还好老蒋今天没骑车跟着,他俩跟在了队伍最后面。
　　平时跑步他跟万飞总得聊天儿,老蒋最烦他俩跑步的时候说话,说是有边跑边说浪费的这点儿肺活量都够再跑三公里了。
　　今天边南却一句话也没说,闷着头往前跑,万飞倒是跟他说了几句来着,他连听都没听清，啊了三回之后，万飞皱着眉挥了挥手："得，得，得，跑吧，不说了。"

边南也没再说话，继续跟着队伍往前跑。

"南哥，"万飞跑了没多远又说上了，这回说话前他先往边南背上戳了一指头，"你有点儿不对……"

边南本来就怕痒，再在沉思的时候冷不丁地被他这样戳一下，条件反射地蹦了一下，回手一巴掌甩在了他的胳膊上。

"哎！"万飞搂着胳膊狠狠地搓着，"你打贼呢？"

"有话说不就行了，突然戳我一下，我能不打贼吗？"边南瞪了他一眼。

"我刚才说那么多，你听见了吗？"万飞啧了几声，往他脸上指了指，"从昨儿晚上起就这德行了，你这是干吗了啊？"

"有你什么事儿？跑你的步，有说话这肺活量再跑三公里去！"边南说完继续埋头往前跑了。

"有事儿你就说出来。"万飞跟在他身后，"解闷儿小能手万飞随时为您服务，优质服务二十四小时无休，随叫随到……"

跑步结束之后队伍有点儿散了，边南还是跟在最后，慢吞吞地往学校门口走，低头盯着地上的落叶。

现在差不多该下雪了吧。

"南哥，"万飞在他身旁一块儿慢慢走着，"你……哎？"

"哎什么哎？"边南看了他一眼，发现他正看着路对面，顺着他的视线看过去，看到了站在对面路边的邱奕。

那辆白色自行车很抢眼，上回大战之后应该是修过了，被他掰断的车撑子已经换了一个，邱奕正跨在车上，一手扶着车把，一手拿着盒牛奶喝着。

"他干吗？"边南立马往前面的队伍扫了一眼，果然，大家的脸都冲着路对面。

"来曾经的'战场'上'视察'呗。"万飞乐了。

看到边南发现他之后，邱奕喝光了手里的牛奶，捏了捏牛奶盒，将其扔进了旁边儿的垃圾箱里，然后骑上车走了。

边南掏出手机拨了邱奕的号:"你有病啊,大清早跑这儿示威来了?""我路过,突然想体会一下以前在这儿挑衅的感觉。"邱奕笑着说。

边南愣了愣也笑了起来:"那次是挑衅吗?我还以为那会儿你是来跟我展示你那破伤的呢,求着我再揍你一顿。"

"哎哟!"万飞喊了一声,走到一边儿去了。

"怎么可能。"邱奕的声音里带着风,"我又没病。"

"中午吃饭你别再上这儿戳着了,早上来一趟,中午再来,肯定得打起来。"边南看了看前面的人,不少人表情挺不爽的,特别是潘毅峰的跟班们。

这帮人倒没几个真是为了潘毅峰,纯粹就是想在潘毅峰走了之后找个借口大干一场,力争成为体校下一个横着走的人而已。

"我在小吃街路口等你,我想吃饺子。"邱奕说。

"没问题。"边南笑着说。

挂了电话之后,万飞凑过来说:"赶紧,趁现在你心情好,说说你从昨儿晚上到现在是不是有什么事儿,还下了部片儿?"

边南看了他一眼:"你就不能等我想告诉你的时候再说?"

"你这人不就这样吗?我要不问你,你多半就不会说了。"万飞一脸嫌弃地看着他,"没有分享精神?"

"别拿老太太的腔调跟我说话。"边南推开了他。

"爱说不说。"万飞瞪了他一眼,甩手往前走了,走了几步又回过头,"解闷儿小能手等着哟。"

"哎,你赶紧走。"边南有点儿无奈。

一上午上课他都没听,百无聊赖地看着旁边趴桌上睡的万飞,快要期末考试了,老师上课的时候多数让做题,发点儿卷子让他们写。

边南趴在卷子上没写几题就困得眼睛都快睁不开了,心里还乱,总觉得有些不踏实。

这么一直熬到最后一节课,课间的时候他推了推万飞:"小能手,别睡了。"

万飞揉了揉眼睛："怎么？"

"去操场上转转。"边南站起来，走出了教室。

"马上上课了吧？"万飞跟在他身后看了看手机，"不上了？"

"这会儿谁还管你上不上课。"边南伸了个懒腰。

上课铃响的时候，他俩躲进了操场旁边的旧器材库里。

"要烟吗？"万飞掏出烟盒递给边南。

边南拿出一根点了叼在嘴上，牙咬着过滤嘴一上一下地晃着烟头。

烟快烧到一半的时候，他拿出手机，把昨天下的搞笑电影点了出来，调了静音，放到万飞手上："看吧。"

万飞嘿嘿乐着拿过手机，往后快进了一下扫了一遍："传给我吧。"

边南盯着烟头："随便，当心错过许蕊发的微信被骂。"

"她不至于。"万飞看着他道。

"我就是提醒你。"边南拿过手机放回兜里，"你追许蕊费了多大心思啊，可得好好捧着，要不让人甩了我还得安慰你，我多累啊。"

"南哥，"万飞咯咯乐了一会儿，一拍他的大腿，"真够哥们儿！"

"你现在感慨这个干吗？"边南乐了，"赶紧跪下给老天爷磕俩响头谢谢他没歧视你还给你分配了我这么个铁哥们儿。"

万飞跟着一块儿嘿嘿乐了半天，又收起了笑容，很严肃地看着他："其实吧，什么人就会有什么样的朋友，朋友就是互补用的，你有洞了我给你补补，我漏风了你给我缝缝。"

"小飞飞，"边南从烟盒里又拿了支烟点上，盯着万飞看了一会儿，"你有时候还挺会说话的，智商偶尔拔得挺高，我都不适应了。"

"我……正在努力进步。"万飞说。

边南没再说话。

万飞拧着眉思索体会了半天："但是吧，你说邱奕和申涛那样的朋友，一个德行，他俩谁能补上谁呢？所以邱奕就又交上了你这么个朋友，漏风了你能给缝。"

边南被他给说乐了："你这智商还能不能稍微保持一下高度了啊？"

"反正就是那意思，"万飞笑着说，"反正咱俩挺好的，无论你什么样，哥们儿照做，该干吗干吗。"

没错。

这也许才是最好的相处方式，朋友不就该是这样的吗？

边南往后躺到垫子上，长长地舒出了一口气。

没错，就是这意思。

"唉……回吧，一会儿该让人逮了。"边南拍了拍垫子，垫子上腾起一阵白灰。

两人赶紧从垫子上蹦了起来，万飞一个劲儿地拍着裤子："这儿多久没搞卫生了啊？"

"上学期大扫除以后就没打扫过了吧。"边南冲着地打了个喷嚏。

"以前不是还老有人上这儿吗？学校抓好几回才没人来的，"万飞啧啧道，"这里一身灰……"

"你懂什么，"边南乐了，"就因为没人来了才落的灰。"

"唉，"万飞看着那一摞垫子感叹着，"这上面都是咱体校前辈们的青春啊……"

"二货。"边南笑了半天。

在中午放学的铃声响起之后，万飞去了食堂，边南从操场边儿的围墙翻了出去，跑到小吃街路口的时候，邱奕已经等着他了。

"你怎么这么快？"边南笑着跑过去，看到邱奕就想笑，之前因为各种纠结而烦闷的心情暂时被扔到了一边。

"骑车过来的。"邱奕也笑了，"怕走路经过你们学校门口被人追了跑不掉啊。"

"你被人追我们学校里边儿去了都跑掉了呢。"边南走到他身边，两人的肩在一块儿轻轻撞了一下，他心里顿时一阵舒服。

自己果然没有瞎操心的命。

"那不是因为碰上个废物没拦住我吗？"邱奕顺着路往小吃街里走去，

"吃饺子？"

"那是小爷没防备，谁能想到航运的老大跑我们学校翻墙来了。"边南喷了一声。

"在街上你也没堵着我啊。"邱奕又说。

"根本没想堵你好吗！"边南推了他一把，"你要愿意，我现在就堵你一回，你哭着求小爷放过也没用！"

"以后吧。"邱奕笑着说。

小吃街有三家大馅儿饺子店，边南吃着感觉都差不多，但邱奕要去最里面靠近小区的那家。

"有什么区别吗？"边南跟着他进了这家店，人倒是比前两家多，两人找了个角落里的小座坐下。

"有区别啊。"邱奕笑了笑，"我能吃出来。"

"那是，你当童工的时候就在饺子店里混了。"边南一想到比邱彦大不了几岁的邱奕躲在饺子店后厨里埋头包饺子的场景就有点儿心疼。

"这么溜达着走一段挺好的。"邱奕说，"聊会儿呗。"

边南顿了顿，笑着指他，说："咱俩有代沟知道吗？有什么可聊的？"

"是吗？也是，你跟二宝是一拨的。"邱奕跟服务员点了饺子，正要说话，手机响了，他拿出来看了看，"我接个电话。"

边南靠到椅背上，拿了茶杯一下下转着，邱奕的电话估计是某个他正在补课的学生家长打来的，邱奕说话的腔调完全变了个样子。

"杨姐，谢谢您，不过我实在抽不出空一对一了。"邱奕看着边南，嘴角带着笑，但说话还是一本正经的，"我现在能加进去的只有周六上午，不过是两个孩子一起上课，加上他就是三个人……嗯，我知道……这样吧，杨姐，我另外介绍个同学怎么样？他也讲得很好……好，您问问……"

邱奕挂掉电话之后又给他以前的一个同学打了个电话，问了有没有时间多给一个人补课。

"你把周六上午都占满了啊？"边南看他挂了电话之后问。

"嗯，这阵子找补课的人多，我就都接了。"邱奕喝了口茶。

"那二宝周末多寂寞啊。"边南叹了口气。

邱奕笑了起来，手伸过来，手指在边南的掌心那条疤上戳了戳："年前不是要还钱吗？得多赚点儿。这儿还疼吗？"

"不疼，没什么感觉，我现在是威武的断掌……不是还有'辞典'吗？"边南说，"你要用随时拿去啊。"

"那是万不得已的时候用的。"邱奕笑了笑，"钱也不是白来的，再说我总不能每次都靠借钱吧，这么多年都过来了，不在乎这点儿了。"

"唉！"边南趴到桌上，"太累了。"

"过了明年差不多就好了。"邱奕想了想道，"到时想办法带我爸去近点儿的地方旅游。"

"我也去。"边南马上说，"我放假了去学车本儿，我开车……保证慢慢开，咱一块儿去。"

"好。"邱奕看着他道。

"一路开，一路玩。"边南立马开始计划，"开半道看哪儿想玩就停下，带着帐篷……啊，叔叔睡帐篷估计不行，那就找地方住，反正二宝要想玩帐篷就野餐的时候让他玩……"

"想那么远呢。"邱奕笑着看他。

"先想想呗，再远也会到的啊，现在想想给自己找点儿乐嘛。"边南说，"像你这种只琢磨实际问题的人体会不到，这种事儿搁你那儿得是浪费时间的空想。"

"所以你替我想吧。"邱奕说。

"包在我身上了。"边南嘿嘿笑了两声。

现在这种感觉让他很享受，两个人面对面坐着，吃着饺子瞎扯着，别的什么都可以暂时不去想了。

边南对饺子没什么特别要求，上回在邱奕家包的饺子他就觉得特别好吃，不过邱奕特别爱吃三鲜馅儿的，比平时吃饭的量要多，边南跟着他忍不住吃得停不下来。

两人把饺子吃光之后，边南摸了摸肚子："饺子这东西，只要不在家吃，在哪儿吃都挺好吃的。"

"那你过年遭罪了。"邱奕笑了笑。

"还成，边馨语不爱吃饺子，我们家过年不怎么吃饺子。"边南想了想，在桌子下面轻轻踢了邱奕一脚，"哎，大宝。"

"嗯？"邱奕也往他脚上踢了一下。

"过年你家怎么过？"边南问。

"你来过一次就知道了。"邱奕说。

"啊？"边南愣了愣。

"你是不是过年想上我家待着啊？"邱奕看着他。

"以后你要猜到我想什么了，能不说出来吗？"边南有点儿无奈。

"好。"邱奕点了点头，"你说吧。"

"我……不都已经让你说了吗？"边南叹了口气，"三十那天我肯定得在家，之后亲戚朋友吃来吃去的我就难受了。"

"那你就上我家来吧，我家亲戚只要债不吃饭。"邱奕笑着说。

"我可以再装一次黑社会。"边南一拍桌子，恶狠狠地咬着牙说，"还钱！"

邱奕笑了半天："还真是挺像的，只要不穿运动服。"

"运动服多方便，我这运动服一时半会儿是脱不下来了。"边南伸了个懒腰，"实习的时候不是还得穿吗？"

"挺好的，看惯了你穿运动服，偶尔穿一次别的衣服能让我觉得换了个人似的。"邱奕说。

"是太帅了吗？"边南挑了挑眉毛。

"是。"邱奕点了点头，伸手招了招，叫服务员过来结账。

"就走了啊？不多聊会儿吗？"边南皱了皱眉，"多么难得的午后闲暇时光……"

"在东北大馅儿饺子馆里度过午后闲暇时光？"邱奕拿出钱包，"这么接地气？"

"那上哪儿？卫校小花园？"边南乐了。

卫校旁边有个小人工湖，湖边有个小花园，一直是卫校姑娘和她们的男朋友谈恋爱的圣地，偶尔也会夹杂着些外来情侣，一般来说体校和航运的学生在那里碰面的概率很高，但本着大家谈个恋爱都不容易的原则，他们都不会在小花园打架，而是一块儿肩并肩，排排坐地在面湖的石凳上谈恋爱。

邱奕走出饺子馆，没往小吃街出口走，而是带着边南一直顺着路往里去了。

"上人家小区里待着吗？"边南问，再往前就是两个居民小区，他在这儿待了好几年，一次都没去过。

"以前没来过这边？"邱奕问他。

"没。"边南看了看四周，中午人少，小吃街上的人也不往这边儿来，倒是挺清静的，"我们都得翻墙出来，好不容易费劲儿翻出来了谁会上这儿来啊。"

邱奕笑了笑没说话，两人慢慢溜达着，十来分钟之后穿过小区，到了后面的一条街上，人更少了。

"去那儿。"邱奕指了指斜对面的地方。

边南顺着看过去，在一溜不起眼的小店面中间看到了一个很小的门脸儿，能看到门里有个往上去的楼梯。

走近了边南才看清，门脸儿一圈儿都是用铜钉钉上的原色木板，上面还有用旧铁条拼出来的三个字：好无聊。

"真装。"边南一看就乐了，"这是什么地方？"

"一个很装的咖啡店。"邱奕往楼梯上走，压低声音说，"感觉从来都不会有人来，不知道老板靠什么赚钱。"

"你怎么发现这么个地方的？"边南往四周看着，楼梯很窄，也就只能容下一个半人，两边的墙上还挂了镜框，里面是用各种字体写出来的"好无聊"。

"一会儿告诉你。"邱奕说。

"这还卖关子。"边南啧啧了两声。

这个咖啡馆很小，看上去是用两居室的房子改的，铺着木地板，也都是原色。

木地板上扔着一堆垫子，草垫、棉垫，小茶几也都是短腿儿的，客人都得席地而坐。

客厅里有个小吧台，没见着有人招呼客人。这店里别说没客人，两人进来之后连老板都没看着。

"上里边儿吧。"邱奕看了看，进了里间。

这间屋子放了不少绿植，用木桩和篱笆隔成了四个小空间，都是木地板加各种垫子，让人看着就想躺上去睡一觉。

两人脱了鞋，在靠着落地窗的垫子上坐了下来。

"唉！"边南半靠在墙上，阳光从窗外洒进来，暖洋洋的，晒得人眼睛都不想睁了，窗外能看到街景，虽说一条小破街没什么可看的，但懒洋洋的初冬午后有些落寞的景象还真是挺符合"好无聊"三个字的，"这儿还挺舒服，你还没说你怎么找着这地儿的呢。"

"张晓蓉带我来的。"邱奕拿了个垫子放在身后靠着墙。

"什么？"边南没忍住眉毛往上挑了挑，"张晓蓉？你俩还上这儿来美过呢？"

邱奕笑了。

"不是，你俩上这儿来干吗啊？你不说你俩没什么吗？"边南啧啧了两声。

"我被骗来的。"邱奕看着他道，"哎，我发现你挑眉毛的样子很好看啊。"

"我把眉毛刮了都一样好看！现在拍马屁不管用。"边南把腿一盘，"就张晓蓉还能把你给骗了？"

"她说要介绍个学生给我补课，一听有钱赚我就比较容易被骗了。"邱奕笑着说，"她说学生约了在这儿先见个面，我就来了。"

"结果学生没来？"边南乐了。

"嗯，说是过来的路上学生给她打了个电话，家长找别人给补了。"

邱奕叹了口气，"真是悲伤。"

"那你是走人还是喝了两杯才走的啊？"边南笑着问，感觉自己当初在追张晓蓉这事儿上还真是一点儿不含糊地输给了邱奕。

"你猜。"邱奕往下滑了滑，半躺在垫子上。

"走人了，你这人就这样。"边南打了个响指。

"嗯。"邱奕笑着点了点头，"钱没了我很不高兴。"

两人乐了半天，瞎聊了快十分钟，才有个三十来岁的男人拿着壶咖啡和一碟点心走进来，把东西往他们面前的地板上一放，转身就往外走。

"哎，老板吗？"边南看了看点心，是一碟老婆饼，"没点呢就拿来了？"

"想点别的也没有，不想吃就放着吧，要不就打包回去给你的同学。"老板打了个哈欠，"反正一份五十，吃不吃都得交钱。"

"这生意做得也太霸道了。"边南乐了，拿了个饼咬了一口，还是热乎的，味道还真不错。

"所以没看没人来吗？"老板走了出去。

边南愣了愣，指着门口，看着邱奕说了一句："他肯定不缺钱。"

邱奕笑笑没说话，拿了个饼也咬了一口："嗯，挺好吃的，可惜刚塞了一肚子饺子，一会儿你打包给万飞带回去吧。"

"以后我有钱了也开个这样的店，有人来就招呼一下，没人来就睡觉。"边南把咖啡给邱奕倒上，"你不带点儿给申涛吗？"

"他减肥，现在拒绝甜食。"邱奕说。

"申涛减肥？他不胖啊，不是挺好的吗？"边南觉得有点儿莫名其妙。

"不知道，他觉得再瘦点儿就能有女朋友了。"邱奕笑着说，"他在这方面一直挺神奇的。"

"看不出来一本正经的小涛哥哥还有这种心思。"边南嘿嘿嘿地乐了好半天才一指邱奕道，"你家二宝才应该控制体重，肉乎乎的……"

"嗯。"邱奕看了他一眼，笑着说，"不过二宝对自己的身材很满意。"

边南拿起咖啡喝了一口，冲他竖了竖拇指："其实你真的挺牛的，那么点儿大就得扛起一个家，还把二宝养得这么可爱。"

邱奕没说话，笑着看了看窗外。

两人喝了几杯咖啡，躺在阳光里昏昏欲睡地聊着天儿，老板开了音乐，边南觉得这音乐跟催眠曲似的，聊着聊着他就睁不开眼睛了，干脆闭上了眼："这儿挺好的，咱以后有空可以上这儿来待着。"

"好。"邱奕应了一声，也躺在了阳光里，"边南。"

"嗯？"边南还是闭着眼，觉得眼前全是金灿灿的光芒。

"你不用往旁边躲躲吗？"邱奕轻声说，"你这身儿皮，再晒晒，牙该更白了……"

"滚！"边南愣了愣，"听你这凝重的语气，我以为你要说什么大事儿呢！"

"这多大的事儿啊。"邱奕笑着说。

"今儿心情好，你慢慢挤对吧，我不回嘴。"边南嘿嘿笑了两声。

阳光很好，两人躺平没晒多大一会儿，边南就感觉自己有些出汗。

"老板去哪儿了？是不是在偷看咱俩？"边南往门口看了一眼，老板拿完东西过来之后就没了人影，不知道躲哪儿去了。

"有谁会这么无聊……"邱奕说。

"这儿有啊，店名都叫好无聊呢。"边南喷了一声。

邱奕笑了起来，笑了好半天才坐起来喝了口咖啡："还真是。"

"好无聊"的老板一个中午都没出现，快到下午上课的时间，边南和邱奕收拾了东西，自己拿了食品袋把老婆饼打包好，都没见着老板。

"钱都不收了吗？"边南往外看了看。

"不收就走人。"邱奕说。

"真好，要不再顺俩杯子走吧。"边南拎着袋子往外面走。

"傻吗你？怎么也得顺个壶，杯子才多少钱？"邱奕穿上外套。

"吧台上有台笔记本电脑。"边南走出房间，走到吧台前，"就这……"

话没说完他就看到了吧台后面靠在躺椅上玩手机的老板，吓了一跳："老板你在啊？"

"快上课了就过来等着收钱。"老板放下手机，"五十，别让我找钱啊，没零钱找。"

边南掏出钱包,就一张十块的还有几张一百的,顿时有点儿无语:"大叔,您就没打算做生意吧?五十都找不出?"

"谁是你叔,叫大哥。"老板看了他一眼。

"叫大哥能找出五十吗?"边南问。

"找不出。"老板回答得很干脆。

"能刷卡吗,大叔?"边南从钱包里抽出了卡。

"不能,还要交手续费呢。"老板说。

边南在吧台上拍了一掌。

邱奕从屋里出来,放了五十块钱到吧台上:"走吧。"

边南怀着对老板的满腔莫名其妙的情绪,跟着邱奕出了咖啡店,又回头瞅了一眼招牌:"这老板真牛。"

"以后还来吗?"邱奕问他。

"来啊。"边南乐了,忽略这个老板,这间店还真是不错,有点儿情调,清静,在学校附近再想找这么个地儿出来还真没有,"待着还是挺舒服的。"

两人慢慢溜达到路口,邱奕从小路回了航运,边南顺着大路跑着从侧面围墙翻回了体校。

从墙头跳下去落到地上的时候,边南觉得心里一下空了,就像抱着被子睡了一夜,正美呢,被子被人一把拽走了似的那么空荡荡的。

他真希望日子就一直不变,就像中午那样窝在咖啡店里。

"可惜啊……"边南踩着上课铃声往操场跑去,可惜啊,现实生活里还有一堆甩不掉的事儿——考试、实习和怎么也待不暖的那个家。

不过边南最大的特点就是什么事儿转头就能甩到一边,甭管是真不想了还是假装自己不想了,再或者是不敢想,总之那些并不完全美好的感受没影响他太长时间。

日子在老蒋的高压下又回到了平时的节奏里。

他每天上课训练,一星期跑出去两三次,跟邱奕吃个饭,偶尔会去"好无聊"待上一小时晒晒太阳聊聊天儿。

"不要以为快毕业了,训练就可以凑合了!"老蒋站在跑道边,对着正在蛙跳的一帮人喊,"只要你们还有一天在我手上,就得老老实实地按我的安排训练!边南!你怎么不直接爬过去啊?"

边南赶紧狠狠地蹦了两下,他不怕被罚跑,要老蒋让他围着跑道跳个几圈儿那可真要命了。

"万飞!"老蒋又换了个目标,指着万飞吼,"跳就给我连着跳!别跳一跳停一停!想女朋友跳完了晚上再想!"

四周顿时响起一片笑声,还有起哄声:"蒋教练挺清楚啊。"

"没事儿就翻墙出去约会,当我不知道呢?"老蒋说,"你们别乐,你们这帮人,哪个出去是奔网吧,哪个出去是约会,我都知道!"

万飞嘿嘿乐着,没说话,偏过头看了边南一眼。

休息的时候,一帮人在球场旁一边活动一边瞎聊,因为老蒋开了个头,所以大家的话题都放在了女朋友身上。

谁的女朋友漂亮,谁正在追谁,谁准备被甩,说得都挺带劲儿,时不时地会乐成一团。

边南一直没出声,以前他就不太参与这种跟姑娘有关的话题,追得着追不着、有女朋友没女朋友,他觉得就那么回事儿。

"追女生这事儿还得问边南。"有人说了一句,"边南不是一直很受欢迎吗?"

"胡扯。"边南说。

"就是,人家边南都是等着女生倒追的。"有人笑着接话。

"你们要把目光放长远。"万飞看了边南一眼,"不要老盯着卫校,马上毕业了……"

万飞成功地转移了话题,大家开始另一轮热烈讨论。

早上边南裹着被子正睡回笼觉,耳边突然传来万飞的吼声:"哈哈!哈哈哈!下雪了!"

"唉……"边南拉过被子盖住脑袋,困得厉害。

"别唉了,起床了。"万飞在他的被子上拍了几下,又站到窗边往外看,

"今年下雪真晚啊，马上就元旦了。"

"老蒋没通知一声不用跑步了？这么大的雪。"孙一凡裹着被子坐在床上。

"别妄想了，去年暴雪那两天咱不是一样跑步吗？"朱斌捂在被子里说。

"对了！那天南哥还摔了个狗啃屎。"万飞一想起来就乐上了。

"你啃屎。"边南掀开被子坐了起来，指着他道，"你摔跤的时候非得往人屁股上撞，让你撞那么一下谁还站得住？"

"我已经努力控制了。"万飞笑着说，回手把窗户打开了一条缝，"你们都赶紧起……"

北风猛地从窗户缝里灌了进来，边南的床靠窗，都能听见风被挤压之后发出的惨叫，几个人同时吼了一声。

让万飞一折腾，宿舍里的人都起来了，成为这一层楼里最积极起床的宿舍。

边南一出宿舍楼就摸出手机，给邱奕打了个电话。

那边邱奕估计是刚起，声音里带着迷糊的鼻音："怎么了？"

"下雪了。"边南蹦着往前走，"好冷。"

"嗯，知道，二宝四点半就喊过一次了。"邱奕笑了笑，"你要去跑步？"

"是啊，都出门了。"边南把拉链拉到头，"又困又冷真受不了。"

"我也困。"邱奕打了个哈欠，"二宝感冒了，一晚上对着我的耳朵打呼噜。"

"二宝感冒了？"边南皱了皱眉，"这个身体素质得加强，把我搁雪堆里埋两天我也不会感冒。"

"是。"邱奕乐了，"直接把你冻死了，都没有感冒的机会。"

两人随便聊了两句，边南挂了电话，跟着跑步的队伍出了校门。

众人围着学校还没跑两圈，雪就下得人都快看不清了，风也刮得很凶猛，今年这第一场雪居然这么残暴。

"哎，南哥，"万飞将帽子往下拉得眼睛都快给挡住了，"元旦三天假呢,你怎么过?"

"听课。"边南说,一张嘴就往肚子里灌风。

"听课?"万飞愣了愣,压低声音道,"听什么课,你不跟邱奕一块儿玩?"

"听邱奕上课。"边南叹了口气。

在边南的概念里,放假就是拿来玩的,邱奕却相反,假期是用来赚钱的,他已经把元旦三天都安排了,饭店那边一到节日就特别忙,请不了假,初三的学生本来就没什么假期可言,都扎堆儿在那几天补课……

"我没想着你元旦要找我出去玩。"邱奕的声音里带着歉意,"对不起啊。"

"对不起什么啊。"边南一听他这话心里顿时就挺不好受的,邱奕跟他的情况不同,放个假邱奕都得这么辛苦,"反正想玩随时能玩,也不差这两天。"

"要不我推掉一个……"邱奕琢磨着道。

"别,别,别。"边南更过意不去了,最后一咬牙道,"要不我跟着你去补课?"

讨论的结果就是边南跟邱奕一块儿去给学生补课。

这事儿挺逗的。

不过边南觉得,这比待在宿舍或者待家里或者跟着同学、朋友出去瞎玩都有意思。

他还挺想看看邱奕一本正经地给人补课是什么样子的。

自己长这么大,除了打球,就没干过什么正事儿了,别说打工,在家都没干过活。

每到放假边南就是疯玩,反正只要不待在家里,去哪儿都成。

跟万飞出去瞎转悠一晚上边南都觉得挺好,不过现在万飞谈恋爱了,边南就不好总拉着万飞。

上周晚上宿舍的几个人溜出去K歌,虽然只是学校旁边的破场子,音响、环境什么的都透着城乡接合部的风格,但并不妨碍万飞和许蕊手拉手进行情歌对唱。

　　这种时候边南也就跟邱奕待在一块儿才能解解闷儿，有时候想想，自己每次碰到什么郁闷的事儿，都会下意识地去找邱奕。

　　邱奕的稳重和成熟还有那些不紧不慢的开解安抚，有时候让边南觉得挺受用的，相比自己这十来年的人生，邱奕经历的事儿要多得多、复杂得多。

　　边南一直觉得邱奕被生活压得太累。

　　这也是他总想给邱奕帮上点儿什么忙的原因，哪怕是像邱奕开导他那样……当然这对边南来说难度的确太大。

　　大概只有陪着邱奕一块儿瞎逗才是最适合边南做的事儿，比如看到邱奕走过来的时候立马龇牙一笑。

　　"干吗不让我上家里去等啊？"边南缩着脖子蹦了蹦。

　　"上家去二宝见了你该不让你走了。"邱奕笑了笑，往他手里放了个热乎乎的东西，"尝尝。"

　　"哎？"边南低头看了看，手里是个热腾腾的烤白薯，"哪儿来的？"

　　"邻居家烤的。"邱奕说，往小街路口走去，"他家卖这个，正要出摊儿呢，我拿了俩。"

　　"咱去哪儿？不坐公交车吗？"边南边吃边跟了上去，挨着邱奕走，走两步就往邱奕身上挤一下。

　　"地铁，直接就能到了。"邱奕被他连着挤了好几下，都快走到人行道下边儿去了，只得也往他身上挤了一下，"你是不是斜视了？"

　　边南喷了一声："小学的时候你没玩过吗？这么冷的天，来回挤着才暖和。"

　　邱奕叹了口气，跟他来回挤着走了几步："暖了没？"

　　"凑合。"边南笑了笑。

　　一放假，无论天气如何，街上都挤满了人，两边商店的喇叭一个比一个声音大，大家耳朵里全是各种声音，眼前也是堆得满满的各种颜色。

　　地铁里也一样，人挤人的。

　　邱奕前面有俩小孩儿正挤来挤去，他拉着吊环往后让了让，边南在他背后挤了挤。

"干吗？"邱奕回头笑着看了他一眼。

"暖暖手。"边南把手伸进了邱奕的外套兜里，"够冷的。"

"这儿还冷？"邱奕笑了笑。

"我说冷就冷，我怕冷。"边南啧了一声。

去补课的那家离得不算远，没几站他们就往车门边挤过去下车了。

边南从人堆里挣扎着出来的时候上下检查了一下自己，总觉得衣服都被挤掉了。

"就说你是我同学，准备给人补课，来听听我是怎么补的。"邱奕交代他。

"嗯。"边南抓了抓头，"要是人家觉得还不错，要给我介绍学生怎么办？"

"不会。"邱奕看了他一眼，"你看着就不是好学生。"

边南摸了摸脸："滚。"

"要真这么幸运，你介绍给我就行了。"邱奕笑着说。

"你忙得过来吗？这都快连轴转了。"边南皱着眉。他都能看到邱奕的黑眼圈儿了，虽然不是太明显。

"我可以转给我的同学，拿点儿介绍费，好几个人等着我介绍呢。"

"你还真是挺会做生意的。"

补课的是个男生，家里没大人在，大人都出去逛街了，所以边南基本不用担心被人看上给介绍学生了。

男生戴着眼镜，看着像个好学生，挺有礼貌地给边南拿了水和零食。

到邱奕开始给他讲数学卷子的时候边南才发现，这男生就是看着像好学生，成绩差得一塌糊涂。

边南坐在男生身后的沙发上，一抬眼就能看到邱奕。

"这题上回给你讲过，怎么还错了？"邱奕指了指卷子。

"没讲过……吧？"男生凑过去看。

"别装。"邱奕拿过手边的笔记本打开翻了几页后放到男生面前，"下回要是没听明白就告诉我,多讲几遍没事儿的。"

"嗯。"男生点了点头。

"那我再给你讲一遍,有没懂的地方你就说。"邱奕说。

边南撑着头看着邱奕给男生讲题,有点儿吃惊。

他一直觉得邱奕能给学生补课是因为邱奕学习很好,没想过别的。

邱奕开始讲题之后边南才发现,这大概不光是学习好就能干好的事儿,这家伙思维相当清晰,讲得简单有条理。

初中的时候边南成绩差得每次能及格都能让老爸欢欣鼓舞的,尤其数学,数学老师是个小老头儿,属于肚子里有才但表达不出来的那种。

边南一上数学课就想睡觉,小老头儿说话连个抑扬顿挫都没有,跟坐在庙里似的,如果老师是邱奕……

这个男生听没听明白边南不知道,但边南就这么在一边随便听了下,居然就差不多听明白了。

这还是他第一次听人讲题没打瞌睡的。

边南突然觉得邱奕相当帅气。

邱奕给这个男生补课的时间是两个小时,但两个小时到了之后,他又多讲了半个多小时,确定男生今天没有不明白的地方之后,才开始收拾东西。

走出男生家的时候,边南觉得自己屁股都坐麻了。

他拍了拍自己的屁股:"哎,大宝,你累吗?"

"还成。"邱奕伸展了一下胳膊,"给这小孩儿补课费劲儿,说半天他才能明白,换个人讲一遍就能听懂了。"

"以后再有这样的学生就推给别人得了呗,或者不接。"边南前后左右地边走边扭腰。

"这样的学生才得接,能把这样的学生给补出来,算是打广告。"邱奕笑着看了看他,"就坐那儿都能把你累成这样啊?"

"哎!"边南猛地往前蹦了一下,笑着搓了搓自己的屁股,"我发现你想得真周全啊,那这样的学生要没补出来呢?"

"也得挑人啊,我第一次补课不收费,先试试,我挑学生,学生也挑我,这种学生虽然慢半拍，但肯下功夫跟我学的，就可以。"邱奕看了边南一眼，"像你这种的一般就算了。"

"滚。"边南乐了，"说真的，你讲题我能听进去，我刚才听半天呢，不用看题，好多听明白了。"

邱奕笑了笑，胳膊搭到他的肩上，叹了口气："你挺聪明的。"

边南很得意地挑了挑眉，笑了半天，最后又收起笑容跟着叹了口气："我真觉得你太辛苦了。"

"习惯了就没感觉，这些题什么的天天给人讲，都讲成条件反射了，我走着神儿都能讲完。"邱奕在他耳边打了个响指，"你操心操心实习的事儿吧，决定去了就好好干。"

"我这么牛，肯定能干好，放心吧。"边南也打了个响指。

上回老爸跟他说完之后，家里的人就没再讨论过实习的事儿，边南松了口气。虽然他对网球没什么兴趣，但也憋着劲儿想做好。

邱奕对这片儿很熟悉，从小区出来后就拐到旁边的街上："去买点儿烧卤，这里有一家做得特别好，二宝喜欢吃。"

"多买点儿，中午我上你家吃。"边南说。

"这种废话以后就不用特地说出来了。"邱奕笑了笑。

烧卤店的东西好不好吃边南不知道，但生意的确好，大冷天的排队的人都有几十个，排了快半小时才轮到他俩，边南都担心东西让前面的人买光了。

"想吃什么？"邱奕问他。

"跟二宝吃一样的就行。"边南说。

邱奕买了很多，他俩一人拎了一袋往地铁站走的时候，边南莫名其妙地就有种挺幸福的感觉。

回到邱奕家，两人刚进门，邱彦就一边打着喷嚏一边跑了过来："大虎子！"

"哎，这小鼻音真让人心疼。"边南抱住他，"鼻子都擤红了，怎么会感冒的？"

"我前后座的人都感冒啦,"邱彦揉了揉鼻子,"就过给我了。"

　　"吃药了没?"边南问。

　　"吃了。"邱彦边点头边从兜里掏出个口罩戴上了。

　　"干吗啊?"边南笑了,邱彦一戴口罩,脸上就剩下一对大眼睛了。

　　"怕过给你啊,我在屋里都戴着呢,怕过给爸爸了。"邱彦说。

　　"那你跟你哥睡觉的时候也戴着吗?"边南逗他。

　　"没戴,喘不上气。"邱彦顿时愣了,过了一会儿垂下眼皮,声音很郁闷,"怎么办啊?会不会过给哥哥?"

　　"哎,哎,我逗你呢,要感冒你哥早感冒了。"边南赶紧拍了拍他,"他身体好着呢,这个他不怕,我也不怕,来亲一下。"

　　边南拉开邱彦的口罩,在他的鼻子上很响地亲了一口。

　　这家的烧卤味道的确不错,看得出邱彦对这家烧卤是真爱,感冒鼻子都闻不着味儿,他也埋头吃了很多,最后吃完饭了还拿了个鸡翅意犹未尽地啃着。

　　下雪过后天就一直冷得很,邱爸爸有些咳嗽,吃完饭跟他们随便聊了几句就回屋待着看电视去了。

　　邱奕家装了暖气片,还挺暖和,但邱爸爸进屋之后,邱奕又拿了个电暖器进去放在邱爸爸的腿边打开了烤着。

　　"不热吗?"边南小声问邱奕。

　　"我爸就得这样,身体不好,冬天一冷毛病就多。"邱奕说。

　　"哥哥,我也看电视行吗?"邱彦因为放假,中午不愿意睡觉。

　　"不能去爸爸的屋看。"邱奕说。

　　"我就在客厅看。"邱彦躺到沙发上。

　　"看吧,"邱奕帮他把电视打开了,又看了边南一眼,"你要睡会儿吗?上午是不是挺累的?"

　　"哦。"边南应了一声进了屋。

　　过了几分钟,邱奕也进了屋,回手刚把门关上,边南就蹦起来拿起枕巾往他那边一抽,发出啪的一声:"吃我一剑!"

"哎!"邱奕往边上躲了躲,"你不是睡了吗?"

"睡不着。"边南躺回床上。

"吓我一跳,睡不着就出这动静啊。"邱奕笑了,"我以为你要打架呢。"

"我就想活动活动。"边南挥了挥胳膊。

"要不来打一架吧,咱俩还没好好干过架吧?"邱奕偏过头看着他,嘴角带着笑。

"来!"边南跳下床,扑过去,"相扑!"

邱奕往后靠到墙上,伸出胳膊迎战,两人扭成一团,邱奕笑得不行:"你这体格跟相扑差点儿……"

"那改散打。"一交手边南才发现邱奕的劲儿挺大的,如果照以前的关系,他俩一对一正面冲突还不一定谁能占上风。

两人正跟套路表演似的打闹着,邱彦突然在客厅里喊了一句:"哥哥,爸爸叫你!"

边南还没反应过来,邱奕突然推开了他,扯了扯衣服:"就来!"

"哎!"边南也整了整衣服,"轻点儿!吓我一跳,差点儿闪着我的腰。"

邱奕笑着拉开门走了出去。

邱爸爸是要上厕所,大概是穿得有点儿多行动不便,让邱奕过去帮忙。边南等了一会儿,正琢磨着要不要也过去帮忙的时候,邱奕回了屋。

"弄好了?"边南问。

"嗯。"邱奕笑了笑,"衣服被轮椅钩着了,要不平时他自己就能上了。"

边南向后躺到了床上:"我眯会儿,下午是还有两个学生吗?"

"嗯。"邱奕笑了笑,"你……"

"哦对了,衣服。"边南又坐起来,把身上的衣服脱了,再躺回床上拉过被子盖上了,"你走的时候我要没醒一定叫醒我,你要敢自己去了不叫我,当心我抽你。"

"好。"邱奕说。

不知道边南是不是真的很困,闭上眼睛就没再说话,也没动。

邱奕在床边站了二十分钟，听到他慢慢放缓了的呼吸，见他的确是睡着之后，才活动了一下腿，拿了烟盒走出房间。

邱彦还是没忍住跑到了老爸的屋里，戴着口罩离老爸两米远的地方待着，两人不知道在看什么电视，笑得挺欢。

邱彦的笑声脆脆的很有感染力，邱奕听着都忍不住勾起嘴角想一块儿乐了。

院子里风不小，他点了烟之后就拿了椅子坐到了墙根儿下边儿。

离过年一天天近了，他感觉压力越来越大，琢磨着手上那些钱该怎么安排才比较合理。

"哥哥。"不知道邱彦什么时候跑到了院子里，正拧着眉毛看着他，很小声地说，"你又抽烟。"

"你要上厕所？"邱奕叼着烟看着他。

"嗯。"邱彦跑到他跟前儿，"别抽啦。"

"你去上厕所，你上完了出来我就掐了。"邱奕说。

"你心情不好啊？"邱彦边往厕所跑边问了一句。

"嗯？"邱奕愣了愣，倒没有心情不好，但心里有点儿事就能明显到小学生都能看出来了？

"平时我叫你不要抽烟，你都会马上扔掉啦。"邱彦跑进了厕所。

邱奕看了看手里的烟，笑着把烟掐了，扔进了垃圾箱里。

邱彦上完厕所又跑回了老爸屋里，邱奕跟了进去："你要是困了就在爸爸的床上睡会儿。"

"哦。"邱彦虽然不愿意睡觉，但显然生物钟没配合，他脱了衣服趴到了床上。

"下午大虎子还跟你去上课？"老爸把电视声音调小了，问了一句。

"嗯，他反正没别的事儿。"邱奕说。

"他是不是也想给人家补课啊？"老爸想了想道，"要不你给他介绍个学生呗。"

"得了吧，你看他像是平时能考试及格的人吗？"邱奕笑着说。

老爸想了想笑了起来："不太像，不过他挺聪明的。"

"没用到正地方呗。"邱奕把老爸腿上的毯子整了整，"人一旦有退路，无论是愿意还是不愿意接受的退路，就不会用全力了，他从小到大估计就没想过这些事儿吧。"

"你没退路吗？"老爸斜眼看着他。

"往哪儿退，往你这儿吗？"邱奕笑了，"然后一块儿饿死。"

"哎呀！"老爸往他的脑门儿上弹了一下，咳嗽了几声，"你挤对你爸还是一点儿不留情啊。"

"你这阵子晚上是不是睡得挺晚的？"邱奕说，"老咳嗽，现在天气冷，你别让我担心。"

"嗯，知道了，我注意。"老爸点了点头。

跟老爸又聊了几句，邱奕听到客厅里边南的手机在响。

估计边南睡成那样听不见，邱奕犹豫了一下，到客厅里拿起边南的包，探头到屋里："边南，你的手机在响。"

边南半张脸都捂在被子里一动不动。

邱奕等了一小会儿，手机还在响，他只得从包里把手机掏了出来。

苗苗。

邱奕感觉这名字有点儿熟。

苗苗？

把手机放回包里之后他想起来了，那天烧烤的时候许蕊提过这个名字。

边南的旧手机电话本里存的那些电话号码，邱奕都还记得，姑娘的名字基本全是代号，没一个正经名字，这还是头一回看到不仅是名字，似乎还是昵称的。

邱奕进了屋，坐到床边。手机在桌上轻轻嘀了一声，是下午补课的事件提醒，邱奕动了动，伸手拿过手机看了看。

"边南，"他抬腿往床上伸过去，隔着被子踢了踢边南，"起床了。"

边南没动，邱奕又踢了几下，边南才有些不耐烦地哼哼着翻了个身，又不动了。

邱奕站起来，凑到他耳边说了一句："我走了啊。"

"哎？"边南迷迷糊糊地应了一声，睁开了眼睛，嘟囔道，"信不信老子抽你。"

"十五分钟内出门不会迟到。"邱奕把手机凑到他鼻子前，"起吧。"

"嗯。"边南起床还算干脆，说起就直接一掀被子坐起来，两分钟之内就全收拾好了，看了邱奕一眼，"你没睡会儿啊？"

"没有，我不困。"邱奕走出屋子，"刚才有人给你打电话。"

"谁啊？"边南小步蹦着跟出来，随手扯了邱奕的毛巾跑院子里洗脸去了，边洗边抽着凉气，"嘶……真冻……"

"我看了一下，名字是苗苗。"邱奕说，"厨房有热水啊。"

"不用，这回醒了。"边南关了水，一甩头挑了挑眉毛，"帅吗？"

"好帅哦。"邱奕捏着嗓子说。

"傻子。"边南冲着他乐了半天。

两人往公交车站走的时候，边南拿出手机，给苗源回了个电话："我中午睡觉呢，找我有事儿？"

"妈呀！"那边是苗源惊喜的声音，带着几分不好意思，"男神还能给我回电话，太意外了！"

"要不你先吃点儿药吧。"边南说。

"其实我没什么事儿，就……你受伤之后我也一直没慰问过你嘛，打个电话慰问一下。"苗源笑着说。

"早没事儿了，现在才慰问是不是有点儿晚啊？"边南笑了笑。

"哎，我这不是不好意思嘛，再说前面不得一大堆同学朋友的慰问你啊，怕你应付不过来，我就往后排一排吧。"听声音苗源是有些不好意思的，但还挺能说。

"谢谢啊。"边南觉得这姑娘挺有意思。

"嘿，客气什么啊，又没送你慰问品。"苗源笑了起来，"你是不是在外面呢？我不耽误你的时间了，下回有机会再聊哈。"

"好。"边南笑着挂掉了电话。

公交车来了，两人挤上了车，依旧没座位，他俩挤在后门旁边。

"苗苗是谁啊？"邱奕问了一句。

"许蕊的小姐妹。"边南说，"叫苗源，你见过的，就上回你跟边馨语吃饭的时候……"

"没细看。"邱奕看了他一眼，"那次我连你都没怎么看。"

边南喷了一声，一想到那段煎熬的日子就觉得不堪回首，"反正就那个女孩儿。"

"叫苗源啊。"邱奕笑了笑，"小名儿叫苗苗？"

"不知道，反正大家都管她叫苗苗，她说苗源听着跟男的似的……"边南说了一半停下了，扭过脸盯着邱奕，"哎，大宝。"

"嗯？"邱奕看着窗外。

边南嘴角慢慢露出了笑意，压低声音逗了一句："要不要给你介绍？"

"不用。"邱奕还是看着窗外，"你没看上的推给我啊？"

"你这人。"边南乐了，指着他。

"不要，"邱奕转过来看着他，"特别真诚，看我真诚的眼神。"

"是，是，是，特别真诚。"边南笑着说。

邱奕还真记不清苗苗长什么样了，要有机会见面再好好看看吧，不算那些因为不记得名字被随便编了代号的姑娘，边南的手机联系人里用昵称的除了大宝、小卷毛就只有苗苗了。

下午补课的是两个小姑娘，住在两个挨着的小区，所以邱奕把她俩安排在同一天里，这边补完了走十分钟就能到另一家了。

跟上午那家不同，小姑娘的父母都在家，听说边南也是准备要给人补课的，很热情地拿出水果和点心招待他坐下。

然后接下来边南就难受了，小姑娘的父母对女儿的学习太紧张，补个课都要盯着，于是两个小时的补课时间里，都是边南加小姑娘的父母三人围坐在小姑娘和邱奕身边。

边南坐在那儿跟坐在碎玻璃碴儿上一样痛苦，只能专心地盯着邱奕。

让他意外的是邱奕相当放松，给小姑娘讲课的状态跟上午没什么区别，边南非常佩服，要换了他，被人家的爹妈这么一边一个地盯两个小时，估计舌头都捋不直了。

第二家的小姑娘也差不多，热情的妈妈每十分钟出现一次，端茶送水的，每次都要往邱奕脸上盯一会儿，边南在一边儿像坐着玻璃碴儿，保持着脸上的微笑，生怕人家觉得他不是好人。

补完课走出小区的时候边南狠狠地挥着胳膊活动了一下："太受罪了，你怎么没跟我说这两家是这样的？"

"小姑娘嘛，人家的父母紧张点儿不是很正常吗？"邱奕拍了拍他的背。

"干吗，怕你教坏小姑娘啊？"边南愣了愣，接着就笑了起来，"不过你这种性格和长相还真是挺吸引小姑娘的！"

邱奕笑着往两边看了看，没说话。

"可惜了啊。"边南啧了一声，"这么一个大好的帅哥。"

"缺心眼儿。"邱奕乐了。

"唉，"边南伸了个懒腰，"我的腰都僵了！"

元旦三天假边南一次没落地跟着邱奕参加了所有的补课活动，三天下来，感觉比平时上课还痛苦，听着邱奕耐心地一遍遍给学生讲题，然后晚上还得赶着去饭店上班，边南都不知道是心疼还是佩服。以前没有直观感受过，现在他才算体会了一次邱奕忙碌的生活。

自己跟他对比一下，过得简直无比腐败。

年前邱奕一直挺忙，要考试，还有个什么证也要考，他俩见面的时间少了不少，见面大多也是在"好无聊"，邱奕一边看书一边跟他聊天儿。

聊着聊着边南就睡着了，等醒了的时候邱奕还在看书。

"我怎么这么闲呢？"边南皱了皱眉，"你说我要不要也找个地儿打工？"

"马上过年了打什么工。"邱奕喝了口咖啡，"你要真觉得闲，我给你指条明路。"

"指。"边南坐起来。

"你跟你们教练说说,让他先带你去展飞转转,就说你现在有时间就可以去帮忙了。"邱奕说,"寒假也可以去看看。"

"嗯?我还没开始实习呢。"边南愣了愣。

"你是不是打算去那儿实习啊?"邱奕笑了笑。

"是啊,我还想能留下呢。"边南说。

"那就先表现表现呗,熟悉一下环境,看看你是跟哪个教练,积极点儿给人留个好印象总没错,到时又不是只有你一个实习生,对不对?反正你闲着也是闲着。"

"有道理。"边南想了想,"有道理,我下午就跟老蒋说说。"

"嗯,要想干就好好干,展飞不知多少人想去呢,你就多用点儿心。"邱奕把书收拾好,"你要在那儿待不住,就得去跟着边皓了。"

"哎,我不去。"边南啧了一声。

"那你现在就没退路了,必须干好。"邱奕说。

"嗯。"边南点了点头,想想又凑到邱奕身边,"哎,大宝,我感觉你跟我爸似的,我爸都没跟我说过这些。"

"那叫一声呗。"邱奕乐了。

"美的你!"边南瞪了他一眼。

边南找老蒋说这事儿的时候,老蒋挺意外,上上下下地打量着他:"太阳打西南边儿出来的吧?边南居然会主动提这样的要求?"

"男大十八变嘛。"边南嘿嘿笑了两声。

"行,我跟人说说,过两天先带你过去玩玩。"老蒋拍了拍他的肩,"我跟你爸通过电话,他不看好你去展飞,你是不是跟他较劲儿呢?"

"不是。"边南抓了抓头,"这是我自己的事儿不是吗?就想做好。"

"突然这么成熟有点儿不适应。"老蒋笑着说,"等我的电话吧。"

老蒋虽然训练的时候十分严格,但对他们这帮学生还是很上心的,没两天就替边南联系好了,周末带他过去转转。

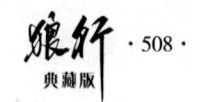

"一会儿我就跟老蒋过去了,我怎么有点儿紧张啊?我这辈子活到现在十几年都没怎么紧张过。"边南等老蒋的时候给邱奕打了个电话,"怎么去个俱乐部转转会紧张?"

"大概是你这辈子到现在都没干过正事儿。"邱奕说。

"滚。"边南骂了一句,"你都不安慰一下我吗?"

邱奕乐了:"安慰什么啊?都不知道你紧张什么。你知道吗,你这人,不用说话,穿着运动服,一拿上拍子,整个人就不一样了,特有范儿。"

"是吗?"边南笑了,"那我就放心了,就怕到时碰不到拍子。"

"唉!"邱奕叹了口气,"你是不是系鞋带的时候把智商落鞋上了啊?我就是说你往那种气氛里一站,不用说话都很像那么回事儿了……"

"懂了,懂了。"边南啧了一声,"邱大宝你真损。"

"去吧,完事儿了给我打电话。"邱奕说。

"好。"边南提高声音给自己打了打气,"看我的厉害!"

邱奕在那边笑了好半天。

老蒋开着车带着边南去了展飞,一路交代了他不少要注意的事儿。这教练姓石,是老蒋的哥们儿,以前打比赛的时候成绩特别好,后来因为肩受了伤才退了当教练的,让边南跟着他少说话多干活就行,他让边南往东就往东,让边南往西就往西,西南西北都不行……

边南看着车窗外,越听心里越没底了,忍不住打断了老蒋的话:"您别说了,您就说您可怕还是他可怕吧。"

老蒋皱着眉想了半天:"他比我还是温柔点儿的。"

"那就行。"边南打了个响指,"在您这儿我都扛住了,他那儿不会有问题。"

车刚到俱乐部门口的时候,老蒋就指了指门口站着的两个人:"就是他了。"

边南下车之后看了看,面前有两个人,一个穿着套运动服,一个穿着牛仔裤,应该是穿运动服那个。

"人我带来了。"老蒋过去跟穿运动服的人打了个招呼。

"石教练。"边南很规矩地问了个好,穿运动服的人看了他一眼,点了点头。

这个石教练看着三十来岁,脸上有点儿冷,对老蒋笑完转过脸看边南的时候笑容就没了。

"我晚上忙完了给你打电话吧。"石教练跟身边的人说。

"行。"那人转过身正要走,往边南这边看了一眼停下了脚步:"边南啊?"

边南愣了愣,看了好几眼才认出这人是谁。

他挺吃惊,张了张嘴还没说话,这人又转头看着石教练,指了指边南:"这是你等的实习生啊?"

"嗯。"石教练看了边南一眼,"你俩认识?"

"算……认识吧。"边南回过神来点了点头,尽管他费了点劲儿才认出这是"好无聊"咖啡店的老板,但跟邱奕经常去那儿待着,也能算是认识了,只是对老板知道他的名字有些意外。

"这是我侄子。"老板边说边挥了挥手,往台阶下走去,"你照应着点儿吧。"

石教练没说话,转身进了训练馆。

边南看不明白石教练和老板的关系到底是好是坏,于是也没敢多说话,跟着老蒋走了进去。

展飞的场地很大,比体校的球场要高档得多,边南看着在球场里挥着球拍的人,莫名其妙地有点儿手痒,想跟着上去打几拍。

石教练把老蒋和边南带到了后面的办公室里,老蒋把边南的情况介绍了一下之后,跟石教练又闲扯了几句,然后拍了拍边南的肩:"那你就跟着石教练吧,我回去了。"

"哦。"边南应了一声。

看着老蒋离开的背影,他有点儿想扑上去喊一声大哥你把我带走吧……石教练那张看着比老蒋严肃不知道多少倍的脸让他觉得压力巨大。

"我先带你转转吧,"石教练看了看表,"先熟悉一下环境。"

"好的。"边南点了点头,"麻烦您了。"

"没事儿。"石教练带着他出了办公室,"你现在也不是正式实习,不用太紧张。"

"我……"边南有点儿不好意思,抓了抓头,"是有点儿紧张。"

"你们蒋教练说你脸皮挺厚的,"石教练回头看了边南一眼,"还会紧张啊?"

"得看……环境。"边南对老蒋会这么跟人介绍自己有点儿无语,"我现在脸皮挺薄的,熟悉了之后大概能厚点儿……"

"这边是私人场地,会员专用,有一对一的教练。"石教练指了指办公室外面的几个场子,"你跟杨旭很熟吗?"

石教练的话题转得太快,边南还在消化前一句,半天才反应过来后一句跟前一句没什么联系:"杨旭?杨旭是谁?"

"你……叔。"石教练看了他一眼,带着他穿过走廊,指着另一边的场地,"这边场地比较多,都是公开的,也有固定的训练班。"

"哦。"边南被石教练这种每句话带俩内容的说话方式弄得有点儿晕,"我叔?"

"你实习的时候不直接跟着我,我会安排教练带你,主要是负责在这边的训练班,工作比较累,不过想学东西就别怕累。"石教练说,"'好无聊'的老板叫杨旭。"

"啊……嗯。"边南都不知道该怎么搭话了,不过还是到这会儿才知道"好无聊"的老板叫杨旭,他一直默认老板叫无聊,"我经常去他那儿喝咖啡。"

"我就知道,他逮谁都说是他侄子。"石教练挺鄙视地说了一句,这回好歹没再俩话题混着说了。

"石哥,"有人经过,跟石教练打了个招呼,"今天没课啊?"

"晚点儿的,带实习生先转转。"石教练笑了笑。

"哟,"那人停下了脚步,看了边南一眼,"亲自带着转啊,规格挺高啊。"

边南冲那人笑了笑,看来石教练平时不会带着实习生熟悉环境,这面子不知道是给老蒋的还是杨旭的。

"打算安排给顾玮的,他没在,我就先带着转了。"石教练说完带着边南走到了场地边儿上,"顾玮负责两个训练班,挺忙的,正好前段时间走了个助理,你顶上先干着。"

"嗯。"边南看着场地里正训练的人,不少人动作什么的还挺专业,看着是练不短时间了。

"你今天就自己转转,一会儿我拿点儿资料给你先看看。"石教练说,"明天周末,你有空都过来吧,具体要做什么顾玮会跟你说。平时你有空就过来,没时间就周末来吧,周末人多,你来帮着点儿也算熟悉工作了。"

"好的。"边南点了点头,一不小心周末就这么没了。虽然他周末也没什么事儿干,但突然没了还有点儿舍不得。

石教练又带着他把所有的场地和办公室转了一圈儿,然后回办公室拿了资料给他:"实习生一般都会被安排到分部去,老蒋说你专业素质不错,脸皮还厚,所以我就让你在总部这边儿了,好好珍惜机会。"

"谢谢石教练。"边南赶紧接过资料,脸皮厚到底算个什么优点,跟实习又有什么关系?他实在有点儿想不明白,不过展飞的几个分部都在城郊,要让他去分部还真的挺难跑的,于是他又补了一句,"谢谢。"

"叫石哥吧,石教练太正式了,听着有点儿不习惯。"石教练说,又拿出一张名片递给他,"有什么问题可以给我打电话。"

"好的,石哥。"边南接过名片看了看,名片印得很简单:展飞网球俱乐部,石江。

基本的事项都交代完之后,边南出了石江的办公室,溜达到了网球场边儿上,找了张长凳坐下,翻开资料开始看。

资料都是关于展飞的介绍、历史、成绩、业务范围之类的,没看两行边南就有点儿犯困,这么些年他连课本上的字都没怎么认真看过。

他摸出手机看了看时间,这会儿邱奕应该下课了,他把电话打了过去。

"怎么样?"邱奕接电话接得很快。

"哎,我这边儿还没响呢你就接了。"边南一听到邱奕的声音,心里一阵踏实,"是不是玩手机呢?"

"正在给你发短信呢。"邱奕笑了笑,"你这是在干活呢还是已经完事儿了?"

"今天没什么事儿,就是熟悉一下,周末我得过来,给安排了个助理先干着……哎,跟你说个事儿,你猜我今天过来碰上谁了?"

"边皓。"邱奕想也没想就说。

"你烦不烦!"边南乐了,"要真是他,我得郁闷死,我跟你说,碰上'好无聊'的那个无聊老板了。"

"他?"邱奕挺意外,"就他那个半死不活的样子是去打网球的吗?"

"这就不知道了,不过他认识石教练,就老蒋给我介绍的那个特牛的教练。"边南喷了一声,"就是不知道他俩熟不熟。"

"改天去问问不就行了?"邱奕想了想,"要是熟的话,没准儿他能帮上点儿。"

"算了吧,感觉他那人每天都跟没睡醒似的靠不住。"边南笑了笑,"今儿还跟人家说我是他侄子,结果人家说:'你认识杨旭吗?'我连杨旭是谁都不知道……"

邱奕笑了半天:"他叫杨旭啊,不叫柳絮吗?"

"不过他居然知道我的名字,是不是挺神奇的?"边南拿着资料在腿上一下一下地拍着,看着场地里一个年轻男人正对着发球机狠狠地扣球,力量挺足,但没扣几个动作就变形了,男人还浑然不觉,潇洒地挥着胳膊。

"那我要去问问他知不知道我叫什么。"邱奕也喷了一声。

"你叫邱大宝。"边南乐了,看着还在扣球的那人浑身难受,"哎,我不跟你说了,我得去跟那哥们儿说一声,这姿势太别扭了。"

"你完事儿了给我打电话吧。"邱奕说,"今儿晚上我休息不用去饭店,你过来吃饭吧?"

"好,我要吃蛋炒饭。"边南顿时觉得心情大好。

"哎,哥们儿,"他挂了电话,又看了两分钟,站起来走到球场边喊了一声,"用上肩部力量!"

打球的那人又扣了两个球,才慢吞吞地回过头往这边看了一眼,一脸不爽地问了一句:"你是谁啊?"

这人转过脸来之后,边南才看清,这人跟他年纪差不多,留着挺傻的小胡子。

边南笑了笑:"你一开始打得挺好的,几拍下来就只用胳膊……"

"我问你是谁啊?"这人打断了他的话,又皱着眉问了一句。

"我……就路过的。"边南看出这人很不爽,于是转身打算走开得了。

"路过的你张嘴就说啊。"这人在网子上拍了一巴掌,"来,来,来,要不你给我示范两下?我看看你有多牛。"

边南回过头看着他,说实话,在体校这么些年,还从来没有人这么跟他说过话,抛开打架不错这事儿,就只说网球,也没人质疑他的技术。

猛地被这么个技术动作四五拍就变形的陌生人这么拽地一说,边南挺上火的,但还是压了压情绪,没搭话,拿了资料准备走开。

"跑什么啊,没本事就别瞎指挥人。"那人在身后追了一句,这话说得挺大声,隔壁场子练着的几个人和教练都看了过来。

边南停下了,背对着那人站了两秒钟,把手里的资料扔回了椅子上,转身走到网子边上:"怎么示范?"

"我怎么打的你怎么打呗,不敢?"那人指了指发球机,一脸不屑。

边南没说话,绕到旁边走进了场子:"拍子我用一用。"

那人把拍子扔给了他,边南接过拍子,拿在手里转了转,拍子不错,不过这人的技术跟拍子不在一个档次上。

他站到场地中间,那人打开了发球机,一个球斜着往这边半场飞了过来。

是正手,这是边南的强项,他退了两步,身体向后一仰,跳起来挥拍把球打了回去。

靠在网边的那小子抱着胳膊盯着边南。

第二个球角度有点儿刁,反手,角度很大。

边南在跨步过去的同时看到了那人脚边放着的一个空饮料罐子,在这一瞬间找到了掩饰自己反手弱点的方法。

他用一拍力度并不强的反手削球，准确地击中了那个罐子。

罐子弹了一下，旋转着弹进了场地里。

接下来的六个发球，边南有三次把球回到了罐子上，罐子在场地里丁零当啷地被砸扁了。

一眼扫到那人挺难看的脸色，再看到场地外面站着的几个不知道是学员还是教练的人，边南突然从嘚瑟中回过神来，感觉自己似乎嘚瑟过头了。

于是他停了手，把拍子递回给那个人。

"新来的实习生？"那人睐了一下眼睛。

"是。"边南有点儿不踏实，点了点头就快步走出了场地。

"你还没说我的技术问题呢。"那人在身后说。

边南回过头，那人脸上没什么表情，也不知道这句话是在挑衅还是真的在问，犹豫了两秒钟之后，边南还是回答了："你的力量挺好的，就是几拍过后没用肩背力量了。"

"受教了。"那人冷笑了一下。

边南没说话，低头从看热闹的几个人中间穿过，往椅子那边走过去。

他觉得自己今天这事儿干得有点儿傻了。

伸手刚要拿资料闪人的时候，边南看到了站在椅子后面的花坛旁边的石江。

"石教练，我……手痒痒就……"边南顿时有些尴尬，刚才那幕没准儿已经被石江看到了，不知道会给人留下什么印象。

"打得挺狡猾。"石江说，"反手力量明显不如正手啊。"

"嗯，我们蒋教练每次训练都得念叨我半天。"边南有些不好意思地抓了抓头。老蒋说过，石江之前打网球的成绩很好，受了伤才没再继续的，自己那点儿小伎俩估计一眼就被看穿了。

"为什么不继续打球了？"石江问。

这个问题边南有点儿不知道该怎么回答，感觉跟面试似的。他盯着手里的资料看了好一会儿才说："兴趣不够，觉得打下去也出不了好成绩了。"

"哦。"石江应了一声，没说别的，"资料你拿回去看吧，明天过来就行。"

"好的,"边南一听说自己可以先走了,顿时松了口气,又试着问了一句,"石教练,刚才那人……是训练班的吗?"

"那个啊,"石江往场地那边看了一眼,"那是罗总家的二公子。"

"我觉得我完了。"边南在胡同口碰到正在等他的邱奕时,有些郁闷地说。

"怎么了?"邱奕递给他一根棒棒糖。

"哪儿来的啊?"边南看了看,草莓味儿的,把棒棒糖放到嘴里叼着。

"给你和二宝准备的。"邱奕看着他,"我有空在这儿等二宝的时候都给他准备一点儿小零食什么的。"

边南乐了:"怎么总把我和二宝放在一个层次对待啊?"

"你俩差不多,二宝在学校碰上什么事儿回来就跟我说'哥哥我完了'。"邱奕笑着说,"你这实习才几个小时呢,回来也喊完了。"

"滚!"边南推了他一把,把嘴里的棒棒糖咬得咔咔响,"我今儿真的可能完了,我跟个傻子似的跟人嘚瑟球技呢,结果你知道那人是谁吗?"

邱奕笑了笑:"是谁都没事儿啊,你不是助理吗?帮着教学不是很正常吗?"

"问题是我还没开始呢,人家也不是跟着安排带我的那个教练的。"边南皱着眉,"人家就不是学员,是展飞的老总的儿子。"

"哎哟!"邱奕笑了起来,"你怎么嘚瑟的?"

边南挺郁闷地把自己潇洒地打罐子的事儿简单说了:"石江也看见了,会不会对我的印象不好啊?"

"没什么可担心的。"邱奕想了想,说,"你顶多是方式有点儿问题,也没什么别的毛病,石江不也没说什么吗?"

"我就是有点儿不踏实,刚去第一天……"边南皱着眉。

"问题不大,别不踏实。"邱奕搂了搂他的肩,推着他往胡同里走,"不过你这总压不住情绪的毛病得改改,要不以后没准儿还会吃亏。"

"嗯。"边南闷着声音道。

"给你做蛋炒饭。"邱奕说,"吃完就没事儿了。"

"你逗小孩儿吗?"边南笑了,其实邱奕也没说什么,但就这么几句话让他心里舒坦了不少。

回到家,邱奕就进厨房忙去了,边南进了屋。

邱彦因为马上期末考了,在屋里一本正经地复习,感冒还没好,一边吸着鼻子一边埋头写作业。边南也没吵他,回到客厅跟邱爸爸聊天儿。

"叔,您这几天总咳嗽。"边南给邱爸爸倒了杯热水,"是不是晚上踢被子着凉了啊?"

"我想踢被子可不容易,我只能是掀被子。"邱爸爸乐了,慢慢喝了口水。

"哎!"边南有点儿不好意思,"我说顺嘴了。"

"都差不多嘛。"邱爸爸拍了拍他,"听邱奕说,你过年想上我家蹭饭?"

"让吗?"边南笑着凑到邱爸爸身边,"我家太没意思了,我过来蹭个饭,顺便帮忙干活。"

"想来就来呗,反正我家过年就仨人,你来了还能热闹点儿。"邱爸爸喝着水,"你不是三十过来吧?"

"不,我二十在家,后面我来蹭。"边南嘿嘿笑了两声。

"这还成,三十还是得在家陪陪父母,要不你爸多难受。"邱爸爸咳嗽着说。

"我家吧,主要是……气氛有点儿那什么。"边南在他背上轻轻拍着,"我就喜欢您家这样的,轻松。"

"现在这儿跟你的第二个家也差不多了。"邱爸爸笑着说,"见天儿地上我家报到来,我跟多了个儿子似的。"

"这不是挺好吗?"边南拉了张凳子坐到旁边,邱爸爸这话让他心里有种微妙的愉悦感,就像他和邱奕的关系猛一下拉近了很多,有点儿暖洋洋的,脑子里闪过对今后莫名其妙的某种期待,他忍不住往邱爸爸身边凑了凑,"要不我认您做干爹吧?"

邱爸爸愣了愣,接着就笑了起来,在他肩上拍了好几下,正要说话的时候，门外传来邱奕的声音："边南，来帮我打蛋。"

边南乐滋滋地跟着邱奕跑进了厨房，刚要伸手拿碗打蛋的时候，发现蛋都已经打好了。

"这不是打好了吗？"边南有些茫然地看着邱奕。

邱奕没说话，把锅里提前煮好放凉了的饭舀松。

"怎么了啊？"边南看着他的动作。

"边南，"邱奕停下手里的动作，想了想才转过头看着他，"跟我爸弄什么干爹干儿子的没问题，但你也……"

"啊？也什么？"边南这回是真迷茫了。

"你有跟我爸这么亲热的工夫，"邱奕叹了口气，"为什么不试着跟你爸沟通一下？"

"唉！"边南皱着眉，"你这是什么意思啊？挺开心的时候你说这些。"

邱奕没再出声，埋头把饭从锅里都舀了出来。

边南站在他身后愣了半天，最后轻声说："我跟我爸……都十来年了也就这样，不知道为什么，我往他跟前儿一站，就不知道该说什么了。"

邱奕没再说话，只是低头把锅放到了灶上，盯着锅，热了之后把油倒了进去。

"今儿这个蛋为什么蛋黄、蛋清分开啊？"边南在他身后靠着墙问了一句。

"这么炒出来蛋嫩，也漂亮。"邱奕说。

"哦。"边南应了一声，"多费事儿啊。"

"平时就不分了，今儿不是你为实习第一天还郁闷了吗？"邱奕把蛋清倒进锅里翻炒着，"给你弄好点儿。"

边南心里一暖，但沉默了一会儿还是闷着声音开了口："我其实见着你心情就挺好的了……不过现在被你败了心情，一个蛋炒饭收拾不回来了。"

"我怎么败了？"邱奕回头看了他一眼，"我就提醒你一下，没别的意思。"

"还需要别的意思吗？"边南觉得心里挺堵的，又不知道该怎么疏通，

真想找个皮撅子往里通一通,"这一个意思就够我堵一阵子的了,你知道我家的情况吗你就提醒?"

邱奕没说话,很熟练地把蛋清炒好了,再把拌好了蛋黄的饭倒进锅里,又炒了一会儿才说了一句:"你爸对你……"

"他对我不差,因为他对我有愧,但他对阿姨和边皓、边馨语都有愧,连带着对我亲妈也有愧。"边南啧了一声,"你体会过那种感觉吗?我的存在就是让人硌硬的,你觉得我还该做什么啊?我能做的不就是躲着点儿吗?"

"你就是什么都躲。"邱奕扒拉着锅里的饭。

边南突然有点儿烦躁,邱奕平静的话让他很不舒服,他往旁边的碗橱上拍了一巴掌:"没错,我就是躲,你不也一样吗?你觉得自己把什么都压着、埋着、扛着就行了啊?"

邱奕没理他,闷头炒着饭,按部就班地加着作料。

"邱奕,我挺佩服你的。"边南补了一句,转身往厨房门口走了过去,出去之前又停下脚步,"但现在我做不到你能做到的那些,我从小缩着、躲着习惯了。"

边南走开之后,邱奕把火关小了,拿着铲子对着锅发了挺长时间的愣。

这是边南第一次这样冲他发火,估计是最近家里和工作都让边南有压力,对一个从小到大就什么都不愿意多想、得过且过的人来说,本来就挺烦的,再被自己这么一说,可不得爆发吗?

邱奕轻轻叹了口气,感觉今天自己可能有点儿急了。

他按边南的口味把蛋炒饭做好了,把另一个高压锅里已经煮好的排骨汤盛进了电火锅里,一会儿可以热着吃。

他正要叫边南过来端菜的时候,邱彦跑进了厨房,有些兴奋地喊:"哥哥,做好了吗?"

"好了,你把炒饭端过去吧。"邱奕摸了摸他的脑袋,"作业写完了?"

"早写完了,"邱彦端起两盘炒饭,"我是在复习呢。"

"真厉害,都会复习了啊。"邱奕笑了笑,端着锅跟在他身后。

两人进屋的时候，边南从屋里出来了，看了邱奕一眼，没说话，直接去厨房了。

端菜、拿碗筷，边南进进出出地跑了好几趟，始终没跟邱奕说过话。

邱彦因为有美味蛋炒饭，加上"复习"这个技能带来的成就感，吃饭的时候一直挺兴奋，话很多，一会儿跟爸爸说，一会儿又很得意地跟边南显摆，一顿饭净听他说话了。

边南话少了不少，跟邱爸爸聊了会儿今天去实习的事儿，又配合着邱彦聊着，基本没太跟邱奕说话，蛋炒饭也没有得到他平时会有的热烈反响。

吃完饭边南烧了点儿热水，帮着邱彦把碗洗了。

在邱彦和邱爸爸还在客厅热火朝天地聊天儿的时候，他进了里屋，站在门里看着邱奕。

邱奕犹豫了一下，站起来也进了屋。

"我先回学校了。"边南打开自己的包翻了翻石江给的资料，"这一大堆资料得看呢，明天还得去，带我的教练明天上班。"

"行吧。"邱奕看着他，"明天记着先别管闲事儿了，多看看别的助理是怎么干的。"

"嗯。"边南把包拉好，甩到背上背着，想了想又在椅子上坐下了，"邱奕。"

"怎么？"邱奕在他对面坐下。

"吃饭的时候我想了想，我之前的态度可能是有点儿冲动了。"边南看着他，"但是吧……我自己想想吧。"

邱奕靠到了椅背上，没有出声。

"我其实挺愿意听听你的意见，我这人不爱想事儿，想也想不明白。"边南说得有些艰难，"但是我也不是不能去试试……我还有句废话。"

邱奕抬起头看着他。

边南咬了咬嘴唇："我刚才话说得冲，但也就那个意思，你别光说我，想想你自己，你已经够累的了，有些事儿为什么不放开点儿……"

"我爸一直觉得对不起我。"邱奕压低声音开了口，"他觉得家里所有的事儿他都帮不上忙，都压在我身上了，觉得他是我的拖累，所以……因为这样，我就可以没有任何顾忌了，你是这意思吗？"

边南盯着他看了一会儿，没再继续说下去，站起来往门口走去："行吧，我知道了。"

邱奕坐着没动，听着边南在外面跟老爸说要回学校看资料先走了，再听着他跟邱彦逗了一会儿，最后听到他开门出去。

院子门打开又关上之后，邱奕长长地叹了口气，看着边南之前坐的那张椅子发呆。

边南走的时候的那个眼神让他觉得很难受，无论他的本意是什么，无论他的表达方式是否准确，边南那种失望的眼神他都看得清清楚楚。

他从烟盒里拿了根烟，走出了房间。

"上哪儿去啊？"老爸问了一句。

"外边儿待会儿。"邱奕拉开了房门。

"这么冷跑外边儿干吗？"老爸推了推轮椅，"穿件衣服。"

"没事儿。"邱奕走出去，顺手把门带上了。

太阳快落山的时候风就大了起来，到现在更是刮得起劲儿，钻过院门缝隙的北风发出尖锐的嘶鸣，听着跟吹哨子似的。

邱奕就穿了件毛衣，点着烟的工夫，身上就被风给吹透了。

他蹲在水池边，看着叶子都已经落光、只剩下枯黄藤条的葡萄架。

一根烟没滋没味地抽完了，他蹲着发了半天愣，腿都有些发麻，身上也已经冻得发僵了，才从兜里掏出手机，看了看时间。

这个时间边南应该已经到宿舍了，他拨了边南的电话号码。

听筒里的拨号音一直响到自动挂断，边南也没有接电话。

邱奕拿着手机愣了一会儿，又拨了一次号，边南依旧没接电话。

邱奕叹了口气，坐到了水池沿儿上。

边南还是头一回这样，估计是真生气了。

邱奕咬了咬嘴唇，点开了短信。

对不起。

别生我的气。

我只是……

我其实……

手冻得有些发僵了，邱奕反反复复地打上字又删掉，最后还是把内容全删了，把手机放回了兜里。

边南是在担心他，用他自己莽撞直白的方式关心。

在意自己的人才会这样，才会因为自己的一句话而生气。

他说什么似乎都解不开眼前的这个结。

邱奕抓了抓自己的头发，因这样的自己而心烦意乱。

"这玩意儿有什么可看的啊，不就是展飞历史和教练介绍吗？"万飞凑到边南身边看了看，"你都看了一晚上了，要不要这么用功啊……"

"嗯。"边南靠在椅子上，眼睛瞪着资料，应了一声。

"你这半小时都没翻页了。"万飞用手在他眼前晃了晃，"是看不进去要睡着了还是有事儿啊？"

"别烦我。"边南说。

"谁乐意烦你啊，你这样子我看着还烦呢。"万飞指了指边南。

"那一边儿待着去。"边南看了他一眼，又转回去盯着面前的资料。

"你……"万飞皱着眉对着他研究了一会儿，最后转身倒在了自己的床上，"算了，你不想揍我的时候我再跟你说话吧。"

"谢谢。"边南说。

邱奕没有再打电话来，边南瞅了一眼扔在旁边的手机，上面有三个未接来电，都是邱奕的。

他现在不想接电话，尤其不想接邱奕的电话，感觉自己要是接了，会在电话里跟邱奕吵起来。

但邱奕不再打电话过来了，边南又有点儿失落，心里更堵了。

这人居然连条短信都不发！

其实他也不知道自己到底在气什么。

他能理解邱奕。

他从来没有过这种感觉，能为别人做点儿什么，想为别人做点儿什么，也觉得也许别人需要自己做点儿什么。

但他把这事儿弄砸了。

资料他来来回回地翻了有十来遍，到宿舍熄灯他也没看明白里面到底有什么内容。

胡乱洗漱完躺到床上的时候，他只能祈祷明天石江或者那个顾玮不要跟考试似的给他来个抽查。

闭上眼睛之前，他又拿起手机看了看，依然只有三个未接来电，没有新增的未接来电，也没有短信。

边南把手机扔到床脚，把被子往脑袋上一裹，闭上了眼睛。

睡觉！

周末的展飞比平时人多了一些，不过因为展飞的训练班并不是报名交钱就能上的，所以场地上倒是不像别的网球俱乐部那么热闹。

石江没给边南具体的时间，边南九点多到石江的办公室门口时，石江也刚到。

"来得挺早啊。"石江打开了办公室的门。

"我平时五点半就得起来跑步了，今儿算很晚了。"边南嘿嘿笑了两声。

"顾玮应该已经来了，你等我一下。"石江把手里的一个袋子放到了桌上，从里面拿出一个盒子，"我一会儿带你过去……你吃早点了吗？"

"吃了。"边南点了点头，其实他没吃，早上起来一想到昨天的事儿，再看到手机上依然没有变化的三个未接来电，就什么胃口都没了。

"门口有家早点铺子不错，吃的东西挺全。"石江打开盒子，从里面拿了个饼咬了一口，"你以后要是没吃早点可以去那里吃。"

"嗯。"边南看清了他拿出来的是个老婆饼，顺嘴问了一句，"还卖老婆饼啊？"

"这个不是他家卖的。"石江说，拿起杯子喝了口水，往办公室外面走去,"走吧。"

边南看了一眼盒子,跟着他往外走:"这是……'好无聊'的老婆饼吧?"

"常客吗?"石江回过头,"连他家的老婆饼都认识。"

"算是常客吧。"边南本来因为猜对了老婆饼的出处挺得意的,但一想到"好无聊",就又不可避免地想起了邱奕,情绪顿时又回去了,"他家的老婆饼芝麻特别多,很香。"

石江把他带到了昨天他潇洒地打罐子的那个球场边上,今天罗家二少爷没在这儿玩发球机,一个教练模样的人正带着几个年轻人在场地里练球,有男有女。

"顾教练,"石江过去叫了一声,"出来一下。"

顾玮回头看了一眼,走出了球场:"石哥,这是新来的实习生?"

"嗯,边南。"石江点了点头,"不过还不是正式实习,先来熟悉一下,周末过来帮帮你的忙。"

"平时不能来?"顾玮看了看边南。

"下学期就可以来了,期末考完了也可以来。"边南说,这个顾玮看着二十七八岁的样子,圆头圆脑的,比起严肃的石江,显得十分和蔼,边南觉得放松了一些,"考完试就没什么事儿了。"

"那……行吧。"顾玮指了指球场上的几个人,"今天上午训练的就这几个人,你跟着先看看。"

边南坐在场边的椅子上,看着顾玮给那几个人上课。

示范动作的时候,边南能看出顾玮的球打得一般,如果他俩来一场比赛,他基本不会输。

不过看了一会儿边南就发现,这人能当教练不全是靠技术。

跟邱奕一样,顾玮给学员讲解的时候,表达很清楚,几句话就能把重点准确地交代明白,学员很快就能听懂……

"小边,"顾玮给几个人讲完之后,冲边南这边叫了一声,"你来给他们喂喂球,变化多一些。"

"好。"边南赶紧站起来,从自己的球包里拿出球拍,走了过去。

"这几个我带挺长时间的了,不是新手。"顾玮说,"可以打狠点儿。"

"好的。"边南点了点头,走到了场上。

对面站着的是个二十多岁的男人,看身体还挺健壮,皮肤晒得黝黑发亮,看到边南之后,很自信地喊了一声:"全力打吧,没事儿!"

"哦。"边南拿了个球,拍了两下试了试手感。他今天没活动开,感觉身上有点儿发紧。

他活动了一下胳膊腿,正要发球的时候,对面那哥们儿又喊了一句:"别紧张!是实习助教吧,放开了打!"

边南看了他一眼,把球抛向空中。

这一拍他本来没想用全力,但面对对方这么真诚的要求,他还是决定照做。

他在球落下时向后倾了倾身体,肩背同时发力,挥出一拍。

球在拍子上发出沉重的一声响,速度极快地飞向了对面场地。

对面那哥们儿追了两步,球孤单地弹出了界。

"嘿!"他喊了一声,扭头往边南这边看了一眼,"再来。"

这回他发球,边南看出这人水平跟他的自信远不在一个水平面上,于是反手把球抽了回去,角度不刁,球速也降了下来。

"你这不行啊!"那人把球接了回来,力量还不错。

边南对这种边打球还边嚷嚷的打球方式有点儿无奈,本来就不太好的心情被这人一激,继续往下落去。

他跳起来狠狠地把这人打过来的球扣了回去,都没等对方移动,球已经压着底线边缘弹了出去。

"嘿!"那人又喊了一声。

嘿了几分钟之后,坐在一边的顾玮笑着开口了:"小陈,人家是专业运动员级别的,你要老这么让人出全力,你可就真练不了了。"

"小朋友,"那个叫小陈的停下了,看着边南,半天才又说了一句,"你还是收着点儿吧。"

"好的。"边南点了点头,"我叫边南。"

"来个七八分的力。"小陈说,想了想又改口了,"先五分吧,我试试。"

边南忍不住笑了:"这也太精确了,我尽量吧。"

他按顾玮的要求陪学员练球,比在学校训练要轻松得多,几个学员也都是年轻人,性格都挺活泼的,大家交流起来还算愉快。

没多长时间边南就跟几个人都混熟了,大概是因为注意力被转移,两个小时的训练结束之后,他的心情好了不少。

"挺牛啊。"顾玮笑着带着边南往更衣室走,"把我的风头都抢了。"

"你让我抽他们的。"边南笑了笑,"我听你的啊。"

"挺好。"顾玮拍了拍他的肩,"我跟你还挺对脾气的,之前走的那个助理我每次看到他都觉得他欠我的钱了。"

"我会努力不欠你的钱的。"边南乐了。

下午还有一个小班训练,边南洗了个澡,换了衣服在更衣室里坐着,等着跟顾玮一块儿去吃饭。

顾玮洗个澡跟干工程似的半天都没洗完,边南看了看时间,习惯性地摸出手机,拨了邱奕的电话。

拨号音响了之后边南才反应过来自己这个下意识的动作,想要挂断的时候,那边邱奕已经接起了电话。

"喂?"听筒里传来邱奕有些沙哑的声音。

边南迅速挂掉了电话,又莫名其妙地有些紧张,把电话直接给关机了。

自己没头没脑地瞎替人使劲儿,两人还吵了一架,不够尴尬的。

但是……邱奕的声音听起来他似乎是感冒了?

"感冒啦,感冒喽,感冒哦……"邱彦踮着脚在厨房的小篮子里翻了一块儿生姜,一边哼哼着一边把姜洗了,放在砧板上拿起菜刀拍了几下,"感冒,感冒,感冒……"

"我感冒你怎么这么高兴?"邱奕进了厨房,拿小锅接了点儿水,扔了块红糖进去,将锅放到灶上煮着。

他想去拿过邱彦手里的菜刀时,邱彦有些着急地说:"我来弄,我来弄,我来,我来,我来。"

"行,行,行,你来、你来。"邱奕站到一边,"你弄完了该睡觉了。"

"大虎子今天为什么没过来玩啊?"邱彦把拍碎了的姜扔进锅里,拿了个勺子在里边儿来回搅着。

"他……"邱奕下意识地摸了摸兜里的手机,从中午边南打了个电话过来,听到他的声音立马直接关机之后,到现在都没再开机,"他开始实习了,周末都要上班,昨天不是说了吗?"

"哦。"邱彦低下头闷着声音说,"我忘记了。"

邱奕摸了摸他的脑袋,没有说话。

"那你明天还要去补课吗?"邱彦回过头看着他。

"要去。"邱奕揉了揉鼻子,"已经说好了,不好改时间了。"

"你传染给学生怎么办?"邱彦皱着眉说。

"哪儿那么容易传染?"邱奕笑了笑,"我离人家远点儿就行,你感冒这么些天也没过给我啊。"

"哦。"邱彦似乎有些郁闷,低头拿着勺子一直在锅里搅着,不再说话。

邱奕知道他有些失望,如果自己周末请假不去补课,就可以在家陪着他了。

不过课能补还是要补的,饭店的活能去也得去,邱奕几乎没有因为生病耽误过打工,特别是马上要过年了,他答应了老叔要还一部分钱。

还完钱,他们基本就没有积蓄了,起码得把生活费折腾出来,还有杂七杂八的费用、过年用的钱、开学邱彦的学费、老爸的医药费……

邱奕扭头冲地打了个喷嚏,然后拍了拍邱彦的肩:"好了,水开了,你去爸爸屋里睡觉,我喝了就睡了。"

"嗯。"邱彦放下勺子,回屋睡觉去了。

邱奕其实很少生病,身体一直很好,一年到头感冒都难得有一次,这次在院子里吹了半个小时的冷风就感冒了,让他有点儿没想到。

而很少生病的人一旦病了,还真有点儿来势汹汹,他现在就觉得头昏脑涨的，思维都跟呼吸似的不连贯了。

已经吃过药，没什么效果，喝完姜糖水，他觉得脑袋很沉，身上有点儿发冷。

他回到屋里的时候邱彦已经去老爸屋里睡下了，灯也关了。他轻手轻脚地从抽屉里找出体温计，进了里屋。

夹着体温计在椅子上发了二十分钟呆，他把体温计拿出来，看了一眼之后就皱着眉嘴了一声，居然还真发烧了，38.3℃。

邱奕轻轻叹了口气，从柜子里又翻了床小被子出来，脱了衣服躺到床上，把两床被子都盖在了身上。

这一夜他睡得有点儿难受，身上一直发冷，裹着被子还是觉得冷。

翻来覆去浑身难受地折腾到后半夜，他才勉强有了点儿睡意，但又开始头痛了。

"要命了。"邱奕挺了半天没扛住，掀了被子披上衣服跑到客厅里，翻了半天没有退烧药，于是拿了两片止疼药吃了。

回到床上躺下之后，身上又开始发冷，一直到天亮，他也没弄清这一夜自己到底有没有睡着。

早上的补课时间是十点到十一点半，邱奕起床的时候，邱彦已经去胡同口把早点买回来了。

"今天冷吗？"邱奕觉得脑袋跟被劈开了又重新用钉子钉上了似的，说不上来是痛还是涨还是晕。

"冷啊。"邱彦扒着窗户往外看了看，"爸爸说今天要下雪。"

"那你别出去瞎晃了，当心又感冒。"邱奕说。

"嗯。"邱彦点了点头。

邱奕进了老爸屋里，老爸已经穿好衣服，邱奕过去拿了条毛毯盖到老爸的腿上："还咳吗？"

"没怎么咳了，上回开的那个药还挺管用的。"老爸看了看邱奕，"你今天是不是得去一趟医院，脸色怎么这么难看？"

"就是鼻子堵，昨天没睡好。"邱奕把老爸从屋里推到了客厅的桌子边上,"用不着去医院,就感冒而已。"

"你这不光是感冒吧。"老爸盯着他的脸,"是不是怕花钱?"

"你甭管了,我自己有数。"邱奕坐到老爸对面,拿了个油饼咬了一口,嘴里没滋没味儿的,他喝了口豆浆把这口油饼送了下去,"你操心你自己就行,可不能再咳了。"

老爸看了他好一会儿,叹了口气:"你有什么数,你就一个小孩儿。"

"小孩儿也分种类。"邱奕笑了笑,"我就是特有数的那种。"

为了不让老爸再说什么,邱奕飞快地塞完早点,戴上口罩提前出了门。

天有点儿阴,风也刮得挺急,邱奕把外套拉链拉到头,帽子也扣得严严实实的,跑进地铁站的时候,还是觉得脸被风吹得生疼。

昨天晚上的那颗止疼片药效估计过了,现在被冷风一激,他再往地铁又闷又挤的车厢里一扎,头痛慢慢从太阳穴向脑后蔓延。

到学生家里时,邱奕只觉得自己的脑袋跟被人敲了一棍子似的弹着疼。

头痛的情况下他还戴着口罩给人上课不怎么愉快,而且本来就有些喘不上气。

学生的妈妈给他拿了颗布洛芬,他吃了之后头似乎疼得没那么厉害了,但还是闷得像被扣在咸菜缸里似的。

中午邱奕也没什么胃口,回家做饭的时候连味觉都好像被清零了,菜和汤都做咸了。

"你这样怎么行?"老爸吃完饭把筷子往桌上一摔,有些生气,"给老子看病去!"

邱奕觉得自己的反应都迟钝了,老爸扔完筷子半天,他才回过神来:"嗯。"

看来他是得去一趟医院,这样子补完课晚上在饭店估计能难受死。

犹豫了半天,他最后打了个电话给下午要补课的学生,把时间改在了明天下午。

"你就不能少补一次?"老爸看着他有些无奈。

"明天下午那家跟这家离得挺近的,来得及。"邱奕看了老爸一眼,"我下午去医院,估计打个针吃点儿药什么的明天就……"

"你到底为什么要这样?"老爸提高声音说了一句,顺手在桌上拍了一巴掌。

邱奕看着老爸没出声,把桌上的碗筷都收拾了,邱彦捧着碗去洗的时候,邱奕才说了一句:"不为什么,我就怕我在意的人过得不好。"

没等老爸说话,他转身进了里屋,把门关上了。

昨天没睡好,又昏昏沉沉地给人补了一上午课,邱奕进屋之后往床上一躺,就觉得全身酸疼发软,脑门儿往后都有点儿抽着疼。

他想出去找片安定,但又怕老爸看到了担心,于是裹着被子闭上眼睛,打算试着睡一觉。

在床上翻来翻去折腾了有半个多小时,他也没有睡着,感冒没再加重,可也没有好转的迹象,头疼也没有缓解,呼吸困难,这感觉简直太难受了。

邱奕浑身难受地在床上躺了不知道多长时间,邱彦在客厅里叫了一声:"小涛哥哥!"

邱奕愣了愣,撑着胳膊想要坐起来的时候,房门被人推开了,申涛走了进来。

"你怎么来了?"邱奕倒回枕头上,皱了皱眉。

"你爸给我打电话了。"申涛走到床边,伸手摸了摸邱奕的脑门儿,转身把他放在一边的衣服扔到了床上,"穿衣服,去医院。"

"我爸给你打电话干吗?"邱奕坐了起来,拿过衣服套上,"我都说了下午去医院了。"

"他给边南打电话了,说是关机,然后又给我打的。"申涛弯腰看了看邱奕的脸,"你这脸色……有点儿吓人啊。"

邱奕穿好衣服下了床,头有点儿晕,闭着眼睛靠在桌子上缓了缓才开口:"没事儿。"

申涛看着他似乎还想说什么,但最后只说了一句:"算了,先去医院,你烧得厉害。"

"别跟我爸说我发烧了。"邱奕说。

"嗯。"

申涛叫了辆出租车，陪着邱奕到了医院。

重感冒、发烧、炎症，没什么悬念，医生开了单子让邱奕去吊盐水。

邱奕坐在注射室里，申涛跑着缴费开药都弄完了，坐到了他身边，等着护士把针扎好之后，把手里的单子递到邱奕眼前，用手指弹了弹："一百多差不多两百，后面还有，越怕花钱越拖就花得越多，这么简单的道理你都想不明白吗？"

"哪儿来这么多废话。"邱奕盯着正一滴滴往下滴的药水，说实话真的挺郁闷的，这一病，周末补课白补了。

"边南为什么关机了？你俩吵架了吗？"申涛问。

邱奕没说话，还是盯着药水。

"你肯定是跟他说什么了。"申涛也一块儿盯着药水。

"为什么就一定是我说什么了？"邱奕说。

申涛转头看了他一眼："边南那人心思简单得很，要说了什么能让你俩这样的，只能是你。"

"是吗？"邱奕笑了笑，又叹了口气，"还真是。"

"你说什么了？"申涛继续问。

"别在我生病难受的时候折腾我行吗？"邱奕看着他道。

申涛没再说话，过了很长时间才又低声说了一句："给边南打个电话吧。何必呢？有个这样的朋友不容易。"

邱奕没出声。

"就……你跟边南吧，"申涛想了想道，"你跟他说什么不能总按你自己的思维，他跟你生活的环境不同，无论什么事儿，他未必能理解你的想法，你……"

"说得好像你知道我跟他说什么了似的。"邱奕喷了一声。

"不知道也能想象嘛。"申涛靠在椅背上，"其实你跟他做朋友了以后，我都觉得你开朗了不少，以前没这么多话，也不笑。"

"嗯，所以我是挺愿意跟他待在一块儿的。"邱奕捏了捏输液管。

"那你也该知道他是什么样的人。"申涛伸了伸腿,"要换我,咱俩肯定不能吵起来,人和人不一样。"

邱奕沉默了很长时间,从兜里掏出了手机。

申涛看着他,他拿着手机看了一会儿,又偏头看着申涛,申涛立马站了起来:"我去上个厕所。"

邱奕拿着手机想了半天,最后点开了电话本里大虎子的名字,发了一条短信:"边南,开机给我回电话。"

边南从来没想过工作的事儿,实习当然也不会想。

现在还不算是开始实习,只是来帮忙顺便熟悉一下环境,但一个周末两天下来,他还是觉得挺累的。

工作内容并不复杂,他就是协助顾玮给学员上课,运动量跟训练没法比,但每个学员的情况都不一样,有的正手弱,有的反手不行,有的力量不够,有的爱嘚瑟……顾玮会大致给他说一下学员的情况,但边南实际操作起来依然很费神。

他得根据不同学员的不同练习做出不一样的配合,两天下来,越干越觉得不轻松。

再加上还得跟不同的教练还有助理打交道,有时得帮顾玮跑腿什么的,这些人光脸和名字他就记了半天,到现在也没记全。

偏偏这两天心里还乱得很,他一直没开机,不想开,也不敢。

那种自己一个人热火朝天地觉得自己有点儿用处了,最后被人生生顶回来泼一脸辣椒水的感觉真不好受。

他也怕开了机之后手机依旧安静,或者一堆短信和未接来电里还是没有邱奕的名字,如果真那样,他才真是会沮丧到谷底去。

这两天他总会习惯性地想到邱奕,碰上事儿就想摸手机打电话,听听邱奕的意见,让邱奕给出出主意什么的,哪怕只是听到邱奕的声音也能踏实不少。

可现在,他连着三次叫错一个脾气特别不好的教练的名字,现在那人见了他连瞅都不带瞅一眼了。

"唉,真是吃咸了瞎操心。"边南躺在宿舍床上,拿着手机小声骂了一句。

今天他连晚饭都没心情吃,万飞给他带的鸡腿还放在保温盒里,要搁平时他早吃光了,这会儿却连看一眼的欲望都没有。

万飞大概对他这个要死不活爱答不理的状态绝望了,买了吃的放下之后,就跟宿舍的几个人去网吧厮混了。

边南一个人待在安静的宿舍里,躺在床上翻来覆去的,什么睡姿都让他觉得不舒服,又拿起手机瞪着。

捂在枕头上愣了几分钟,边南偏过头看了看手机,按下了开机键。

手机一连串地连振带响之后,边南在一堆未接来电和短信里看到了邱大宝的名字。

只有一条短信,却让他手指都有些发抖,他犹豫了一下才点开短信。

"边南,开机给我回电话。"

看到这句话时,边南几乎能想象出邱奕脸上的表情,带着让自己安心的平静和……无奈。

他把这条短信来来回回地看了好几遍,最后猛地从床上坐起来,拨了邱奕的电话号码。

电话响了好半天那头才有人接起来。

边南正满怀说不清的兴奋期待和忐忑刚要开口,那边传来了邱彦响亮的声音:"大虎子!"

"哎!"边南吓了一跳,莫名其妙地有点儿不好意思,"二宝啊?怎么是你接的电话?"

"哥哥睡着啦,我就帮他接电话了。"邱彦开心地说,"大虎子,你是刚下班了吗?"

"我啊?我早下班了,躺床上呢。"边南笑了笑,"你哥这么早就睡了?"

"嗯,打吊针回来吃了药就睡觉了。"邱彦似乎跑进屋里看了一眼又跑出来了,"现在还在睡呢,我推了他一下他都没有醒。"

"那是睡沉了……等等,"边南从床上站了起来,"打吊针吃药?你哥怎么了?"

"感冒发烧了啊。"邱彦愣了愣,"你不知道啊?哥哥病了两天了。"

"我不知道。"边南猛地想起关机前听到的邱奕有些沙哑的声音,顿时急了,"发烧了?怎么会发烧这么严重?"

"我也不知道。"邱彦的声音有些郁闷,"小涛哥哥陪他去看病的。"

"我……现在过去。"边南穿上鞋,抓了外套就跑出了宿舍,"你一会儿给我开门,我打车过去,很快。"

"可是哥哥睡着了啊,我叫醒他吗?"邱彦问。

"别、别、别、别叫,让他睡,我就是……过去看看。"边南赶紧说。

跑出宿舍的时候,边南发现外面不知道什么时候开始下雪了,风刮得挺急。

他拉好外套拉链,还好今天没门禁,要不一出门就被吹僵了,手脚都不利索,翻墙没准儿能摔下来。

不过就这么跑出校门,他也趔趄了一下差点儿摔倒。

一直跑到路口,他才拦到一辆出租车,尽管知道邱奕现在没事儿,已经睡着了,但边南还是一路催着司机。

他有点儿不明白,认识邱奕这么长时间,感觉邱奕身体相当好,就打架也能看出来,怎么会突然就病得这么严重?

邱奕是累的还是……气的?

想到这里,边南喷了一声,谁让你也气我来着!活该!

喷完了他又扭头冲司机说了一声:"叔,您得开快点儿,我这急得都想上厕所了……"

第十章
新生活

邱奕感觉自己的头还是有点儿沉,睡得很闷。

迷糊中他只觉得不怎么舒服,不知道自己到底有没有睡着。

小奕……

邱奕的呼吸紧了紧。

小奕,妈妈好想看看你的媳妇儿和你的孩子啊……

对不起,妈妈。

小奕,你为什么才这么一点儿,快点儿长大啊,妈妈好想看看……

对不起。

对不起。

妈妈,别说了……对不起。

无论是什么时候、什么状态,只要想到妈妈,伴随着想念而来的痛苦就会一点点蔓延,心跟着会猛然一抽,寒冷从身体里慢慢向全身漫去,让他无处躲藏,分不清是现实还是梦境。

对不起……

似乎有人抓住了他的胳膊，还轻轻拍了拍他的脸。

他有些吃力地想要看清对方。

妈妈？

边南跳下出租车跑进胡同，雪已经下大了，空气都是冰冷的。

跑进院子的时候，他看到了穿着件小棉衣正蹲在房门口等他的邱彦。

"哎，宝贝儿！"边南赶紧跑过去搂住了邱彦，"你怎么没在屋里等啊？这么冷的天，下雪了你没看到吗？"

"看到啦。"邱彦抱住他，"爸爸也睡着了，我怕你喊我的时候会吵醒他们。"

"怪我，怪我。"边南搂着邱彦进了屋，小声说，"早知道我明儿再来了，你快去睡觉吧，你今儿是跟谁睡的？"

"跟爸爸睡的，哥哥感冒了怕过给我，我本来已经睡了。"邱彦挨在他身上来来回回地蹭着，"起来上厕所就听到你的电话啦。"

"那你上完了没啊？"边南虽然很想直接把邱彦扔进邱爸爸的屋里去，但还是耐着性子跟邱彦小声说着话，这小家伙两天没见着他，搂着脖子就不撒手了。

"上完了，好冷啊。"邱彦笑了起来，"我冻得都哆嗦了。"

边南乐了："有没有弄到鞋上？"

"没有。"邱彦低头跷着脚看了看自己的鞋。

"那去睡吧。"边南摸了摸他的鼻子，冰凉的，"我一会儿自己走就行了，晚安。"

"晚安。"邱彦大概是困得不行了，终于撒了手，"记得把院子门也关上哦。"

"知道了，还真操心。"边南笑了笑。

看着邱彦进了邱爸爸的屋，边南才赶紧跳了起来，轻手轻脚地推开了邱奕的房门。

屋里的灯亮着，对着墙，在墙上铺出一片光晕。

邱奕侧躺在床上，拧着眉，白皙的脸上泛着红潮。

看到这个样子的邱奕，边南顿时有点儿心疼。在他眼里，邱奕一直很强势，无论遇到什么事儿都永远沉稳冷静，这还是他第一次看到邱奕生着病显得有些虚弱和难受的样子。

"喂！"他走到床边弯腰看着邱奕，"邱大宝？"

邱奕没有醒，还是皱着眉，看上去并不怎么好受，边南想摸摸他的脸，手伸出去之后又很快地缩了回来，双手搓了一会儿感觉自己的手还挺暖和的，才又伸过去在邱奕的脸上轻轻碰了碰。

"邱大宝……"边南不知道是该叫醒邱奕还是就这么坐在床边看他睡觉，所以声音并不大，但叫了两声之后还是决定把邱奕弄醒，于是隔着被子抓了抓邱奕的胳膊，"邱大傻子？"

邱奕很低地哼了一声，本来就皱着的眉拧得更紧了。

"喂！"边南在他的脸上轻轻地拍了两下，"你边大哥不计前嫌地来看你了，你快睁眼给我笑一个。"

邱奕动了动，闭着眼睛不知道嘟囔着什么，但最后两个字边南听清了。

"妈妈？"邱奕轻声说。

妈妈？

边南愣了。

在他和邱奕之间，"妈妈"这个词出现的频率低得可以忽略不计。

邱奕的妈妈不能多提，大概是因为会勾起想念，而且无意中边南骂个脏话还会被揍，而边南自己的妈……有还不如没有。

所以当他听到邱奕迷迷糊糊地喊出这么一句话的时候，有些不知道该做出什么反应。他也想不到邱奕会来这么一句。

邱奕是梦到妈妈了？

"是我。"边南把邱奕前额的头发往后拨了拨，"我是你边大哥，当然你要是想认我当干……"

"边南？"邱奕睁开了眼睛，声音沙哑，带着鼻音。

"你的嗓子怎么哑成这样了？"边南一听就吓了一跳，"不说申涛陪你去医院了吗，怎么还这样啊？"

"哎。"邱奕皱着眉，从被子里伸出手往边南的胳膊上拍了拍，"没事儿，你先别急。"

"能不急吗？这马上就变哑巴了。"边南喷了一声，抓着他的胳膊塞回了被子里，"别乱动，一会儿病情再加重了。"

"帮我倒点儿水吧。"邱奕缩在被子里哑着嗓子说，"渴死了快。"

"等着。"边南转身跑出了房间。

边南轻手轻脚地接了杯热水回到房间里时，邱奕已经坐了起来，靠在床头。

"哎，我不是让你别乱动吗？"边南很不爽，指着邱奕，"你是不是觉得发烧很有成就感啊？"

"那我怎么喝水啊？"邱奕有些无奈。

"行，行，行。"边南把杯子递到他手里，"赶紧喝了躺好。"

邱奕低头慢慢喝了口热水，看着他："你怎么跑来了？几点了？"

"不知道，十一点多吧。"边南听着邱奕这说话的沙哑声音就浑身不舒服，"你这破锣嗓子快别说话了，听着难受。"

邱奕喝了几口水，把杯子放到床头柜上，往下缩回了被子里，没再说话，用被子蒙住了半张脸，只露出眼睛看着边南。

"老看着我干吗？"边南被他看得有点儿不好意思，前一天两个人还冷战着，第二天他又连夜顶风冒雪地跑过来探病，真是情深义重的好兄弟。

邱奕还是没说话，只是看着他。

"你找揍呢？"边南指着他瞪起眼，接着才又顿了顿，道，"哦，是我让你别说话的，行吧，不说就不说吧。"

邱奕笑了笑。

"眼睛都红了。"边南凑近他看了看，邱奕的眼睛很漂亮，不过这会儿却全是红血丝，也不知道是病的还是没睡好，"你说你怎么回事儿啊，突然就病成这样？"

"着凉了。"邱奕笑了笑，说了一句。

"怎么会着凉的？"边南叹了口气。

邱奕从被子里伸出手，冲他竖了竖拇指。

"怎么着吧？"边南说，"我好心好意地想替你……你一点儿不领情也不给面子……"

"生我的气了吧？"邱奕轻声问。

"一开始是挺生气的。"边南叹了口气，"就觉得这人怎么这样？挺没劲儿的，只能他说我，不能我说他，说两句还跟我急。"

"对不起。"邱奕说。

"也没什么对不对得起的，咱俩不说这个，"边南在被子上轻轻拍了两下，"反正现在你因为跟我犯急得到惩罚了。"

"是不是一看我这样你觉得特解气啊？"邱奕笑着说。

"你到底怎么回事儿啊？怎么突然就感冒了，感冒还就发烧了啊？我现在想感冒发烧的都不容易。"边南皱了皱眉。

"我也不知道，很久都没病过了。"邱奕咳了一声，"就那天你走了以后，我跑院子里待了一会儿，就半个小时吧，回来就感冒了。"

"活该！"边南磨了磨牙，"活该！"

"嗯。"邱奕笑了笑，翻了个身冲着墙那边咳了半天。

"小可怜儿啊。"边南爬上床，"咳得真爽，我听着特别解气。"

"小心眼儿，赶上针眼儿了。"邱奕边咳边说，"线粗点儿都穿不过去。"

"你快闭嘴吧，咳成这样还有工夫损人呢？"边南在他的背上拍着，"哎，刚才我来的时候你是不是做梦呢？"

"怎么？"邱奕偏过头来。

"也没怎么，"边南轻轻拍着，"听到你叫妈妈来着，是梦到妈妈了吗？"

邱奕明显愣了愣，接着声音就低了下去："大概是吧，不知道……还说什么了没？"

"没说别的了，我损你的话还没说完，你就醒了。"边南盘腿坐在床上。

邱奕从来不说梦话，半睡半醒的时候也很少开口，顶多是让邱彦起床的时候别往他身上乱踩，他没想到自己会真的叫出妈妈，还让边南听见了。

这种说不上来的感觉瞬间淹没了他。

什么时候想妈妈也变成了一种负担？

他一面内疚一面又想回避，这滋味儿实在太煎熬。

"我今儿不回宿舍了。"边南隔着被子躺倒在床上，"行吗？我听着外面雪下得挺大的。"

"那你睡厅里的沙发上吧。"邱奕翻身躺平了，"我这感冒挺重的，我怕过给你了。"

"那不可能。"边南拍了拍自己的胸口，"我真不是吹，谁感冒了都过不到我这儿来，小爷壮如牛……牛不怎么帅，马吧，小爷壮如马，黑马王子，一身黝黑发亮的肌肉……"

邱奕忍不住笑着叹了口气："有没有人说过你很烦人？"

"没有，有没有人说过你近视？看人这么不准。"边南哼了一声。

"我本来就近视。"邱奕笑着说，又偏开头咳上了。

"我差点儿忘了你近视了。"边南继续在他的背上拍着，"你们实习什么的不用体检吗？近视的人能上船？"

"嗯，要求 5.0 以上，不过我度数浅，我看得到第几个，就是看不清。"邱奕咳了半天才缓过来，"我把各款视力表都背下来了……"

"我……"边南有点儿吃惊，"你还真是什么都背啊，从饲料袋子到视力表，我算是知道你的成绩为什么这么好了。"

"没办法，特长就这么拉风。"邱奕笑了两声又咳上了。

"你别说话了，别说话了。"边南叹了口气，坐起来开始脱衣服，"我也不招你说话了，一说话就咳嗽还老笑。"

"你干吗？"邱奕看着他。

"能干吗啊？睡觉呗，我这么大老远顶风冒雪地跑过来探病，"边南斜着眼瞅了瞅他，"你还要赶人走啊？"

"都说了怕把感冒过给你。"邱奕轻声说。

"我都说了不怕！"边南把衣服往旁边一扔，抬手关掉了床头的灯，"你是不是还发着烧呢？怎么这么热乎？"

"比白天好点儿了。"邱奕说,"还有床被子,你自己去柜子里抱出来吧。"

"嗯,知道,我还想着我热乎能给你暖一暖呢。"边南摸了摸邱奕的胳膊,邱奕身上还是有些烫,"结果你比我热乎多了,跟个烤白薯似的。"

"你这两天去展飞怎么样?"邱奕笑着问。

"我说,你听着就行,别说话了。"边南看着邱奕,邱奕点了点头,边南清了清嗓子,"还成吧,就只说技术什么的我没问题,我就是烦那些关系,教练挺多的,平时都得打交道,不光得记得人家的名字、带的什么班,这些人闲着没事儿还分拨,谁和谁一拨,谁和谁见了面就想干架,我还得弄明白这些……唉,还有个姓李的教练长得特像潘毅峰,顾教练还总让我上他那儿拿东西,我回回见了他都想上去抽一耳光,而且见了他总想叫潘教练……"

邱奕没出声,在一边笑了半天。

"你别老笑,等你好点儿了咱再细说。"边南叹了口气,"我这两天没回家,我爸还不知道我去展飞了呢,这事儿他一直没提,其实就是不同意,我要是说了,估计他会不高兴。"

"好好干就行。"邱奕哑着嗓子说。

"嗯,听着你说话简直难受。"边南站起身来,拿过另一床被子盖上了,"赶紧睡吧。"

黑暗里两人躺了一会儿,邱奕轻声叫了边南一声:"大虎子。"

"嗯?"边南翻过身跟他面对面躺着。

"那个'辞典'……"邱奕说。

"我明天取了给你。"边南马上说,感觉等邱奕的这句话等了很长时间了。

"一万就行。"邱奕想了想道。

"都拿去不就行了?要用多少你自己计划着啊。"边南满不在乎地说。

"不用,你存着吧。"邱奕叹了口气,"边南,这些钱要都是你自己挣来的,你就不会这么不在乎了。"

"我自己挣的对你也会这样。"边南想了想道,"我知道你的意思了,一万就一万吧,别的我先存着。"

边南这一觉睡得很踏实,早上醒过来的时候觉得跟充了电似的。他看了看时间,回学校能赶上早锻炼。

邱奕还在睡,边南轻手轻脚地下了床。

这个时间早起踩人小能手邱彦也还没醒,屋里很静,边南打开房门走了出去,冰冷的空气顿时从他的领口灌了进去。

他拽着领子,一路蹦着跑到胡同口买了点儿蒸饺、包子,又跑回邱奕家,拿个大保温壶装上放在桌上,再轻轻地关门出去了。

没两天就要期末考了,老蒋对这帮人的训练放松了一些,早上就跟他们说了下午训练减量。

边南觉得很感动,上午文化课听着都没打瞌睡,当然,也有可能是因为昨天睡得比较好。

中午下了课,他跟万飞去食堂吃饭,雪下了一夜,到中午了也没停,一路都有精力过剩的学生在砸雪球。

"南哥,"万飞看着他道,"心情好像还不错?"

"一直不错。"边南打了个响指,跟邱奕没吵架了就行了,别的也不想了,很多事儿他就是不愿意多想,反正想了也没用。

边南刚走到食堂门口,手机响了。

"不要!不要!陪我吃饭,"万飞一把抓住了他的胳膊,一脸悲伤,"你是不是又要跟邱奕出去吃?"

边南正想说邱奕病成那样了还吃什么,低头看了看手机,邱大宝。

"去打饭。"边南一掌把万飞拍开,接起了电话,"起床了?"

"都上两节课了。"邱奕依然沙哑的声音传了过来。

"什么?"边南觉得自己的声音都有点儿走调,"你烧退了?你感冒好了?"

"烧退了,我起床的时候量了。"邱奕说,"我中午还要去挂一次水,想让你陪我去,所以干脆来学校了,就上了两节课。"

"一二节课你没上？"边南问。

"嗯，睡够了才起来的。"邱奕咳了两声，"一块儿吃饭吗？"

"在路口找个避风的地儿等我。"边南挂了电话跑进食堂，看到万飞就打了自己的饭正坐在桌子边吃着，"你没打我那份啊？"

"打了你吃吗？"万飞啧了一声。

"变聪明了真有点儿不习惯。"边南拍了拍他的肩，"我下午回来。"

"给我带俩鸡翅吧。"万飞马上说。

"行。"

邱奕在路口的小超市里站着，看到边南跑过去了才从店里出来。

边南盯着他看了看就乐了，邱奕比平时穿得多很多，帽子、围巾、口罩、手套、厚羽绒服，他过去推了推邱奕："还能站稳吗？"

"一点儿也不善良。"邱奕拉下口罩，"好歹是个病人，能不能注意点儿？"

"能。"边南挨到他身边儿，拉着他的胳膊就往小吃街里走，"快找个地方让我好好吃一顿。"

"好无聊？"邱奕问。

"嗯。"边南点了点头，"他那儿暖和，我正好问问他认不认识顾玮。"

两人东西也没吃，穿过小吃街之后就往居民区那边儿走过去了，下雪天外面没几个人，这会儿整个小区都空荡荡的。

边南发现邱奕正看着自己身后，转过身的时候，边南看到了正从另一栋楼后面转出来大概也是准备从小区后门出去的苗源。

今天一直下雪，所以苗源穿得也挺多的，围巾裹着脑袋，嘴上还捂着个大口罩。要不是她因为吃惊把口罩扯开了，边南还真认不出来这是苗源。

苗源的手还保持着扯口罩的姿势，眼睛瞪得挺圆。

"苗……苗？"边南冲她笑了笑，又挥了挥手，"上哪儿去啊？"

"啊！"苗源听到他的话之后才像睡醒了似的应了一声，还有些尴尬地原地跳了一下，扬了扬手里的袋子，"我……我买了件衣服不合适拿去……换。"

"哦。"边南回头看了一眼邱奕,发现邱奕的口罩虽然被自己拉开了,但围巾还是挡住了半张脸,加上帽子压得低,猛一看未必能让人认出是谁来,"这是……"

没等边南编出个人来,邱奕突然把围巾往下拉了拉,露出整张脸,笑着冲苗源点了点头:"嘿。"

嘿什么嘿啊!

边南差点儿喊出声来,瞪着邱奕半天没说出话来。

"嘿!"苗源赶紧也笑着挥了挥手,"是邱……邱奕啊,真……巧啊。"

"那个,"边南觉得眼下气氛很诡异,但还是想到了现在最关键的问题,"苗苗,就……"

"啊,我不会瞎说的,不会的。"苗源马上拼命地摆手,"不会的,不会的……"

"你是不是想太多了?"邱奕在一边清了清嗓子说了一句。

"啊?哈!哈哈!"苗源提高声音笑了两声,反应过来以后又愣了愣,"我想多了啊?那你俩干吗呢?不是死对头吗?怎么成好朋友了?"

"他发烧了,我陪他去医院。"边南看着苗源的样子忍不住乐了。

"妈呀!"苗源一下提高了音量,"那你们赶紧去医院吧,我走了,我走了,拜拜!"

都没等他俩说拜拜,苗源已经拎着衣服袋子转身一溜烟跑走了。

边南往自己的脑门儿上抹了一把,瞪着邱奕:"她本来没认出你来吧?"

"嗯。"邱奕把围巾整理好,把口罩也重新戴上了,低声说了一句,"怎么了?"

"那你干吗呢?"边南拉了他一把,"你的脸都挡着呢,你没事儿把围巾扯了干吗啊?不是不愿意让人看到我们两个'死对头'待在一起儿吗?我还想着随便说个谁给你遮过去呢。"

"那你说这是谁啊?万飞吗?"邱奕说,咳嗽了两声。

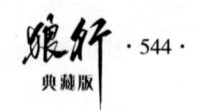

"说谁都行啊,个儿跟我差不多的人我们宿舍一把呢,说孙一凡也行啊,他也白着呢,而且也不用非得说是谁吧。"边南皱着眉道。

邱奕拍了拍他的肩:"走吧,吃东西去,吃完陪我去医院。"

"好无聊"依旧没有人,边南都怀疑这里要没有他和邱奕过来,老板一个月也见不着一个客人。

"哥,"边南在老板拿咖啡和点心过来的时候叫住了他,"你是叫杨旭吧?"

"嗯。"杨旭站住,看着他,"实习怎么样?"

"挺好的,哎,叔,"边南笑着问他,"你跟石教练是不是挺熟的?"

杨旭想了想道:"不知道。"

"嘿!"边南乐了,"有你这样的吗?这还能不知道?"

"有啊,我不就不知道吗?"杨旭转身往外走。

"挺熟的吧,石江的早点都是你家的老婆饼呢。"边南追了一句,"哥。"

"你想说什么啊?"杨旭停下了。

边南平时叫叔,杨旭都爱答不理的,叫哥了就能混个笑脸,边南嘿嘿笑了两声:"没事儿,就是以后我要是犯错了,你能帮着说点儿好话。"

"行,不过不敢保证效果。"杨旭笑了笑,走了出去,在外面又说了一句,"没准儿说完了就直接把你开了。"

"你喝点儿热牛奶吧?"边南拿过一个老婆饼咬了一口,看着邱奕,邱奕的脸色还是不太好,看着不太有精神,"补充点儿能量啊营养什么的。"

"这儿没有吧?不是一直就只有咖啡和老婆饼吗?"邱奕说。

"我问问去。"边南站起来,走到了客厅里。

来熟了之后他就知道了,平时找不到杨旭,是因为他一般就待在收银台旁边的小隔间里睡觉,他走过去喊了一声:"杨叔,哥,有热牛奶吗?"

"没有。"杨旭在里面回答。

"你这儿改名字叫咖啡与饼得了,反正也没别的东西。"边南啧了一声,顺手拉开了旁边的小冰箱,立马看到冰箱里的一大盒牛奶,"这不是有吗?!"

杨旭拉开小隔间的门,半死不活地靠着门框:"那是我的。"

"借我一杯呗。"边南拿出了那盒牛奶,"明天我还你两杯。"

杨旭没理他,把小隔间的门又关上了。

边南找出杯子倒了一杯牛奶,用微波炉加热了,放到邱奕面前:"不想吃老婆饼的话,我出去给你买点儿吃的?"

"不用,"邱奕拿起杯子喝了一口牛奶,捏了捏眉心,"我没什么胃口,吃个饼就差不多了。"

"不是吓的吧?"边南看着邱奕。

"不至于。"邱奕笑了,想了想又问他,"那个苗苗,应该挺喜欢你的吧?"

"我也觉得。"边南龇牙笑了笑,"能看出来?"

"嗯。"邱奕点了点头,"挺明显的,感觉她挺开朗的,见了你就脸红啊。"

"那要不要我……"边南拧着眉琢磨了几秒钟。

"我就是说说。"邱奕拿了个饼。

在"好无聊"待了一会儿,吃完东西,两个人决定现在就去医院。边南把钱放到收银台上,冲小隔间里喊了一声:"杨哥,钱放在这儿了,想着点儿收起来,别一会儿让人拿走了。"

"拿走就拿走呗。"杨旭在里面懒洋洋地回答,"也没人来。"

"你真想得开……"边南喷了两声,走到了门外。

出了门发现雪下大了,风也刮得急,能见度都下降了不少,边南往前一通跑,在小区门口拦了辆出租车,开过来把邱奕接上了。

"冷吗?"边南坐在后座上拍了拍帽子上的雪花。

"不冷。"邱奕说,又凑到他耳边小声说,"你这服务周到得我感觉我快病得不行了似的。"

"别瞎说。"边南睨了他一眼,"我跟你说,感冒最烦人了,你还咳嗽,不伺候周到点儿能行吗？我怕你到时又要病着去补课、打工什么的。"

中午在医院吊瓶的人不少，两个人在输液室里等了半天才轮到邱奕。他伸出手让护士扎针的时候，边南才发现他手背上有一大片青紫。

"怎么弄的？不是没打两天吗？"边南挺吃惊，护士扎好针走开之后他问了一句，邱奕皮肤白，这一衬，青紫痕迹显得很吓人。

"一直都这样。"邱奕不在乎地说。

"你没好好按够时间吧？"边南皱着眉道。

"按够了，从医院回家才松开的。"邱奕笑了笑，"医生说热敷一下就好了。"

"可怜见儿的。"边南摸了摸他的手，"那热敷了没啊？"

"忘了。"邱奕说。

"我是谁记得吗？"边南看着他问。

"记得，"邱奕笑着也看着他，"烦死人的大虎子。"

边南嘿嘿乐了半天："你才真是烦死人。"

邱奕烧退了之后，感冒就没多大问题了，就是还在咳嗽。

这周期末考，考前邱奕一边咳嗽一边给边南打了个电话："好歹看看书，多少能记点儿东西，及　回格成吗？"

"我也是经常及格的！"边南挺不服气。

"那考完了我等着看吧。"邱奕说。

边南被他这话说得挺不好意思，要说及格，次数真不太多，差不多回回都得补考，学校对专业成绩好的学生要求放得宽一些，边南一般补考的时候糊弄一下凑合着能够着及格线。

这回被邱奕这么一说，他很难得地在考试前几天拿起了几本全新的书，看了两眼就放弃了，转头抢了孙一凡的书。他们宿舍只有孙一凡成绩还成，也是唯一一个往书上画了道道的人。

拿着孙一凡的书，边南咬牙熬了四个晚上，看进去多少他不知道，反正他上学这么些年来这是头一回考前复习。

考完试没两天就出成绩了，万飞震惊了："南哥！"

"干吗？"边南看着自己的成绩单，心里压不住地有点儿兴奋。

　　"你是南哥吗？边南？南边儿的边，南边儿的南？"万飞盯着他问。

　　"看着我的脸，"边南指了指自己的脸，"除了我，还有谁能长出这么英俊帅气的脸？"

　　"我南哥考试居然全及格了？"万飞把手遮在脑门儿上探头探脑地往窗外看了半天，"太阳都被吓不见了！"

　　"这话说的，"边南乐了，"我及个格至于这样吗……"

　　"不至于，但关键你就看了四天书吧？"万飞三科不及格，但这会儿比边南还兴奋，"学霸这玩意儿还带传染的吗？"

　　"滚，我平时又不是完全没听课，你睡觉的时候，我抽空也听听老师在念叨什么的。"边南打了个响指。

　　"今儿晚上回家你爸又该笑咳嗽了。"万飞很感慨。

　　说到笑得咳嗽，边南也挺感慨，大概高一的时候，他有那么一次考试全及格了，老爸乐得不行，最后笑得一直咳嗽，咳了半天……

　　边南看了看时间，航运中专的期末考比他们早两天，邱奕已经考完了，这几天正连轴转地给人补课。边南决定先回家，晚上再给邱奕打电话嘚瑟。

　　回家的时候，边南看到老爸和边皓的车都停在车库里，应该是因为边馨语考完试了。每次无论是寒假还是暑假，边馨语考完试了，老爸和边皓都会回家来陪着，给边馨语安排假期放松活动。

　　边南推开门进屋，果然全家人都在，笑得挺开心。他进屋时，大家都停了下来。

　　"回来了？"老爸看到他有些意外，站了起来，"两周都没回家，我以为你这周也不回呢，放假了？"

　　"嗯。"边南应了声，换了鞋。

　　"寒假有训练吗？"老爸问他。

　　"我们没有训练了。"边南说，"我这个寒假就……开始实习了。"

　　"你……"老爸皱了皱眉，大概是想说实习的事儿，但犹豫了一下没有说下去，"考试怎么样？"

"这学期不安排补考吧?"边皓在一边说了一句。

边南没理他,本来因为考试都及格了的好心情让边皓这句话一下打没了,他闷着声音回答老爸:"都及格了。"

"都及格了?"老爸提高了声音,语气带着笑意,"我看看?"

边南从书包里扯出成绩单递给老爸,想要上楼的时候被老爸拉住了:"不错啊,不错!"

老爸在他肩上拍了几下,边南扯着嘴角笑了笑。

"我去厨房看看,"阿姨站了起来,"今天多加几个菜。"

"不用……"边南有些尴尬地说,边馨语的成绩一直很好,他及个格还加菜,让他有点儿不自在。

吃饭的时候,果然是一大桌子菜,边南坐下的时候感觉自己要还是不及格就好了,这种在家里吸引了别人的注意力的事儿让他很不自在。

不及格的话他一般就躲在屋里不出来了。

"今年过年靠后,要不要出去玩玩?上南方暖和几天。"老爸心情不错。

"先说啊,我哪儿都不去。"边馨语喝了口饮料,"我不是说了从这个寒假开始打工吗?"

"你打个什么工。"边皓皱了皱眉,"也没谁寒假跑去打工的。"

"你管我呢?我要打工。"边馨语说得很坚决,"谁也别拦着我,我的好几个同学都去打工了,寒假用工的地方才多呢,大家都回家了,活没人干。"

"回家的都是什么服务员之类的,你去洗盘子啊?"边皓皱眉道,"出息。"

这话边南听着有点儿不舒服,邱奕这阵子就挺忙,他们那个饭店就有服务员回老家了,所以缺人手,邱奕每天都干到很晚,为了能多赚点儿钱。

他觉得邱奕挺有出息的。

"干什么才算有出息啊?"他闷着声音说了一句,当然,说完就后悔了。边馨语这事儿肯定是全家反对的,他居然帮腔。

边皓愣了愣,接着脸色就阴了下来,盯着他,但还没开口,边馨语飞快地接了一句:"就是啊,干什么才算有出息啊?我就想锻炼锻炼自己!"

"小南,你别帮着她。"阿姨在一边皱了皱眉。

"我……"边南想解释,又觉得没意义,于是低头吃了口菜,"嗯。"

"小姑娘跑去打什么工?乱得很,被欺负了怎么办?"阿姨看着边馨语,"别瞎闹了。"

边馨语大概开始进入叛逆期了,谁也劝不住,一会儿说去动漫书店打工,一会儿说去咖啡店当服务员,一会儿说去摆地摊,而且拒绝去自家的店,家里有几个超市,说实在不行让她去超市,她也不肯。

"我就是不想什么事儿都被你们护着、管着!烦不烦啊!"边馨语喊了起来。

边南埋头吃饭,这些争论听得他脑袋疼。

"那你去个没熟人的地方我们不放心啊。"阿姨叹了口气。

"非得有熟人……那我去那个饭店不就行了?"边馨语很不耐烦地说,又推了推边南,"就邱奕打工的那个饭店,听说还是个女老板开的,对吧?"

"什么?"边南愣了。

"有熟人,老板还是女的。"边馨语又转头瞪着老爸,"这总行了吧!"

老爸脸上连个笑容都挤不出来了,一时似乎又找不到合适的理由阻止,于是没说话。

"就这么定了,边南,"边馨语又看着边南,"你帮我问问行吗?他们那儿应该招人吧?"

边南烦乱地应了一声,低着头继续吃饭。

这顿饭就在乱糟糟的争论和边馨语发脾气的状态里吃完了。

边南跟逃似的忙着想上楼回屋,结果边馨语又叫住了他:"边南,帮我打个电话问问吧?"

"我……"边南简直难受得不行,看了老爸一眼,老爸皱着眉,轻轻摇了摇头,边南掏出了手机,"你等着。"

他点出了邱奕的名字，装作拨了号，然后道："喂喂，嗯嗯，你们饭店现在招不招人啊？啊？不招吗？我妹还想去打工呢，啊啊哦哦……"说完了他把手机放回兜里，"他们不招……"

"都合伙骗人吧！"边馨语很生气地带着哭腔喊了一句，扭头跑上了楼，摔门的声音楼下的人都听得清清楚楚。

"她会不会自己打电话过去问？"阿姨有些担心。

边南赶紧又拿出电话，拨了邱奕的电话号码。

"喂？"那边传来了邱奕的声音，因为咳嗽一直没好利索，他的声音还是有些沙哑。

"边馨语要是给你打电话问你们饭店那儿招不招人，你就说不招。"边南压低声音飞快地说道，"知道了吗？"

"知道了。"邱奕的反应很快。

"好，我晚点儿再给你打电话。"边南挂了电话，感觉客厅里坐着的几个人都松了口气的样子。

上了楼进屋关上门之后，边南才又给邱奕拨了个电话，往床上倒去。

"怎么回事儿啊？"邱奕接了电话。

"她给你打电话没有？"边南问，"她非闹着要去打工，大概是叛逆期到了吧。"

"没打。"邱奕笑了笑，"叛逆期这么能闹呢？"

"谁知道？我没叛逆过，不知道是不是这样。"边南想了想，又道，"我好像也不怎么敢叛逆……你呢？"

"我没时间也没条件叛逆。"邱奕笑了起来，"我要叛逆了全家都过不下去了。"

"哎！"边南之前被打下去的心情在对着邱奕嘚瑟的时候又扬了起来，"对了，跟你说个事儿，期末考我全及格了。"

"真的？"邱奕也挺意外。

边南扬了扬眉毛："嗯，真的，我看了几天书，凑合着蒙及格了，大概是这次选择题占分儿多……"

"边南，"邱奕说，"你真的挺聪明的。"

"还成吧。"边南乐呵呵地说。

"实习的时候用点儿心，以你的技术和聪明劲儿，干到石江那个程度不难的。"邱奕很正经地说。

石江差不多是总教头的感觉，有自己的办公室，教练都归他管，边南想了想，也很正经严肃地说："我努力努力。"

其实类似的话老爸大概也说过，但不知道为什么，边南就愿意听邱奕的。

这次放假跟以往不同，边南要提前去实习，邱奕那边要赶在过年这阵子多赚钱，所以两人几天都没时间见面，只能打个电话聊聊，连给邱奕的那一万都是转账过去的。边南本来还想拿着一摞钱交给邱奕过过瘾的。

虽然挺郁闷，忙忙碌碌也挺累人，边南却还能忍受，跟上学训练时的感觉有点儿不同了，瞬间觉得自己挺牛的。

忙了没两天，中午休息的时候他的手机响了，邱奕打来的，边南走到一边接了电话："哟，今儿你不是在饭店替班吗？还有工夫打电话啊？"

"我跟你说，边馨语自己跑到我们店来了。"邱奕估计是在厕所里，声音带着回音，"我刚才碰上她了。"

边南愣了："你们饭店要她没啊？"

"废话，当然要了，这阵子不少服务员走了，正缺人呢，挺漂亮的小姑娘来了老板怎么可能不要？"邱奕说得很快，"你回家跟你爸说一声吧，我先挂了，还忙着呢。"

"那她去干吗？做服务员吗？"边南追问了一句。

"好像是负责包间的，比在大厅强，轻松点儿。"邱奕说。

边南挂了电话之后愣了老半天，这叛逆期的边馨语也太让人扛不住了……他回家该怎么跟老爸说啊？！

边南几次都想给边馨语打个电话问问她到底怎么回事儿，但犹豫了半天最后还是没打。他跟边馨语的关系真不是平时能心平气和地打电话的。

她自己偷偷跑去饭店应聘的事儿让边南很心烦，邱奕是他的朋友，这是全家都知道的，边馨语想跟邱奕套近乎也是全家都知道的，现在她突然自作主张地跑到邱奕打工的饭店去干了，边南真不知道家里人知道后会是什么反应。

他都有点儿不敢跟老爸说这事儿了。

下午的训练不太忙，这个班是几个小姑娘，不太爱说话，只闷头练球，边南只需要按顾玮的要求给她们喂球陪练就行。

不过练了没多久，边南休息的时候之前那个罗总家的二公子又来了，一来就跑到边南他们场子里，一屁股坐到了边南身边。

边南看了他一眼，没说话。

罗总家的二公子叫罗轶洋，边南打听过，罗轶洋比他大一点儿，正在上大二，只要放假了基本就会泡在展飞的球场上。

边南一直觉得就冲那抹小胡子，这人得比自己大五六岁，不过这两天对方的小胡子被刮掉了，看得出年纪不大。

"休息了？"罗轶洋问。

"嗯。"边南应了一声。

"去那边儿呗。"罗轶洋指了指隔壁还空着的球场，"陪我打两局。"

"累了。"边南没动，罗轶洋的水平不怎么样，边南之前陪他打过两次，打得实在没意思，"不想动。"

"不敢啊？"罗轶洋站了起来。

"有什么不敢的，你赢得了我吗？"边南说。罗轶洋这人有点儿愣，看着挺拽，边南接触几次后就知道不是这么回事儿，跟他说话时就比较随便了："全反手让你都赢不了。"

"喊！"罗轶洋很不屑，"那来全反手让我呗。"

"唉……"边南叹了口气，站起来拿了拍子，"我就十分钟时间，一会儿这边儿还得练呢。"

"知道。"罗轶洋转身往那边儿走了过去。

一点儿悬念都没有，罗轶洋的水平在普通人里算不错的，但在边南面前就还真是只有跟着球跑的份儿了。

十分钟之后，罗轶洋把拍子往肩上一扛："行了，不打了。"

"嗯。"边南扭头准备回那边继续陪小姑娘练球。

"哎，我说，"罗轶洋叫了他一声，"你是体校的吧？"

"是。"边南回答。

"打这么好，怎么不继续打了啊？我们学校旁边是体院，感觉那些人打网球的水平还不如你呢。"罗轶洋说。

边南有些无语，来这里实习时间不长，这问题已经是第三次被人问起了，石江问过，顾玮问过，现在罗轶洋也问。

他打得这么好为什么不继续打了？

边南回头想想自己比赛的成绩，还是不错，一直打下去应该会有发展吧，不过他虽然不知道自己到底喜欢什么，但不喜欢网球他是知道的。

"不喜欢网球。"边南闷着声音道。

"那你干吗学网球？"罗轶洋问。

边南回头看了他一眼："不知道。"

"可悲。"罗轶洋说，"可悲。"

边南看着他一脸沉痛的样子乐了："准备写诗还是写文章啊？"

"人生都没有方向，多可悲。"罗轶洋看着他。

边南喷了一声："谁说我没方向。"

以前大概没有，现在其实长远的他也没想过，但暂时有个目标——像石江那样当个总教头。

顾玮对他挺满意，每次训练结束，都会过来拍拍他的肩："小伙儿聪明，有干劲儿，比……"

"比之前你的助教强多了。"边南替他说了。

"没错。"顾玮笑着说，"一会儿回家吗？要不回家咱俩喝一杯去。"

"得回家，我跟我爸说了回家吃饭。"边南一想到回家，就又想起了边馨语这个叛逆公主的事儿，一阵郁闷。

"那改天吧，反正你现在天天来。"顾玮笑了笑。

"行。"边南也龇牙乐了乐。

实习的工资很少,只有正式新员工的一半不到,这不到两千块钱的工资在边南眼里简直跟没有钱差不多,他上学的时候零花钱都不止这么点儿,但邱奕说他一家三口一个月的基本花费也就这么多。

所以边南打算看看自己每个月只花工资能不能活下去,现在下班回家他都是挤地铁,要搁以前,他出门买点儿零食都得打车。

下班高峰期挤在地铁里的感觉真不好受,他腰后顶着的是不知道谁的皮包,面前是一个不停一百八十度转身的大姐,一站地她转了四次了,也没找到合适的站姿,因为静电,飞舞的头发都糊在边南的脸上。

"姐,"边南实在扛不住了,"把头发扎一下行吗?"

"怎么?"大姐有些吃惊地看着他。

"我不想再吃到你的头发了。"边南很无奈地说。

大姐愣了愣,很迅速地抓过自己的头发看了看,又摸了摸,然后才从兜里摸了根皮筋出来把头发扎上了。

边南刚松了口气,地铁到站了,身边的人瞬间开始往门口移动,边南经验不足,站得太靠近门口,都没有挣扎的机会就直接被人群裹着扔到了站台上。

边南愣了愣,等再想回头挤上车的时候,车厢里已经堆满了人。

他不知道该怎么再挤上车,跟在要上车的人堆后边儿等了一会儿,车开走了。

"嘿!"边南目送着车开进隧道里,简直不知道该怎么形容自己此时此刻的心情。

他正郁闷呢,裤兜里的手机响了,他掏出来,是邱大宝打来的。

"喂!"他接起电话。

"中气这么足,吓我一跳。"那边邱奕笑了笑。

"你下班了?"边南问,听到邱奕的声音,心里舒坦了不少。

"下什么班,正准备开始忙了,晚餐时间到了,趁着这会儿给你打个电话。"邱奕笑着说,"在哪儿呢?"

"地铁站,半道被挤下车了还上不去了。"边南一说就又郁闷了,"你说这地铁什么玩意儿啊,现在还一堆人等着呢,我一会儿怎么上去?"

"挤啊,你当坐出租车呢?高峰期出租车也得抢,你一个运动员还能挤不上去?"邱奕笑了半天。

"那么多人……"边南很头大,"还有小姑娘,一会儿不会挤一半有人喊耍流氓吧?"

"你也喊不就得了?"邱奕学着他的语气喊了一句。

"你这人真够无耻的。"边南乐了。

"慢慢挤吧,以后就有经验了。"邱奕停了停,似乎是在抽烟,"你回家记得跟你爸说边馨语的事儿。"

"哎,知道,你打电话就为说这个啊?"边南靠在旁边的柱子上。

"我怕你不说。"邱奕说。

边南没出声,还真有点儿不想说。

"我跟你说,"邱奕看他没声音,又说了一句,"这事儿你必须说,要在你爸和阿姨他们自己知道之前说,要不咱俩就成共犯了,到时你爸要生气就会连带上你,懂吗?"

"唉,知道了。"边南叹了口气,邱奕这人什么事儿都比他想得多。

下一趟车来的时候,边南迅速挤进人堆里,跟扎堆儿打架似的往前冲,夹到人群里之后,就轻松多了,照旧被人群裹着卷进了车厢里。

他又往中间挤了挤,以防下一站又被带到站台上。

最后到站从地铁里出来的时候,他觉得自己身上的衣服都挤转圈儿了。

他回到家的时候保姆正在厨房里忙着,老爸和阿姨在客厅里说着话,边皓坐在一边看电视。

"怎么了?衣服怎么撕了?"阿姨一看到他就站了起来。

"啊?"边南愣了愣,低头才发现自己的外套袖子上被撕开了一个口子,大概是被谁的包还是什么钩着了,他叹了口气,"我挤地铁回来的。"

"这不是找累吗?"老爸也叹了口气。

"不跟馨语非要去打工一样吗?"边皓跟着叹了口气。

边南对今天边皓居然没有撑他感到有些吃惊，不过这话又提醒他得跟老爸说边馨语的事儿了，于是他硬着头皮说了一句："爸，我有事儿跟你说。"

老爸跟着他上了楼，进了他的屋里。

"边馨语回来了没？"边南看了一眼斜对面边馨语的房门，是关着的。

"说是要晚点儿，跟同学逛街去了，怎么了？"老爸一听边馨语的名字立马有点儿紧张。

"那个……就，邱奕给我打了个电话，"边南抓了抓头，"说在饭店看到她了，她自己去应聘了，人家店里正招人呢，就要她了。"

"什么？"老爸愣了，"这孩子是疯了吗？"

"我不知道……爸……"边南不知道该怎么接茬。

"行了，我知道了。"老爸拍了拍他的肩，"我跟她谈吧，唉……"

边南觉得老爸选择在吃完饭之后才跟边馨语谈是明智的，边南待在自己的房间里都能听到边馨语生气的哭腔。

这要是饭前谈了，这顿饭大家都没法吃了。

不过这次谈话似乎作用不大，老爸、阿姨、边皓齐上阵，也没能让边馨语妥协。

等楼下都安静下来了，边南才轻轻打开门，想去厨房拿点儿果汁喝。

他刚一开门，就看到边馨语两只眼睛通红地跑了上来，边南赶紧退回屋里，想关门的时候边馨语已经跑到了他门外："边南！你跟我有多大仇啊？小报告真是打得一点儿也不含糊啊！小人！"

边南没说话，楼梯那边传来了边皓的声音："你骂他干吗？这事儿他可能不说吗？"

"你帮边南说话？"边馨语猛地转头瞪着边皓，"你以后别跟我说话了，我看到你就烦！烦死了！"

其实边南对边皓会说这么一句话也挺意外的，不过没等他多想，边馨语摔门的巨响就吓了他一大跳。

边皓跟他对视了一眼，上楼去了。

"你说这事儿闹的,我不说,老爸要怪我;我说了,边馨语骂我是小人。"边南给邱奕打了个电话。

邱奕那边刚走了一桌客人,正好有空到后门抽根烟,边南能听到听筒里的风声,啧了一声:"还咳着呢,这又是吹风又是抽烟的,是不是觉得我伺候你没伺候够啊?"

"马上就进去,已经不怎么咳了。"邱奕笑了笑,"边馨语骂你你也得说啊,她和你爸之间,你当然得往你爸那边儿站。"

"嗯。"边南坐在椅子上一圈圈转着,"不过感觉今天边皓喝多了似的,居然没跟我吵,还帮我说了句话,太不是他的风格了。"

"当然得帮你说话。"邱奕啧了一声,"他估计从一开始就知道劝不住边馨语,她要真来打工了,边皓还指望从你这儿打听他宝贝妹妹的情况呢。"

"是啊,还真是。"边南笑了起来,"他这哥当得也够敬业了。"

"不过你可以跟他们说,不用太担心,我们饭店毕竟也是高消费了,包间这块儿还挺好的,事儿不多,喝多了闹事的人也少。"邱奕想了想道,"有什么事儿我也会帮着处理的。"

"哟,哎哟……"

"哟什么啊!"邱奕乐了,"我要真不管,出了什么事儿不得找你吗?你难受了我不还得跟着遭罪吗?"

"你就会说话。"边南磨了磨牙,"行了,别吹风了,抽完没,进屋去吧。"

邱奕掐了烟回了饭店里,这几天为了应付过年前后的用工荒,店里招了不少新的服务员,有些有经验,有些没什么经验,像邱奕这种老员工还得帮着教教。

不过他不介意增加工作量,这些都不是白干的,肖曼最大的优点就是对员工大方,像这种事儿她都会让领班给算成加班费。

边馨语算是这些新招的服务员里拔尖儿的,漂亮、聪明,嘴还挺甜,领班一看就挺喜欢,给安排到了包间。

邱奕第二天到店里上班的时候,她已经换上了饭店的制服,跟几个新员工一块儿听着领班给交代工作。

"哎,小邱,正好,你来给他们先讲讲,我那边儿还忙着呢。"领班一看邱奕进来就招了招手。

"嗯。"邱奕点了点头,过去就看到了边馨语带着笑的眼神,不过她眼睛下面有点儿黑眼圈儿,估计昨天跟家里抗争气得一夜没怎么睡好。

邱奕上午刚给人补完课,过来的时候挺累的,但还是赶在上客之前把要注意的事儿都交代了一遍。

"明白了吗?"他问。

大家都点头表示明白了,邱奕这才转身去了更衣室。

他换好衣服出来的时候,边馨语正站在更衣室外面等他,见了他就有些不好意思地走了过来:"我跑来给你添麻烦了吧?不好意思啊,本来没想到这儿来的……"

"还好。"邱奕看了她一眼,"你干好你该干的事儿就行。"

"明白啦。"边馨语点了点头,转身走了两步,又回过头,"我要有什么不明白的地方就问你哦。"

"嗯。"邱奕应了一声。

边馨语走开上楼之后,有人在后面拍了邱奕的肩膀一下,邱奕回过头,看到是跟他同一班的服务员小李,他笑了笑:"干吗?"

"你俩认识啊?"小李挤了挤眼睛,"有情况?"

"没有。"邱奕说。

"不能吧,一看就跟你似的不像是来饭店打工的人。"小李不相信。

"是都得长成你这样的才该来饭店打工吗?"邱奕笑了笑,"你也太不给曼姐面子了。"

小李一听就不挤眼睛了,瞪了他一眼:"你小子就这张嘴烦人。"

"你自找的。"邱奕整了整衣服,"干活吧。"

中午上客挺多,不过这顿在大厅和卡座的客人比较多,相比楼上包间的轻松,在大厅这边的服务员都忙得团团转。

平时人也不会这么忙,但因为这一段时间新来的人多,虽然有简单的培训，新来的服务员还是有些不熟练，上菜要慢了不少。

包间的服务员一般不用下来帮忙，但边馨语一个娇生惯养的大小姐还挺会来事儿，邱奕他们几个服务员正忙着的时候，她跑了过来："楼上没有人，我上这儿帮帮忙吧？"

"好，好，你帮着上菜。"领班正好在一边儿催人，一听就点了点头。

边馨语马上拿过托盘，跟在邱奕身后走进了大厅。

不过边馨语虽然很积极，但业务还是有点儿生，托盘上的菜一多她就掌握不好平衡了，拿走一盘菜之后她手里的托盘歪了一下。

邱奕正好在她身后，还没拿菜的时候他就已经看出这托盘拿得不对，肯定得翻，赶紧走了两步过去，在托盘歪过去的时候伸手扶了一下。

"哎！"边馨语低喊了一声，拍了拍胸口，回头看到是他的时候，露出了笑容，"吓死我了，谢谢啊。"

"这个不是教过吗？这么托不行。"邱奕说。

"一忙就忘了。"边馨语调整了一下，"这样对了吧？"

"嗯。"邱奕转身走开了。

中午这阵子忙完之后，邱奕拿了根烟出了后门，一出去就看到边馨语正一手扶着墙，一手在脱鞋。

"怎么了？"邱奕叼着烟问了一句。

边馨语吓了一跳，赶紧把鞋扔到地上，蹦了两步，很不好意思地把脚又塞回了鞋里。

"脚疼啊？"邱奕看了她一眼。

"嗯，以前都没站过这长时间呢。"边馨语咬了咬嘴唇，自己这形象被邱奕看到了，大概有些尴尬，也没弯腰穿鞋，只是把脚一点儿一点儿地慢慢往鞋里进，进到一半又停了，估计是脚肿了不用手帮忙塞不进去了。

邱奕拿着打火机转身回了饭店，过了几分钟再出来的时候，边馨语已经穿好鞋，正靠着墙活动自己的腿。

"到晚上会更忙，包间上客也多了。"邱奕点上烟，"周末人更多，你要是累……"

"我不累，我要因为这个不干了，回去不得让我爸嘲笑死啊。"边馨语皱着眉，"回去泡泡脚就行了。"

邱奕没再说话，对着垃圾桶沉默地抽着烟，边馨语没有进去的意思，一直站在他身后。

抽了没两口，邱奕的手机响了，是边南打过来的，他犹豫了一下接了起来："喂？"

"今儿晚上你是不是要轮休？"边南劈头就问。

"嗯，你还知道这个呢？"邱奕笑了笑。

"你一星期就这一个晚上闲的，我当然记得。"边南喷了一声，"见个面吧人生导师，我都一个月没跟你好好聊会儿了！"

"哪有那么久。"邱奕说。

"我感觉就有这么久了。"边南心情挺好，"你就说约不约吧。"

"约呗。"邱奕侧过身，边馨语正在捶腿。

"那我去饭店等你。"边南马上说。

"别。"邱奕赶紧说，"我去找你。"

"啊，对，边馨语上班了吧？"边南反应过来了，"那你过来吧，我跟罗轶洋打两场等着，正好把他收拾服了。"

"好。"邱奕应了一声，挂掉了电话。

边馨语停下捶腿的动作，偏过头看着邱奕有些尴尬地笑了笑，过了一会儿才问了一句："跟女朋友约会啊？"

"不是。"邱奕回答，还真不是。

"啊……"边馨语突然摆了摆手，低头就往饭店里跑，"哎，我多嘴了，真是……不好意思了，我就是……我干活去了……"

邱奕看着她的背影，轻轻叹了口气。

真愁人。

边馨语跑进饭店之后，邱奕又在后门外面站了一会儿。

边馨语的问题问得有点儿突然，他猛一下回答得有些没经过思考。

他应该撒谎的，应该断了边馨语的某些念头，要不后边儿没准儿还会有麻烦。

中午上客最忙的这阵子忙过之后,就是各种收拾,全做完差不多四点了,休息一个多小时,大家就该忙碌晚饭了。

边馨语估计忙得够呛,邱奕看到她跟另两个小姑娘往休息室走过去的时候,步子都有点儿拖着,早上来的时候还活蹦乱跳走路带风呢。

邱奕估摸着这个大小姐撑完今天晚上,回到家一缓过来,明天就不会来了。

这种连着几小时来回走和站着的辛苦,当时咬咬牙也没什么太大的感觉,休息一下缓过劲儿来之后,才是最难受的。他刚来的时候,起码有半个月,每天都不想干了。

邱奕去更衣室换了衣服,跟领班说了一声,准备走的时候,碰到了肖曼。

"着急走吗?不着急的话聊两句?"肖曼叫住了他。

"嗯。"邱奕跟着肖曼上了二楼,随便进了个带露台的包间。

肖曼找员工谈话很少去办公室,一般都找个没人用的包间,说这样大家都轻松些,办公室太正式。

"边馨语是你的朋友吧?"肖曼坐下之后问了一句。

"我朋友的妹子,算是认识。"邱奕也坐下了。

"嗯,挺机灵的小姑娘。"肖曼笑了笑,"看着应该是家里的宝贝吧,还挺能吃苦。"

"家里条件挺好的。"邱奕说。

肖曼又随便跟他扯了几句,接着就转了话题:"那天你是说过完年不做了?去船上实习是吗?"

"是。"邱奕点了点头。

"船上很辛苦吧?"肖曼问。

"内贸船,几天就一个来回,还成。"邱奕说,余光扫了一眼肖曼手腕上的表,估算着去展飞要用多长时间。

"没考虑过继续做餐饮吗?"肖曼笑了笑。

"嗯？"邱奕抬眼看着她。

"你知道明年我们有两个分店要开业吧？"肖曼说，"想找几个信得过的人，我还想跟陈总他们推荐你过去帮忙呢。"

邱奕没说话，肖曼这个"帮忙"的意思他清楚，那肯定就不只是服务员、领班什么的了。

"有没有兴趣？"肖曼看他不出声，又问了一句。

兴趣还是有的，他真去了，工作会比上船轻松，还不用几天几天地不在家，钱也能多赚，但是……

邱奕对肖曼始终刻意地保持着距离，虽然肖曼比他大了一旬多，但他不傻，肖曼对他超出了普通员工的那种态度他还是能感觉到，无论是把他当成儿子还是当成弟弟，邱奕都不愿意。

他想避开所有不必要的麻烦，这种明显不仅仅是基于觉得他有能力而欠下的人情，他更是能不欠就不欠。

"我学了三年航运，首选的还是对口的工作。"邱奕笑了笑，"饭店的工作我一直就是个服务员，熟悉的也就是这一块儿的工作而已，我觉得曼姐应该找个更了解饭店的人。我肯定不合适，要是做得不好，咱俩都别扭。"

肖曼偏着头盯着他看了一会儿，最后笑了："就知道你会拒绝，还真没见过你这样的小孩儿。这样吧，话也别说死了，你再考虑一下？"

"嗯。"邱奕点了点头，没有把路完全堵死。

"好吧。"肖曼站了起来，笑着说，"你去吧。"

"嗯，曼姐你忙。"邱奕站起来走出了包间。

邱奕站在公交车站牌前，研究了一下去展飞的路线，上车之后又拿出手机查了一下地图，琢磨着给边南找一条不那么挤的回家路线。

下车的时候基本已经计划好了，他把路线在记事本上写了下来。

展飞的总部离车站不远，走五分钟就能看到他们跟什么高级会所一样的大门。

邱奕一进门就有穿着运动服的服务员小姑娘迎了上来："先生是有预

订场地还是临时过来打球？"

"我找人。"邱奕往里看了看，也不知道人家知不知道在这里实习没多久的边南，"边南。"

"找边南啊。"小姑娘笑着指着往球场去的走廊，"那边过去，他应该在七号场打球呢。"

"谢谢。"邱奕点了点头，走了进去。

走廊出来，就是一条铺着红土的小路，平整干净，路两边就是挨着的两大排网球场，基本都有人正在场地上挥着拍子。

邱奕顺着路往前没走多远，就看到了七号场，同时也看到了场地上穿着蓝色运动服的边南来了一记漂亮有力的跳杀。

站在网球场上的边南永远都充满活力，一举一动都透着帅气。

邱奕站在铁网外面看了一会儿，最后喷了一声，黑皮还穿这么一身蓝色运动服有点儿搞笑。

边南的对手应该就是他说的那个罗轶洋，几拍下来就能看出实力跟他有巨大差距，不过打得倒是挺拼，最后边儿上一个年轻人挥了挥手："二少爷你又输了。"

罗轶洋往空中挥了一下拍："歇会儿再来！"

"不来了，你倒是挺爽，我打得太没劲儿了。"边南说，抬手用护腕在脑门儿上蹭了蹭，"看看，汗都没出。"

"再来一局，赌上我的胡子！"罗轶洋喊。

"你的胡子不是早被罗总剃没了吗？"边南乐了，"你赌什么啊。"

"我赌上我这一年的胡子，我一年不留小胡子，我最爱的小胡子。"罗轶洋很执着。

"得了吧，你那小胡子本来就不该留，跟那啥似的……"边南没再理他，转过身拿外套的时候一扭头看到了站在场外的邱奕，忍不住扬了扬眉，笑容一下就漾了出来，"你什么时候进来的？"

"十分钟之前吧。"邱奕笑着说。

"进来，先坐会儿。"边南招了招手，给他跟场地里的人介绍了一下，

"我朋友邱奕，这是带我的教练顾玮，那个是我的手下败将罗轶洋。"

邱奕打了个招呼，在旁边的凳子上坐下了。

"叫邱奕是吧？"罗轶洋走过来，转了转手里的拍子，"也是打网球的吗？来一局？赌胡子。"

"我……"邱奕忍着笑，"我不留胡子。"

"我输了刮一年胡子，你输了留一年胡子呗。"罗轶洋说，"来不来？"

"我不会打网球。"邱奕说。

"不够意思。"罗轶洋一脸不相信的表情，转头又对顾玮说："顾教，来一局吧。"

顾玮被他磨得没办法，脱掉外套站了起来。

"这就是你说的那个你们老总的儿子？"邱奕看着在场上跟顾玮打球的罗轶洋。

"嗯。"边南坐在他身边嘿嘿笑了两声，"是不是挺二的，一开始看他那样我还觉得我惹麻烦了呢。"

"他天天都在这儿吗？"邱奕问。

"放假了刚回来，没事儿都来，来了就拉着我打球……"边南说了一半停下了，转过头看着邱奕开始乐。

"傻乐什么？"邱奕被他带得也忍不住跟着笑起来。

"不知道。"边南还在乐，"大概太久没见着你了，我跟万飞要一假期没见能傻笑一节课。"

"要不你俩能是哥们儿呢。"邱奕笑着说，"不过现在人家得对着许蕊傻笑了吧。"

"没错。"边南打了个响指，盯着场上跑动着的两个人看了一会儿，低声说，"有时候还真佩服他俩那腻歪劲儿的，受不了，我还是跟你待一块儿得了。"

"这是表扬吗？"邱奕勾了勾嘴角。

"嗯。"边南很严肃地点了点头。

邱奕想起挺久之前，陪边南从亲妈那儿出来，边南曾经说过的那些话，那时就知道边南对感情这事儿并没有什么美好期待。

看了一会儿球,边南站起来伸了个懒腰:"咱走吧,去吃饭。"

"要洗个澡吗?"邱奕也站了起来。

"不洗了,今天都没怎么出汗,回家再洗吧。"边南蹦了蹦。

"好。"邱奕说。

边南跟顾玮和罗轶洋说了一声,带着邱奕走出了球场:"觉得这儿怎么样?"

"工作环境还挺不错的。"邱奕看了看四周,"平时累吗?"

"凑合吧,要让我干别的可能还真不行,就这个起码我懂。"边南抓了抓头,"哎,边馨语去饭店打工没给你找什么麻烦吧?"

"能找什么麻烦?还行,估计再有两天她就熬不住了。"邱奕说。

"那不一定,边馨语虽然娇气,但是挺犟的,还死要面子。"边南说,"你注意点儿距离。"

"嗯。"邱奕很认真地点了点头。

这会儿又是下班高峰,两人决定不去跟别人挤,就在附近找个地儿先吃饭。

"二宝要知道咱俩吃饭不带他,该不高兴了。"边南叹了口气。

"我说今儿晚上加班,他不知道。"邱奕笑了,"他今天打算自己煮个排骨粥呢。"

"二宝真能干。"边南喷了两声,"长大了估计比你招人喜欢,二宝不跟你似的这么不爱理人。"

"我哪儿不爱理人了,不爱理人我还理你了呢。"邱奕拍了拍他的后背。

"理我就对了,要不你病了、伤了的谁照顾你啊?"边南喷了一声。

"申涛啊。"邱奕笑着说,"有你了他才下岗的……"

"他肯定没我这么周到!"边南很不爽地提高声音说,过了一会儿又放低了,"哎,申涛会不会对我有意见啊……"

"现在才想起来问这个?"邱奕笑了起来,"这个不该是一开始就问的吗?"

"那不是一直都没顾上吗？申涛也不老在我跟前儿晃，存在感有点儿低。"边南说。

"你当申涛三岁呢，我跟别人玩得好他就生气啊，幼稚。"邱奕笑着叹了口气，"我跟他这么多年朋友，他怎么可能因为这个对你有意见。"

"那还行……"边南嘿嘿乐了两声。

冬天天黑得早，出门天就已经黑了，路灯都亮了，雪还飘着，两人走在路上觉得特别凄凉，于是随便找了家小饭店进去了。

边南胡乱点了三个菜，坐了好一会儿才把外套脱了："暖和过来了才觉得踏实了。"

"这么没安全感？"邱奕笑了笑，从兜里掏出手机，翻出记事本递给他，"给，看看，按这个路线公交地铁搭配着回家不太挤，就是要多花两块钱。"

边南愣了愣，低头看了一会儿："邱奕，你真……贴心。"

"就感觉你自己不会去琢磨，我怕你每天都被挤站台上一回。"邱奕托着下巴，"这个也不费事儿。"

"这就是我喜欢跟你待一块儿的原因。"边南冲他竖了竖拇指，"让我觉得特踏实。"

邱奕笑了笑没出声。

天冷了，街上基本没有人，不到九点不少商店就已经关门了，如果不去酒吧、咖啡厅的话，他俩这会儿能去的地儿实在少得可怜。

不过边南并不介意，只是邱奕病还没全好，时不时还会咳嗽，他俩在街上转了转，进了一家电玩城。

以前在电玩城里泡着是边南消磨无聊时光的最好方式，他跟万飞能在里面一待就是一天，不过现在感觉就不同了。

对他充满吸引力的那些游戏机今天都没了感觉，随便玩了一圈儿，他又拉着邱奕去了二楼的一个小休闲吧，要了两杯热饮，在面街的卡座上坐下了。

"还是这么安静地待着比较爽。"边南回头往四周看了看，"跟你认识以后我整个人都往小老头儿那方向迈进了。"

于是他俩就在这里待了一个多小时。

边南看了看手机，说已经快十点的时候，邱奕挑了挑眉，有些吃惊："这么晚了？我以为刚过九点呢。"

"时间就这么哗啦啦地流逝了啊。"边南感慨了一句。

"嗯。"邱奕点了点头，"所以赶紧的，该干吗干吗去。"

"能干吗啊，回家就睡觉呗。"边南喷了一声，"你回去还有二宝能玩呢，我就不同了。"

"那你上我家玩二宝去。"邱奕伸了个懒腰。

边南又喷了一声："玩不起，受不了，他开关一开没一小时关不上，太能闹了……"

"你不是还羡慕我吗？"邱奕站了起来，"我就盼着哪天你把他带走了我就解放了。"

边南跟在他身后乐了半天，邱奕有点儿无奈，回过头："你还能不能行了。"

"不能行了。"边南说。

年前两个人都挺忙，邱奕那边是因为缺人手，边南这边是因为放假了，两人想见一面挺困难，只能是谁有空谁打电话，就这样另一个还不一定有空接。

邱奕看着日历，仔细算了一下排班表，今年过年晚。

边南那天还抱怨说以往放假他都跟万飞出去鬼混，现在万飞有了许蕊，他就被无情地抛弃了。

邱奕想看看排班能不能把空一晚上出来，跟边南一块儿出去凑热闹玩一玩。

不过似乎是排不过来，他得跟人换班。

邱奕手撑着墙，盯着放在前台的小台历，盘算着那天有谁是没安排可以换班的。他跟边南这回有差不多半个月没见着，确实也该聚一聚了。

有时候他都希望边南是在他们饭店实习了,他跟边馨语基本天天都能见着……

确定了可以跟同组的张姐换班之后,邱奕跑去找张姐说了,又答应过年的时候替张姐两天,张姐同意了换班。

邱奕心情很好地活动活动胳膊,去休息室跟领班说了。

"行吧,那天你就休息了。"领班笑着说,"小年轻真是麻烦啊。"

邱奕笑了笑,没多说,转身走出休息室。

一出门他就碰上了边馨语,边馨语一边捏着胳膊一边往里走,看到他时脸上挤了个笑容出来:"换班啊?"

"嗯。"邱奕点点头走开了。

"真难得你会换班啊。"边南接了电话心情挺不错,嘿嘿乐了好一会儿,但笑完了又不满地说,"不过还有好几天呢!得想想去哪儿玩。"

"这就不错了,我初二、初三都得替张姐的班,连着一个多星期不能休息了。"邱奕听到边南的笑声就忍不住跟着勾了勾嘴角。

"没事儿,我给你按摩。"边南说,"过年那两天我休息,我上你家待着吧。"

"好。"邱奕说。

虽然还有好几天,但邱奕觉得这几天要琢磨出来那天去哪儿玩挺愁人的,还想着要不要提前把新年礼物给送了。

其实自己送什么边南肯定都会开心,哪怕什么也不送,边南也不会有感觉,但邱奕还是连着想了两天,最后决定买点儿软陶,做两个一样的小猪,他和边南都属猪。

时间有点儿紧,但这个比做泥人儿要简单,萌版的猪也很好捏。他随手在纸上画了两头猪,一头白的,一头黑的,看了一会儿就乐了。

小猪他用了三个晚上捏好了。

东西不算太精致,不过还挺可爱的,邱奕弄了个小铁盒装上,没用完的软陶都搓成了小圆球一块儿放进去垫着了。

饭店这两天很忙,不过邱奕心情还不错,也没觉得累。

中午忙完了休息的时候，他照例到后门的小巷子里准备抽根烟。

现在他抽烟挺麻烦的，边馨语不知道是有意还是无意，也经常会跑到这里来透透气。开始邱奕碰上了还会跟她聊两句，但没几天他就躲着了，聊得太尴尬。

于是他都先拿点儿垃圾过去扔，如果边馨语在，他扔完垃圾就回去，要没在，他就待会儿。

今天他拎着垃圾过去的时候没看到人，于是扔了垃圾拿出了烟。

刚要点烟，边馨语从后门里走了出来，邱奕顿时有些不舒服。

"在啊？"边馨语站在门口问了一句。

"嗯。"邱奕这会儿不好走开，只得点了烟。

"那个……"边馨语有些犹犹豫豫地走到了他身边，"明天你换班……如果明天……明天送礼物就有点儿……不方便……所以今天……"

邱奕转过头看着她："什么？"

"就……"边馨语咬了咬嘴唇，从兜里掏出一个很精致的小布包递了过来，"你可以收的，这个是……我做的。"

邱奕叼着烟没说话，没接东西，边馨语这样子让他有些头大。

沉默了一会儿他掐掉了烟，看着边馨语："谢谢，心领了，但这个我不能收。"

"我做了一个月才做好的。"边馨语有些着急，大概是因为又急又害羞，眼眶里都有眼泪在转了，"不算贵重啊，应该没什么的，而且……而且你不是没有女朋友吗？"

邱奕没出声，心里的纠结让他整个人都有些发闷，他盯着边馨语看了很长时间，最后一咬牙，开口的时候觉得自己嗓子都有些发哑。

"我没有女朋友，"邱奕说，"暂时也不打算交女朋友。"

他这句话一说出来，边馨语顿时愣住了，瞪大了眼睛看着他，嘴唇有些哆嗦，老半天才低声说了一句："你是故意这么说的吗？"

"不是，"邱奕看着边馨语这样子有些尴尬，"没那个必要。"

"那……"边馨语用力咬了咬嘴唇，像是下了很大决心一样抬起头，"那能不能明天一起吃个饭,算是……就朋友之间……"

"不了,吃饭更没必要了。"邱奕说。

"你……"边馨语的眼睛瞪得很大,眼泪一直在眼眶里转着,"怎么……这样啊……"

邱奕没说话,只是靠着墙看着她。

边馨语瞪着他看了半天,最后一转身跑回了饭店里。

邱奕看着她的背影,长长地松了口气。

站了几分钟之后,他掏出手机,这事儿不知道对边馨语会有什么样的刺激,他得跟边南说一声。

他拨通了边南的电话,响了半天,边南才接了电话:"哎,我刚才正跟人打球呢,怎么,躲垃圾桶边儿上抽烟呢?"

"边南,"邱奕清了清嗓子,"刚才边馨语找我来着,我……可能她生气了。"

"怎么了?你打边馨语了?"边南笑着问。

"比这严重,"邱奕吸了口气慢慢吐出来,"我拒绝她的礼物,话说得可能有点儿不客气。"

邱奕把经过简单跟边南说了一遍之后,那边的边南突然没了声音,邱奕等了一会儿,正想再开口,边南笑了起来:"真没想到,你就这么给我家大小姐说了啊!这可真是天要塌了。"

"按说不会有什么吧,我觉得……"邱奕想了想,"我本来是想缓和着点儿说的,但一不小心就……"

"就狠上了?你平时也那样,对姑娘不是一直没个好脸吗?"边南喷了一声,"偏偏还就有小姑娘吃这套……"

"说正经的,你别跑题。"邱奕打断了他的话。

"你紧张什么啊?"边南问他,"怕边馨语回家闹起来,怪我身上?"

"谁知道呢,小姑娘的心思。"邱奕说,"咱俩关系这么好,她肯定觉得你也清楚我的想法,但又一直没跟她说。"

"我无所谓,"边南想了想,满不在乎地说,"那又怎么样?她还能吃了我吗？"

"你还真是……心大啊，"邱奕说，"我就是有点儿担心会出事儿，她一直是大小姐脾气，刚才那个样子……你实习刚开始，又马上要过年，这事儿动静太大，我怕你受影响。"

"没事儿！"边南笑着说，"真要这样了也没什么，我都习惯了，什么事儿最后都能找到我身上来。"

"反正这事儿你别掺和就行了，别真的她一不高兴找你麻烦，你别跟她对着来。"邱奕说。

"知道了，"边南回答，"我在家能跟谁对着干啊？"

回到饭店里，没看到边馨语，邱奕到休息室转了一圈儿，也没见到人，又在饭店里能让人待着休息一会儿的地方都转了转，感觉自己跟个执行任务被人发现了正满世界找人的杀手似的。

最后他准备去上个厕所的时候，迎面碰上了刚从女厕所出来的边馨语。

边馨语眼睛通红，一看就是刚哭过，脸上还有洗了脸没擦干的水珠。

邱奕本来只想看看她的情况，猛地这么面对面碰上，却不知道该不该开口说话。

边馨语也没说话，只是抬眼看了看他，拢了拢头发笑了笑就走开了。

邱奕回头看了她一眼，没有再追问也没有跟他哭闹的边馨语眼神里复杂的情绪让他有些不踏实。

边馨语出奇安静，一下午都认真地工作。

今天是周末，晚上的客人特别多，包间也全满了，边馨语跑来跑去的，除了见到他不再有笑容，别的看不出有什么异常来。

客人多的晚上他们下班都比较晚，特别是包间。

等到都收拾完了走出饭店的时候已经快十二点了，邱奕从大门走出去的，准备坐夜班车回去，这几天没骑车，平时停车的地方在修地下管道，没地方放自行车了。

一出饭店大门，他就看到一辆车违章停在路边，没有熄火。

接着边馨语从他身后跑了过去，拉开车子的副驾驶门坐了进去。

邱奕看到了开车的人是边皓。

边南下班到家的时候给邱奕打过电话，家里没什么事儿，边馨语应该是没跟家里说这事儿。

不过当脸上藏不住事儿的小公主碰到认为全世界就他妹最可爱、最聪明的哥哥时，就不一定了。

邱奕现在并不在意边馨语怎么看他，也不在意边南一家怎么看他，唯一担心的就是这些人知道边南跟他关系很好。

边南倒是满不在乎，他的特长就是不出事儿绝不多琢磨。

邱奕笑了笑，弄得自己跟个老妈子似的……

回到家洗漱完了，邱奕躺到了床上。

邱彦已经睡着了，裹着被子趴在枕头上打着小呼噜。他把邱彦翻了个个儿，摸了摸邱彦的脸："今天居然真睡着了啊，真难得。"

邱彦感觉到了身边有人，于是迅速伸胳膊往他身上搂了过来，迷迷糊糊地嘟囔了一声："哥哥……"

"睡吧。"邱奕拍了拍他。

邱彦很快又睡沉了。

看了看时间，十二点过了，邱奕拿过手机，给边南拨了个电话。

"邱大宝。"那边边南的声音带着鼻音。

"睡了？"邱奕问。

"嗯。"边南笑了笑，"你刚到家吗？"

"到了一会儿，都躺床上了。"邱奕拉了拉被子，"边馨语回家了？"

"回了，她哥去接的她，她没说什么，回来就回屋了。"边南小声说，"应该没说什么，你别担心。"

"我就是习惯性担心。"邱奕笑了笑，"明天你下午少安排点儿事儿，我去展飞找你，咱俩晚上出去吃饭。"

"吃大餐吗？"边南提到这个事儿就来了兴致，声音里的睡意也没了。

"嗯，吃，然后可以去看电影。"邱奕说。

"看电影不错，我好久没看电影了，其实我就没好好看过电影。"边南压低声音,"小时候老爸总带我们去看,我就趴椅子上听小情侣说悄悄话……"

邱奕乐了:"你真够烦人的。"

"是吗?我这么可爱。"边南想了想又笑了,"记得找个火爆点儿的电影,太抒情的我怕我会睡着了。"

"好。"邱奕笑着说。

年前饭店比平时要忙得多,中午上客就已经跟晚上差不多了,大部分顾客要的是套餐。

中午包间人不多,边馨语还是跑到楼下来帮忙了。

邱奕看了看她,眼睛有点儿肿,精神也不太好,见了他依旧没有说话。

邱奕看到边馨语这状态有些说不上来什么感觉,只觉得这小姑娘可能真的挺难受的。

中午忙过之后,邱奕跟领班说了一声,离开了饭店。

挤上公交车的时候,他把甩在背上的包拎在了手上,虽然两只小猪是用铁盒装着的不怕挤,但他还是有点儿不放心。

生日礼物已经碎过一回,这回的新年礼物不能再有什么意外了。

走到展飞门口时,邱奕有些意外地看到边南正蹲在门外的花坛边儿上,看到他走过去就跳下来跑到了他面前,喊了一声:"嘿。"

"嘿。"邱奕乐了,也跟着说了一句,"你怎么跑外边儿来了?"

"躲罗轶洋呢,我下午没活了,他又要拉着我打球。"边南拉了拉衣领,"走吧,咱先找个地儿晒晒太阳喝点儿东西,然后吃饭,再然后看电影?"

"行。"邱奕看到有辆出租车过来了,伸手招了招,"罗轶洋还一个人泡在球场上?他不是有女朋友吗?"

"异地恋着呢。"边南龇牙笑了笑,"据说正因为他把小胡子剃掉了对方很不高兴,说就迷恋他的小胡子。"

"这品位挺独特。"邱奕上了车,报了个地址。

这是个建在湖边的咖啡厅,环境很好,消费也很高,边南一听就愣了愣。他现在拿着不到两千块钱的实习工资,对花钱比以前敏感多了。

"一杯奶粉冲出来的牛奶都要三十多呢。"边南凑到邱奕耳边小声说,"还不如去路边的奶茶店……"

"你是不是边南啊?"邱奕笑了起来,盯着他看了一会儿,"大少爷居然说出这样的话来了,有点儿神奇啊。"

"我是下定决心开始节约的边南,"边南在他耳边继续嘀咕着,"现在不是学着过日子吗?感觉这月什么也没干钱就没了……"

"所以今天你什么也不干钱也不会多出来。"邱奕拍了拍他的腿,"听我的吧。"

"那听你的。"边南点了点头,反正邱奕这么多年能把一家人的生活安排好,谁也没饿着,还把邱彦养得那么招人喜欢,听他的没错。

咖啡店里人很多,从一个小小的木桥走进去的时候,大厅的各种吊床、卡座都已经坐满了人。

"人这么多啊……"边南一进来就愣了愣,屋里的人看到俩帅哥进来,不少人往他俩身上看了过来。

"咱上外边儿。"邱奕指了指面湖那边的落地窗,"我事先研究过了。"

"你不是吧?"边南看了看外面,外面是一个回廊,倒是也坐了不少人,但毕竟是室外,这大冷天的,"你感冒还没好呢!"

"不冷,我都说研究过了,来吧。"邱奕笑了笑,从侧门往回廊上走了过去。

边南只得跟了过去。

"先生几位?"一个服务员跟了过来,"想坐哪里呢?"

"就两人。"邱奕指了指回廊尽头,"我们坐那儿。"

"好的,我去给你们拿毯子。"服务员转身走了。

"毯子?"边南乐了。

他再走到尽头那儿一看,是个挨着栏杆的榻榻米台子,阳光从回廊的玻璃顶上洒下来，正好满满地把这个台子都罩在了阳光里。

榻榻米上面铺着厚实的垫子，放着一张小矮桌，一边儿一个地还放着两个带靠背的长条懒人沙发垫，看着跟两张小床似的。

"哎？还挺暖和啊。"边南摸了摸，感觉到了暖暖的空气，低头往小桌下面看了一眼，发现下面有个暖炉，"我说，你是怎么知道他家有这么个地儿的啊！"

"查了一下冬天想在室外聊人生该去哪儿，就看有人说这儿了。"邱奕笑了笑，"我还怕有人占了，又怕今儿风大待不住，结果还挺好。"

服务员很快拿来了两床毛毯，边南和邱奕脱了鞋上了台子，往垫子上半靠着一躺，再盖上毯子，身边是一阵阵扑来的暖风，还真是……不冷了。

"舒服死了。"边南喷了一声，仰头看了看天空，侧过脸，"我发现这种生活还挺好的。"

"你先回头看看。"邱奕拿过餐牌慢慢翻着。

"干吗……"边南回头往身后瞅了一眼，"邱奕，你故意的吧，这怎么跟展览似的！"

背后就是大厅的落地桌，里面坐着的人只要往窗外看一眼就能看到他俩，跟大屏幕看电视似的。

邱奕低头看着餐牌，笑得停不下来："你这人怎么这样，平时不是挺爱出风头的吗？现在大家都瞅你不是挺好的吗？"

"这样我连动都不敢动了！"边南抗议。

边南要了一份小点心和一盘水果，又要了一杯热可可："我就喜欢这种又浓又香又甜的味儿。"

"我要……"邱奕想了想，"这个，五谷米浆。"

边南对米浆表示不爽，这玩意儿每次他看到都没兴趣："米糊有什么好吃的啊？我爸说我跟着亲妈的时候，她就总给我吃米糊。"

"还记得味儿？"邱奕笑着看看他。

"不记得了。"边南也笑了，"其实我被接回家里之前的事儿我都不

记得,我对我妈有印象都是上幼儿园的时候了。"

"以后的事儿能记得就行了。"

热可可和米浆被一块儿端了上来,边南为了验证一下米浆是什么味儿,拿过来尝了一口,愣了愣之后把热可可推到了邱奕面前:"要不咱俩换换吧。"

"那也让我先尝尝啊。"邱奕很无奈。

"你没吃过吗?那你点这个?"边南只得又把米浆推到他面前,"让你尝一口吧。"

"我没吃过,就觉得应该好吃。"邱奕尝了一口,看着边南,"要不再来一杯这个呗。"

两人对着乐了半天,最后又让服务员拿了一杯米浆过来。

邱奕边吃边研究了好一会儿,这东西是用米糊加牛奶,加上一点儿打得很碎的核桃、花生之类的东西,应该不难做。

"我回家试试吧,看能不能做出来。"邱奕说。

"身边儿有个厨子感觉还真不错。"边南笑着打了个响指。

边南总觉得阳光能让时间变得很慢,冬天没有大风的日子里,裹着毯子靠在湖边晒太阳聊天儿,这种感觉让他很舒适。

盖在阳光下的毛孔一点点张开,暖洋洋地呼吸着。

在这里的人什么都可以不想,什么都可以不管,只跟身边的人有一句没一句地聊着天儿。

"总带我过这种老头儿的生活,先是湖边喝茶,然后跑炕头上躺着吃米糊……"边南眯着眼睛看着太阳,"你真是……"

"那你跟罗轶洋打球去呗,少年。"邱奕笑着说。

"幼稚!"边南笑了起来。

"真想快点儿变成老头儿。"邱奕伸了个懒腰。

"为什么?"边南转过头看着他。

"变成俩老头儿一块儿晒太阳的时候,就说明我们这辈子所有过得去、过不去的坎儿都已经过去了。"邱奕也转过头道。

两人一直躺到太阳开始落山，风起来了，空气也变凉了，才起身结了账，慢慢地晃到街上。

晚饭去哪里吃，他俩都没有计划，瞎转了半天，最后看到了一家西餐厅，昏暗的灯光，轻柔的音乐，坏境极好。

于是他俩进去了，要了一份双人套餐。

最后两人去了电影院，买了一堆吃的进了放映厅，灯都还没熄呢，边南就往卡座上一靠："哎，今儿真腐败啊。"

"有东西送你。"邱奕坐到他身边，打开包，从里面拿出了那个小铁盒，放到边南手上，"不知道你喜不喜欢。"

边南愣了："还有礼物？"

"看看。"邱奕说。

边南看了他一眼，低头打开小铁盒，看到盒子里搂在一块儿的两头猪之后先是一顿，接着就捧着盒子笑得停不下来了："你有病啊，你送个礼物还要挤对人啊！"

"我就觉得黑的特可爱。"邱奕也乐了。

两人压着声音傻笑了半天，放映厅里的灯熄灭了。

边南这才停了笑，沉默了一下说："怎么办，我没礼物送你。"

"你给我写封信吧。"邱奕小声说，"就用信纸写，写够一千字。"

边南愣了能有一分钟才转过头，借着大屏幕上闪动着的光看着邱奕："你整我呢吧，我考试作文从来没写够过八百字。"

"你就说你写不写吧。"邱奕说。

"写！"边南咬牙道，"写！"

两个人从电影院出来的时候，已经十一点多了，气温降得很低，不过双双对对的人还是不少。

"打车回吧。"边南缩了缩脖子。

"嗯，先送你回去。"邱奕拿出手机看了看，上面显示有邱彦的未接来电，他打了过去，告诉邱彦自己马上回家了。

"先送你。"边南看了他一眼，其实两人分头打车最快，但他俩似乎都没有这个打算,"二宝该着急了。"

"没事儿,我都跟他说了。"邱奕笑了笑。

"别废话了。"边南拉开了路边等着的一辆出租车的车门,"跟我还绅士啊。"

"行吧。"邱奕上了车。

这个司机少有地沉默,边南还是头一回见着这么一言不发的出租车司机,都有点儿怀疑这人是不是不爽了。

司机开着电台,听着一档情感节目。

边南一边听一边乐,说起来,有那么点儿感慨。

以前他是不会留意这种内容的,要上车听到这些,多半会让司机给换个单田芳。

"不能治国安天下,枉称男儿大丈夫!"

今天边南却有滋有味儿地听了半天,还拍了拍邱奕的腿,有种得意扬扬的爽快感觉。

一直到回了家,看到车库里停着的边皓的车,他一直扬着的心情才稍微回落了一点儿,再想到边馨语会是什么反应,心情就又往下跌了跌。

客厅里还有人,老爸和边皓还在聊天儿。

看到他回来,老爸转头看了看钟:"跟朋友出去了?"

边南不知道该怎么回答,边换鞋边含糊地应了一声。

"单身汉聚会吧。"边皓在一边说了一句。

"你自己跟女朋友玩回来了就挤对别人。"老爸喷了一声,又转头看着边南,"回得还挺早啊。"

"瞎玩。"边南笑了笑,转身想往楼上走,还好边馨语不在,要在的话,这话题没准儿能让她大发脾气。

"赶紧找个女朋友吧。"边皓伸了个懒腰,"省得吃个饭还得跟邱奕一块儿,多憋屈啊。"

边南正要往楼梯上迈的步子猛地停住了,他转过头看着边皓。

"怎么了?我今儿看到你俩了。"边皓有些嘲讽地笑了笑,想了想又站起来，换了个笑容，"对了，有个事儿你帮我一下吧。"

"嗯？"边南觉得自己有点儿发蒙。

"这个。"边皓走到他跟前儿，拿过旁边小柜子上放着的一对鞋垫似的东西递给他，"这个是缓解脚疲劳的，我给馨语她不要，要不你替我给她吧，或者……让邱奕给她？我看她这两天路都走不利索了。"

"哦。"边南接过鞋垫看了看，"我给她试试吧，邱奕给她……不合适吧？"

"那你试试吧，谢了。"边皓点了点头，又回到沙发上躺下。

"上去睡吧。"老爸冲他挥了挥手，"早点儿休息，明天不是还上班吗？"

"嗯。"边南抓着鞋垫跑上了楼。

进了自己的房间又站了半天，他把邱奕送他的小猪放到了衣柜最上层，拿出手机给邱奕打了个电话。

"你到家了？我这儿刚收拾完。"邱奕接了电话，笑着说，"怎么了？"

"边皓看到咱俩了。"边南压低声音说。

"他什么反应？"邱奕愣了愣。

"没什么反应，就嘲笑我来着。"边南皱着眉道。

"你跟平时一样就行了。"邱奕沉默了一会儿道，"如果……边馨语说了什么，这事儿你能不掺和就不掺和，不是你的事儿，知道吗？"

"知道。"边南嘿嘿笑了两声，"还有个事儿，就……边皓拿了个什么缓解疲劳的鞋垫要给边馨语，她不要，边皓心疼他妹说是路都走不利索了……"

"想让我给边馨语？"邱奕马上反应过来了。

"嗯，我说你拿给她不合适，我给她吧，她不要再说。"边南小声说，"正好能缓和一下关系再看看她什么反应。"

"也行吧。"邱奕想了想，叹了口气，"我要有这么个哥早烦死了。"

"我觉得你就挺能操心的，跟边皓操心的方向不一样罢了。"边南笑了笑。

"要跟边皓一个方向，我爸早带着二宝离家出走了。"邱奕啧了一声。

"看把你得意的。"边南心情莫名其妙地好了不少,"行了,我就跟你说这么个事儿,我先睡了,太困了。"

"嗯,晚安。"邱奕说。

邱奕看了看趴在床上抓着手机睡得正香的邱彦,过去从邱彦手里拿过手机放到了桌上。

本来打算直接睡了,但刚要关灯,听到老爸屋里有响动,于是他转身走出去,进了老爸的房间。

"回了?"老爸估计是刚睡下,还靠在床头,开着小收音机。

"嗯。"邱奕坐到床边拉了拉他的被子,"怎么还没睡?一会儿又要咳了。"

"冬天了,咳咳很正常嘛。"老爸应景儿似的偏过头一通咳嗽,半天才缓过来,"我还等着你给我汇报呢。"

"汇报什么?"邱奕在他的胸口轻轻地顺着,"喝点儿水吗?"

"不喝,喝了晚上又得起夜,费劲儿。"老爸摇了摇头,"你是不是跟人吃饭去了?等你汇报呢。"

"我又不是跟女孩儿出去,有什么可汇报的。"邱奕看了他一眼。

"跟申涛啊?"老爸笑了起来。

邱奕笑了笑:"不是,跟边南。"

"哦。"老爸顿了顿,道,"现在你跟边南是不是比跟申涛关系好啊?"

"都挺好的,又不是二宝,还能跟这个好了就跟那个不好吗?"邱奕站起来替老爸整了整枕头,把小收音机关掉了,"赶紧睡吧,都十二点了。"

"你倒是从来没让家里担心过早恋。"老爸往下移了移躺到枕头上,叹了口气,"再这么下去该担心你晚恋了。"

"有空操心一下自己的身体。"邱奕皱了皱眉,"上回医生怎么说的你不记得了?你这身体出问题的地方多了,不好好注意要出大毛病的,下周约了医生检查,听听人家怎么说。"

"不去。"老爸摆了摆手,"烦不烦啊,成天往医院跑!"

"就你这样的情况，条件好点儿的就该在医院待着调养，咱是没条件，几个月才去一次医院你还烦上了。"邱奕叹了口气，"你还真是挺视死如归的。"

"自己儿子忙得团团转，以后还不知道能不能娶上媳妇，当爹的能不烦吗？"老爸闭上眼睛也叹了口气。

"说了你甭操我的心，谁能比你烦啊？"邱奕捏了捏老爸的肩膀，"行了，睡吧，我明天还得忙呢，我也睡了。"

"睡吧、睡吧。"老爸拉了拉被子，"儿大不由爹啊……"

邱奕关上了老爸房间的门，拿了根烟上院子里点上了，叼着蹲在了家门口。

从小到大，老爸都很信任他，他做出的任何决定、他决定去做的任何事，老爸都不会多说什么。

他的压力大，老爸能体谅，他也能感觉到老爸的无奈，所以在老爸面前他永远不能表现出自己的心思。

晚恋？邱奕想想笑了起来。

跟妈妈一样，老爸也曾一起幻想过儿媳妇的事，只是男人不如女人那么爱琢磨这些而已……

想到老妈，邱奕的手轻轻地抖了一下，他有些痛苦地低下了头，盯着月光在地上斜着打出的葡萄架的阴影。

枯萎了的藤蔓扭曲地在地上留下了纠结的影子。

边南现在起床的时间比以前要晚得多，不用早起跑步的日子还挺不习惯的，他每天都还是六点多起床，到三楼老爸为了装健身达人而建的其实一次也没进去过的健身房里折腾一会儿，跑跑步活动一下。

八点他下楼的时候，边馨语从自己屋里走了出来。

边南一看她的样子就有点儿说不上来是什么感觉，黑眼圈儿离着几米他都看得见，边馨语绷着脸，情绪也很低落。

看到他，边馨语扫了一眼就没再理他，准备下楼去吃早餐。

"馨语,"边南叫住了她,这声馨语叫出来他自己都起鸡皮疙瘩了,从小到大他几乎就没这么叫过她,"那个……你等我一下。"

边馨语没说话,站那儿看着他。

边南跑进屋里拿了边皓的那个鞋垫,刚一出来边馨语就皱了皱眉:"干吗?边皓让你给我的?我不是说了不要这玩意儿吗?他都找上你了?还有完没完了啊!"

"是啊,都找上我了。"边南笑了笑,"也挺不容易的,你用不用都拿着吧,扔一边儿也行啊。"

边馨语从小起床气就特别大,现在加上心情不好,脸上阴云密布:"我不要就是不要,他是不是还打算让邱奕拿给我啊?有病!"

边南听到"邱奕"两个字,心猛地蹦了蹦,拿着鞋垫没说话。

边馨语皱着眉从他手里一把拿走了鞋垫,打开自己的房门往里一扔:"行了吧!"

边南没说话,转身下了楼,发现边皓正站在楼下仰头往上看。

"给她了。"边南说。

"哦。"边皓点了点头,想想又有些郁闷,"估计她不会用。"

"也没那么娇气的,我以前跟你爸爸一块儿打拼的时候不也……"林阿姨在一边笑了笑,说到一半看了边南一眼,没再说下去,"苦点儿也好,苦得受不了她就知道回家了。"

边南低头坐到了餐桌旁,老爸是白手起家,林阿姨嫁给他的时候他还只是跟着矿山的老板跑腿儿,两人算是一起相互扶持,不过要再往下说边南的亲妈就该出场了。

边馨语心情不好,家里除了边南,没人知道真正原因,大家都只能小心地哄着她,想逗她开心。

边南看着边皓就差起来给她跳个大猩猩之舞的样子,心一直提着,就怕边皓一着急会把"边南和邱奕俩可怜人一块儿吃饭"这事儿当笑话给说出来。

这可真就刺激到边馨语了。

还好边馨语匆匆吃完早餐就背着小包出门了,谁也没多搭理。

边南吃完早餐也出了门,今天这一天应该是没什么事儿了,晚上会不会出什么意外不知道,明天、后天呢……

按邱奕给的上下班乘车指南,边南感觉轻松了不少,车上人还是不少,但他至少可以在手机铃声响起来的时候顺利地把手机从兜里拿出来了,而不用担心手机会被别人的屁股挤住。

不过看到屏幕上显示的是苗苗的名字时,他愣了愣:"苗苗?"

"哎,男神早啊。"苗源挺愉快地打了个招呼。

"早。"边南不知道苗苗怎么会突然给他打电话,一想到苗源那天的反应,就有点儿想笑。

"是这样的,你现在是不是在展飞实习啊?"苗源说话倒是听不出什么来,感觉还挺自在,还真是个大大咧咧的姑娘。

"嗯,是。"边南说。

"我要是介绍朋友过去给你,算你提成什么的吗?"苗源问。

"介绍朋友?"边南没想到她会说这个事儿,"我实习期不算提成,再说,我也不是教练,是助理。"

"哦……那没劲儿了。"苗源挺失望,"我这儿有两个朋友想找个好地儿打球,原来有点儿基础的,我还想介绍给你让你能赚点儿钱呢。"

"要不你带过来吧,可以介绍给带我的教练。"边南想了想,顾玮带的班还有三个位置没满。

"行啊,还能替你拍个马屁。"苗源一听就乐了,"那我今天下午带人过去,到时打你的电话哈。"

"行,你……"边南想了想今天的安排,"你过来的时候给我打个电话,我出去接你们进来。"

"行。"苗源笑着说,"哎,男神你真是挺好相处的,我突然觉得跟你说话轻松多了,你看我跟你说话都不结巴了。"

边南有点儿想笑:"你原来也不怎么结巴啊。"

"那是我掩饰得好,早知道我应该去考电影学院。"苗源说,"那就这样吧，等我的电话啊边助理。"

"好。"边南笑着挂掉了电话。

苗源的性格还真是挺好，边南有些感慨，如果都像她这样就好了。

边南这阵子跟着顾玮慢慢对工作已经掌握了一些，人头也熟悉了不少，再拿出在学校时跟教练打交道混出来的厚脸皮劲儿……虽然俱乐部的教练因为各种利益关系跟学校的教练不同，但起码能在表面上赏他个笑脸。

"玮哥……不，亲哥。"边南跟顾玮忙了一个多小时学着给学员制订训练计划，没体校的计划细，但也挺费事儿的，好不容易忙得差不多了，他拿着顾玮的杯子去泡了杯热茶拿过来，"给你说个事儿。"

"嗯，什么事儿？"顾玮拿过杯子。

"我一个朋友，说带俩人过来，有点儿基础的，就特想跟着您，咱这儿还有空位子吧？"边南说。

"有基础的啊？有基础的行。"顾玮点了点头，"带来吧，没基础的要是你开口也能行，就是不好安排一块儿练。"

"没基础的我也直接就回掉了，我陪练也费劲儿啊。"边南笑了笑。

下午苗源给他打了个电话，把人给带来了，是俩女生，跟苗源家住一个小区的，都在本市上大学，看着比苗源更开朗，一来见了顾玮就一抱拳叫了声师父。

顾玮乐得笑了半天，试了试，俩姑娘的确都有基础，于是就都放在自己班上了，说好明天开始可以来跟着练了。

苗源没跟边南多说什么，陪着俩姑娘登记交钱完事儿就一块儿走了。

"那个苗苗，"顾玮拉着边南到休息室后的小院子里站着道，"你喜欢？"

"不是，不是，不是。"边南赶紧摆手。

"不是就好。"顾玮点了根烟，"她有男朋友吗？"

"哥，"边南一听就笑了，"你想干吗啊？"

"对了，问得太着急。"顾玮有些不好意思地笑了笑，"应该先问，她多大了啊？"

"快二十了吧，跟我一年的。"边南喷了几声，"不过我不能随便把人的联系方式给你。"

"不用，不用。"顾玮拍了拍他的肩，"你就问问她，对今儿那个教练有没有印象，要人家连印象都没有，那就算了。"

"行，没问题。"边南笑了半天，顾玮这人平时挺放得开的，一碰上这事儿居然还有点儿害羞。

边南下班等车回家的时候给邱奕打了个电话，邱奕正要上课了，挺忙的，两人没说一会儿就挂了电话。

不过边南心情还不错，人有时候真是挺容易满足的，现在生活、工作都顺当，没什么不愉快的事儿，对边南来说就已经是享受了。

每天跟万飞打打电话瞎扯几句，再听听邱奕的声音，工作上有什么不爽两人聊几句就能放松下来。

按这节奏算算，离过年没几天了。展飞赶在年终前还发了点儿奖金，要不说大家都想进展飞呢，福利还不错，连边南这样的实习生都有份。

边南挺开心的，一路都盘算着这月的工资加上福利应该给家里人买点儿什么礼物，还有邱奕、二宝、邱爸爸……

边南心情还算不错地回到家，一推开门就看到了坐在沙发上一脸不开心的边馨语和在旁边沉默着看电视的边皓，边南心里沉了沉。

边馨语大概是今天晚上不用上班，其实她在家也没什么，她一直也没跟谁说起过邱奕的事儿，但郁闷的是边皓也在家。这阵子他妹妹心情不好，他压缩了陪女朋友的时间，没事儿就待在家里。

"回了啊？"阿姨从厨房里走出来，"今儿都回得挺早，正好早点儿吃饭吧。"

"我不吃饭了。"边馨语缩在沙发上说，"不想吃东西。"

"这几天都没好好吃饭了。"阿姨皱了皱眉，"你说这是何苦呢，打个工累成这样……"

"谁说我是因为打工的事儿了？"边馨语喊了一句，"我就不能有我自己的烦心事儿啊？"

"那你烦什么呢？"阿姨叹了口气，"这都多少天了，每天都这样，你让我们多担心啊。"

"没事儿。"边馨语抱着膝盖，"过了就好了。"

"感情的事儿？"边皓试着问了一句，"感觉你就……"

"你烦不烦啊！"边馨语大概是被戳到了痛处，突然从沙发上跳了起来，冲着边皓跟爆发了似的一通喊，"成天说个没完烦不烦？"

"你是不是有病？"边皓这段时间一直被亲爱的妹妹各种吼，估计也忍到头了，往茶几上拍了一巴掌，"我说句话你抽什么风？"

"就抽！就不乐意听你说话！"边馨语声音里带着颤抖，"我就堵得慌！不想听，不想听！"

"全家这么哄着你，你也收敛点儿吧！"边皓一看边馨语这是要哭，顿时又有点儿不知道该怎么办，往边南这儿扫了一眼，"人家拉个朋友出去转转不也行吗？怎么就……"

"哎哟，这吵什么呢？"阿姨跑了过来，"边皓，你冲她喊什么喊……"

"你说什么？"边馨语打断了阿姨的话，看着边皓，"你说谁拉个朋友……"

"邱奕那天跟你去吃的饭？"边馨语已经不再高声喊叫，第二次问的时候她的声音已经带着颤抖和鼻音，"他宁可跟你去吃饭，都不肯跟我一起吃？我都说只是朋友吃个饭了……"

下一秒她应该就会哭出来。

边南还真没想到邱奕拒绝了和边馨语一块儿吃饭，不知道该说什么。

几秒钟之后他张了张嘴刚要出声解释，边馨语突然尖叫了一声，捂住耳朵往楼上跑去："不要告诉我！我不听——"

边馨语跑得很急，带着哭腔地边跑边喊，把楼梯上站着的老爸撞到了一边，冲上二楼跑进了自己屋里，狠狠地摔上了门。

接着大家就听到了从她屋里隐隐传出来的哭声。

"怎么回事？"老爸这才反应过来，瞪着边南问了一句。

"我……"边南觉得手脚发凉，手心里全是汗，老爸这个严厉的眼神让他攒了半天的勇气差点儿消失。

"这到底是怎么了？"阿姨也顾不上多问，急匆匆地跑上楼，在边馨语的房间门外有些焦急地敲着门，"馨语，怎么了？出什么事儿了？你给妈妈开开门……"

边皓没有说话，走到边南面前盯着他看了半天，上了楼。

"爸，"边南抬起头看着老爸，有些艰难地开了口，"我跟你解释一下？"

老爸皱着眉，停了一小会儿之后转过身往楼梯上走了几步："来我的书房吧。"

"嗯。"边南抬腿迈上楼梯，没想到边馨语会把事情弄到这个地步，事情会这么难以面对。

"边南！"边馨语突然打开房门，推开了站在门外的阿姨和边皓，往他这边冲了过来，"你为什么这样？"

边南回过头，只来得及退了一步，边馨语已经扑过来，抓住他的胳膊："你就等着看我的笑话呢是不是？他拒绝我的时候是什么样你知道是吧？你就等着笑是吗？"

边南看着她满脸的泪痕和通红的眼睛，皱着眉应了一声："你说什么呢？"

"为什么啊？"边馨语大概是连最后一丝幻想也消失了，嘶吼着，"你明明知道我想和邱奕走得近一点儿！你明明知道！你们就这么串通了看我的笑话！"

"我……"边南觉得边馨语这个逻辑有问题，但没等他开口，边馨语的手已经对着他脸上甩了过来，他赶紧偏过头，边馨语的指甲在他的脖子上划了一下，脖子顿时火辣辣地疼。

"馨语！你这是干什么？"老爸喊了一句，边馨语从小到大虽然被惯得脾气很大，但还从来没有过这样疯狂的行为。

"馨语……"阿姨跑了过来，想要拉住边馨语，被边馨语一把甩开了。

"我跟他吃个饭怎么了啊？"边南有点儿蹿火，"我还不能跟我朋……"

"边南你是故意的！你明明知道我想跟他交朋友！你是故意的！"边馨语指着他吼道。

"你先别这样。"边皓也冲过来搂住了边馨语,把她往后拖开了,"你这都说的是什么?跟边南有什么关系?"

"我说什么了?我就说边南他什么都知道!什么都不告诉我!就这么跟别人一起看我的笑话!看我像看傻子一样!我说的是什么?就是这些!"边馨语拧不过边皓,边哭边挣扎着,还是指着边南:"你浑蛋!边南你跟你妈一样,无耻!"

边南只觉得自己猛地晃了晃,扶了一把旁边的栏杆才站稳。

边馨语的这句话像一把刀狠狠地捅进了他心里,还连捅带转地搅了搅。

"馨语!"边皓压着声音道,"你瞎说什么?"

"我没有瞎说!边南,你说啊!你看着我每天傻子似的是不是很开心啊?你说,你明明知道……你就跟你妈一——"边馨语哭喊着,话并没有说全,边皓一把捂住了她的嘴,把她拖回了房间里。

边皓和边馨语虽然从小看边南不顺眼,但因为老爸的关系,所有的不满都不是直接表达,不友好、不待见、冷嘲热讽、白眼、打架,哪怕是边馨语的那句"原罪",都并不会直接提及边南的亲妈。

边馨语的话边南听得清清楚楚,他已经听不清别的声音,边馨语被拉进房间后还在喊,但他已经完全听不见了,也已经忘了自己是不是要解释清楚,满脑子只有那一句:

边南你跟你妈一样!无耻!

无耻!

这句话准准地戳在了他这十几年里最不愿意触碰的那道伤疤上。

你妈是"小三",你也跟她一样,无耻!

边南轻轻地靠在了栏杆上,身体抖得厉害。

他觉得栏杆真结实,自己抖得都跟发了功似的,栏杆还是纹丝不动。

真结实……

阿姨眼神复杂地看了他一眼,跑进了边馨语的房间里。

"这是怎么回事儿?"一直没有说话的老爸在边南身后问了一句,声音里透着明显的怒火。

"爸,"边南闭了闭眼睛,手抓着栏杆,就好像一松开他就会摔倒,"我就是跟邱奕……去吃了个饭。"

"然后呢?"老爸大概还没有完全反应过来,又问了一句。

"我……"边南咬了咬嘴唇,回过头看着老爸,也不知道自己在想什么,只觉得有种一直被压抑着的情绪在翻腾。从小到大他在这个家里都保持着最低的存在感,希望能让被他老妈伤害过的人不因为他而感觉硌硬,无论说什么、做什么都没有底气,就这样过了十几年,却依然笼罩在这样的阴影里。

他看着老爸:"我不知道,谁知道呢?也许……我就是看笑话呢?"

他已经分不清自己是在赌气还是没有成功来袭过的叛逆冒了头,也或者是为了护着自己这个意义不同的朋友。

老爸一个耳光扇过来的时候,边南甚至没来得及看清他出手的方向就重重地摔到了走廊的地板上,还顺着光滑的地板往后出溜了一小段距离,撞上了从边馨语屋里走出来的边皓。

老爸指着他说了句什么,边南没听清,耳朵里一片嗡响,伴随着尖锐的鸣音,比边馨语的哭喊更有杀伤力。

他被脑子里的鸣音震得头都有些发晕了。

老爸说完就黑着脸上楼去了,边南胳膊撑着地板,背后靠着边皓的腿,只觉得眼前的东西都带着风飞快地旋转着。

老爸作为一个从青年时期就在矿上干力气活的矿主,这一巴掌的力量很惊人,边皓退开的时候,边南直接躺到了地上。

边皓把边南从地上拉了起来,边南双腿打滑地撑了好几下,才靠着墙站稳。

边皓看着他,说了句什么。

边南在一片嗡嗡声里只听到了他的声音,却没听清他说什么。

"我听不清。"边南轻声说。

边皓没再说话,等了一会儿才又开了口:"现在呢?"

随着鸣音退去,四周开始有了乱七八糟的声音,像是搜索不到信号的收音机发出的杂音。

"嗯。"边南应了一声。

"回屋待着吧。"边皓脸色不太好看地瞅了边南一眼之后往楼上走去，"这个年精彩了。"

边南靠着墙没动。

四周似乎静了下去，边馨语屋里已经没有了哭泣声，边南只能听见阿姨轻缓的说话声，边皓和老爸上了楼。

走廊里只剩下了他自己。

他顺着墙慢慢地蹲到地上，闭着眼睛想让自己冷静下来。

可他觉得自己挺冷静的。

那就是……他要快点儿从之前的旋涡里出来。

边南你跟你妈一样！

一想到这句话，他就全身一阵发凉。

哪怕这句话有着明显的破绽。

就这么一句逻辑混乱的话却能一棍子把他打进黑暗里。

真神奇。

原罪。

是因为这个吗？因为他有个做了"小三"的妈，所以他就会在这样的逻辑面前一败涂地。

所有小心隐藏着的敏感和自卑像潮水一样翻滚着淹了过来。

边南不知道自己在走廊上蹲了多长时间，一直到他走出家门，家里都一片安静，没有人从房间里出来，没有人理会他。

甚至暴怒的老爸都没有再过来揍他。

边南缩了缩脖子，夜里真冷啊。

北风刮过他的脸时，刺骨的冷意和着那一巴掌还残留在脸上的火辣辣的痛，相当难受。

这两天说是要下雪，晚上的风刮得特别紧，几下就把身上的衣服都给刮透了。

边南漫无目的地在空无一人的街上转悠着，一开始觉得很冷，慢慢地就没什么感觉了。

他不知道现在什么时间，也不知道自己已经转悠到什么地方。

他看了看四周，在路边找了张长椅坐下，屁股下边儿一点点传来的冰冷慢慢更新了他身上已经被风吹得麻木的感觉。

他往兜里摸了摸，想拿手机看看时间，想打个电话给邱奕。

但兜里是空的。

手机他习惯放在裤兜里，但不知道什么时候掉出去了。

是他被老爸那一巴掌打翻在地的时候掉出去的吗？

边南轻轻叹了口气，把手放到了外套兜里，盯着脚边被风吹起的细沙和尘土。

他真没想到事情这样发生了。

他甚至没来得及跟老爸认真解释解释，表达一下自己的想法就被一巴掌扇开了。

事情居然变成了这样。

莫名其妙地就被搅得乱七八糟的一家人……也许从十几年前被搅乱了就一直没有真正平静过吧。

边南低头笑了笑。

他知道自己在意老妈的身份，也在意自己的身份，但还不知道自己会这么在意，更没想到自己会用这样的方式半发泄、半顶撞地跟老爸对着干一回。

邱奕是什么样的朋友？

他是很重要的、能让自己感到踏实的、碰到麻烦时会第一时间想听对方的意见的……朋友。

时间慢慢地在北风里滑过。

边南坐在长椅上，看着月亮从东边慢慢移向西边，琢磨着自己是该回家还是该继续愣在这里。

如果他在这里待一夜，会不会感冒？

跟邱奕一样，他很少生病，这大概是这么多年迷迷糊糊没个方向地在体校混着的最大收获了。

小时候他还挺想生一次病的，特别羡慕身体不好的边馨语打个喷嚏都能让老爸和阿姨紧张半天的待遇。

现在他也挺想生病的，可以一次性从邱奕身上找回自己两次伺候他的份儿。

他嘿嘿地乐了两声，还真不知道自己要是病了邱奕该怎么腾出时间来照顾他。

时间过得挺快的，边南一直没想明白自己该去哪儿，满脑子胡思乱想，不知道从什么时候开始就已经习惯性地跑题了。

他应该是习惯性地避开那些让他无奈的事儿。

天有些亮的时候边南站了起来，屁股都失去知觉了，他背着手在自己的屁股上拍了半天，旁边推着小车准备开始卖早餐的大爷一直看着他。

他往四周看了看，环境有些陌生，但也不是完全没见过。他冲大爷笑了笑："大爷，这是哪儿？"

"中国。"大爷看着他道。

"什么？"边南愣了。

大爷看他一脸迷茫，又说了一句："中国，现在是二〇一……"

"大爷，我不是穿越来的。"边南忍不住打断了大爷的话，这大爷估计是昨儿晚上小说看多了还没醒过来。

"哦。"大爷应了一声，边南感觉自己似乎在大爷脸上看到了一丝失望，大爷指了指旁边的街牌，"看不见啊？"

街道的名字挺熟，但边南一时想不起来这是哪儿。

他觉得自己的脑子大概被冻住了，现在唯一的想法就是应该上班了。

他也没管方向，顺着路往前走，打算找个车站或者地铁口再看看该怎么走。

走了一截儿，他听到了前面有高跟鞋敲打地面的声音，接着就看到了一双穿着棉裤的腿。

他往一边偏了偏,正想让开的时候,一个还算挺熟悉的女声响起:"哎哟,这不是我儿子吗?"

边南愣了愣,猛地抬起头。

老妈穿着一套棉睡衣,手里捏着钱,正有些吃惊地看着他。

边南这才猛地想起那个有些熟悉的地名,是老妈住的小区外面的那条街。

"妈。"边南叫了她一声。

"太神奇了,"老妈虽然穿着睡衣,不过脸上还是化了精致的妆,跟她的衣服不太搭。她走过来拍了拍边南的肩,"怎么,来看我的?一大清早的这么孝顺?今儿太阳是不是打我兜里升起来的啊!"

"我……"边南在这种情况下看到老妈,心里说不上来是什么滋味儿,"路过。"

"路过?"老妈冷笑了一声,"我就知道,哪儿有这么好的事儿,这么久也没打个电话问问我死了还是没死透,还能直接跑来看我?"

边南想走,但被老妈一把抓住了胳膊:"正好,很久没见面了,聊聊吧。"

老妈大概是出来买早点的,不过这会儿她什么也没买,直接把他拉回了家。

边南觉得能让老妈这么热情和着急的唯一原因应该只有一个:她想要钱。

老妈推开房门的瞬间,边南就有种扭头离开的冲动。

屋里的沙发上坐着个叼着烟的男人。

"这是谁啊?"男人一见边南就喊了起来。

"我儿子,亲儿子。"老妈提高声音,冲男人挥了挥手,"你进里屋去,我跟我儿子好久没见了,要聊聊。"

"哦。"男人一听就站了起来,转身进了里屋。

"先说说你吧。"老妈在沙发上坐下了,点了根烟叼着。

"我有什么可说的?"边南站着没动。

"别装了。"老妈夹着烟笑了起来,"你毕竟是我儿子,我生的,你有事儿我能看不出来吗?"

边南看着老妈不知道是什么心态的笑容,突然有些愤怒。

他咬着牙盯着老妈脸上的笑容,沉默了一会儿开了口,都没想到自己说出这件事儿的时候能这么平静,还能说得这么简洁明了。

他感觉自己就想要看到老妈听到这事儿时脸上的表情。

"什么?"老妈听完了之后愣了愣,突然尖着声音笑了起来,夹着烟的手笑得一直抖,烟灰都落在了衣服上,"边馨语说你跟别人一起看她的笑话?天哪——"

边南盯着她没出声。

老妈笑得停不下来,眼泪都笑出来了,边笑边尖着嗓子喊:"边南你真牛,你是在替你妈报仇吗?哈哈哈哈哈哈……真不愧是我亲儿子,你都学会不动声色地看人笑话了啊,哈哈哈哈……你真恶心……"

边南拿起茶几上的一个杯子,狠狠地对着墙砸了过去。

杯子碎裂的声音终止了老妈的笑声。

"怎么?"老妈摸了摸自己的脸,笑容消失了,看着他的眼神有些空洞,"你恨我啊,这怪我吗?"

"我不怪你,也不恨你。"边南俯身凑近她,一字一顿地说,"我只是看不起你,你给我带来的痛苦就到这里了,今天,现在。"

老妈没说话,脸上的表情有些难以捉摸。

边南也没再说话,转身拉开房门走了出去。

"边南!"老妈在他身后大喊了一声。

边南摔上了门。

被边馨语指着鼻子骂得无法解释的时候,被阿姨复杂的眼神扫过时,被老爸一耳光扇倒的时候,他只觉得害怕和混乱。

从老妈家里走出来的时候,他却突然想哭,不为别的,只为了老妈那句带着笑喊出来的:你真恶心。

谁都没有说出这个词,被骂、被打的时候他都没有听到,却在自己的亲妈的嘴里听到了这么一句。

你真恶心。

他恶心吗？

为什么恶心？

边南飞快地往前走着，快得他都能听到自己混乱的呼吸。

他走出小区大门，冲进了一家开着门的杂货铺，看着正在理货的老板问了一句："有电话吗？"

"没……"老板一看到他，立马摇了摇头。

边南知道自己现在的样子应该不太好看，吹了一夜风，疲惫、郁闷、憋屈，估计有点儿像个流窜犯。

他没再说话，直接推开老板，往收银的小桌子下面看了一眼，拽出了放在抽斗里的电话："我打个电话。"

"你干什么？"老板不知道他要干什么，有些着急地过来想拦。

"我打个电话！听不懂啊？"边南吼了一句，拿起电话，飞快地拨了邱奕的手机号。

老板僵在了一边，盯着他。

"喂，你好。"那边传来了邱奕的声音。

听到这三个字时，边南整个人突然软了下去，就像是一直紧绷着的那根线被猛地抽走了，他一屁股坐在了旁边的椅子上。

"我要见你，现在。"他说。

"我正要出门去补课……"邱奕边吃东西边说，声音有点儿喘，应该是边吃边收拾着东西。

"我要见你！现在！"边南说。

邱奕顿了顿，回道："好，在哪儿？"

"我妈那个小区门口，你跟我来过的。"边南轻声说。

"等我。"邱奕说。

挂掉电话，边南觉得自己很困，靠着椅背不想动了。

老板还在一边盯着他，他看了老板一眼，在兜里摸了半天，钱包也不见了，不过他摸到了一张钱。

拿出来看了看，是一百的，他把钱放到了桌上。

"干吗？"老板看着他。

"电话费。"边南说。

"不用了，你打完电话就走吧。"老板挺紧张的。

"我坐会儿，等个朋友。"边南没动。

二十分钟之后，老板还站在一边盯着他，边南也没再多说话，盯着外面偶尔走过的人和慢慢变得多起来的车。

一辆出租车飞快地开了过来，停在了路边。

车门打开，邱奕从车上跳下来，往两边看了看。

"邱奕！"边南吼了一声，看到邱奕的瞬间，顿时觉得一阵说不上来的委屈涌上心头，自己都不知道在委屈什么。

老板被他吼得哆嗦了一下。

边南跳起来跑出了小杂货铺，往邱奕那边冲了过去。

不知道是不是因为一夜没睡，或者是因为让风吹病了，再或者是被老爸那一巴掌扇晕了还没好，再或者是被老妈气的……边南感觉有些腿软，冲到邱奕面前的时候直接跪在了地上。

"哎！这是怎么了？"邱奕吓了一跳，看了看四周，也跪了下来，想想又换成了单膝跪地。

"大宝。"边南想站起来，没成功，往前栽了栽。

邱奕赶紧扶住了他的肩膀："磕头就别了吧，不好回礼。"

"你有病。"边南突然笑了起来。

邱奕笑了笑没说话，边南笑得有点儿收不住，看着邱奕一个劲儿地笑，笑了半天，眼泪顺着脸滑了下来。

真丢人。

"没事儿了。"邱奕在他背上拍了拍，"没事儿了。"

边南就这么哭了好几分钟，邱奕一直没说话，只是用手在他的背上轻轻拍着。

"哎！"边南感觉哭痛快了，堵在胸口的感觉减轻了不少。他往脸上胡乱抹了两把，龇牙咧嘴地撑着膝盖慢慢站了起来："都跪出老寒腿儿了。"

"这不是跪出来的吧，是一晚上吹风吹出来的吧？"邱奕也站起来，笑了笑。

边南愣了愣，抬眼看着他："你怎么知道的？"

"随便一想就知道了。"邱奕拍了拍他的胳膊，"这脸色、这个时间、这个地点……"

边南扯着嘴角笑了笑："也是。"

"先吃点儿东西吧。"邱奕往两边看了看，"我过来的时候看到那边有个早点店，人不多。"

"嗯。"边南搓了搓脸，现在是饱是饿完全没感觉，冷不冷也不知道，身上所有的感觉经过这一夜的折腾似乎都已经进入了休眠状态。

早点店里人不多，两人找了张靠墙的小桌坐下。

"想吃什么？"邱奕问他，准备去端东西。

"不知道，你吃什么就拿双份儿吧。"边南说。

"行吧。"邱奕在他的脑袋上扒拉了两下转身走开了。

店里很暖和，他们这桌离门口做煎饼的大炉子很近，边南觉得自己这一晚上被冻成了冰块的身体一点点地化开了。

身上不舒服的感觉也一点点地变得清晰起来，膝盖发酸，腿也酸麻，腰都硬了，脖子上被边馨语抓伤的地方有点儿疼，脸上……脸上倒是没太大感觉，就觉得半边脸有点儿发木。

他被打出面瘫了吗？

邱奕拿了一堆东西过来，饼、包子、油条、豆腐脑、牛奶、豆浆，放了一桌子。

"你这么饿啊？"边南笑着问。

"吃吧，吃不完打包就行。"邱奕在他对面坐下。

"邱奕，"边南拿了根油条，"昨儿晚上……"

"先吃东西。"邱奕的声音很缓慢,"吃完了再说。我一会儿打个电话取消上午的补课,不赶时间。"

"不,你别取消。"边南低头咬了口油条,"你补你的课,我一会儿去上班。"

"嗯?"邱奕愣了愣。

"不是什么大事儿,没必要。"边南又喝了口豆浆。

"确定?"邱奕看着他。

"嗯。"边南点了点头。

他说不清自己为什么要这样,不是为了逞强,也不能说是为了让邱奕不担心,估计也不是为了让老爸看到他有能力把自己的事情处理得很好……更多的应该是他不敢闲下来。

哪怕是跟邱奕待在一块儿,也不敢,他怕闲了自己会觉得不踏实。

昨天就那么跑出来了,家里现在是什么样他都不知道,回家之后要面对的是什么他也不敢多想。

总之他就是想努力保持自己之前的生活节奏,抓住那点儿平稳的安全感。

这份安全感里有他日常的工作和邱奕日常的问候。

边南埋头吃了不少东西,又加了碗豆腐脑和一杯牛奶,最后打了个饱嗝。

"可能吃多了。"边南喷了一声。

"你爸打你了?"邱奕手里拿着的油条从头到尾就只咬了一口。

"嗯。"边南叹了口气,"挺乱的。边馨语打从那天以后不是一直心情不好吗?她哥安慰人的技术也稀烂得很,把我跟你一块吃饭的事儿拿出来举例子……结果边馨语一听就发飙了。"

"然后呢?"邱奕轻轻皱了皱眉。

"然后我就掺和了呗,就一团糟了呗……边南你就是看我的笑话,边南你跟你妈一样……"边南笑了笑,放在桌上的手狠狠地往一块儿掐了掐,"我爸问我是不是,我说是,他打了我一巴掌,我就出来了,现在不知道是什么情况。"

"你……"邱奕听了这话有些吃惊地挑了挑眉,拍了拍他的手,又捏了捏他的手指,把他死死掐在一块儿的手指掰开了,"你跑这儿来干什么了?"

"我不知道,迷迷糊糊地就跑这儿来了,坐了一夜,要走的时候碰上了我……妈……这是潜意识下的行为吗?受伤了找妈妈?"边南笑得很无奈,声音有点儿颤,"不过她都没问为什么,就说我……恶心。"

邱奕没有说话,收了收手,握紧了边南的手。

"现在就这情况了,别的我得下午下班回家了才知道。"边南说。

"下午我跟你一块儿回家吧?"邱奕看着他,"我……"

"不。"边南摇了摇头,"现在还不用,我回家看是什么情况再说,现在带着你回去我怕火上浇油,我爸没准儿觉得我在示威呢。"

"那也行。"邱奕想了想道,"行吧,不过……"

"有事儿要告诉你,是吧?知道了。"边南笑着喷了一声,"真啰唆。"

吃完早餐出来,邱奕补课的时间和边南上班的时间都差不多了,为了不迟到,他俩决定各自打车。

边南上车坐下的时候看了看站在路边的邱奕。

"怎么?"邱奕走到车窗边。

"没。"边南笑了笑,"你赶紧打车。"

"嗯。"邱奕点了点头,退了一步又说了一句,"到了用顾玮的电话联系我吧,要不今儿一天都联系不上你了。"

边南嘿嘿笑了:"好的。"

"晚点儿找个药店买点儿感冒药预防着。"邱奕又说。

"哎!"边南挥了挥手,刚才邱奕就想找药店,可惜现在药店都还没开门,"知道了,知道了。"

"行了,走吧。"邱奕退到人行道上,车开了之后又喊了一句,"你那个脸,到了以后找东西敷一敷!"

"哎——"边南从窗口探出脑袋,"知道了邱奶奶!"

快到展飞门口的时候，边南看到路边有个药店，赶紧让司机停了车，下去买了盒感冒冲剂揣到兜里。

他觉得自己没什么问题，应该不会感冒，但还是决定预防一下，现在一切情况都弄不清，病了会很麻烦。

低头顺着路走到展飞门口的时候他被人叫住了，一抬头看到是石江。